NARRATORI STRANIERI

Della stessa autrice presso Bompiani

Lascia dire alle ombre

JESS KIDD
LA FOLLIA DEI FLOOD

Traduzione di Sergio Claudio Perroni

ROMANZO
BOMPIANI

www.giunti.it
www.bompiani.it

Kidd, Jess, *The Hoarder*

First published in Great Britain in 2018 by
Canongate Books Ltd, 14 High Street, Edinburgh, EH1 1TE

Via Bolognese 165 - 50139 Firenze - Italia
Via G.B. Pirelli 30 - 20124 Milano - Italia

ISBN 978-88-301-0174-6

Prima edizione: marzo 2020

A Eva

1.

Ha uno strano modo di muoversi nel suo ciarpame. Ci si immerge e sfila tra i cunicoli come un intrepido motociclista che affronta un tornante. Galoppa e volteggia tra valli e colline, trotta e caracolla tra i rilievi e le gole dell'improbabile marasma accumulato. Ogni tanto si ferma per scavalcare un ostacolo, piegando le lunghe gambe come sedie da picnic. Al contempo sporge il mento all'insù e all'infuori, e il resto del corpo vi sembra appeso, come se la mascella brizzolata fosse allacciata a un invisibile burattinaio. Per essere così alto e vecchio sa essere agile quando vuole.

Io non mi muovo come lui. Guado, inciampo tra scatoloni e pile di tende ammuffite e finisco impigliata in spire di cavi, accalappiata da attaccapanni e molestata da assi da stiro in calore. Incespico tra dischi, libri, coperte lerce, collezioni di sacchetti di plastica bisunti, forconi da giardino, mangani, una scarpetta di coppale e un frullatore mai usato che può anche grattugiare e sbucciare. E gatti, gatti, gatti.

Gatti di ogni tipo: fulvi, neri, chiazzati, tigrati e pezzati. Gatti che dormono, che scrutano, che si grattano e si leccano le chiappe su cuscini putridi, che si accoppiano sotto scatoloni capovolti e cacano su grossi fasci di quotidiani vecchi.

Cerco di non soffermarmi sui particolari ma c'è sempre qualche piccolo dettaglio che attira la mia attenzione. Un topo morto accucciato in una tazza da tè, un cavallo da tiro di ceramica decapitato, il moncone rosa di un manichino: cose di questo tipo. Ho il gusto dell'orrido.

Stamattina sto eseguendo degli scavi nell'angolo nord-ovest della cucina. Dopo aver individuato il terriccio superficiale in un ammasso di quotidiani locali datati settembre 2015, ho quindi cominciato ad attraversare strati e strati di storia. Poi, raggiunta una manciata di ricevute di scommesse incollate al pavimento di linoleum (datate marzo 1990), ho potuto stabilire che questa tana di pattume non viene pulita da almeno un quarto di secolo. Dopo aver effettuato vari carotaggi e scovato un forno, al momento ne sto pulendo la piastra, con immensa gioia.

Conto (cantate con me):

Sette onischi disseccati
Sei ragni accartocciati
Cinque sacchi neri
Quattro rotoli di carta da cucina
Tre strofinacci
Due spugne abrasive
E candeggina industriale.

Indosso un grembiule monouso, guanti di gomma ad alta tenuta e una mascherina contro la puzza e le spore.

Lui mi scruta dalla soglia della cucina: parlo del signor Cathal Flood, che al momento è un metro più alto del solito essendo salito su un mucchio di scarti di moquette. Il che lo rende un gigante, dato che è già piuttosto alto: un lungo, magro, ossuto, vecchio gigante appestato. Gli occhi che mi ha puntato addosso sono incavati e di una limpidezza inquietante, il limpido, limpidissimo azzurro boreale di un segugio artico.

"Non avevi il diritto di buttare i miei scatoloni e il resto."

Scandisce a volume altissimo, quasi provasse la propria voce. "Tutte le mie cose sono svanite di colpo, anche se mi servivano."

Mi volto verso di lui respirando come Darth Vader attraverso la mascherina, e scrollo le spalle. Spero che la scrollata comunichi un profondo rispetto per i beni buttati via (venti sacchi di scatolette di sardine vuote), insieme alla rammaricata necessità di spazio vitale.

Strizza gli occhi penetranti. "Lo sai che sei solo una stronza?"

Mi tolgo la mascherina. "Cercavo il suo forno, signor Flood. Ho pensato che dovremmo variare e dare un po' di respiro al microonde."

Lui mi guarda, con le mascelle serrate dal livore. "Potrei maledirti," dice col suo pesante accento irlandese e accenna un singhiozzo. "Potrei mandarti all'inferno."

Fa' come cavolo ti pare, dico alla spugnetta abrasiva.

Disegno cuori di candeggina sul forno lercio e ricomincio a sfregare. Il signor Flood borbotta in irlandese stentato dall'altro lato della cucina.

"Che bello," mormoro. "Ha una voce da poeta, signor Flood. Piena di presagi e tristezza."

Mentre spingo con letizia lo strofinaccio negli angoli della griglia, il signor Flood torna all'inglese. Mi augura un utero sterile (quindi niente di nuovo), mangiare senza poter cacare, la sodomizzazione da parte di tutti i diavoli dell'inferno (sia in simultanea sia a turno), dolorose strozzature in gola, un incessante bruciore all'inguine e un'eternità nel regno dei morti con gli occhi in fiamme.

Poi smette e alzo lo sguardo. Ha infilato una mano nella lanugine della sua chioma (aureola bianca, calamita per ragnatele, soggetta all'energia elettrostatica) per appiattirla, come per rendersi presentabile. Poi alza di mezzo centimetro i bruchi ancora neri delle sopracciglia e piega la testa di lato. L'effetto è stranamente affascinante: fa pensare a un vecchio scoiattolo misantropo. Muove la bocca, con una serie di rigide contrazioni, come un ventriloquo col singhiozzo.

"Si sente bene, signor Flood?"

Fa un respiro profondo e scopre la dentiera annerita. Capisco che sta sorridendo.

Azzardo un sorriso esitante anch'io.

"Ma non ti arrabbi mai?" mi chiede.

Scruto il suo viso cercando segnali di aggressione. "No, signor Flood, ho un temperamento solare."

"Questa è davvero una cosa fantastica per entrambi, Drennan!" esclama, e con una manata al muro balza giù dai riquadri di moquette e fluttua via nel corridoio.

Fisso la chiazza umida sul didietro dei suoi pantaloni.

Lavoro nella casa del signor Flood da poco più di una settimana e finalmente ha pronunciato il mio nome.

Lo considero un successo di una certa portata.

Sam Hebden, domatore geriatrico assoldato a caro prezzo da un'agenzia migliore della nostra, ha resistito solo tre giorni prima che il signor Flood lo cacciasse dalla proprietà inseguendolo con una mazza da hurling. Non ho avuto il piacere, ma mi risulta che Sam fosse a pezzi.

In fondo, Biba Morel, la Coordinatrice, potrebbe aver fatto bene ad abbinarci: Cathal Flood, le presento Maud Drennan. Quel giorno, quando Biba mi ha telefonato, aveva una voce satura di zuccheri e piena di brio. Mi sembrava di vederla, strizzata dietro la scrivania a ripulire un éclair alla crema. Le guance tremanti di gioia mentre scartabellava i fascicoli dell'agenzia compiendo il sortilegio alchemico per cui è famosa: combinare senili piantagrane e personale sottopagato. Biba, il cupido dell'assistenza sociale in tailleur avvitato e foulard a fiori. La voce resa mielosa dal piacere di agevolare l'ennesimo, spettacolare connubio cliente-assistente sociale.

L'avevo a stento ascoltata, ma, se l'avessi fatto davvero, avrei sentito le parole: *propedeutico a uno scatto di paga*, *impegnativo*, *aggressione*, *accumulatore* e *punti in comune*. Avrei senz'altro concordato sul fatto che il signor Flood e io, essendo entrambi irlandesi, condividessimo l'amore per i caminetti accesi e il violino, nonché la profonda convinzione che le fate siano cattive. Per non parlare dell'innata capacità razziale di far crollare ubriaco qualsiasi compagno di bevute mentre noi, con tenera malinconia, rammentiamo la bellezza selvaggia e perduta della nostra patria.

Ma adesso, osservando la scena che ho di fronte, il mio ottimismo vacilla.

Persino il bagno, nella svettante e cadente gotica tana di pattume del signor Flood, è smisurato. Un po' sala da ballo e un po' spelonca, con un grande abbeveratoio di marmo nero a mo' di lavandino e candelabri a muro alti un metro, sormontati da fiamme di vetro satinato. Un vecchio sciacquone di lamiera appollaiato sopra un trono monumentale che è un capolavoro di ceramica crenata. La gamma di colori di questa stanza è ostinatamente insalubre: l'intonaco è color muschio acceso e le piastrelle hanno le venature blu-nero-verdi del formaggio ammuffito. Il linoleum, lì dove ho spazzato il pavimento, è decorato a losanghe marroni che sembrano chiazze di sangue di un assistente sociale passato.

In un angolo, una Barbie priva di arti galleggia su un oceano di menu di ristoranti da asporto. Ha un sorriso che è l'immagine di un'incrollabile forza d'animo. Mi chiedo se faccia parte di una qualche installazione artistica, come la merda espressionista astratta, spiaccicata sulle pareti e sul porta tazze incastrato nel water.

Mi sa che questa è una pulizia da rimandare a un altro giorno. Mi sa che questa è una pulizia da rimandare a mai.

Un brontolio sordo m'informa che il signor Flood sta infestando il corridoio. È tutto il pomeriggio che mi tiene d'occhio, sbircia dietro pile di scatoloni e televisori sbudellati mentre fruscio per la casa con il grembiule monouso di plastica.

Sono convinta che trami qualcosa.

Con la coda dell'occhio lo vedo trascinare uno schedario davanti alla porta del bagno. Ci si siede sopra arruffando i molti strati di vestiario e accavallando le lunghe zampe come una vecchia gru sdegnosa.

Poi: "Ho pensato, Drennan."

"Buon per lei, signor Flood."

Poi: niente.

Mi volto a guardarlo, in attesa. Si fissa le mani, poggiate sulle ginocchia, perciò le osservo anch'io. Palmi abbastanza larghi da ricoprire un melone, dita magre e dall'aspetto agile: dita da pianista o da chirurgo. Una chiazza di vernice sull'osso di un polso, e unghie lunghe e ricurve, dure come corna. Indossa svariate camicie a scacchi, tutte con taschini rigonfi che lo fanno sembrare dotato di una serie di seni cadenti. Una sciarpa di lana gli cinge alla bell'e meglio la testa. Calza un paio di scarpe aguzze allacciate con lo spago: solo la punta è lunga un metro e si arriccia all'estremità con l'aria minacciosa di una coda di scorpione.

Mi metto gli occhiali protettivi e mi volto di nuovo verso il water. Estraggo rapidamente il porta tazze, lo infilo in tre sacchetti trattenendo il fiato, annodo le maniglie e mi accingo a sferrare la mia offensiva a base di candeggina.

"Maud Drennan." Il signor Flood pronuncia il mio nome piano, quasi assaporandolo, gustandolo. "Eccoti lì con la testa dentro il cesso. Ti spiace tirarla fuori e lasciare che ti parli?"

Questa è una novità: vuole parlare.

Tiro la catena del vecchio sciacquone. L'arnese libera un fiotto di acqua color ruggine.

"Di cosa vuole parlare, signor Flood?"

"Della casa, come la trovi?"

Alzo lo sguardo su di lui. Ha un'espressione di giocosità perversa, come se avesse strappato la metà delle gambe di un ragno e si preparasse a guardarlo annaspare in tondo.

"La casa è fantastica."

Stringe gli occhi. "Sei spaventata sia da lei sia da me. Lo capisco dalla tua piccola faccia angustiata."

"La mia faccia non è affatto spaventata o angustiata, signor Flood."

"Io ti innervosisco." La sua voce si addolcisce. "Su, non mentirmi, Drennan. Te lo leggo negli occhi."

"Non si sopravvaluti," grugnisco dentro il water.

Resta in silenzio per un po'; poi, con voce ancor più dolce: "Hai un bel paio di occhi. Il marrone di una castagna d'India appena aperta."

Spruzzo candeggina sotto il bordo.

"O di un tavolo di noce appena lucidato."

Comincio a strofinare.

"Con un riflesso ambrato, come il cognac migliore."

Strofino più forte.

"Avevo una sorellina con gli occhi proprio come i tuoi," dice. "Capaci di trafiggere il petto di un ragazzo a dieci passi e di afferrarlo per il cuore a cinque. Occhi in cui si poteva annegare. Come melassa bollente."

Mi raddrizzo e lo fulmino con lo sguardo. Lui mi scruta con aria grave e risucchia solennemente la dentiera, senza neanche l'ombra di un sorriso.

"Ovviamente era già un miracolo che avesse anche gli occhi," dice, "considerando..."

"Considerando cosa?"

Estrae da un taschino un sacchetto di tabacco e un rotolo di cartine e se li mette sulle ginocchia. Mi guarda sornione. "Vuoi sapere come mai gli occhi di mia sorella erano un miracolo?"

Con una mezza scrollata di spalle, come a dire che non ci tengo in modo particolare, mi volto verso lo sciacquone e tiro la catena giusto per fare qualcosa. Ma è troppo presto: il meccanismo sferraglia e non viene giù niente. Dovrò aspettare.

Anche il signor Flood aspetta. Con movimenti calmi e sapienti, comincia ad arrotolare una sigaretta contro la lunga coscia. Ha grandi mani delicate, esperte. Cerco di non guardarlo. Lecca con cura la striscia collosa della cartina, stacca il tabacco che fuoriesce dalle estremità e si mette la sigaretta tra le labbra.

"È cominciato tutto con le vespe." Si accende la sigaretta e aspira una boccata.

"Le vespe?"

Espira. "È una storia interessante, vuoi sentirla?"

"È lunga?"

"No, per niente." Mi fa un sorriso furbo, con un'improvvisa luce negli occhi azzurri. "Da bambino amavo le sfide."

"Non mi dica!"

"Se qualcuno ci scommetteva sopra, ero disposto a fare qualsiasi cosa. Ero capace di mordere la pancia di una rana morta, cacare sulla soglia della canonica o dormire di notte sulla tomba della terribile signora Gillespie."

"Ha fatto tutte queste cose?" Lascio perdere lo sciacquone, chiudo il coperchio del water e mi ci siedo sopra.

"Le ho fatte sì. Ero una vera peste."

Rido, mio malgrado.

Ride anche lui, compiaciuto. "Un giorno, i bambini del vicinato scommisero che non sarei riuscito ad arrampicarmi sull'albero del cortile della signora Clancy e a sfasciare il nido di vespe. Nessuno aveva mai visto un nido così grosso. Era cresciuto per anni indisturbato, un enorme bubbone nodoso."

Il signor Flood fa una pausa a effetto e aspira un'altra boccata di fumo. "Era da un pezzo che il signor Clancy prometteva alla moglie di occuparsene. Ma era risaputo che aveva il terrore delle vespe, perché era stato punto sul pistolino mentre pisciava in un cespuglio." Il signor Flood allarga le gambe e indica con enfasi il cavallo cascante dei propri pantaloni.

"So cos'è un pistolino, signor Flood."

Lo sciacquone fa un rigurgito strano, come se ridesse.

Il signor Flood sogghigna. "Buon per te. Un giorno, cominciò a correre voce che Cathal Flood volesse battersi con le vespe dei Clancy. C'era solo da munirsi di un pezzo di corda e di un buon bastone e partire per il cortile dei Clancy."

Resta a lungo in silenzio e sorride alle proprie ginocchia. "Tutti i bambini del vicinato vennero a guardarmi mentre mi arrampicavo su quell'albero. Salii di ramo in ramo e, dopo qualche minuto, mi ritrovai a osservare da vicino il famigerato nido." Aggrotta la fronte. "Erano tutte lì, quelle grosse stronzole. Che svolazzavano qua e là e si strusciavano una contro l'altra coi loro culi pieni di veleno."

Sopra di me, un nervoso rivolo d'acqua scorre attraverso una tubatura.

"Ma non mi persi d'animo, e stuzzicai il nido con la punta del bastone. Tutti i bambini intorno all'albero si misero a gridare e a saltellare mentre le vespe si svegliavano e cominciavano a schizzare fuori dal nido."

Mi fissa con uno sguardo bellicoso. "La mia reazione fu intrepida. Mi issai sul ramo e sferrai una gran botta al nido. Si scollò dal tronco come una pustola marcia e cadde a terra in mezzo ai bambini, che si sparpagliarono in un baleno ai quattro angoli del cortile. E a quel punto restammo tutti a fissare il nido, sbalorditi."

Il signor Flood esita e mi guarda in trepidante attesa della domanda.

"Perché? Cosa avete visto?" chiedo.

Il signor Flood si sporge verso di me e spalanca gli occhi. "*Niente.*"

"Niente?"

"Proprio così," dice. "Non successe niente. Il nido era lì a terra, immobile. Ammaccato ma intatto. E silenzioso. Non ne usciva il minimo suono. Perciò i bambini si avvicinarono. E non successe niente. Perciò i bambini si avvicinarono ancora. E continuò a non succedere niente."

"Le vespe erano morte?"

Sulle sue labbra aleggia un sorriso. "Saltai giù dall'albero, tutti mi si raccolsero intorno e cominciammo a discutere se dovessi calpestare il nido o dargli fuoco. E fu allora che Ruth lo udì."

"Udì cosa?"

Sembra spassarsela un sacco. Ha la voce adatta: una voce da affabulatore. "Mentre discutevamo, la mia sorellina aveva saltellato fino al nido e si era accoccolata a terra. Aveva accostato il faccino al nido e ascoltato. Sai cosa udì?"

Annuisco piano.

"Un ronzio sordo e rabbioso. Il suono di mille vespe infuriate," dice. "Ruth, nella sua ingenuità, prese con le mani il nido. Lo cullò tra le braccia e cominciò a cantargli una ninnananna."

Riaccende la sigaretta e scrolla la cenere in una zuppiera scheggiata che ha accanto a sé. "Io però non me n'ero accorto, perché nel frattempo era scoppiata una zuffa tra me, che rifiutavo di riavvicinarmi al nido, e gli altri bambini, che erano venuti per godersi lo spettacolo. Stavo quasi per accettare di mangiarmi una vespa morta – tranne il pungiglione, perché non ero un cretino totale – quando uno di loro mi tirò per la manica e indicò atterrito l'altro lato del cortile."

Sono sull'orlo del sedile del water; anche lo sciacquone è avvinto: trattiene lo sgocciolio.

"Cosa c'era?"

Il signor Flood aggrotta la fronte. "Ruth. Seduta a terra, non più alta di un secchio per il latte. Con la faccia coperta da una maschera di insetti furibondi."

Scuoto la testa.

Lui si sporge verso di me, ha la voce incrostata di disgusto. "Le brulicavano addosso. Dalla bocca non proveniva alcun suono: era aperta come per urlare ma c'era solo un andirivieni di vespe che entravano e uscivano."

"Cazzo," sussurro.

"Le vespe presero a spargersi, e la ricoprirono di fitti strati ronzanti e frementi. Ben presto, l'unica cosa che rimase scoperta fu un minuscolo ditino teso." Mima il gesto di Ruth con il vecchio indice dall'unghia di corno.

Sono sbalordita per quanto è convincente, con quegli occhi limpidi pieni di emozione e le guance scarne per l'angoscia.

"A quel punto, Drennan, per l'amore di Dio, passai all'azione. Afferrai il bastone e cominciai a menare fendenti per scacciarle di dosso quelle stronze. Gli altri bambini guardavano, orripilati, da dietro muri e fossi. Ma io andai fino in fondo, mi coprii il viso con un braccio e continuai a bastonare le vespe finché Ruth non si rovesciò a terra mentre la signora Clancy accorreva urlando nel cortile."

Si passa una mano sulla fronte, sempre più accigliato. "Il signor Clancy cercò di tirarmi via e la signora Clancy cercò di coprire Ruth con una coltre, ma io continuai a menare fendenti col bastone."

Mi accorgo che sto stringendo lo scopino del water. Lo poso sul pavimento.

Il signor Flood mi guarda con espressione grave. "E a un certo punto, lo giuro su Dio, tutte quelle creature si sollevarono all'improvviso in un'enorme nube stizzita e ronzarono via attraversando il cortile. Allora lasciai cadere il bastone, mi caricai Ruth su una spalla e, d'istinto, la portai al pozzo miracoloso."

"Il pozzo miracoloso?"

"In realtà era un abbeveratoio sulla strada che usciva dal paese, ma si diceva che avesse dei poteri." Mi lancia un'occhiata.

"Dio benedica l'Irlanda dai tempi antichi: se in una tazza da tè si raccoglieva un po' d'acqua piovana, si diceva che avesse poteri curativi. Quella del nostro pozzo era prodigiosa per curare la scrofola."

"La scrofola?"

"A cinque miglia da lì, lungo la costa, c'era uno stagno che alleviava la faringite. Mi feci quella strada di corsa, tuffai la mia sorellina nell'acqua e la tenni sotto." Aggrotta la fronte. "Ammesso che avesse ancora un paio d'occhi, non riuscivo a vederli. Il viso era ridotto in poltiglia, gonfio di veleno. Le braccine si muovevano nell'acqua come se gesticolasse, ma ero sicuro che fosse morta."

Abbassa lo sguardo sulla sigaretta dimenticata tra le dita. Trova l'accendino. "Ma quel giorno i santi erano in ascolto, e l'acqua dell'abbeveratoio era miracolosa davvero. Perché, quando la tirai fuori dall'acqua, Ruth fece un respiro profondo e cominciò a piangere. E vidi che sulla sua pelle non c'era nessun segno. Niente punture. Niente bolle. Le tolsi il vestitino e la rigirai più volte. Niente: davanti a me, squassata dai brividi, c'era una bambina perfettamente integra."

"Santa Gobnait," borbotto.

Santa Gobnait, con i capelli chiari e il viso sereno, deliziosa con l'abito dorato e il diadema. Che sorride all'ape gentile che si è posata sul suo dito. Mi guardo intorno, quasi aspettandomi di vederla appoggiata al lavandino, ma ovviamente non c'è. Nessun santo con un briciolo di cervello entrerebbe in questa casa.

Il signor Flood inarca le sopracciglia. "Cos'hai detto?"

"Che la santa in ascolto doveva essere Santa Gobnait. In realtà è più nel ramo api, ma sarà stata perfetta per la faccenda delle punture."

Mi guarda infastidito. Ho gettato un sassolino nella sua storia, provocato increspature e offuscato l'immagine.

"E quindi Ruth sopravvisse?" chiedo.

Annuisce. "Ma non fu mai più la stessa. Era cambiata. Cominciò a parlare da sola." Fa un sorrisetto amaro. "Sosteneva di parlare con i morti."

"Con i morti?" Lo sciacquone emette un sonoro gorgoglio.

Il signor Flood gli lancia un'occhiata svagata. "Mamma la portò dal prete e papà minacciò di darle una ripassata, ma Ruth continuava a cianciare. Finché un giorno la presi da parte e le dissi che se voleva sopravvivere all'infanzia doveva tenere per sé i suoi doni."

"E Ruth seguì il consiglio?"

"Lo seguì. Da quel giorno, ogni volta che provava quell'impulso irresistibile, usciva furtiva di casa e andava a bisbigliare chissà cosa a un palo della staccionata. Perciò finì tutto bene, in un certo senso."

"In un certo senso," ripeto in tono distaccato.

"Ma il cambiamento più grande riguardava gli occhi, e quello Ruth non poteva nasconderlo." Mi sorride. "Aveva una specie di bagliore dolente nello sguardo, una specie di luminosità tragica, sai, come quella delle *perle*."

Nel profondo del mio cuore si muove qualcosa, qualcosa di flessuoso e inquietante come un vecchio serpente che si srotola nella sabbia. Mi si mozza il respiro, mi si accavallano i nervi.

Parlo con voce piana. "Non come le castagne d'India?"

Sul viso del signor Flood appare un'espressione sognante. "Sai come nascono le perle? Un minuscolo granello di sabbia si fa largo dentro la conchiglia, nel punto più morbido." Ruota la punta delle dita nel palmo della mano aperta a coppa. "L'ostrica ricopre quella particella irritante per placarla, per tollerarla."

Non riesco a ribattere.

"La perla è una lacrima infinita," sussurra lui. "Un dolore foderato."

Lo guardo sgomenta.

"Allo stesso modo, gli occhi più belli si trovano sul viso di donne che hanno sofferto." Sorride. "Nel loro nucleo scintillante c'è sempre una ferita. Come dicevo, Drennan, tu hai occhi stupendi."

Lo sciacquone emette un rigurgito risentito, e rammento a me stessa che quel vecchio non ha la minima idea di quale ferita ci sia nel mio nucleo scintillante. Perso nelle sue fantasticherie, con le dita piantate nel palmo della mano, borbotta assurdità, non sa proprio di cosa parla.

"Continui con la sua storia, signor Flood," dico.

Lui socchiude gli occhi. "Ma tu ne hai una migliore...?"

"Se l'avessi non la racconterei a lei."

"Mi sembra giusto." Sorride. "Perciò, a causa mia, Ruth sfiorò la morte, si salvò, imparò a tenere per sé le proprie bizzarrie e diventò più bella."

"E a causa sua, per prima cosa, il nido cadde dall'albero e le vespe rischiarono di ucciderla."

"Le disgrazie capitano. E tieni presente che Ruth predisse che avrei sposato Mary."

Lo sciacquone si ravviva con un allegro sciabordio. Gli lancio un'occhiata.

"Sua moglie?"

Il signor Flood annuisce. "Ma mia sorella non aveva bisogno della preveggenza per capirlo."

"Perché no?"

Esita.

"Mary aveva i capelli di quel rosso acceso che hanno i tramonti autunnali. Figlia di contadini ma disegnata per i salotti. In qualsiasi situazione la vedessi, non avresti mai creduto che non fosse una nobildonna, una regina, Elena di Troia."

"Deve averla amata molto."

Il suo corpo si irrigidisce. "Devo?"

"Deve mancarle molto."

Le sopracciglia si abbassano sullo sguardo azzurro di ghiaccio. "Devo?"

"Immagino che viva da solo da un bel po' di tempo, no?"

"Non hai neanche letto quel cazzo di piano assistenziale?" Imita una cantilena stizzita: "Il signor Cathal Flood, artista in pensione, ingegnere meccanico e appassionato di oggetti rari, vive *da solo* nella sua imponente dimora vittoriana inserita al livello II del catalogo dei beni storici nazionali."

"Però ha un figlio. Dovrà pur esserle di qualche aiuto, no?"

"Cosa sai di mio figlio?"

"Quello che ho letto nel piano assistenziale."

Rimane in silenzio per qualche istante, con il viso contratto in una smorfia di disgusto. "Cioè cosa?"

"Il dottor Gabriel Flood è docente di Drammaturgia e Arti teatrali nonché membro attivo della Corale universitaria di West Ealing."

"Il dottor Gabriel Flood è un cretino."

Lo guardo stupita. "Il quale desidera con tutto il cuore che il padre continui ad abitare a Bridlemere, con la migliore assistenza possibile, in attesa che si concretizzi la possibilità di ospitarlo in una casa di riposo adatta."

Il signor Flood fa un sorrisetto acido. "Eventualità che si rivelerebbe catastrofica, giacché il vecchio bastardo ha minacciato rogne di portata *biblica* – ribellione a base di oscenità, incendio e devastazione – qualora ci si azzardasse a trasferirlo in una casa di riposo."

"Questo non c'era nel piano di assistenza. Dunque non ha intenzione di trasferirsi in una casa di riposo, signor Flood?"

"Non finché nel mio culo ci sarà un buco," risponde.

Mi lancia uno sguardo di odio mentre srotola le gambe con una serie di spasmi. Si alza, rimette in sesto ossa e giunture. E sistema in cima al tutto il testone oscillante, comprese le mascelle serrate e le sopracciglia minacciose.

È arrivato a metà del corridoio, quando lo dico.

"Sono sicura che suo figlio vuole solo il meglio per lei, signor Flood."

Con sorprendente velocità, in un singolo balzo così rapido da risultare sfocato, riappare oltre la soglia.

Visto dal basso in tutta la sua altezza, lascia sgomenti.

È un gigantesco arco da guerra: corpo irrigidito, ogni singolo nervo vibra di tensione. Punta l'indice contro di me, un dardo puntato tra i miei occhi.

"*Stronza*," sibila.

Indietreggia fuori dalla stanza, sempre con l'indice puntato, poi abbassa il braccio e sfreccia via nel corridoio. Mucchi di ciarpame tremano e crollano al suo passaggio.

Mi chiedo se non sia il caso di scappare. Lo penso seduta sul water, giacché le mie gambe non sono ancora del tutto affidabili. Sopra di me, l'acqua scorre nelle tubature e si rovescia all'improvviso nello sciacquone, come se avesse aspettato e trattenuto il fiato.

Poi ecco cosa succede, nell'ordine: la porta del bagno si chiude di colpo, nel profondo dello sciacquone risuona un gemito sordo, un rotolo di carta igienica si dipana sul pavimento.

Mi volto a guardare la Barbie priva di arti. Sembra allarmata nonostante il sorriso accattivante.

Attraverso quasi di corsa la stanza, tento di aprire la porta ma è chiusa a chiave.

I candelabri a muro avvampano con un improvviso bagliore al tungsteno. Una luce intensa, che poi sfuma.

Aspetto, stringo la maniglia con il cuore che scalpita, conto alla rovescia e di nuovo in avanti, brevi scale di numeri terrorizzati.

In alto, il coperchio del vecchio sciacquone comincia a saltellare come se fosse quello di una pentola in ebollizione, una schiuma trabocca dal bordo. A questo segue un sibilo scandito che ricorda il ritmo pressurizzato di un treno a carbone. Dai giunti della conduttura schizza una serie convulsa di fiotti d'acqua. Mi addosso alla porta. Archi d'acqua volanti sprizzano dallo sciacquone e ricadono. Si dimenano e crollano, si contorcono e precipitano, come corde per saltare mollate per aria.

L'acqua nel water comincia a ondeggiare.

Si uniscono i rubinetti del lavandino che si aprono con uno stridio metallico e vomitano acqua. Nel giro di pochi istanti, la conca si riempie e l'acqua trabocca sul pavimento.

Guardo una bottiglia di latte che, per quanto possa sembrare incredibile, affiora dalle profondità del lavandino. Galleggia sull'acqua in una lenta giravolta, come se, ben conscia di quanto sia inspiegabile la sua entrata in scena, aspettasse che il pubblico ne prenda atto. Infine si lancia risoluta oltre il bordo con una cascata d'acqua, per poi scivolare sul linoleum bagnato e urtare con delicatezza la mia scarpa da ginnastica.

Il diluvio si interrompe con la stessa repentinità con cui era cominciato. L'ultimo spruzzo dello sciacquone si blocca a mezz'aria e ricade in mille goccioline sul linoleum. Il lavandino si svuota.

La stanza è silenziosa tranne per qualche modesto sgocciolio, qualche contrito rigurgito e qualche imbarazzato sciacquio. Come se la conduttura si vergognasse di quella scenata.

Dietro di me, la porta del bagno si apre.

La bottiglia di latte è di quelle vecchie, tappata con un misero cappuccio di stagnola. È vuota ma c'è una fotografia. Mi asciugo le mani, asciugo la bottiglia ed estraggo a fatica la foto.

Due bambini si tengono per mano accanto a una fontana barocca. La ninfa di pietra al centro della struttura li guarda con languida curiosità e ascolta una conchiglia. L'acqua del laghetto ai suoi piedi sembra solida, scura. Dai bordi scalettati pendono dei ghiaccioli. I ramoscelli dei cespugli sullo sfondo sono spogli e brinati.

Il maschietto fa il broncio all'obiettivo. Ha al massimo quattro anni, il viso pallido e traslucido e i capelli di un intenso biondo rame.

La femminuccia è più alta, non ha meno di sette anni, ed è senza faccia. Al posto del viso c'è una bruciatura che attraversa la fotografia. Bordi squagliati, un cerchio tumefatto, come provocato da una sigaretta.

Un esercito di ragni marcia sul mio cuoio capelluto. Mi sento infestata dagli spiriti già solo a tenerla in mano. Mollala, mi dico.

Ma non lo faccio. Guardo la chioma riccia che circonda lo spazio in cui dovrebbe trovarsi il viso della bambina: capelli rossicci, accesi in maniera innaturale, illuminati in controluce dal tramonto invernale. Guardo le scarpe di coppale della bambina, le calze a rombi rossi e il cappottino blu. Ha i piedi all'indentro. Piede varo.

Volto la fotografia. La prima parola è cancellata, una serie di baci molto marcati. La didascalia recita:

Xxxxxxxxxx e Gabriel, Bridlemere, 1977

Un manufatto si è arenato, con un lieve urto, sulla mia spiaggia.

Perché proprio la mia?

La mia spiaggia è un luogo strano e inospitale. È irta di scogli, selvatica, e governata da maree strane e imprevedibili.

Altra gente, in un'altra epoca, ha deciso di fidarsi dell'ignoto – della sconosciuta me. Hanno arrotolato e imbottigliato il loro messaggio e hanno sperato che arrivasse a destinazione. Qualcuno ha trasmesso e io ho ricevuto.

Sarebbe da zotici ributtarlo in quel mare di rottami e relitti e lasciare che lo trovi qualcun altro?

Ne sarei capace? Nella folle brodaglia di oggetti, la casa mi ha dato quello.

La fotografia giace sul palmo della mia mano, con le estremità che si arricciano come un pesciolino chiaroveggente. Non è un futuro roseo, su questo non ho dubbi.

Mi guardo attorno. Osservo il ciarpame fradicio, le pareti grondanti, la Barbie senza arti che mi guarda dall'angolo con un sopracciglio inarcato. Le sue labbra rosa fucsia compitano una sola parola. *Scappa.*

2.

Non scappo affatto. Vado in cucina, chiudo la porta, la blocco con una sedia e scelgo una padella di ghisa. La soppeso e la lascio a portata di mano sul tavolo di formica.

Ho l'obbligo professionale di preparare una cena nutriente al signor Flood. Poi potrò scappare.

Oggi il menù prevede pasticcio di rognoni e patate, seguito da gelatina e mandarini. La mia padrona di casa, Renata Sparks, dice che dovrei intascarmi i soldi del signor Flood e dargli da mangiare cibo per cani e crackers. Le rispondo che provo una sensazione di fierezza professionale nel trovare ogni mattina i piatti vuoti. Tra l'altro, il vecchio comincia ad avere un aspetto molto meno emaciato: sempre cadaverico ma con le occhiaie un po' più in carne. Renata ride dal naso e mi guarda.

Prima di scappare devo anche dare da mangiare alla ciurma di gatti.

Li ho ribattezzati tutti con i nomi degli scrittori più importanti. Hemingway ha un orecchio mozzato e un miagolio travolgente. Barbara Cartland è una persiana socievole con il sedere spelacchiato, mentre Burroughs, torvo e subdolo, soffia sospettoso negli angoli. Si stanno abituando a venire quando li chiamo; si strusciano sulle mie gambe procurandomi costellazioni bubboniche di punture di pulce.

Un paio di volte sento qualcosa alla porta e mi fermo: un

lamento fioco, uno strofinio, forse non sono i gatti. Un paio di volte la mia mano si tende verso la padella. Ma in realtà non è niente. Lontana dalla segregazione del bagno al pianterreno, ricordo a me stessa che:

1) Ci sono più cose in cielo e in terra, ma è raro che abbiano modi così diretti o comprensibili.

2) Ho letto solo di sfuggita la clausola di esonero da responsabilità di Biba Morel, ma se l'avessi letta con maggior attenzione avrei notato le parole: *irruzione di addetti comunali*, *trappole esplosive*, *meccanismi ingegnosi*, *diffida di polizia*.

3) Riflessi rapidi e pentolame pesante non sono mai risolutivi nelle situazioni più disperate.

Con movimenti pacati e controllati, lavo i piatti, mi metto la giacca e mi chiudo alle spalle la porta di servizio. Lottando contro l'impulso di darmela a gambe, percorro con andatura trattenuta il vialetto del giardino. Mi congratulo con me stessa per aver raggiunto il cancello serena e tranquilla ed esco in strada.

Faccio un respiro profondo.

Qui il suolo è saldo sotto i miei piedi e non c'è niente che si sollevi o sgattaioli via. Qui gli odori sono semplici, senza contaminazioni: l'effluvio dei gas di scarico degli autobus, l'effimera esalazione di una sigaretta. Anziché il denso, intenso, sconvolgente e ributtante puzzo di: decenni di rifiuti accumulati, un anziano restio al sapone, cento gatti, la cacca di cento gatti e il prolifico sfacelo di un giardino in via di putrefazione.

È buffo vedere come gli umani e gli assistenti sociali si adattino. All'inizio del mio primo giorno di lavoro, ho pensato che il tanfo della casa del signor Flood mi avrebbe scoperchiato la testa nel giro di poche ore. Alla fine di quello stesso giorno, respirando solo col naso ero in grado di mangiarmi un pasticcino con la marmellata di fichi.

Però non mi sono ancora abituata alla sensazione di disagio inquietante che mi assale quando prendo l'autobus per andare a lavorare, o agli strani presentimenti che si addensano mentre mi incammino dalla fermata, o alla paura che mi attanaglia quando varco la soglia della casa del signor Flood.

Appena uscita dal cancello mi volto a guardare Bridlemere. Dalla strada è una muraglia di verde scuro, una foresta di cipressi di Leyland cresciuta intorno al castello della Bella Addormentata.

Ormai l'unico modo per accedervi è attraverso il cancello di servizio, tra satelliti di capanni e attinenze in disfacimento e lungo un vialetto fiancheggiato da biciclette smembrate, materassi sventrati e batterie d'auto abbandonate. Se lasci il vialetto, dovresti trovare un giardino recintato, una ghiacciaia, un pozzo e una casupola con le finestre a colonnine. Se continui sul vialetto, arrivi al retro della casa con a destra il giardino d'inverno: una cattedrale di vetro in miniatura, tutta archi e guglie, con i pannelli appannati da spirali di calce e inverditi dal muschio. Le finestre al pianterreno della casa sono state accecate: imposte o carta di giornale fino in cima. Una rampa di scalini di ferro conduce alla porta di servizio, alla cucina, al retrocucina e alla dispensa.

La casa ha quattro piani e in cima c'è un belvedere, una lunga galleria vetrata dalla quale, se mai vi salissi, potrei godermi il panorama di tutta Londra. Da lì vedrei la punta delle ali degli aerei che atterrano a Heathrow o gli alberi dei velieri a Greenwich. Da lì vedrei il cambio della guardia a Buckingham Palace o un piccione che caca sulla colonna di Nelson.

Sulla sinistra c'è un sentiero che prosegue fino alla facciata. Dove si può ancora distinguere, tra le erbacce e i sacchi di spazzatura purulenti, il fantasma di un vialetto. Esso aggira uno stagno con al centro una fontana dove una ninfa di pietra avvizzisce soffocata dal muschio.

Il posto dove nel 1977 stavano i due bambini, uno con la faccia e l'altra senza. (Controllo in borsa. La fotografia è lì, arrotolata e legata e, per il momento, tornata dentro la bottiglia.)

La ninfa ha ancora una conchiglia accostata all'orecchio, finge di ascoltare. Ai suoi piedi scorrazzano pesci di pietra con gli occhi sporgenti, e indicibili creature da stagno vagano in un'acqua impiastrata di alghe, un minestrone di fanghiglia. La statua sbircia languida verso la veranda, come in attesa che gli abitanti della casa escano, cosa che non fanno, giacché la porta d'ingresso è sbarrata. Sali gli ampi gradini e guardi nella cassetta delle lettere – non puoi: lo sportello è inchiodato.

A Bridlemere la luce ha una tonalità subacquea, una sfumatura verdastra dovuta alla foresta di fogliame che circonda la casa. Anche l'acustica è diversa: i rumori s'affievoliscono, tanto che quasi non senti il traffico tutt'intorno. A Bridlemere si sente solo il lento assestarsi del pattume, lo zampettio dei gatti e, quando non sbraita, il suono vago del signor Flood in movimento, o il silenzio del signor Flood da fermo. A volte c'è una specie di fruscio ovattato, una sorta di bisbiglio. Come un fascio di foglie spazzato dal vento, o una preghiera sussurrata, incalzante e affranta, appena fuori portata d'orecchio.

A Bridlemere il tempo tentenna e si ritrae, tossisce e vacilla. Qui ci sono la storia che marcisce in silenzio e l'eleganza che appassisce con garbo.

Ciononostante, questa casa silenziosa non è rassicurante: ci si sente sempre guardinghi e guardati, c'è sempre un'allarmante sensazione di allarme. Come se a braccarti non ci fossero solo i gatti, come se occhi indicibili ti seguissero nel tuo sfaccendare.

A Bridlemere gli oggetti scompaiono e riappaiono altrove, di continuo. Poggia l'orologio sul davanzale e lo ritroverai appeso a un gancio della credenza. Volta le spalle e la teiera che hai lasciato sul tavolo finisce su uno scaffale della dispensa.

A Bridlemere i gatti si spaventano e soffiano al nulla, sfrecciano nei corridoi con il pelo ritto e le orecchie piatte. Oppure fanno le fusa strusciandosi contro l'aria.

A Bridlemere i ragni tessono tele simili a capolavori barocchi, le vedi pendere in tutta la casa come moniti cifrati.

Ma non conviene farci troppo caso.

Sam Hebden, Assistente Sociale Esperto in Persone Anziane, deve averci fatto troppo caso, e così Bridlemere lo ha fatto uscire di testa. La tentata aggressione del signor Flood con la mazza da hurling dev'essere stata l'ultima goccia; il resto l'aveva già fatto la casa.

Sam Hebden era armato di un attestato di formazione professionale in Assistenza Sociale e un diploma in Soluzione di Conflitti Geriatrici. Non aveva bisogno di periodi di prova e dava giusto un'occhiata alla valutazione di rischio. Lavorava da solo. Alcuni dicevano che Sam fosse alto e avesse una treccia tipo samurai. Altri dicevano che guidasse una Ducati e avesse il tatuaggio di un cobra sul collo. La verità è che solo Biba l'aveva visto e pronunciava il suo nome sottovoce, con eccitazione appena trattenuta. Sam era l'incarnazione di un piano di assistenza destinato al successo; era intoccabile.

Poi è arrivato a Bridlemere.

Ed è scomparso.

Forse è saltato in sella a una moto diretta verso casa. O forse è stato ricoverato in un istituto d'igiene mentale di zona, con la bava alla bocca, durante un delirio sul pattume senziente.

Chissà.

Non è il caso di prendere alla leggera la sorte di Sam Hebden. In questa casa ci sono condizioni di lavoro che non si vedevano dai tempi di Charles Booth. Passo intere giornate intrappolata in un dedalo di paccottiglia con un vecchio pazzo barcollante, capace di imbizzarrirsi da un momento all'altro, con la dentiera schioccante e il collo macchiato di saliva. Nonostante l'età, con la sua velocità e le lunghe gambe riuscirebbe a stanarmi in un istante, come ad esempio ha fatto oggi. La mia unica difesa è uno stato di allerta costante e la predisposizione a prendere a calci in culo un ottuagenario.

Mentre chiudo il cancello, avverto un movimento improvviso nel giardino. Da dietro i cespugli emerge il signor Flood, con il mento in avanti. Lancia un'occhiata furtiva alla porta di servizio e si avvia zoppicando lungo il vialetto, con in mano un pezzo di corda e uno sturalavandini. Ringrazio i santi del paradiso per avermi fatto uscire viva.

Non ringrazio in particolare Santa Dinfna (armonia famigliare, pazzia e fuggiaschi), nonostante mi aspetti fuori dal cancello, come fa quasi tutti giorni, col suo tenue brillio. Si rosicchia la treccia che pende sotto il velo. Fa così quando si annoia; le dà un aspetto da ruminante e rovina la punta dei suoi capelli invisibili. Quando mi vede, spalanca gli occhi fingendosi sorpresa e si fa la croce con aria ironica. Stagliata sul fondale verdeggiante della siepe di Bridlemere, è luminosa e bella. La dipingono sempre con i capelli biondi, ma in realtà sono castani. Somiglia a una giovanissima Kate O'Mara, però diafana e stanca di vivere (il che è strano, considerando che Dinfna si era consacrata a Cristo a quattordici anni e morì a quindici).

La ignoro nella speranza che si dissolva, ma lei si alza l'orlo della veste e mi segue. Percepisco il debole schiocco cadenzato dei suoi sandali e ne deduco che sta ostentando un'andatura svogliata.

Santa Dinfna non vuole mettere piede a Bridlemere. Rifiuta di oltrepassare il cancello. Solo in un'altra occasione si era impuntata così, durante una mia visita al National Wax Museum di Dublino. Diceva che quel posto era troppo pagano per lei, che lì non sarebbe entrata per nessun motivo al mondo, pur morendo dalla voglia di vedere la statua di cera di Wolfe Tone e quella di de Valera. Era volata sul tetto ed era rimasta ad aspettare con i piccioni, spedendo invisibili sputi sulla testa dei visitatori. Di fronte a Bridlemere, Santa Dinfna strizza gli occhi e risucchia aria a denti stretti, come un idraulico che redarguisce uno scaldabagno.

Le lancio un'occhiata da dietro una spalla, mentre cammino verso la fermata dell'autobus. Vaga tra passeggini e cestini per i rifiuti. Va dritta sparata verso qualsiasi pedone le capiti a tiro, e lo attraversa. Li vedo rabbrividire e guardarsi attorno, come se qualcuno avesse camminato sopra la loro tomba. Non è una sensazione piacevole. L'ho provata.

Alla fermata dell'autobus, Santa Dinfna mi raggiunge e si alza il velo. "Cos'è quella roba?" chiede e indica la mia borsa. "Quella lì dentro."

"Un messaggio in una bottiglia che si è arenata nel bagno al pianterreno. In circostanze strane."

Aggrotta la fronte. "Non cominciare."

"Come per una specie di stregoneria."

"Non. Lo. Fare."

Santa Dinfna è tutta fumo: tutta occhi scuri lampeggianti, spade sante e cipiglio, minacce e sfide. Ma sotto sotto è terrorizzata da qualsiasi cosa fuori dal comune, o troppo banale, o patetica, o sgradevole. La morte la spaventa, così come i malati terminali, la gente che urla e quella depressa. Ha paura del buio e degli spazi ristretti e non resisterebbe a lungo in un'edicola votiva. A Santa Dinfna non piace quasi niente a parte la musica per cornamusa, le storie su di lei e i *limerick* sconci.

"Sento che questo lavoro potrebbe uccidermi," dico, più a me stessa che a lei.

"I lavori sono sempre pericolosi." Chiude gli occhi. "Rabbia, disturbi polmonari, noia, stress, senso di inadeguatezza, suicidio, malattie di cuore, delusioni, diabete, infarti."

"E tu questo come lo sai?"

Scrolla le spalle, sempre a occhi chiusi.
"Quindi a Bridlemere sono in pericolo?"
Li apre. "Come diavolo faccio a saperlo?"
Aspettiamo in silenzio l'autobus.
Quando arriva ha la voce stanca. "Professionalmente o spiritualmente?"
"Entrambi. Uno dei due."
"In quella casa?" Fa una smorfia disgustata. "E hai il cacchio di coraggio di chiedermelo?"
"Quindi dovrei andarmene?"
"Fa' come ti pare. Io non ci starei manco per il cavolo."
"Perché?"
Esita.
"Cosa c'è lì dentro? Fantasmi? Demoni?"
Rotea gli occhi. "Quella roba non esiste."
"Solo il vecchio e canuto signor Flood con i suoi gatti?"
Non dice niente.
"Su, dammi un indizio," dico. Picchietto con il palmo sulla borsa. "Questa fotografia..."
"Non t'azzardare a chiedermelo, cacchio."
Restiamo in silenzio per un po'.
"Sembrano fratelli." Con uno svolazzo del braccio indica la borsa.
"E tu come fai a dirlo? Uno dei due è senza faccia."
Santa Dinfna si piazza sulla traiettoria di un uomo con un completo da quattro soldi e un sacchetto della spesa. L'uomo vacilla mentre la attraversa, come se fosse inciampato in una crepa del marciapiede. Si guarda attorno e mi fissa per qualche istante con occhi spauriti. Poi si allontana stringendo più forte la sua sporta.
Santa Dinfna ha l'aria soddisfatta. "È per come sono messi, la posa che assumono per farsi fotografare."
"In che posa si mettono i fratelli?"

"E io che cavolo ne so?" Esamina l'estremità della treccia martoriata. "Come se facessero parte dello stesso mobilio. Tipo ignari l'uno dell'altro, come un tavolo e una lampada."

"Nel piano di assistenza c'è solo un bambino, il maschietto, Gabriel. I Flood avevano solo un figlio."

"E nel piano di assistenza mettono ogni diamine di cosa? Che mi dici di tutta la roba che la famiglia non va a spifferare in giro?"

Passano delle macchine ma niente autobus.

"Vuoi dire gli scheletri?"

"Ti ho avvisata." Si raddrizza la corona con stizza. Nei punti che tocca con i polpastrelli luccica e brilla un po' di più. Santa Dinfna non ha un'aureola visibile, ma in penombra, quando le si abbassa il velo, capita di vedere una luce che si irradia dalla scriminatura in mezzo.

"Quindi non dovrei tornarci?"

Rotea gli occhi. "Cristo, te l'ho detto: fa' come ti pare."

Picchietto sulla bottiglia in borsa. "E se questa fosse una richiesta di aiuto?"

"E se anche lo fosse?" borbotta.

"Non ti sembra strano: una bambina con la faccia bruciata via da una foto?"

Si stringe il velo intorno alle orecchie. "Non voglio *sentirlo*, chiaro?"

"E se avessi trovato questa foto per un motivo?"

"Quale accidenti di motivo? Lascia perdere. Molla tutto."

"Ma qualcuno potrebbe aver bisogno del mio aiuto, non credi?"

"Riuscirai solo a combinare un gran casino. Come sempre."

La fisso.

Con uno sguardo inacidito, da sopra la spalla, Santa Dinfna attraversa la pensilina della fermata e punta l'autobus in arrivo.

3.

C'è una foto conservata dietro il risguardo di un libro, sotto vecchi cappotti e pagelle scolastiche, sul fondo di una valigia, in cima al mio armadio. Due ragazze in abiti estivi, sulla spiaggia; hanno entrambe una faccia e un nome. Voltando la foto, sul retro non c'è scritto niente, ma i dati li so:

Nomi (da sinistra): Deirdre Drennan, Maud Drennan
Luogo: Pearl Strand, Contea di Donegal
Data: luglio o agosto 1989

Questa fotografia non è stata trovata arrotolata in una bottiglia di latte nel lavandino della tana gotica di un anziano accumulatore compulsivo a West London. Fu scoperta in modo molto meno straordinario ma altrettanto inspiegabile. Gli agenti di polizia la scovarono sotto il sedile del passeggero della macchina di Jimmy O'Donnell, sulla strada per Ballyshannon.

È banale e complicata come tutte le foto di famiglia.

Una ragazza di circa quindici anni è su un ponticello di legno fiancheggiato da dune di sabbia. È appoggiata al parapetto, con un'anca spinta in avanti e l'espressione seria. Accanto a lei c'è una bambina di circa sette anni. Ha i capelli ravviati dietro le orecchie e un sorriso incerto. Hanno entrambe i capelli castani e gli stessi sandali bianchi. Per il resto, sembrano non avere niente in comune. È una giornata con il cielo caldo e il vento placato. Si capisce da com'è dritta l'erba ammofila che cresce sulle dune intorno a loro e dal fatto che nessuna delle due ha l'aria tesa di chi muore di freddo.

Non ho nessun ricordo del momento in cui fu scattata quella foto. In realtà, non può essere stata scattata per il semplice fatto che quell'estate su quella spiaggia non vedemmo mai anima viva.

Era un posto selvaggio e deserto, quella spiaggia. Un posto dove l'oceano incontrava il cielo, e dove i gabbiani stridevano e volteggiavano in un grande, enorme, sconfinato azzurro. Le dune erano alte quanto una casa a tre piani o poco più di un formicaio, enormi barriere antiche e piccole collinette appena formate. Era un posto di sabbia instabile, di sabbia canora, di sabbia cedevole, di sabbia compatta fatta per correrci sopra. Sabbia con una propria luminosità, un particolare sfavillio con la luce giusta (luce di luna, di stelle, di alba). Un'incantevole mezzaluna di sabbia, magica già nel nome: Pearl Strand.

Mia sorella diceva che con la bassa marea si poteva camminare fino in America, per quanto si ritraevano le onde. Così lontane che le stelle marine finivano per dimenticarsi dell'esistenza dell'oceano e s'intirizzivano per il dispiacere. Così lontane che le alghe piangevano sugli scogli fino a prosciugarsi per la nostalgia.

Pearl Strand era un posto di grande bellezza e perfidia.

Dovevi sapere dove mettere i piedi, in che direzione fosse casa e dove ripararti quando il vento soffiava in orizzontale. Le maree erano mutevoli e il tempo poteva cambiare da un momento all'altro. A volte il vento calava di colpo e si nascondeva dietro le dune, a volte scagliava giocose manciate di sabbia che sembravano rimbalzare sull'acqua. A volte scatenava giganteschi vortici di sabbia che ti scorticavano. Un turbinio di aghi che ti graffiavano le guance, le gambe e le braccia. Che ti tappavano gli occhi, le orecchie e la bocca.

Potevi scappare nelle grotte.

Non erano grotte accoglienti, cordiali. Erano meandri torvi e angusti. Dovevi chinarti e rannicchiarti, sguazzare in gelide pozzanghere tra gli scogli, su superfici pericolosamente viscide o così scabre da tagliarti via i piedi. Dovevi seguire insenature di sabbia lambita dall'acqua verso umide tane segrete che puzzavano di salsedine – le ascelle del mare!

A volte trovavi la sala del trono di una sirena, deserta, con le rocce scavate dal suo sedere caudato e patelle luccicanti appese al soffitto. A volte trovavi la dispensa salmastra della sirena, cosparsa di granchi smembrati, cime sfilacciate e, un giorno, un pesce senza occhi che si dimenava.

Dopo una decina di passi, la grotta poteva sfociare in una cattedrale. Un capolavoro echeggiante scolpito dall'amore selvaggio del mare, con rilievi e striature e un inverno minerale che durava tutto l'anno.

Ma quell'estate le grotte erano irraggiungibili, diceva Deirdre.

4.

È raro che riesca salire le scale fino all'appartamento che ho affittato al primo piano di un villino nel buco del culo di Whitton, senza che la padrona di casa emerga come una farfalla New Age dal suo bozzolo al pianterreno. Anche se, più che emergere, fiuta l'aria da dietro la porta d'ingresso con la sua incipriatissima proboscide.

Ho rinunciato da tempo a tentare di rincasare di soppiatto. Il cancello arrugginito annuncia il mio ritorno con un allarme cigolante. Quello che succede dopo è un balletto ben collaudato. Io percorro il vialetto, lei bussa alla finestra della cucina con le nocche piene di anelli sgargianti. Io annuisco in modo educato e distratto oppure abbasso la testa e corro. Il risultato è sempre lo stesso: la finestra della cucina si spalanca e la voce di Renata ne sgorga con vellutata autorità.

"Maud, tesoro, vieni dentro."

Ogni parola sfila fuori ammantata di raso. Pronunciata con quell'accento modulato e intonato alla perfezione che in genere si trova negli archivi della BBC. L'equivalente parlato di *Rule Britannia* nella serata conclusiva dei Proms: un'affilata, cannoneggiante e dominante asprezza aristocratica. Un'asprezza di cui Renata si serve per litigare con il letturista del gas. L'ho visto battere in ritirata inchinandosi e contraendo la bocca con involontaria deferenza subalterna.

Mai nessuno immaginerebbe che Renata viene da Rotherhithe.

Mentre aggiro la casa, la vedo affaccendarsi dietro il vetro smerigliato della finestra del bagno. Il tempo di arrivare davanti alla porta, ed eccola lì, che sfoggia un mesto cipiglio e un caffetano.

"Maud, tesoro, vieni dentro."

Non mi dispiace entrare in casa sua. L'ambiente offre l'antidoto all'apocalittico squallore della casa del signor Flood che manca al mio appartamento. Da Renata gli strofinacci sono stirati e la moquette è pettinata in linee diritte. Un giorno mi ha detto che i lavori di casa sono l'unico modo con cui sua sorella Lillian riesce a esprimere amore. Lillian ci va due volte a settimana per dimostrare affetto, e lei e Renata litigano finché Lillian se ne va disgustata, sbattendo la porta e portandosi via la biancheria da lavare.

Seguo Renata nel corridoio. Le scarpe che non indosserà mai più sono allineate su uno scaffale. Le due icone della sua vita, Gesù Cristo e Johnny Cash, guardano dalla parete e impartiscono le rispettive benedizioni.

Gesù Cristo rivela il Sacro Cuore: un lustro globo di luce santa. Ha gli occhi colmi di mite pietà e riccioli luminosi che ricadono morbidi sulle spalle ammantate.

Johnny Cash non rivela niente, ha il viso dispeptico. Stringe le labbra contro quella giostra di peripezie morali, dannazione e fioca speranza di redenzione che è la vita.

Le nostre puntate sono su Cash.

"Ho acceso il bollitore, ti fermi per un tè?" Renata allarga gli occhi, già resi teatralmente larghi da una zampata di eyeliner alle ciglia.

Quando si tratta di trucco, Renata propende per l'approccio "più è, meglio è", che però mette in pratica con arte. È il trucco che si è messa per tutta la carriera, appena modificato per creare una specie di look da diva dello schermo non più in servizio.

Non è naturale, ma, come dice lei, si ferma un attimo prima del capolinea "travestito". La più grande paura di Renata, tra le svariate grandi paure, è quella di morire struccata. In caso di incidente o di arresto cardiaco, ho promesso di truccarla ancor prima di chiamare l'ambulanza, benché Renata tema che il risultato sia destinato a essere più Pablo Picasso che Vivien Leigh.

Si tira su la manica e indica il punto dove avrebbe l'orologio se vivesse un'esistenza pratica, regolata da una qualsiasi cosa anziché dalla luna e dall'estro. "Hai tempo?"

Ho sempre tempo. "Vatti a sedere. Finisco di preparare il tè." Mi tolgo le scarpe da tennis con un rispettoso saluto a Johnny Cash.

Renata aggrotta la fronte. "E come facciamo con i gemelli pel di carota? Sai che c'è il rischio di avere figli con i capelli rossi se finisci di preparare il tè cominciato da qualcun altro."

Le ho insegnato tutte le superstizioni irlandesi di mia conoscenza. Le piacciono moltissimo. Le ha aggiunte alle sue credenze bislacche, e adesso l'universo è diventato ancora più instabile e assurdo.

Annuisco giudiziosa. "In effetti quel rischio c'è. Hai già messo le foglioline nella teiera?"

Renata scuote la testa.

"Allora non dovrebbero esserci problemi. Comunque, io non scopo da anni."

"E io non ho mai avuto l'utero," replica lei con un ghigno sinistro, e fluttua verso il soggiorno spargendo dietro di sé una scia di profumo di gelsomino rosso.

"Buon per te."

Renata ha già preparato il vassoio in cucina. Adoro la precisione con cui lo fa, con il bricco del latte e le pinze per lo zucchero, anche se nessuna delle due lo usa. Quando entro con il vassoio mi sorride dal divano.

Nonostante il garbato animo da Acquario, Renata incute soggezione anche quando sorride. Ha zigomi brutali, e gli occhi scuri, inatteso regalo di un marinaio portoghese alla madre, hanno la profondità della pece bollente. Negli occhi di Renata ci sono lo scricchiolio e il beccheggio di mille vascelli e la luna sull'acqua e il fado di un mozzo ubriaco.

Tra amiche, ha spesso un sorrisetto sardonico e non è raro che rida. Con gli estranei, invece, ha l'atteggiamento del boia o del medico sostituto: risoluto, arcigno e vagamente risentito. Ho visto molti tentativi di sorriso annaspare e schiantarsi contro la sua espressione intimidatoria, perché Renata sorride solo quando vuole e mai per fraternizzare.

Renata si disegna le sopracciglia a mano, imprimendovi l'arco feroce della più determinata *femme fatale.* Si fascia la testa con un foulard che annoda alla nuca per formare una specie di chignon da ballerina. A volte invece del foulard indossa un turbante di feltro. Ogni tanto aggiunge un basco o un cappello floscio. Nella stanza degli ospiti ci sono tre parrucche appollaiate su altrettante teste di polistirolo mozzate. Si chiamano Lisa, Rita e Lauren, e sono rispettivamente nera, rossa e bionda. Le usa di rado e solo se ha ospiti. Come abbigliamento quotidiano opta per il caffetano o il kimono, perché ne ama lo scanzonato fascino bohémien. Predilige fantasie esotiche e colori sorprendenti.

Benché il passaporto le attribuisca sessant'anni, Renata non ne confessa più di quarantacinque. Nata Lemuel Sewell, lavorava in un cantiere edile e nel tempo libero si vestiva da donna quando, nel 1972, conobbe Bernie Sparks in un pub di Catford. Trascorse i restanti anni della vita di Bernie facendogli da moglie, da bomba del sesso e da assistente di scena, a seconda delle esigenze del momento. Per Bernie si depilava tre volte al giorno e abbandonò amici, famiglia e il proprio nome. Lo spettacolo di magia di Bernie garantiva una redditizia stagione estiva tra i villaggi turistici e i teatri delle stazioni balneari. D'inverno, Bernie passava le giornate in sala corse. Beveva in continuazione.

Per quell'esile ragazzo di Rotherhithe c'era il piacere compensativo delle piume di struzzo, i tacchi a spillo dorati ed essere segato a metà due volte a sera. Ma Renata aveva sognato una vita diversa, come geologa o investigatrice privata olistica. O addirittura una vita che combinasse le due professioni e le permettesse di risolvere con cognizione di causa dei casi collegati alle pietre preziose.

Questa è la strada che Renata seguirebbe oggi, dice, se fosse in grado di uscire di casa. Per essere uno spirito libero, Renata è dolorosamente confinata.

Le sue paure sono, in ordine crescente:

I peli pubici degli sconosciuti.
I ponti.
La tubercolosi trasmessa dalle maniglie delle porte.
I cani rabbiosi.
I palloncini gonfiati con l'elio.

L'altissima probabilità che uno di questi fattori, per non dire tutti, sia in agguato oltre la soglia della sua villetta rende sconsigliabile uscire di casa. E questo in virtù del fatto che l'universo di Renata, come quello di quasi tutti, è fondato sulla legge di Murphy.

Poso il vassoio sul tavolino accanto a lei e mi siedo sul telo di plastica che Renata stende sul divano quando ha ospiti.

Renata solleva il coperchio della teiera e rigira le fogliolinedi tè. "Allora, come stava oggi Flood?"

"Ha detto il mio nome."

"*Ci Vediamo Martedì Prossimo*?"

"No," rispondo. "Ha usato il mio vero nome e poi mi ha quasi sorriso. Mentre raschiavo la merda dei gatti dal forno."

"Ognuno ha la sua croce."

"Già, tu hai quei terribili calli."

"Sono una martire delle calzature alla moda." Indica una ciabatta piumata.

"Non impariamo mai. Com'è stata la tua giornata?"

Renata chiude gli occhi e orienta il viso alla luce. Le palpebre sono di un blu molto vivido. "Occhiaie sfumate."

"Fantastico. Quindi hai avuto un pomeriggio intenso e produttivo?"

"Potrei farti le radici e sistemarti le sopracciglia, darti un'aggiustatina. Su, affidati alle mie mani."

"Se fossi matta lo farei volentieri."

Renata sospira e scuote la testa. "Potresti fare moltissimo per te stessa; non sei così brutta come sembri."

Ha ragione. Sono bassa, con un petto quasi inesistente e un posteriore senza infamia e senza lode, ma per gli amanti delle gambe sono una bella preda perché ne ho due. La mia faccia è pallida, la mascella è troppo squadrata e in genere ho un'espressione piuttosto confusa. Gli occhi sono normali, con una leggera tendenza allo strabismo. Ho i capelli lunghi, folti e ribelli: un romanzo rosa li descriverebbe come la mia più grande bellezza. Certe volte mi faccio la treccia come Mona Darkfeather. E ho le orecchie piccole, di una tenerezza smisurata e ben incollate ai lati della testa. Con un po' di allenamento e notevoli sforzi potrei essere una sirena.

"Tesoro, pensi che ti ucciderebbe metterti un po' di rossetto?"

"Niente trucco. Non posso rischiare di eccitare i clienti," dico.

Renata arriccia il naso. "Balle."

"Hai dimenticato l'infarto del vecchio signor Polya? Quel giorno ero andata al lavoro col push-up."

"Depravato."

"Senza dubbio."

"Si tocca?"

"Di continuo."

Renata scuote la testa. "E continua a rifiutare di mettersi il pigiama?"

"Sempre. Anche se questa cosa è dovuta soprattutto al suo eczema da sudore: la figlia rifiuta di comprargli un pigiama di cotone."

Renata mi guarda pensierosa. "È un uomo segnato. Perché la figlia dovrebbe sprecare l'eredità comprandogli un pigiama nuovo?"

"Sarebbe proprio uno spreco, dato che non gli resta molto da vivere."

"Lo vedi perché è meglio non avere figli?" dice lei. "Per loro, un giorno varrai più da morta che da viva."

"È probabile."

"È inevitabile. Fingi di essere morta su una sedia, e sono felici. Fingi di svegliarti... delusione!" Renata fa la faccia delusa.

"Sono contenti quando inciampi nella passatoia della scala."

"Euforici quando ti rompi il femore sul pavimento appena incerato," aggiunge Renata.

"Si metteranno a litigare sui tuoi titoli di stato ancor prima che cominci il *rigor mortis*."

Renata sembra compiaciuta. "Sono contenta di non avere avvoltoi in attesa di spogliarmi."

"E Lillian? Sarà la prima a sgomitare."

"Senza neanche aspettare che mi abbiano avvolta nel sudario. Guarda tutta la roba che ho."

Mi guardo in giro. C'è un televisore con schermo panoramico, una credenza con armadietto dei liquori incorporato, che contiene almeno sei bottiglie semivuote di Advocaat. C'è una libreria piena di gialli e un pouf marocchino di pelle. Sopra il camino c'è un brutto quadro con due galletti fatti con lo spago colorato che si azzuffano. Sulla parete opposta, accanto a uno specchio con la cornice dorata, c'è una vetrinetta piena di campioni di roccia.

"Già solo la tua pietra lunare vale un patrimonio," dico.

"Le mie pietre sono tue. Tutte quante." Muove le dita e i diamanti falsi riflettono la luce.

"Grazie. Allora devi cambiare il testamento: non voglio che tua sorella erediti meno di me."

Renata sorride. "Tanto il signor Flood ti ammazzerà prima."

"Non lo dire neanche per scherzo."

Mi osserva con aria preoccupata. "Non riesco a capire perché lo fai, Maud: sei una ragazza così intelligente..."

"Non sono affatto una ragazza. Vado verso i quaranta."

"Sciocchezze. Hai appena svoltato i trenta. Tra l'altro, hai un aspetto molto giovanile."

"Grazie, ricambio di cuore."

Renata sorride generosa: o è in arrivo un complimento ancor più lusinghiero, o sta per elargirmi una perla di saggezza. "Tu ti prendi cura di tutta questa gente perché credi di essere una persona cattiva."

Alle parole *persona cattiva*, Santa Dinfna emerge dal grembo del camino. Attraversa il soggiorno camminando piano, con cautela, come se misurasse ogni singolo passo dei pallidi piedi calzati di sandali. Fa la faccia da martire, con la bocca stretta e le palpebre pesanti.

"Il tuo lavoro è una specie di penitenza," dice Renata, felicemente ignara della santa che attraversa il tavolino.

Alla parola *penitenza*, Santa Dinfna mi lancia un'occhiata eloquente.

Aggrotto la fronte. "Cambiamo discorso."

"Però ho colto nel segno, vero?" Adesso è Renata ad aggrottare la fronte. "Dici sempre che sei una persona cattiva. Sei davvero cattiva?"

Santa Dinfna fluttua in un angolo, dove si ferma, ritrae le

mani nella penombra delle maniche e china il capo con atteggiamento pio.

"Non riesco a credere che tu abbia qualcosa da espiare, Maud."

Santa Dinfna mi lancia uno sguardo di fuoco da sotto il velo.

Scelgo con cura le parole. "C'è sempre qualcosa da espiare."

Renata si sporge verso di me e mi accarezza un braccio. "Vacci piano con quel vecchio. Devi renderti conto che non puoi salvarli tutti, altrimenti finirai per spezzarti il cuore a furia di provarci."

"Mi hai frainteso. Io non cerco di salvare nessuno: lo faccio solo per i soldi."

"Non è vero. Basta vedere come sei gentile con tutti, persino con i ragni," dice con voce di colpo dolce. "Mi hai aiutato così tanto."

Percepisco una nota di struggente confessione da programma TV mattutino, perciò mi tuffo sul telecomando e sulla provvidenziale distrazione dell'*Ispettore Morse.*

A metà episodio, quando avrei potuto giurare che si fosse addormentata, Renata si rianima di colpo.

"Oggi è successo qualcos'altro, Maud. Qualcosa che non mi hai detto."

"Ma di che parli?"

"Ti comporti in maniera strana, tesoro."

"Non è vero."

"Invece sì. Continui a rosicchiarti le unghie. E quando non ti rosicchi le unghie sbirci nella borsa." Renata mi osserva con attenzione; si è persino messa le lenti bifocali. "Allora?"

Lancio un'occhiata verso la lampada a stelo. Santa Dinfna sembra essersi sciolta nella parete.

"Sputa il rospo," dice Renata.

Che male c'è?

"È così intenzionale, così crudele." Renata alza lo sguardo dalla fotografia. "E l'hai trovata per puro caso, nel bagno al pianterreno?"

Sostengo il suo sguardo con scrupolo. "Mentre pulivo."

Renata sembra soddisfatta. "E la moglie del vecchio è trapassata?"

"È morta, sì."

"E lui era infastidito quando ne avete parlato?"

"Sì."

Renata si morde un labbro.

"Poi si è messo a saltellare e a puntare il dito, quando hai parlato di suo figlio?"

"Saltella spesso."

"Ma punta il dito, Maud?"

"Non con quella veemenza."

"Com'è morta la moglie?"

Esito. "È importante?"

"Certo che lo è."

Per un attimo vorrei che si fosse trattato di una semplice trombosi coronarica, un innocuo attacco di polmonite, un bell'ictus.

"È caduta, lì a Bridlemere," dico.

Renata mi fissa. "L'ha uccisa una caduta?"

"Nel piano assistenziale è scritto così. Il signor Flood ha sofferto di depressione dopo la tragica e prematura morte della signora Flood. Perciò si è ritenuto pertinente citarla."

Renata freme di eccitazione. "Quando è successo?"

"Una ventina di anni fa."

"E immagino che alla caduta della signora Flood abbia fatto seguito un'adeguata indagine, vero?" Noto che usa il suo tono di voce da interrogatorio, a metà tra il minaccioso e l'ossessivo.

"Dài, Renata..."

Si allunga verso la bottiglia dietro il poggiapiedi.

Mi lascio sfuggire un lamento, ma so che protestare non serve, perciò mi alzo e vado verso la credenza per prendere i due bicchieri più piccoli che riesco a trovare.

Speravo di evitare il krupnik stasera. Questo krupnik in particolare, varietà unica invecchiata nei barili di benzina del capanno di un imbianchino di nome Józef che abita al numero sette. L'intruglio uscito da quei barili viene filtrato attraverso le calzette della moglie di Józef e scaraffato in bottiglie di plastica da succo di frutta. Per Renata si tratta di un potente tonico che giova alla salute e alla vitalità; di sicuro, Józef lo usa anche per lavare i pennelli.

Riempio i due bicchierini.

Renata mi fa segno di sedermi accanto a lei sul divano, e, quando obbedisco con in mano il drink del demonio, comincia.

"E sappiamo chi è la misteriosa bambina nella fotografia?"

"No."

"Però conosciamo l'identità del bambino?"

"Gabriel, il figlio del signor Flood. È citato nel piano di assistenza."

"Lo stesso figlio che il vecchio non ha gradito sentirti menzionare?"

"Proprio lui."

"Sento puzza di bruciato, Maud."

"Io per niente."

"Non hai fiuto per i delitti," borbotta lei. "Un figlio odiato, una foto sfigurata e la tragedia della caduta fatale della signora Flood."

La guardo e mi guarda con un'espressione di furba giocosità. Mi sento sfinita all'improvviso. "So cosa pensi."

Renata sorride.

Scruto il bicchiere di krupnik che ho in mano: è di un giallo malsano, come se fosse stato distillato in un reparto di urologia. Mi chiedo che approccio adottare.

"A cosa penso?" Il sorriso si allarga.

“È stato un incidente, Renata. C’è scritto sul piano di assistenza.”

“Dio ne scampi dalla possibilità che il piano di assistenza si sbagli! Se fossi in te approfondirei la questione.”

“Neanche per sogno.”

Mi fissa e inarca le sopracciglia.

Inarco a mia volta le mie, con fare altezzoso.

Accenno col mento alla libreria stipata di romanzi polizieschi con le pagine tutte stropicciate e le rilegature disfatte.

“Non credi di leggere un po’ troppi gialli?” chiedo. “La vita vera non è così. Pensi che le persone là fuori si massacrino a vicenda come fanno in quei libri?”

“Non essere insolente, e beviti il krupnik.”

Guardo il bicchiere che ho di fronte. “Mi ucciderà.”

Renata lo indica. “Fa bene all’intelletto. Brucia il grasso del cervello. Gli investigatori hanno menti asciutte, magre.” Risucchia le guance per rendere l’idea. “A furia di inseguire indizi tutto il giorno.”

Santa Dinfna ride da un punto imprecisato sopra il camino. Non è una risata piacevole. Santa Dinfna non ama Renata, per motivi che ignoro.

Se finissi il krupnik potrei andarmene. Se non mi dovessero funzionare le gambe potrei usare i gomiti; potrei strisciare su per le scale gradino per gradino fino al mio appartamento. Mi guadagnerei un po’ di pace e la fine di questo delirio. Drizzo la schiena e mando giù mezzo bicchiere senza conseguenze più gravi della liquefazione dell’esofago.

Renata assapora il suo drink per un po’, poi si volta verso di me con una luce improvvisa negli occhi. “Questo è un caso che aspetta solo di essere risolto. Ne sono certa.”

Labbra, bocca, denti, lingua: tutto intorpidito. Riesco solo a emettere un gemito.

“Lasciami sognare,” dice Renata e mi guarda civettuola da

sotto le ciglia scure. “Una casa, un labirinto di ciarpame, un vecchio pazzo e un messaggio in una bottiglia: tutti gli ingredienti di un giallo intricato.”

“In futuro non ti racconterò più niente delle mie giornate.”

“Questo è molto crudele. Tu sei i miei occhi e le mie orecchie, Maud, la mia finestra sul mondo. Tu mi dici tutto: l’hai sempre fatto.”

Non l’ho mai fatto.

Nella sua voce c’è una nota malinconica. Forse è consapevole di questo ritegno, degli elementi mai condivisi della mia vita quotidiana. Le osservo il viso. Ha un’espressione furba, ma ci ho fatto l’abitudine.

Ingurgito il resto del krupnik, aspetto di poter tornare a parlare, e dico: “Rinfodera il becco, Renata. Io vado a Bridlemere solo per fare il mio lavoro.”

Renata riempie di nuovo i due bicchieri e fa un allegro brindisi. “A te che fai solo il tuo lavoro, nel castello di Barbablù!”

Mi allontano con la mente, mentre il televisore riverbera e mormora con il volume al minimo. Renata sonnecchia sulla sua poltrona con lo schienale alto, appisolata sirena del grande schermo, con il bel viso illuminato dalle braci rosseggianti della stufa a gas “effetto camino”. Una bottiglia di latte giace immobile sul tavolino, con il suo genio arrotolato all’interno. E una santa invisibile, defunta da tempo, siede a gambe incrociate sul tappeto davanti al focolare e si gratta la suola dei sandali.

Mi allontano, con la mente vado a Bridlemere.

Non negli spazi noti – cucina, atrio e bagno al pianterreno.

Stasera mi inoltro nella Bridlemere della mia immaginazione.

Avanzo con un lume a petrolio, tutt’altro che pratico (spifferi improvvisi, luce incostante, stoppini difettosi). Sono scalza e indosso, che strano, un’ingombrante camicia da notte bianca che sembra fatta apposta per le rogne.

Inizio dalla parte bassa della casa, nel sottoscala, perché di solito è qui che si annidano i segreti, mi avvicino alla porta dei sotterranei tramite una rampa di gradini giganteschi. L'edera si scolla dal telaio della porta, peduncolo dopo peduncolo. Il lucchetto si apre di colpo; la catena si spezza e cade. Non ho quasi bisogno di toccare la maniglia.

Basta un passo oltre la soglia (le ragnatele mi sfiorano il viso e le braccia) ed eccomi avanzare nei corridoi sotterranei. Il lume con cui mi faccio luce avvampa all'improvviso, le ombre danzano negli angoli. Sopra di me pendono le spirali polverose di campanelli per la servitù muti.

Vado in cantina, dove vini imbevibili giacciono sepolti in catacombe. Bottiglie dimenticate, avviluppate nella polvere, con i sedimenti rappresi e i tappi marci. Vedo gli scaffali di marmo della dispensa ridotti a piste di pattinaggio per topi, e nel retrocucina un lavello dove vanno a morire colossali falene impolverate.

Avanzo tra rampe di scale nascoste e meandri, attraverso porte segrete (coperte dal tendaggio e dalla carta da parati – si vedono a stento gli stipiti!). Questo armamentario da retropalco è il segreto di ogni cameriera scomparsa e maggiordomo materializzato.

Per fortuna le porte sono aperte, di chiavi non ne ho. Ovviamente ho controllato: le tasche della camicia da notte immaginaria sono vuote.

C'è una biblioteca piena di libri esoterici rilegati in pelle nera, con una poltrona davanti al camino e un teschio al centro del focolare. C'è una sala da pranzo apparecchiata per una cena i cui unici ospiti sono i topi che rosicchiano i portatovaglioli e i ragni che dondolano dai candelabri.

La scala che si attorciglia su per la casa è di legno scuro, e la tappezzeria che si scolla sul pianerottolo è uno squarcio cremisi, brilla come un fiotto di sangue sulla boiserie laccata di nero. Ci sono anche dei ritratti: dame in abiti di seta, bambini con la testa grossa e uomini in calzamaglia che gesticolano amabilmente. Alzo il lume per guardarli meglio. Fingono di star fermi ma i loro sguardi mi seguono. Ci sono infinite stanze con letti a baldacchino infossati, pitali accovacciati e finestre decorate da velluto ammuffito. C'è una nursery con bambole dalla faccia di porcellana e una culla che scricchiola ancora. La guardo dondolare con svagato interesse.

Mi avvicino in punta di piedi alla seggiola accanto alla finestra e appoggio il viso alle sbarre. Vedo la fontana nel giardino illuminato dalla luna. La ninfa stringe la conchiglia e curva le spalle contro la notte. Nel laghetto, ai suoi piedi, qualcosa gira nell'acqua.

Salgo l'ultima rampa di scale.

Proprio in cima alla casa c'è una soffitta. Lì trovo bauli pieni di vestiti plissettati, pellicce con gli occhi di vetro, abiti ingialliti di spose perdute. E pipistrelli che sonnecchiano tra le travi, avvolti nell'odore di *voile* polveroso e nell'infinito aroma della naftalina.

In fondo alla soffitta c'è l'ultimissima porta. Ma è chiusa a chiave.

Un peso improvviso in tasca: cosa può essere? Abbasso lo sguardo e vedo una chiave sul mio palmo, una chiave da fiaba!

Una chiave di ferro lucido e nero, pesante e lunga. Sulla testa è inciso un emblema: forse un fiore, o una bocca, o un mollusco. La chiave rosseggia di colpo e mi sussurra con l'impetuosa lingua rovente della fucina:

Questa è una porta che non dobbiamo aprire.

La chiave scotta. Un dolore lancinante. La lascio cadere.

Il mio palmo è marchiato. Un segno. Non un fiore o una bocca o un mollusco, ma lettere intrecciate: un monogramma.

M F

5.

Ho aggiunto il bagno al pianterreno di Bridlemere al mio dominio, precario reame sottratto alla barbarie, grazie agli effetti civilizzanti della candeggina e dei sacchi per la spazzatura. Il mio dominio copre all'incirca un sesto del pianterreno della casa del signor Flood, un'area che parte dalla cucina, con la dispensa e il retrocucina, e si estende all'atrio. Fino, ma senza includerla, alla Grande Muraglia del *National Geographic*.

La Grande Muraglia del *National Geographic* è la porta d'accesso al resto del pianterreno, inclusa la scala e oltre. Quest'imponente struttura non è solo una barriera alla mia avanzata, è anche un adeguato monumento al collezionismo compulsivo. È alta quasi quattro metri e interamente costituita da fitti strati della celeberrima rivista di divulgazione (con i dorsi gialli allineati e rivolti all'esterno). Ogni copia è stata collocata con cura, talento e intuito, tanto da dare all'insieme l'arcana forza di un muro a secco.

Al centro esatto della struttura c'è una breccia richiusa, un varco nella barricata tappato con delle videocassette.

Sopra la riparazione è stato incollato un cartello:

Per ordine di Cathal T. Flood
PRIVATO
SEVERAMENTE VIETATO L'ACCESSO

La muraglia è pattugliata. Provate a passarci le dita, a toccare anche solo di sfuggita le riviste, e capirete a cosa mi riferisco. La porta del laboratorio del signor Flood, situato proprio di fronte, nell'atrio, si spalancherà. E da quella porta emergerà lui, con l'incredibile velocità di un ragno botola.

Durante l'irruzione compiuta dagli operai del comune sul ciarpame del signor Flood, pare che alcuni di loro abbiano sfondato il suddetto muro. Di sicuro l'hanno fatto con la stessa trepidazione con cui Howard Carter e il conte di Carnarvon bussarono sulla tomba di Tutankhamon. Un manipolo di animosi volontari ha allontanato il signor Flood dalla sua tana con del whisky di malto, nel tentativo di distrarlo. Frattanto, i loro colleghi cercavano di forzare la barricata. Alla fine, la muraglia ha ceduto ed esalato una folata di aria viziata, e, mentre la polvere si depositava, un nervoso gruppetto di operai con i giubbotti fluorescenti ha avuto modo di ammirare per un attimo le meraviglie accumulate dietro quella barriera di carta.

Prima che l'ira del signor Flood si abbattesse su di loro.

Nei giorni seguenti, molti di quegli uomini si sono dati malati, altri hanno rassegnato le dimissioni, e tutti hanno fumato centinaia di sigarette con mani tremanti e sguardo perso nel vuoto. La muraglia è stata risigillata in un baleno e il resto della casa è rimasto inesplorato.

Spesso indugio nell'atrio guardando la Grande Muraglia dei *National Geographic* come se fossi Davide che si presenta a casa di Golia con i guanti di gomma e una valutazione dei rischi, chiedendosi dove accidenti mirare.

Sin dal primo giorno a Bridlemere mi sono ripromessa di riaprire quella barriera, varcarla e trovare un bagno dotato di vasca. E una volta trovato, costringere quel lurido vecchio a lavarsi per bene.

Oggi, a titolo sperimentale, sfioro con i polpastrelli la superficie della muraglia. Mi volto verso la porta del laboratorio e m'irrigidisco in attesa che ne schizzi fuori il signor Flood che digrigna la dentiera e rotea gli occhi, come un saltapicchio canuto.

Niente, non un suono.

Provo a spingere le pile accatastate e a spiegazzare un po' il cartello, poi mi metto a camminare avanti e indietro, sbatto i piedi e tossisco.

Ancora niente. La porta del laboratorio resta chiusa.

Poi lo vedo, e solo perché muove gli occhi.

È immobile dietro una colonna di cassette di legno. Camuffato come un mucchio di indumenti su un attaccapanni. Per un istante sono tentata di farmi il segno della croce sul cuore, che mi si è girato di traverso nel petto. Impossibile dirlo con certezza, ma credo che il signor Flood sorrida; quantomeno, le labbra si sono scostate e mostrano la dentiera. Forse si è dimenticato del nostro battibecco di ieri. O forse sta per cominciarne uno nuovo.

Forse sta per rimettersi a saltellare e a puntare il dito.

"Posso esserti d'aiuto, Drennan?"

Indico la barricata. "Dietro quest'affare, al piano di sopra, c'è per caso un bagno con la vasca?"

Il vecchio si sporge di poco verso di me, nella luce, e le sciarpe che gli cingono la testa scivolano appena. "Non ci sono vasche."

"Non esiste una vasca in tutta la casa?"

Mi fissa con uno sguardo di ghiaccio azzurro, ma gli angoli della bocca tradiscono un certo divertimento. "Non ci sono vasche."

Non gli credo per niente. "Allora cosa c'è dietro quest'affare?"

Il signor Flood aggrotta un po' la fronte, come se gli avessi fatto una domanda complicata. Riflette per qualche istante. "C'è il passato, Maud, e lì non si va."

"Neanche per darsi una lavata?" chiedo, ma si è di nuovo dissolto nell'ombra.

*

In cucina non c'è traccia del signor Flood. Ho controllato nella dispensa e sotto il tavolo, anche se, alto e vecchio com'è, farebbe una certa fatica a rannicchiarsi lì. Comunque sia, ho la netta sensazione che qualcuno mi stia guardando mentre gli preparo la cena: salsicce e purè di patate con il sughetto della carne e cipolla. Ma forse i gatti sono gli unici che mi osservano. Se ne stanno sdraiati sullo zerbino o seduti sulle sedie intorno al tavolo della cucina, quasi si aspettassero di essere serviti. Abbiamo raggiunto un accordo: il forno e i piani di lavoro sono vietati, tutto il resto va bene.

Mentre sbuccio le patate nel lavello davanti alla finestra, vedo là fuori un barbaglio di colore. Nel vialetto c'è una volpe con il manto ramato nel sole pomeridiano. Ha le orecchie dritte, il muso appuntito, e mi fissa.

Vado alla porta. La volpe guarda verso i cespugli, poi di nuovo verso di me, *eloquente.*

Sono a metà delle scale con una patata in mano, quando la volpe si muove. Ma lo fa piano, struscia il fianco contro una rete da letto abbandonata e volta la testa, come un cane, per invitarmi a seguirla. Tipo Lassie, ma con più discrezione e meno latrati.

La seguo, supero le biciclette arrugginite e i capanni abbandonati, tra cespugli e foreste di arboscelli, in una piccola radura. Nella radura c'è una roulotte. La volpe salta sul tetto e scompare.

La roulotte è vecchia, roba degli anni cinquanta; la metà inferiore è celeste, quella superiore color crema sporco, con in mezzo una striscia cromata. Un tempo era un esempio di bellezza funzionale, adesso è verniciata di muffa e muschio. Sulla fiancata c'è una finestra ovale, e sul muso una rettangolare. Sono entrambe sbarrate dall'interno con delle assi, ma i vetri sono ancora intatti. La porta è chiusa da due lucchetti nuovi.

Sento uno strofinio e mi fermo ad ascoltare: è come se qualcosa raspasse all'interno della roulotte; forse la volpe è entrata e quella è la sua tana. Abbasso lo sguardo sulla patata mezzo sbucciata che ho in mano e la scaglio tra le erbacce, sotto la roulotte. Il rumore cessa ma non esce nessuna volpe.

Mentre torno verso casa la vedo all'improvviso, incollata alla finestra della cucina. Entro, attraverso la stanza, salgo su una sedia e, tenendomi in equilibrio sul bordo del lavello, allungo la mano per prenderla. Si scolla e cade svolazzando; la agguanto prima che atterri tra i piatti sporchi.

Una fotografia: un campo illuminato dal sole, una donna che tiene per mano un ragazzino.

Il volto della donna non c'è più. Un buco, una bruciatura circondata da un bordo tumefatto.

Per il resto è intatta, dalle scarpe di coppale bianco alle lunghe gambe chiare, al vestito giallo. La nube di capelli rossi che circonda lo spazio in cui dovrebbe trovarsi il viso avvampa in maniera innaturale, illuminata in controluce.

Accanto a lei, il ragazzino guarda l'obiettivo con un broncio ormai familiare.

In questa foto Gabriel è un po' più grande. Il viso e le ginocchia che sbucano sotto i pantaloncini sono di un pallore traslucido. I capelli hanno lo stesso improbabile colore rosso di quelli della donna. Dietro di loro c'è la roulotte. Gli stessi finestrini, la stessa forma, gli stessi colori, che però qui vibrano della calda tonalità di un'ormai dimenticata estate Kodak. Il sole picchia sul campo e sugli alberi, sul tetto della roulotte e sullo scintillante ovale d'acqua di una piscinetta di plastica. Giro la foto. Non c'è nastro adesivo né colla. Alzo gli occhi verso la finestra della cucina.

Elettricità statica. Magia.

Sul retro della foto, scritte con piccole lettere nitide, ci sono le parole:

Mary e Gabriel, Langton Cheney, 1980.

In fondo al vialetto del giardino, vicino al cancello, i cipressi di Leyland fumano.

Questa non è opera di un santo. Stando a Dinfna, nessun santo metterebbe piede a Bridlemere. Tra l'altro, per quanto ne so, i santi non fumano (anche se padre Pio adorava il tabacco da fiuto, e pare che continui ad adorarlo anche nell'oltretomba, cospargendosi la tonaca di minuscole particelle).

Poi vedo stivaletti, non sandali. Questo conferma le mie osservazioni di prima: non ho mai visto calzature chiuse ai piedi di un santo.

Gli stivaletti si muovono e altro fumo si leva nell'aria.

"Ehi, tu," dico. "Guarda che ti vedo."

Gli alberi fremono e lo sconosciuto sbuca nel vialetto.

Valuto alla svelta l'arsenale di armi di cui dispongo: la matita per le parole crociate, molto appuntita, un ginocchio destro scattante e una seduta di prova di Wing Chun.

Lo sconosciuto alza le mani in un gesto di supplica e di possibile conciliazione.

"Maud, sei tu Maud?" chiede.

Annuisco.

Poi mi sorride.

Esamino il sorriso di questo perfetto sconosciuto: l'epicentro è un canino. Un singolo dente insubordinato in un'altrimenti impeccabile fila di denti dritti.

Dente ribelle e fuori dai ranghi che, insieme a una cicatrice sbarazzina sul sopracciglio destro, conferisce al viso un potente alone di fascino furfantesco. Ricambio il sorriso, subito e senza riserve.

Poi mi chiedo come faccia questo rapinatore a sapere il mio nome, se intenda ancora rapinarmi pur sapendolo e se glielo lascerò fare. Rifletto sulla possibilità di chiederglielo mentre mi immergo nella splendida profondità dei suoi occhi grigi.

O forse, in effetti, dovrei conoscerlo?
E lì arriva l'illuminazione. So esattamente chi è.
"Tu sei Sam Hebden," dico.
Il sorriso si allarga.
Mi si squagliano le rotule.

Sam Hebden lascia che parli io per tutto il tragitto fino alla fermata dell'autobus. Non è d'accordo sulla treccia da samurai, anche se ha capelli biondo scuro lunghi ben oltre le orecchie; ha un tatuaggio ma non è un cobra (e non sul collo), e non gira in motocicletta. Per il resto, confessa, l'avevamo inquadrato alla perfezione.

Il tutto accompagnato da un incantevole sorrisetto e da occhiate piene di allegria.

È sulla quarantina e, va detto a suo onore, ha una camicia abbastanza attillata da mostrare un gran bel paio di spalle. In ogni movimento del corpo c'è la scioltezza animale che deriva dal correre molto e sollevare cose. Quella di ore passate a torso nudo, sudato, a sferrare montanti a sacchi da boxe in scantinati sudici e a fare panca piana con piccole utilitarie.

O a giocare a rugby. Quasi di certo a giocare a rugby.

A correre su un campo con un paio di pantaloncini attillati, i muscoli delle cosce brillanti, la palla stretta nell'ansa del bicipite d'acciaio, gli occhi che sprigionano scintille di ghiaccio mentre segna una meta.

È alto una trentina di centimetri più di me. Se adesso ballassimo un lento, potrebbe comodamente poggiarmi il mento sulla testa. Se gli venisse il capriccio di mettermi le mani sul posteriore, dovrebbe chinarsi. Con quest'uomo dovrei mettermi i tacchi, non certo le scarpacce da giardinaggio di un travestito agorafobico.

"Scusa se ti ho spaventata, nascosto in quel cespuglio." Mi lancia un'occhiata sorniona e arriccia gli angoli delle labbra.

"Aspettavi me o tenevi d'occhio la casa?"

"Entrambe le cose." Ride.

"Credevo che avessi lasciato perdere il signor Flood," abbasso la voce, "dopo quello che è successo con la mazza da hurling e tutto il resto."

"Infatti, e tutto il resto."

"Allora come mai sei tornato?"

Sam scrolla le spalle e distoglie lo sguardo. Mi rispondo da sola. È tornato per vendicarsi del vecchio. Che ha infangato la sua immacolata reputazione e l'ha fatto impazzire.

In realtà Sam Hebden non sembra pazzo, ma se fosse scappato dal manicomio farebbe di tutto per camuffare la propria follia. Lo guardo con attenzione, dalla testa ai piedi. Ha ancora le scarpe e la cintura dei pantaloni, e questo, stando alla mia esperienza, è un buon segno.

Indica la strada. "Quello è il tuo autobus?"

"Non posso perderlo."

"E io non posso accompagnarti, perché devo andare in un posto," dice con cortesia, in tono di scusa.

"Certo, non c'è problema." Annuisco.

Sam mi guarda negli occhi. "Ti va se ci rivediamo? Non qui, in qualche posto dove possiamo parlare."

Dove rivederci? In un bar? In un pub? In quanto assistente sociale, Sam Hebden avrà una fedina penale immacolata e certificata dagli appositi uffici. Avrà referenze e una storia personale facile da ricostruire. Avrà superato controlli multipli e ottenuto i debiti salvacondotti. Sarà stato autorizzato a lavorare con i vulnerabili e i bisognosi, da solo, nelle loro case. Io non sono né vulnerabile né bisognosa.

Scrivo il mio indirizzo sul suo pacchetto di sigarette con la letale matita delle parole crociate.

Mentre l'autobus si allontana, lo guardo voltarsi e incamminarsi lungo la strada con la falcata sciolta di un cowboy gentile.

Potrebbe essere a un rodeo, con il sole che picchia sui coprical-zoni di cuoio, la camicia aperta sul collo e i capelli dorati dalla luce del tardo pomeriggio.

Si lecca le labbra, stringe gli occhi e monta a cavallo con un singolo, agile balzo. Fa voltare il destriero, con le mani sulle redini, risoluto ma rilassato, e scruta l'orizzonte con il suo intenso sguardo grigio...

"Sta' attenta," dice Renata. È in kimono, seduta al tavolo della cucina a supervisionare l'apertura del pacchetto di patatine fritte. "Ti sta addosso: sa che sospetti che abbia ucciso la moglie e che sei a caccia di prove."

Santa Rita da Cascia (liti coniugali, violenza domestica, cause perse e impossibili) è appostata a mo' di sentinella nell'angolo accanto al congelatore. Vestita con scuri panni monastici, ha un'aria seria. Molto più vaga di Santa Dinfna, meno incarnata, con l'incerta trasparenza della buccia di cipolla. Santa Rita non parla mai, ma spesso trasuda empatia.

"Non sospetto che il signor Flood abbia commesso qualcosa del genere," dico. "E in quella casa non vado a caccia di niente."

Santa Rita trascina i piedi leggeri sul pavimento. Ha il viso appena addolorato sotto il velo. Ha uno stile medievale: tutto palpebre pesanti e sopracciglia accennate. La sua stigmate – una purulenta ferita di spina sulla fronte grande quanto una moneta da due penny – passa dal color mora spento al cremisi intenso. La santa si guarda intorno e si rialza la cappa sulle spalle.

Mangiamo in cucina la maggior parte delle sere. La caratteristica principale di questa stanza è l'uso generoso dei rivestimenti di legno. Qualunque cosa non sia rivestita di legno è piastrellata con una scena di vita cittadina vittoriana. Come il resto dell'appartamento di Renata, la cucina è pulita all'inverosimile. Renata non crede nelle macchine salva-fatica perché non cucina mai, a parte la fonduta che serve alle sue serate mensili degli Amici dei Transgender; per il resto, da lei si mangia roba di rosticceria e il cibo avvolto nella carta stagnola che Lillian le lascia nel frigo.

"Non negarlo, Maud." Renata accetta una maxi salsiccia speziata e metà patatine fritte, che ispeziona con quei suoi modi maniacali. "Te l'ho detto, a Bridlemere c'è un caso che aspetta di essere risolto."

Le due fotografie e la bottiglia di latte giacciono sul tavolo della cucina in sacchetti di plastica da congelatore; sono etichettate con la data del loro rinvenimento, come reperti di polizia.

"La signora Flood non è stata uccisa, Renata. È caduta."

"Me l'hai già detto. Ma che mi dici di questa roba?" Renata indica i tre sacchetti. "Inquietante, no?"

Abbasso lo sguardo su Mary Flood, sul suo vestito giallo, le gambe pallide, la nuvola di capelli rossicci e il viso incenerito. Poi guardo la ragazzina: il cappotto blu scuro, le calze a rombi rossi, la nuvola di capelli rossicci e il viso incenerito.

"Il maschio, invece, è intatto," osserva Renata.

Guardo Gabriel, che in entrambe le foto fissa crucciato l'obiettivo.

Restiamo in silenzio per un po'. Santa Rita è immobile tranne per le labbra, che tradiscono una preghiera muta. Di tanto in tanto l'aureola, un fascio di raggi discreti, pulsa d'amabile luce.

Renata mi guarda con aria sorniona. "Il signor Flood ha dichiarato alla polizia che la moglie era salita su una sedia per spolverare un'applique nel pianerottolo del primo piano."

L'aureola di Santa Rita sfarfalla.

"Stando al signor Flood," dice Renata, "Mary ha perso l'equilibrio ed è precipitata giù per le scale. È morta in ospedale per le conseguenze delle lesioni."

Aggrotto la fronte. "E tu come fai a saperlo?"

"Lillian ha fatto una ricerca. La tragica morte di Mary Flood era sul quotidiano locale."

"L'hai detto a Lillian? Che motivo c'era di dirlo a Lillian?"

"Non vedo perché non avrei dovuto. Mia sorella è molto discreta e le piace indagare sui casi di omicidio insoluti."

"Renata, ma di che parli?"

Mi guarda dritto negli occhi. "Maud, l'ha spinta lui."

"Non è..."

"È stato lui. L'ha uccisa e l'ha fatto sembrare un incidente."

"Non ho nessuna voglia di..."

"Dovresti essere oggettiva." Renata fruga tra le patatine. "Sai, si uccide anche nelle zone bene di West London."

"Ascolta," dico, "il signor Flood è un vecchio pazzo malevolo, ma questo non fa di lui un assassino."

"Ciò non toglie che in quella casa ci sia qualcosa che non va. Il vecchio costruisce un labirinto di ciarpame e lo difende picchiando gli assistenti sociali e minacciando gli operai del comune." Renata soffia su una patatina, poi la mangia con aria disgustata. "È proprio il comportamento di chi ha qualcosa da nascondere."

"È un accumulatore compulsivo; erano venuti a portargli via le sue schifezze!"

"Be', non vedo cosa..."

"Renata, sono andati lì con un cassonetto!"

Finisce la porzione di patatine e comincia a esaminare la salsiccia. "Ma non l'hai ancora capito?" chiede infine.

"Capito cosa?"

"Flood ti studia. Sospetta che tu sia una medium e che la moglie assassinata cerchi di dirti qualcosa."

"Torna in te."

"Altrimenti perché ti avrebbe parlato della preveggenza di sua sorella?"

"Se devo dirti la verità, non ne ho la più pallida idea. Forse per fare un po' di garbata conversazione?"

Renata arpiona la salsiccia con la forchetta. "Uno come Cathal Flood non fa garbata conversazione."

"Ma se neanche lo conosci!"

"Tesoro, devi tenere gli occhi aperti, in caso progettasse di far fuori anche te. Non vorrà correre il rischio che tu raccolga prove soprannaturali a suo carico."

Mi va il boccone per traverso. "Sei matta come un cavallo."

"Non ti ho sempre detto che hai un dono? Si capisce dalla tua aura."

"Cos'ha la mia aura?" chiedo.

"Ti succedono cose, Maud. Messaggi nelle bottiglie di latte."

"Sarà una cosa architettata dal signor Flood."

Renata riflette per qualche secondo. "Il signor Flood non c'entra niente. Questa è opera della signora Flood. Sono indizi dall'oltretomba."

Rido, ma non è una risata allegra.

"Mary Flood vuole che risolviamo il caso del suo omicidio." Renata ha un'espressione severa. "È una donna messa a tacere, una donna senza volto. Per non parlare di questa ragazzina, che non sappiamo neanche chi sia."

Santa Rita si sistema il velo. Il movimento attira il mio sguardo. Le sue mani si abbassano sul grembo e all'improvviso le vedo nitidissime, perfettamente a fuoco. Mani delicate, abili, con dita forti e unghie corte e squadrate, mani così reali che potrei allungare le mie e toccarle.

La guardo stupita e ricambia lo sguardo con una specie di luce sofferta in quegli occhi sporgenti color nocciola. Mi fa un sorriso triste e scompare.

"Sei fuori di testa," mormoro.

Renata si morde un labbro. "Ovviamente abbiamo a che fare con un poltergeist."

Roteo gli occhi. "Ovvio."

"Sei stata punta, Maud?"

"Sì, dalle pulci."

"I poltergeist cercano di attirare l'attenzione; gli spiriti di questo tipo sono sempre accompagnati da oggetti semoventi o levitanti." Riflette. "In quella casa ti capita mai di non trovare più le cose dove le avevi posate?"

"A Bridlemere c'è un caos pazzesco."

Renata annuisce con aria solenne. "Un poltergeist di prima categoria riesce a rivoltare un'intera stanza nel giro di qualche minuto. Ci sono angoli freddi?"

"Sì."

"Rumori inspiegabili?"

"A volte."

Renata strizza gli occhi. "Gli animali che vivono in casa hanno comportamenti strani, si mettono ad abbaiare o a soffiare di punto in bianco?"

"Soffiano spesso, sì."

"Avverti un'incombente malvagità?"

La guardo negli occhi e mi chiedo dove vada a pescare quelle parole. "Solo quando c'è in giro il signor Flood."

"Tieni presente che i poltergeist hanno avuto tutti una fine traumatica. Essere spinti giù per una rampa di scale rientra nella casistica." Abbassa la voce, di certo per dare un effetto drammatico, e mi mette una mano sul braccio. "Non ti spaventare. La povera signora Flood cerca solo di manifestarsi, vuole vendicare la propria morte."

"Renata, per stasera basta con gli spiriti vendicativi," suggerisco. So che da un tipo di spirito si passa subito all'altro, e potrei non sopravvivere a un'altra serata a base dell'intruglio casereccio di Józef l'imbianchino. Ma Renata mi ignora. Sfila con cura le foto dai sacchetti di plastica e le dispone sul tavolo. Le osserva: prima una, poi l'altra. Dopo qualche secondo si alza, va nel soggiorno e ne torna con la lente d'ingrandimento che tiene nel portariviste per quando gioca a "trova le differenze".

Dopo qualche secondo, dice: "Guarda, nella roulotte c'è una bambina."

Mi faccio dare la lente d'ingrandimento.

Ha ragione. Proprio oltre la soglia della roulotte, dietro le strisce antimosche colorate, c'è una bambina vestita di blu. Il viso è nascosto da uno di quei nastri di plastica. Protende la mano come per afferrare quelli sollevati dal vento.

Renata mi guarda, in trionfo. "Non avevi detto che i Flood avevano solo un figlio?"

"Che io sappia, sì: Gabriel."

Renata picchietta con l'indice sulle fotografie. "Quindi queste due bambine..."

"Sono la stessa bambina," dico, inspiegabilmente sicura. Poi ricordo il commento di Santa Dinfna. "Quei due sembrano fratelli."

"Il colore dei capelli?"

Annuisco. "Come quello di Mary."

Renata sospira. "È tutto molto strano. Chi trova delle fotografie nelle bottiglie del latte e appiccicate alle finestre? E perché queste facce sono state bruciate?" Contrae le labbra. "E che razza di persona vive in una roulotte?"

Rido. "Non credo che tu possa considerare un comportamento patologico andare in vacanza con la roulotte."

"No?" Mi guarda con un'espressione di profondo disgusto. "Una famiglia agiata che abita in una grande villa se ne va con la roulotte a... dove diavolo è questo posto?"

"Dorset, è nel Dorset. L'ho cercato sulla tua carta stradale della Gran Bretagna."

Renata grugnisce. "Maud, stare in una roulotte è una vacanza? Se volessi bene ai tuoi famigliari li costringeresti a girare in roulotte?"

Guardo le mie patatine che si raffreddano nel cartoccio. "Sei mai entrata in una roulotte?"

"Non è questo il punto." Renata mi lancia uno sguardo sarcastico e prende in mano l'ultima fotografia. La fa dondolare tenendola tra il pollice e l'indice. "Allora, cosa facciamo con queste?"

"Niente."
"Maud..."
"Se è un tranello, non intendo certo fare il suo gioco."
"E se non fosse un tranello?" chiede Renata.
"Non vedo in che altro modo questa fotografia abbia potuto finire su quel vetro. Prima che uscissi in giardino non c'era. Se non è stato il signor Flood a mettercela, chi è stato?"
"Quindi chiunque abbia piazzato la fotografia era già in casa?"
"Sono rimasta fuori pochissimo, ma qualcuno potrebbe averne approfittato per intrufolarsi dentro." Mi torna in mente Sam. "Mentre me ne andavo ho incontrato Sam Hebden, ma è successo qualche ora dopo."
Renata aggrotta la fronte. "Sam Hebden?"
"L'ultimo assistente sociale del signor Flood."
Renata sembra entusiasta. "L'assistente sociale minacciato dal vecchio? Era a Bridlemere?"
"Era fuori, aspettava davanti al cancello."
"La prova vivente della furia assassina del signor Flood."
"Non del tutto assassina, se Sam è ancora vivo."
"Ha avuto un esaurimento nervoso o è finito in manicomio. Non ti hanno detto così in agenzia?"
"Qualunque cosa gli sia successo, è tornato," la interrompo. "E vuole parlare con me."
Renata si drizza sulla sedia. "Davvero?"
Cerco di fare la disinvolta. "Gli ho dato il mio indirizzo e gli ho detto di venirmi a trovare."
Sul viso ben truccato di Renata c'è un'espressione di grande curiosità. "Deve aver trovato qualcosa in quella casa."
"Non mi ha detto niente del genere."
Finisco sia le patatine sia la salsiccia di Renata mentre lei studia con la lente d'ingrandimento le due foto sfigurate.
"È così intenzionale, così crudele," commenta. "Quel vecchio è molto malato."

"Non sappiamo chi le abbia bruciate."

"Oh, è stato senz'altro lui," dice Renata con freddezza. "E ha fatto ben di peggio."

"Non facciamo voli pindarici. Dopo tutto, cosa ti fa pensare che non possa esserci una spiegazione ovvia?"

Renata mi guarda dritto negli occhi. "L'istinto."

Sparecchio e preparo il caffè mentre Renata stende sul tavolo della cucina un drappo di velluto nero e prende il suo mazzo di tarocchi.

"Per una cosa del genere ti avrebbero messa al rogo come una strega, Renata."

"Lillian lo farebbe anche oggi. Non le sono mai piaciuti."

"È questa la causa dei vostri conflitti?"

"I tarocchi?" Renata inarca un sopracciglio a matita. "No. È la gelosia. Le rubavo tutti i fidanzati. Ero due volte più bella di lei e cinque volte più simpatica. Comunque, di solito i fratelli si odiano, non è così?"

"Come faccio a saperlo?" dico.

"Sei fortunata a essere figlia unica." Renata si porta le carte al petto e chiude gli occhi. "Le sorelle sono il peggio: come serpenti in un sacco, tutte veleno e invidia."

Dopo aver mescolato le carte, le mette sul tavolo. "Ti leggo il futuro?"

"Devo per forza accettare?"

"Non c'è niente di male."

Segretamente, adoro guardare Renata che legge le carte. Viene rapita da una specie di grazia languida, di astrazione felice. Si muove con serenità e scioltezza, e le paure che le condizionano le ore di veglia e la intrappolano in casa si dileguano per un po'.

"Non hai mai voglia di uscire?" le ho chiesto un giorno, mentre un'ombra le attraversava il viso dal trucco impeccabile.

"Io esco eccome," mi ha risposto con un sorriso ironico.

"Hai mai sentito parlare di proiezione astrale? Succede quando il corpo spirituale abbandona quello materiale per vagare libero a livello astrale. Nel mio caso è cominciato tutto dai piedi."

"Piedi astrali?"

Renata ha annuito con assoluta sincerità.

"Sembra il nome di un complesso di rock progressivo," ho detto, e siamo scoppiate a ridere.

Un giorno ho chiesto a Lillian cosa fosse successo a Renata per costringerla a stare sempre in casa. Lillian, paonazza e con gli occhi pieni di lacrime dopo un pomeriggio di battibecchi e pulizia del forno, ha smesso di strofinare la griglia. Si è alzata e ha piegato gli angoli della bocca all'ingiù, come una carpa, come se rimuginasse qualcosa di imbarazzante e amaro.

Ho immaginato che stesse per farmi una qualche rivelazione.

Ha stretto gli occhi e pronunciato il verdetto con lo stesso sprezzante piacere di un gatto che vomita sul tappeto.

"Il mondo reale," ha detto. "Lui è troppo buono per il mondo."

In quel pronome c'era un mondo di veleno.

Renata mi chiede di suddividere le carte in tre mazzetti e sceglierne uno. Dispone le carte a croce sul tavolo e aggrotta la fronte.

Strani personaggi si fanno gli affari loro in una tavolozza di colori. Le carte sono spesse, con il dorso nero bordato d'oro. Sono consunte e un po' spiegazzate. Cerco il Diavolo e la Morte. Sono le mie preferite: il Diavolo per la maschera sadomaso, gli addominali sexy e le fiamme dell'inferno che guizzano intorno ai fianchi da caprone peloso; la Morte per il ghigno scheletrico e la scintillante falce blu.

Non vedo né l'uno né l'altra, ma riconosco una figura a cavallo che Renata chiama "il signor Darcy": il Fante di Spade. È un uomo con un destriero scattante e l'intelligenza pronta, incline al dogmatismo e al riserbo. Vedo anche la Torre, un grosso fallo di pietra che si erge su uno spuntone roccioso colpito da un fulmine. Due giullari in calzamaglia precipitano al suolo sghignazzando.

Renata alza lo sguardo. "Uno straniero alto, scuro e avvenente entrerà nella tua vita e la sconvolgerà."

Penso per un istante all'ardesia grigia degli occhi di Sam Hebden. "Questa mi sembra di averla già sentita, Renata."

"E infatti il tizio che doveva riparare la parabolica è venuto, no?"

"Era basso e calvo, e l'hai mandato tu da me."

"Dettagli, tesoro," dice in tono sostenuto Renata.

"Allora, niente moglie assassinata e bambini senza volto? Nessuna comunicazione dall'oltretomba?"

Renata arriccia il naso. "No, però c'è un'altra cosa: questa." Picchietta sulla seconda carta dall'alto. Un uomo con il mantello e una bacchetta in mano. "E questa." Una donna nuda che balla con una sbarra da tenda in ogni mano.

"C'è un gran scuotimento di bacchette e sbarre."

"Ovvio, abbiamo a che fare con un mago e un enigma da risolvere; ma non so dire se i due siano collegati né se prefigurino un esito positivo." Mi lancia un'occhiata maliziosa.

"Prima che cominci, sappi che non intendo tornare sulla morte della signora Flood."

"Rispondi solo a una domanda, Maud. Quando è iniziato il collezionismo compulsivo del signor Flood?"

"Circa venticinque anni fa, credo."

"Subito dopo il ruzzolone della signora Flood? Ci avrei scommesso." Renata è trionfante: lo capisco dal grado di inarcamento delle sopracciglia. "È il dolore, capisci?"

"Cosa c'entra il dolore?"

"Fa sì che quelle persone non buttino via più niente, mai più niente per tutta la vita. Neanche un sacchetto di patatine. Non possono permettersi un'altra perdita. Credimi. So cosa significa il lutto."

"Sfido, tieni il fu Bernie Sparks in un'urna nella stanza degli ospiti!"

Restiamo in silenzio per qualche minuto, a guardare le carte.

Poi Renata raddrizza i bordi del drappo di velluto nero, lisciando increspature invisibili. "Potrebbe essere stata una cosa semplicissima," dice, "un delitto passionale. Mary voleva lasciarlo, e Cathal, nella foga del momento, l'ha uccisa e l'ha fatto sembrare un incidente."

"Tutto qua?"

Renata annuisce. "Non voleva separarsi da lei."

"Come un sacchetto di patatine?"

"Dati i precedenti violenti sbalzi d'umore, credo che l'omicidio sia la spiegazione più plausibile per la morte della moglie."

"Capisco."

"Per quanto riguarda la bambina..." Renata si morde il labbro.

La guardo stringendo gli occhi. "Non ci pensare nemmeno."

"Maud," è un instancabile ronzio. "Tu e io sappiamo entrambe che in quella casa c'è qualcosa che non va. Da' solo un'occhiatina in giro, eh? Vedi cos'altro salta fuori."

Guardo il mago sulla carta. Sta per fare un gioco di prestigio formidabile: impugna la bacchetta magica e ha un occhio semichiuso. Di certo sa il fatto suo.

6.

Il dottor Gabriel Flood si è unito a noi per il tè del pomeriggio. Dice che di solito viene di sera, motivo per cui ho pensato che vendesse enciclopedie o Gesù, altrimenti sarei stata più gentile quando si è materializzato sulla soglia della porta di servizio. Sarebbe perfetto sia per truffare gli anziani sia per terrorizzarli brandendo Dio, ma al momento è camuffato da docente universitario con borsello. Mi chiede di dargli del tu e mi stringe la mano con inutile risolutezza.

Non è insolito che i parenti piombino in casa senza avvertire; lo fanno per sorprendere gli assistenti sociali che picchiano i loro cari e trafugano cimeli di famiglia. Oggi Gabriel è rimasto deluso, perché quando è arrivato stavo preparando dei sandwich e il signor Flood giocava a sudoku in un angolo ripulito del giardino.

Sono infine riuscita a stanare il vecchio pazzo e a portarlo all'aperto, dove posso vederlo; per adescarlo ho fatto come se dovessi attirare in giardino un animale selvatico: gli ho creato un habitat adatto. Ho sistemato una sedia a sdraio e un tavolino con sopra mezza oncia di tabacco, una rivista di enigmistica e un thermos di tè. Come previsto, dopo un po' è atterrato il signor Flood e ha cominciato ad ambientarsi, a godersi l'aria fresca mentre sfogliava la rivista e si tormentava la dentiera. Ero convinta che, se non avessi fatto movimenti improvvisi, sarebbe rimasto lì.

Gabriel si siede al tavolo della cucina e poggia il borsello sulla sedia accanto. Non somiglia per niente al padre; in lui non c'è traccia di quell'inzaccherato gigante irlandese. Così come non ci sono echi del ragazzino pallido e imbronciato delle fotografie. Il Gabriel adulto è un basso miscuglio di flaccidezza e spigoli. Un naso affilato e un mento appuntito sporgono da una faccia tonda e molliccia, che, insieme agli occhi ravvicinati, dà l'impressione che i lineamenti di Gabriel siano irresistibilmente attratti verso il centro del viso. Quanto al corpo tende al grasso, pur dando un'idea complessiva di agilità, come se Gabriel fosse una lesta faina nella pelle di un uomo paffuto. Ha i capelli neri, senza traccia del rosso abbacinante dell'infanzia, e parecchio radi, sebbene pettinati in un abile riporto che dà l'illusione di una chioma folta. Quindi Gabriel si tinge i capelli. Mi pare di vederlo mentre la tintura cola sotto la pellicola trasparente.

Si offre di aiutarmi, perciò gli affido il compito di affettare i pomodori sul tavolo della cucina, mentre io schiaccio le uova sode e lo sbircio con la coda dell'occhio. Affronta i pomodori con un certo puntiglio, si alza in piedi e sposta più volte la sedia intorno al tavolo, ispeziona il tagliere e infine si toglie con gesto teatrale la giacca per rimboccarsi le maniche della camicia. Non è abituato al lavoro manuale, affettare dev'essere una grande novità.

Solleva un pomodoro. "Maud," dice, "stai facendo un ottimo lavoro, davvero. Non riesco a credere che il vecchio ti abbia lasciato riordinare tutto questo."

Gesticola con il pomodoro verso la cucina.

Ha una voce media da medico-avvocato-insegnante-pilota. Di quelle calibrate per dare un'idea di affidabilità e serena autorevolezza di fronte a qualsiasi tipo di casino incombente. Ma non ci casco, anche perché il tono fa a pugni con gli occhi, che sfrecciano da una porta all'altra.

Poi, di colpo, capisco: non dovrebbe essere qui. Se il vecchio lo becca in casa lo striglia.

Il sorriso di Gabriel è teso. "È proprio incredibile quello che sei riuscita a fare. Altri assistenti hanno dovuto combatterci per una settimana prima di riuscire a buttar via anche solo un tappo di bottiglia." Abbassa la voce con aria cospiratoria. "Credimi, per me è un vero sollievo che tu sia qui."

"Grazie."

Gabriel prende un altro pomodoro e lo esamina. "Posso essere sincero, Maud?"

"Se vuoi."

Comincia ad affettare il pomodoro con una strana espressione risentita. "È una faccenda delicata." Mi lancia un'occhiata. "Quelli dell'agenzia ti avranno detto che a volte mio padre si *invaghisce* del personale femminile."

Aggrotto la fronte.

Gabriel dedica al pomodoro tutta la sua attenzione. "E di certo saprai che ci sono stati degli *incidenti*."

Non ne so nulla.

Gabriel prosegue e mette in una ciotola le fette di pomodoro. "In passato, mio padre *ci ha provato* con le assistenti sociali, le infermiere di quartiere, le volontarie per la consegna dei pasti caldi a domicilio e cose del genere. Ragion per cui l'agenzia di solito manda un assistente maschio." Sorride in modo lugubre. "Mi ha stupito scoprire che non sei maschio."

Penso a Biba Morel, incuneata dietro la scrivania, che ridacchia consultando l'elenco degli assistenti sacrificabili, con il mio nome in cima alla lista.

Gabriel arpiona l'ultimo pomodoro, lo affetta con destrezza e poi posa il coltello sul tagliere. "Spero di non aver parlato a sproposito. Quelli dell'agenzia saranno senz'altro convinti che tu possa gestire il vecchio, altrimenti non ti avrebbero mandato."

"Ovvio." Sorrido torva. Dentro, mi preparo a mollare un bel calcio nell'ampio culo di Biba.

Nel frattempo, Gabriel si asciuga allegramente le mani sul bordo della mia tovaglia pulita. "Sono sicuro che la responsabile dell'agenzia non metterebbe mai a repentaglio la tua incolumità personale."

"Ne sono sicura anch'io." Biba guaisce mentre prendo la rincorsa.

"Volevo solo dirti di stare attenta." Assume un'espressione premurosa. "Sai, di solito mio padre non è così docile."

Mi sforzo di non sbuffare.

"Maud, spero solo che non si stia facendo *strane idee*."

Mi sforzo di non ridere.

La fronte di Gabriel s'increspa. "Forse la minaccia della casa di riposo l'ha convinto a comportarsi bene. Forse alla fine ha capito che per continuare a vivere in maniera indipendente deve conformarsi alle regole dell'assistenza."

"Quindi la casa di riposo è una possibilità concreta?"

"Preferirei evitarla," scandisce Gabriel. "Il vecchio non deve lasciare Bridlemere."

"Perché?"

Il coltello sul tagliere accanto al gomito di Gabriel sussulta.

"Andarsene da qui lo ucciderebbe, Maud."

Il coltello comincia a tremolare.

"Ma per me è molto difficile aiutarlo," dice Gabriel. "Non gli piaccio troppo."

Il coltello, con lentezza infinita, ruota su se stesso.

"Spesso nega che sia suo figlio."

Il coltello si ferma con la lama puntata verso gli organi vitali di Gabriel.

"Ha detto diverse volte che per lui ero morto, o che ero venuto a valutare la casa."

"Che tristezza," azzardo.

"A volte mi chiedo se ci stia ancora con la testa. È sempre così chiuso in se stesso!" Gabriel mi fa un gran sorriso. "Ma adesso non più, con te che gli fai compagnia quasi ogni giorno e ti occupi delle sue cose."

Il sorriso è ben lontano dal raggiungere lo sguardo.

Ci guardiamo a lungo.

Nel frattempo penso al colore fasullo dei capelli di Gabriel, alla foto scempiata di due bambini in posa a davanti a una fontana, all'opportunità o meno di acciuffare il coltello senziente.

"Hai per caso una sorella, Gabriel?"

Succede questo, nell'ordine: un gatto balza in cucina dalla finestra e slitta sul piano di lavoro, il coltello vola giù dal tavolo e Gabriel si alza di scatto dalla sedia.

"Cristo santo!" grida indicando il gatto. "Come fai a sopportare questa roba?"

Intercetto Burroughs prima che raggiunga il forno e lo caccio verso la porta di servizio. Lui sguscia in giardino dondolando i fianchi ossuti e sferzando l'aria con la coda sottilissima.

Guardo il coltello piantato nel linoleum del pavimento e ritento. "Hai una sorella, Gabriel?"

"No." Rivolto alla porta della cucina. "Odio i gatti."

"Ho trovato una foto di Bridlemere datata 1977. Ci siete tu e una bambina, mano nella mano, davanti alla fontana. Ma sul retro il nome della bambina è cancellato." Scelgo con cura le parole. "E al posto del suo viso c'è una bruciatura."

Gabriel corruga la fronte. "Ce l'hai qui la foto?"

Esito. "Non a portata di mano. Puoi dirmi chi è la bambina?"

"Non ne ho idea."

"Ma ti ricordi? Tu e lei davanti alla fontana?"

Mi guarda con aria stizzita. "No, non ricordo."

"Potrebbe essere una parente? Un'amica di famiglia?"

"Te l'ho detto. Non ricordo." Gabriel si alza e si srotola le maniche della camicia, con la faccia contrariata.

Indico i sandwich sul vassoio. “Vogliamo portarli fuori? Altrimenti se li mangiano le mosche.”
Gabriel prende il borsello.

Il signor Flood alza lo sguardo. “Tu puoi andartene affanculo.”
Gabriel cammina dietro di me nel vialetto del giardino, con in mano un piattino di uova alla scozzese.
Rivolge al vecchio un cenno del capo al tempo stesso risentito e deferente. “Sono venuto qui a farti una visita, Flood Senior. Per chiacchierare un po’ e aggiornarti su ciò che combina tuo figlio.”
“Mio figlio può andarsene all’inferno.” Il signor Flood lo fissa con aria minacciosa. “Sloggia dalla mia proprietà, imbecille.”
Gabriel sorride come se il senso dell’umorismo del padre lo deliziasse. “Un attimo del suo tempo, signore, e me ne andrò. Senza rimostranze. Senza sceneggiate.”
“Voglio che la ragazza resti.” È appena un grugnito, un suono sordo nella gola del signor Flood.
Il sorriso di Gabriel si contrae. “Certo, ci mancherebbe altro. Vado a prendere un’altra sedia.”
Si avvia di nuovo nel vialetto, tra vasi rotti e lampade a stelo abbandonate.
Il signor Flood mi lancia un’occhiataccia. “Chi sei tu per lasciar entrare quell’Anticristo?”
“Dovevo sbattergli la porta in faccia?”
Il vecchio ringhia. Guardiamo Gabriel frugare circospetto dietro un telone.
“Torno in casa,” dico.
“Manco per il cazzo.”
“Non vuole stare un po’ da solo con suo figlio, signor Flood?”
Mi guarda inorridito. “Quel viscido coglione non è mio figlio. Se ti ha detto che è mio figlio è un merdoso bugiardo.”

"So che vi siete allontanati..."

"Le mie chiappe si sono allontanate. Ti ho detto che quello stronzo non è mio figlio."

Decido di non insistere, perché il vecchio sembra proprio seccato. Perciò mi dedico a sistemare i sandwich e il resto sul tavolino.

"Resta qui. Parlagli."

"Ma signor Flood, ho del lavoro da fare..."

Lui si dimena sulla sedia a sdraio e grugnisce. "Per favore. Distrailo per un po'."

Noto che le sue manone tremano.

Le blocca tra le ginocchia e cerca di sorridere. Il sorriso è inquieto, implorante. "Ti prego."

Gabriel torna con uno sgabello da bar con le gambe segate. "Non ho trovato altro," dice.

Lo poggia a terra e cerca di sedersi, ma lo sgabello è malfermo. Lo sforzo di stare in equilibrio dà a Gabriel un'espressione tesa e imbarazzata.

Il signor Flood mi fa un lieve cenno col capo. Comincio a parlare.

Per quasi un'ora pontifico sugli argomenti più disparati, dagli spray abbronzanti all'eutanasia, da Copenaghen ai gamberetti in vasetto. Gabriel è sbigottito. Il signor Flood ha l'aria stordita. A un certo punto Gabriel chiede una tazza di caffè.

Fingo di preparare il caffè mentre dalla finestra della cucina spio con un vecchio binocolo i Flood, padre e figlio. Stanno litigando. Ogni tanto Gabriel si massaggia la fronte e sfoglia i documenti che ha preso dal borsello. Il signor Flood sta per sputare: vedo della bava. Non riesco a leggere il labiale ma sono sicura che siano parolacce, da entrambe le parti. Gabriel balza in piedi e si mette a camminare tra il capanno degli attrezzi e la schiera di sacchi neri che attendono gli spazzini. Si volta verso la casa. Ho la presenza di spirito di chinarmi sotto il davanzale. A tradire la Banda dei Cinque era sempre un bagliore sulle lenti.

Quando torno con il vassoio del caffè smettono di parlare e Gabriel si sistema i polsini della camicia.

"Maud, devo andare."

"Niente caffè?"

"La prossima volta," risponde. Fa un cenno col capo al padre e si avvia lungo il vialetto, facendo attenzione a non pestare qualche cacca di gatto con i mocassini.

Il signor Flood è pallidissimo. "Ti auguro una bella gonorrea. In quantità biblica!"

Mi pare di vedere la mano di Gabriel stringersi sulla cinghia del borsello.

"Le sembra una cosa carina da dirsi, signor Flood?"

"Quelli mi vogliono morto, Drennan. Vogliono uccidermi e farlo sembrare un incidente."

Mary Flood, capelli rossi, senza volto e con un piumino in mano, sale su una scaletta pericolante sul pianerottolo del primo piano...

"Dice davvero?" Spingo sul suo piatto un altro panino. "Chi sono *quelli*?"

Il signor Flood mi ignora. "Ma ho una cosa che Gabriel vuole, quell'avvoltoio di merda, e non può rischiare che mi succeda qualcosa prima di metterci le mani sopra."

La sua espressione si fa beffarda e biliosa, come per una sorta di gongolante amarezza. "Diciamo che è la mia assicurazione sulla vita."

"Di cosa si tratta?" Cerco di mostrarmi innocente e disinteressata.

Il signor Flood mi guarda negli occhi. "Credi davvero che te lo dica?"

C'è un guizzo improvviso dal boschetto al tavolino, una scia di colore e il muso aguzzo e rossiccio di una giovane volpe annusa il panino in mano al signor Flood.

"Drennan, ti presento Larkin." Sorride. "Lo allevo da quand'era un cucciolo."

Il volpino fa qualche passo con il panino tra i denti e lo lascia cadere a terra. Visto così da vicino, è senza dubbio la volpe più bella che abbia mai visto. Il manto è di un arancione intenso, chiazzato di chiaro, con un ciuffo bianco sulla punta della coda. Gli occhi sono miele fuso. Mi arriva una zaffata del suo odore: un lezzo intenso e muschiato.

Il signor Flood lo osserva con orgoglio. "È un tipo simpatico. Troppo giovane per le volpi, non ha neppure l'ombra di un vizio."

"Vive sotto la roulotte, vero?"

Per un istante penso che il signor Flood non abbia sentito, poi si volta a guardarmi. "Ti viene mai la tentazione di rinfoderare quel tuo cavolo di becco?" dice. Lo mima con una mano: unisce le dita formando una specie di becco con cui dà dei colpetti nell'aria. "Invece di ficcarlo qui, e poi là, e poi ancora più in là?"

"Ho solo seguito la bestiola."

"Bei ficcanaso tutt'e due." Il signor Flood borbotta tra sé e sé, prende un altro panino e lo getta tra i cespugli. Larkin si fionda a recuperarlo.

Prendo la rivista di enigmistica e faccio la disinvolta. "Quella roulotte avrebbe bisogno di una bella lavata. C'è mai andato da qualche parte?"

Sento un debole schiocco: è lui che risucchia la dentiera. "Era già lì quando siamo venuti a Bridlemere, arenata tra i cespugli."

"E non l'ha mai usata, magari per andare in vacanza?"

"Non si è mai mossa da lì."

"Neanche in campagna, per esempio sulla costa sud-occidentale? Il Dorset è un posto ideale per un weekend di svago, non troppo distante da Londra." Gli lancio un'occhiata.

Lui mi fissa. "Cosa vorresti dire?"

"Solo che..."

"Solo che dovresti dare un po' di respiro a quel tuo cavolo di becco."

"Faccio solo conversazione." Torno a dedicarmi alle parole crociate ma mi sento addosso gli occhi del signor Flood. Le sue lunghe gambe ballonzolano. Aspetto finché le ginocchia non smettono di saltellare.

"Perciò non ha mai portato la roulotte da nessuna parte?"

Ruggisce e i gatti schizzano via dai loro angolini assolati. "Perché diavolo insisti a..."

"Sto solo facendo conversazione, signor Flood."

"Non farla. Dammi una mano a sistemarmi su quest'aggeggio."

Lo aiuto ad abbassare lo schienale della sedia a sdraio e gli metto la coperta sulle gambe.

"E ora togliti dalle palle."

Torno a sedermi e fingo di finire le parole crociate. Stranamente contenta di averlo fatto imbestialire. Come se avessi vinto una mano a un gioco di cui non conosco le regole.

Già, ma, se il gioco l'avesse inventato lui, *vorrebbe* che gli facessi queste domande.

Lancio un'occhiata furtiva a Barbablù sulla sedia a sdraio: ha gli occhi chiusi, le sopracciglia ancora scure non sono più aggrottate e le manone sono appoggiate in grembo. Si lascia cullare dal ronzio dei mosconi intorno ai sacchi della spazzatura, dalla brezza e dal tiepido sole d'inizio autunno.

È un pomeriggio splendido.

Persino i gatti si sono calmati e hanno smesso di azzuffarsi sulle carriole e sui materassi ammuffiti. Se ne stanno sdraiati qua e là, un mosaico di pellicce che fanno le fusa.

Larkin sbuca di nuovo dai cespugli. Il signor Flood apre

un occhio. “Eccolo che torna. Passami i sandwich per il mio amico.”

Si mette il vassoio in grembo e lancia in aria un panino, che atterra tra i cespugli. Larkin sfreccia a prenderlo.

“Tua madre non ti ha insegnato che non devi mai seguire una volpe?”

“Non si è mai presentata l’occasione per questo specifico consiglio.”

“Non fare la spiritosa con me, Drennan. Non hai mai sentito la favola della volpe e del gufo, la versione irlandese?”

“È un’altra storia?”

“Sì. È un problema?”

“Quindi adesso vuole fare un po’ di conversazione, signor Flood?”

“Vattene al diavolo.”

Trattengo un sorriso. “Una storia andrebbe benissimo.”

Lui stiracchia le gambe e socchiude gli occhi verso il sole. “C’era una volta un villaggio sulla costa occidentale irlandese. Era un posto selvaggio e solitario, da un lato flagellato dal mare e dall’altro assediato dalle paludi. Quel villaggio era tenuto in ostaggio da un gufo.”

“Quindi non c’era molto da spassarsela?”

“Conoscerai senz’altro quel genere di posto,” dice brusco. “Anche Mayo è un buco sottosviluppato, no? Tu non vieni da Mayo?”

“Sì.”

Getta nei cespugli un altro panino e sembra contento di sentire il volpino frugare tra gli arbusti. “Una volta all’anno, la prima notte di primavera, un grande gufo si posava in cima all’albero più alto del villaggio e aspettava che calasse la notte. Aveva gli occhi grandi come un coprimozzo e l’apertura alare quanto l’altezza di un uomo. Indossava il suo piumaggio come un mantello, e le spalle pennute erano larghe quanto quelle di un generale.”

"Era proprio un gufo di classe."

Strizza gli occhi verso di me. "Non interrompermi con le tue stronzate."

"Era solo per dire."

"Be', non farlo."

Si fruga nel taschino e tira fuori un mozzicone di sigaretta mezzo fumato. "Ecco, ho perso il filo."

"Il gufo si appollaiava sull'albero." Ho la faccia seria.

Il signor Flood si accende il mozzicone. "Quando calava la notte e il villaggio sprofondava nel buio, il gufo volava giù dall'albero, con le grandi ali spalancate e gli occhi sbarrati nella faccia bianca. 'Arriva la morte,' ululava, 'arriva la morte.'"

Osserva perplesso il mozzicone ridotto ai minimi termini. "Mi sa che con queste cicche dovrei farmi una sigaretta intera."

"Potrebbe anche smettere di fumare."

Mi lancia un'occhiata stizzita e si tasta le tasche in cerca del tabacco. "Gli abitanti del villaggio erano terrorizzati dal gufo. Alcuni si nascondevano in casa con le finestre chiuse e le porte sbarrate."

Estrae una cartina e la spiana sul ginocchio, poi prende un pizzico di tabacco e lo dispone lungo la striscia di carta. "Altri, un po' più coraggiosi, stavano sulla soglia e guardavano il gufo volare sul villaggio, scendere in picchiata e risalire, il muso come una seconda luna nel cielo."

Arrotola la cartina e lecca il bordo. "Il volo di quell'uccello era bello e terribile. Perché, quando finiva, finiva anche la vita di uno degli abitanti del villaggio."

Attorciglia le due estremità della sigaretta e se la piazza dietro l'orecchio. Ignora il mio sorriso e prosegue. "Ogni anno, quella gente tratteneva il fiato e aspettava finché il gufo, con gli artigli sguainati, non atterrava sul tetto di una casa. A quel punto gli abitanti lanciavano un grido di dolore o di sollievo, perché il gufo aveva scelto il suo tributo annuale. Faceva cadere un po' di fuliggine nel comignolo e lasciava passare una settimana, poi tornava per portarsi via l'anima più pura tra quelle che abitavano la casa."

Larkin sbuca dai cespugli, pronto a dare la caccia a un altro sandwich.

Il signor Flood gli sorride affettuoso. "Allora l'hai trovato? Brava bestiola." Il volpino risponde leccandosi il naso, poi abbassa il posteriore e si sdraia a terra. Il signor Flood si gira verso di me. "Ogni volta, le famiglie colpite dalla maledizione del gufo cercavano in tutti modi di sfuggirle. Spedivano i prescelti in Canada, o li nascondevano dentro un pozzo oppure in chiesa. Ma non c'era mai niente da fare. Dopo una settimana, il gufo tornava; e a quel punto, che si trattasse di bambini, madri o nonni, le vittime della maledizione facevano un lungo sospiro e morivano."

Larkin si gira su un fianco e sbatte più volte la soffice coda, come un gatto arrabbiato.

"Era dunque tornato quel periodo dell'anno," riprende il signor Flood, "e, come al solito, gli abitanti del villaggio pregavano che il gufo ignorasse la loro casa e atterrasse sul tetto del vicino. Quella notte il gufo volò in cerchio sul villaggio e si diresse verso il folto d'alberi al confine.

"Lì vivevano una donna e suo figlio. Il marito era un giramondo e non tornava quasi mai a casa. Quando la donna vide il gufo appollaiarsi sul suo comignolo, si sentì morire. La bestia era venuta per il figlio, ma lei lo adorava e non era pronta a perderlo. Bisogna sapere che quella donna non era una donna qualsiasi: era una maga eccezionale, e perciò, in quattro e quattr'otto, fece un incantesimo. Corse in casa su due piedi e ne uscì a quattro zampe, trasformata in una splendida volpe.

"Il gufo volò via spaventato, e la volpe gli andò dietro, rosseggiando agile tra campi e paludi per seguire le impennate e le picchiate del grande uccello bianco. Ogni tanto il gufo rasentava il suolo per cibarsi, ma la volpe balzava su e tentava di azzannarlo, e allora quello riprendeva il volo.

"La volpe era instancabile: correva giorno e notte. E correva così veloce che a un certo punto le zampe smisero di toccare terra. Il gufo, non udendo più rumore di passi, credette di aver seminato l'inseguitrice, perciò, volando sopra una foresta, atterrò su un albero per riposarsi un po'.

"La volpe, senza neanche fermarsi a riprendere fiato, si avventò sul tronco dell'albero." Il signor Flood si interrompe. "Ho la gola secca, Drennan."

"In quel thermos c'è del tè," dico.

"Fantastico, e dove accidenti è il thermos?"

"Lì, davanti ai suoi occhi. Continui con la storia e glielo verso io."

Ride mentre svito il tappo del thermos. "La volpe si arrampicò sull'albero, vide il gufo appollaiato sul ramo e gli si avvicinò strisciando. Ma, prima che potesse azzannarlo, il gufo girò la testa e cominciò a parlarle. E disse alla volpe che non era venuto affatto per prendersi l'anima del bambino, perché a lui interessavano solo le anime pure e quella del bambino era marcia fino al midollo."

Il signor Flood si interrompe e resta a lungo in silenzio. Lo osservo. Sembra che stia guardando Larkin, che si rotola sul vialetto e si impolvera il manto. Ma poi mi rendo conto che in realtà il signor Flood non guarda niente, proprio niente.

"Si sente bene, signor Flood?"

Annuisce e ingurgita il tè rovesciandone un po' sulla peluria grigia del mento. "Quando la volpe apprese che il figlio era cattivo, le si spezzò il cuore e, non riuscendo a sopportare il dolore, si buttò giù dall'albero."

Larkin si stiracchia e guarda intensamente il signor Flood, come se anche lui ascoltasse la sua storia.

"Il gufo si affacciò tra i rami, guardò la donna morta ai piedi dell'albero e bubolò per la delusione. Perché il gufo non sapeva che farsene delle persone che morivano di propria mano. Quella stessa notte, quindi, sarebbe tornato in volo al villaggio e si sarebbe preso il figlio della donna. Perché il gufo aveva bisogno del suo tributo."

"Ma il bambino non era puro."

"Be', per quella volta si sarebbe accontentato."

Larkin balza in piedi e scappa verso i cespugli.

"E il marito?"

Il signor Flood alza lo sguardo su di me. "Il marito cosa?"

"La maga aveva un marito giramondo. Il gufo non poteva prendersi lui invece del figlio?"

"Non poteva."

"Perché no?"

Il vecchio sorride con tristezza. "Perché il padre era persino peggio del figlio."

Lo guardo. "E c'era una figlia?"

Esita. Poi, con movimenti lenti e precisi, posa la tazza sul tavolino. "No," dice. "C'era solo un figlio."

Restiamo in silenzio per un po'. Non so se credergli.

"Qual è la morale?" chiedo.

"Cosa?"

"Le storie non hanno sempre una morale?"

"Certo." Il signor Flood prende il suo taccuino da sudoku. "Pensavo che una giovane stronzetta intelligente e ficcanaso come te ci arrivasse da sola."

"Forse mi sopravvaluta."

Il signor Flood mi fissa. "Come stronzetta no di certo."

7.

C'erano due modi per raggiungere Pearl Strand ed erano entrambi insidiosi. Il primo era quello lungo, percorrendo il sentiero che costeggiava la casa di Boland e poi tagliava attraverso il campo. Un'area pattugliata da Lady, la collie del signor Boland, incline a strapparti la faccia a morsi. A volte Lady era incatenata, a volte no. A metà della recinzione c'era un varco dal quale, volendo, poteva uscire senza problemi. Non lo faceva mai, ma, volendo, poteva farlo. Noi lo sapevamo e lo sapeva anche lei.

La cosa migliore era portarsi dietro un po' di cotenna di maiale o almeno un pezzo di pane inzuppato nel grasso. Funzionava anche il prosciutto. Le arance invece no. Il segreto era lanciarle i resti tra le zampe assassine prima di arrivare al varco nella recinzione. Lady chinava il muso per mangiare e tu riuscivi a proseguire con le gambe ancora intatte. Poi alzava il muso e, rendendosi conto che l'avevi fatta franca, si metteva a correre lungo la recinzione abbaiando. A volte sentivamo la voce del signor Boland che le gridava di chiudere quella cazzo di bocca, altre volte no. A volte vedevamo il signor Boland in persona, altre volte no. Quando lo vedevamo, ci guardava e scuoteva la testa con aria seccata. Aveva la parte superiore della faccia più stretta di quella inferiore, il collo pieno di barba sfuggita al rasoio e le sopracciglia così dritte che ne formavano una sola.

Aveva un buco tra gli incisivi e un naso che sembrava un grosso tubero rosso.

Il signor Boland aveva sparato alla moglie e ai quattro figli e li aveva sepolti sotto una colata di cemento nella porcilaia. Adesso cercava una nuova moglie per farci altri figli; era risaputo.

Ci guardava passare e ci teneva d'occhio per tutto il sentiero, in particolare fissava Deirdre: ne osservava l'andatura spavalda e il vestitino estivo, i sandali bianchi e la borsetta di cuoio rossa a forma di cuore. Anche Lady guardava, incollata alle gambe del padrone. Deirdre teneva la testa alta, il naso per aria. Arrivata in fondo al sentiero, scuoteva il capo per far ondeggiare i capelli e guardava il signor Boland da sopra una spalla.

L'altro modo per raggiungere Pearl Strand era attraversare il parcheggio e passare davanti al chiosco di Noel Noone. Il vecchio Noel era strabico. Quindi poteva puntare un occhio su Deirdre e l'altro su di me mentre scendevamo verso la spiaggia, anche se camminavamo a due metri l'una dall'altra.

Con il vecchio Noel i pericoli maggiori erano due. Il primo erano gli sputi, perché, visto che aveva tre denti in tutto, quando si eccitava, cioè ogni volta che ci incontrava, condiva le sue ciance di saliva. Il secondo era finire intrappolata nel chiosco con lui. Se ti avvicinavi troppo, ti braccava e, in men che non si dica, ti ritrovavi incastrata tra secchielli, palette e stuoini di bambù. A quel punto ti metteva le sue vecchie e slargate dita rinsecchite su un braccio, sul viso, o sui capelli. E cominciava a tirare e a pizzicare e ad accarezzare. Blaterando roba incomprensibile con la sua strana, stridula voce entusiasta, e spruzzandoti saliva in faccia.

"Adesso pensaci bene, Maud," disse la poliziotta. "Rifletti con calma, senza fretta."

Rimasi ad aspettare, senza fretta.

"Quindi mi stai dicendo che quando andavate in spiaggia non avete mai visto nessun altro a parte il signor Boland?"

"Abbiamo visto il vecchio nel chiosco."

"Noel Noone? Quindi, a parte il signor Boland e il signor Noone, non avete mai visto nessun altro?"

"Mai nessuno."

"E sei sicura che tua sorella non abbia mai incontrato nessuno in spiaggia?"

"Eravamo sempre sole."

"Tu e Deirdre?"

Annuii.

"Tutte le volte che siete andate in spiaggia?"

Annuii.

"Ne sei sicura, Maud?"

Annuii.

Annuì anche la poliziotta, però con minor sicurezza, come se non fosse convinta della mia risposta ma per il momento dovesse prenderla per buona. "Adesso frequenti una nuova scuola?"

"Sì."

Abitavamo a casa della nonna finché non fosse tornata Deirdre. La nonna mi aveva iscritto alla scuola locale perché stare ad aspettare Deirdre tutto il giorno, ogni giorno, non faceva bene a nessuno.

La poliziotta indicò la spazzola e il berretto col pompon che avevo in mano. "Vuoi che ti faccia i capelli?"

Annuii.

Mi fece mettere di spalle davanti alla sua sedia mentre mi faceva la treccia. Poi mi voltò e mi passò la treccia sopra la spalla per spazzolare i capelli in fondo, dopo averli arricciati intorno all'indice. Le guardai le mani che si muovevano: mani delicate e abili, con dita forti e unghie corte e squadrate.

"Ecco fatto."

"Grazie." Mi toccai la treccia. Non avevo capelli così belli da quando mia madre aveva smesso di sistemarmeli.

La poliziotta sorrise e i suoi occhi si illuminarono. Aveva gli occhi color nocciola, sporgenti e dolci. Mi ispirò una gran simpatia.

"Ti lasciano correre in macchina con la sirena accesa?"

Mia madre entrò in cucina. Aveva gli occhi adombrati e come rivolti verso se stessa, e teneva la bocca stretta e rigida, come se non volesse farci entrare le mosche. Si era rovinata la bella vestaglia color crema con una grande macchia di caffè. Sbuffò fumo di sigaretta e lanciò un'occhiata alla poliziotta.

La poliziotta mi sorrise. "Ci alterniamo a guidare la macchina."

"Tu e lui?" Indicai l'altro poliziotto, intento a parlare nella ricetrasmittente fuori dalla porta, sul retro.

La poliziotta annuì.

"Puoi portarmi a scuola in tempo per la prima lezione?"

Mia madre sbuffò e alzò gli occhi al cielo. Schiacciò la sigaretta su un piattino e si appoggiò al lavello.

"Signora Drennan?"

Mia madre aprì il rubinetto e mise le mani sotto il getto, a palmi in su, come se cercasse di acchiappare l'acqua.

"Signora Drennan?"

"Basta che me la tolga dai piedi," disse mia madre.

8.

"E hai detto che Gabriel Flood aveva i mocassini?"

"Sì, ma che importanza può avere, Renata?"

Oggi Renata è davvero in tiro, con una tuta tempestata di strass e le pantofole piumate. Al posto del solito foulard ha optato per la parrucca Rita, il cui biondo ramato si intona a meraviglia con le perline color smeraldo che decorano le spalline della tuta. Sembra fuori luogo sullo sfondo dimesso della cucina: in realtà dovrebbe essere a Las Vegas, a gonfiare una slot-machine con le tasche piene di monetine.

"I mocassini sono le scarpe preferite dagli assassini. Non lo sai, Maud? Passi felpati e pochissime impronte, soprattutto se ti leghi dei sacchetti di plastica intorno ai piedi."

Anche il trucco è più stravagante del solito. Ha aggiunto al viso di tutti giorni due zigomi luccicanti e un paio di ciglia finte che sembrano due ragni impigliati negli occhi. Mi chiedo di sfuggita se ci sia un'occasione particolare per tanta eleganza.

"Un bel mocassino con la suola liscia è facile da lavare. Non ci sono tutte quelle scanalature che nelle scarpe da tennis servono solo a trattenere DNA," continua lei, certa delle proprie convinzioni.

"Adesso anche Gabriel è un assassino?"

Mi guarda storto, come se volessi infastidirla apposta. "Non ho detto questo. Ma di solito l'inclinazione omicida si trasmette di padre in figlio; è un disturbo ereditario, come lo strabismo."

"Non ti sembra di esagerare?"

Renata estrae un fazzoletto dalla manica e si tampona la fronte. Spesso le parrucche la surriscaldano anche sul piano nervoso.

"È un dato scientifico," dice. "Perciò il vecchio ha ragione: probabilmente il figlio vuole ucciderlo."

"Allora può mettersi in coda," mormoro.

"Non ti chiedi *perché* il figlio voglia ucciderlo?"

"Forse perché è uno psicopatico, come il paparino?"

"Manca ancora il movente, Maud."

Prendo un biscotto dalla scatola di latta sul tavolo della cucina. "Da quando in qua gli psicopatici hanno bisogno di un movente?"

"Da sempre. Anche se si tratta di roba tipo 'l'ho fatto perché era martedì' o 'perché me l'hanno detto le voci'. Il movente di Gabriel è semplice." Renata ha un'espressione solenne. "Vuole uccidere il paparino per vendicarsi dell'omicidio della madre e della bambina senza volto."

"La stessa bambina di cui non ha alcun ricordo?"

"Mente. L'hai detto tu stessa, Maud, che quei bambini sembrano fratelli."

"Semplice congettura."

Renata aggrotta la fronte. "Be', in quelle fotografie sono state cancellate sia la faccia di Mary sia quella della bambina. Mary è morta in un incidente che puzza di bruciato. Mi sembra logico che anche la bambina sia stata fatta fuori."

"E saresti disposta a scommettere sul selvaggio vecchio misantropo che vive in quella casa?"

Mi guarda con aria di superiorità. "Barbablù? Perché no?"

"Due istantanee sfigurate ed ecco che il signor Flood è un serial killer. Ma dài, Renata!"

Sorride benevola. “Allora non credermi. È solo una questione di tempo, e affioreranno altri indizi. L'identità della bambina, per esempio.”

“Non ci contare.”

“O dove sia nascosta.” Aspetta che abbocchi. Visto che non lo faccio, continua: “Barbablù custodisce ben più del semplice ciarpame.”

“Non ho intenzione di affrontare l'argomento, Renata.”

“I cadaveri sono come le pietre, Maud. Vogliono essere trovati. Chiedilo a qualsiasi contadino e te lo dirà: le pietre affiorano sempre. Pensa alle vittime di Arctic Bob.”

“Renata...”

“Arctic Bob, il camionista del Colorado che conservava i cadaveri delle sue vittime nei congelatori a banco. Un giorno, mentre era in vacanza in Florida, un cortocircuito fece saltare la corrente nel suo garage. I vicini trovarono i resti.” Mi fissa negli occhi. “È stata la puzza.”

“Adesso basta,” dico.

“Alcune delle vittime si erano spezzate le dita cercando di liberarsi. Persino i poliziotti più esperti piansero quando trovarono quei dodici poveri disgraziati in via di scongelamento. C'era il terrore nei loro occhi, che fissavano tra i sacchi di alette di pollo. Era pieno di mosche e sul pavimento c'erano pozze di liquame immondo.”

“Me ne sto andando...”

“Il signor Flood ha per caso un congelatore a banco? Forse la bambina è lì. Dovresti dare un'occhiata ai capanni, Maud.”

“Non farò niente del genere. A Bridlemere non ci sono bambine morte nei congelatori a banco.”

Renata rimesta nella scatola dei biscotti. “Ti seccherebbe così tanto dare una sbirciata in giro? Sai, non sarebbe male un po' d'intraprendenza anziché aspettare che Mary Flood ti metta sotto al naso qualche indizio.”

Pesca dalla scatola un biscotto al ribes e, evitando il mio sguardo, lo inzuppa nel caffè. È l'emblema dell'indifferenza.

"Perché mai dovrei farlo?"

"Per dimostrare che tu hai ragione e io torto, che la bambina senza volto è viva e vegeta e che la caduta di Mary è stata davvero un incidente. Insomma, per chiudere il caso e metterci una pietra sopra, diciamo così."

"E prometti che la smetterai di tormentarmi con le tue fantasie criminali e di raccontarmi orribili storie di omicidi?"

Fa un sorriso sontuoso. "Assolutamente sì."

"Giuri sull'anima immortale di Johnny Cash?"

Renata alza gli occhi al cielo con fare solenne. "Che Dio lo abbia in gloria." Poi si fa il segno della croce sul petto sbrilluccicante della tuta, come una brava cattolica.

Fedele alla parola data, Renata smette di parlare di omicidi e ci godiamo una piacevole serata. Ogni tanto mi guarda di sottecchi e si morde il labbro mentre, seduta sul divano del soggiorno, lavora a maglia dei guanti per i pescatori in pensione. Trovo appropriato che Renata abbia a cuore i vecchi marinai: a volte mi stupisco della sua andatura da nostromo appena sbarcato e dei suoi neri occhi da pirata. Le mancano solo un pappagallo e una benda nera.

Chiudo gli occhi. Gli unici rumori nella stanza sono il minuzioso ticchettio dei ferri di Renata e il brusio del televisore con il volume al minimo.

Di solito Renata lavora a maglia quando ha nostalgia della sua pipa. Le va riconosciuto che negli ultimi tempi si tiene alla larga dal Borkum Riff, anche se ogni tanto sento una zaffata di fumo amarognolo e sono certa che abbia ancora la sua pipa, ben nascosta, dove Lillian non può trovarla. Quella di fumare la pipa è un'abitudine che ha preso girando per cantieri navali quand'era ancora un adolescente di Rotherhithe, insieme alla passione per le anguille. Il passato di Renata è complicato e sorprendente; non le ho mai chiesto dove abbia imparato a lavorare a maglia.

Guardo le sue dita muoversi con incredibile destrezza. È come se le mani agissero indipendentemente da lei, costrette da un incantesimo a intrecciare e infilzare lana per l'eternità.

Ma non pensa alla lana: pensa a Mary Flood e alla bambina senza volto. Il suo allegro cipiglio mi fa capire che la mia amica rimugina oscurità.

"Allora, oggi nessuna notizia da Mary Flood?"

"Sbaglio o avevamo smesso di parlare di morti, ossa e omicidi, giusto per variare un po'? Avevi giurato."

Renata posa il lavoro a maglia. "Allora parleremo dei vivi." Mi guarda con aria losca. "Oggi è venuto a cercarti un uomo; era proprio *vivo*." Pronuncia l'ultima parola con una sfumatura lasciva.

"Il tecnico della parabolica?"

Il tecnico della parabolica vive con la madre e organizza rievocazioni storiche (i puritani di Cromwell). L'ultima volta che è venuto, dal calorifero del bagno sono scomparse due paia di mutandine. Renata ha sempre sperato che facessimo coppia perché, stando a non so quale sua folkloristica convinzione, ciò avrebbe scongiurato le sventure che il mio prolungato zitellaggio è destinato ad attirare sulla nostra comunità.

Renata scuote la testa. "No, questo era un fustacchione biondo." Riprende a sferruzzare.

"Ha detto come si chiama?" chiedo anche se lo so già.

"Sì, l'ha detto. Poi abbiamo bevuto del vermut e ha aggiustato l'avvolgibile del bagno. Bell'uomo. Molto muscoloso." Renata mi guarda. "Era Sam, l'assistente sociale minacciato dal signor Flood. Quello che è finito in manicomio o che comunque ha dato fuori di testa."

Ecco spiegati gli abiti da festa e la parrucca. Mi sembra di vederla che sgattaiola a cambiarsi e poi torna per drappeggiarsi con disinvoltura sui mobili. Trasformata di colpo in una star che trasuda fascino.

"E me lo dici solo adesso?"

Scrolla le spalle, come se non ci trovasse niente di male.

"Sam ti ha detto di cosa voleva parlarmi?"

"All'inizio il motivo della sua presenza qui non era chiaro né a lui né a me. Finché non gli ho fatto le carte." Aggrotta la fronte. "Arcani maggiori e Spade a volontà. Giustizia, Giudizio e Ruota della fortuna, tutte rovesciate." Arriccia le labbra. "Ma Sam l'ha presa bene."

"Ha detto qualcosa a proposito della casa? E del signor Flood?"

"No, però gli ho detto che riteniamo che il signor Flood abbia ucciso la moglie, oltre a una giovane parente non identificata."

"Perché gliel'hai detto? E se quell'uomo, dopo l'aggressione, fosse ancora in condizioni mentali delicate? Potrebbe crederci."

Renata sfila da un sacchetto un gomitolo di lana di un rosa abbacinante; lo strizza un po' e poi, soddisfatta, prende di nuovo i ferri. "Sam non è affatto delicato. Se con *delicato* intendi *pazzo*."

La guardo disperata.

Lei comincia a intrecciare. "Oggi è venuto qui per dirti di smettere di lavorare a Bridlemere. Gli piaci." Sogghigna. "È preoccupato per la tua incolumità."

"Sam ha detto questo?" chiedo.

Renata aumenta qualche maglia con stizza, poi alza lo sguardo su di me. "Pensa che tu sia in grave pericolo per via del signor Flood."

Non posso fare a meno di sorridere. "E tu, che mi mandi a scavare nella tana di Barbablù? Non sei preoccupata per la mia incolumità?"

"Io ti conosco, perché mai dovrei essere preoccupata?"

"Grazie."

"Tu sei come me, Maud. Se ci buttano a terra, rimbalziamo. Se ci prendono a calci, rintuzziamo." Posa i ferri. "Tra l'altro, qui c'è da risolvere un enigma. Un intrigo. Come potremmo scappare?"

Non rispondo.

Lei annuisce, compiaciuta. "Come sai, spesso nella vita le cose migliori sono un po' pericolose." Con un sorriso, estrae dal fianco della poltrona una bottiglia ancora intonsa di krupnik.

9.

"Si deve vedere col fidanzato, vero? Ha fretta di andare laggiù, vero? Scopo della vostra visita alla nonna, vero? Ne sta approfittando, vero?"

Noel Noone ti faceva sempre quattro domande, perché non aveva nessuno con cui parlare. Non si fermava mai nessuno al suo chiosco. Ciononostante, se ne stava lì tutto il giorno, ogni giorno.

Il vecchio Noel vendeva sigarette, caramelle, sedie a sdraio (se cercavi di farne stare dritta una, il vento si pisciava sotto dalle risate), retini da pesca con il manico di canna, secchielli e palette (blu o rosa, torrette quadrate o rotonde). Sul retro aveva un bollitore e ti preparava il tè, ma il latte era un azzardo e dovevi bere davanti a lui, così poteva riprendersi la tazza. L'esterno delle tazze era sempre pieno di scolature; sospettavamo che non le lavasse mai.

Noel chiamava Deirdre Guance di Zucchero e Deirdre lo chiamava vecchio porco.

Una volta mi aveva incastrato vicino ai libri usati, pizzicato l'avambraccio, strizzato il lobo dell'orecchio e imprigionato il polso con i suoi artigli. Il tutto mentre parlava con quella voce strana, stridula, inquietante e spruzzava saliva dalle labbra bluastre.

Il vecchio Noel mi squadrò con un occhio. L'altro era puntato su Deirdre, che aspettava fuori dal chiosco. Era girata di spalle. Un angelo che si stagliava sull'asfalto del parcheggio illuminato dal sole, con i capelli castani raccolti sulla nuca e qualche ricciolo ribelle che ricadeva sul collo magro.

Osservai Noel che guardava tutto questo con il suo occhio strabico.

Vide le esili scapole di Deirdre sotto il vestito e il fard sulle guance. Aveva un brufolo sul mento; Noel notò anche questo. Perché in fondo Deirdre non era perfetta. Anche se con una certa luce lo sembrava.

Deirdre diede un calcio allo stipite della porta con un sandalo, scrutò il cielo con un'espressione di profonda noia e aprì la borsetta. Era bella: di cuoio rosso e a forma di cuore. Un giorno me l'aveva fatta toccare e mi aveva mostrato l'interno. Era foderata con strisce di seta rosa e si chiudeva con un fermaglio d'oro. La tracolla era un nastro sottile. Gliel'aveva regalata Jimmy O'Donnell, per il semplice motivo che gli andava di farlo.

Jimmy O'Donnell era l'amico speciale di mia madre. Da piccoli andavano al cinema insieme. Poi erano cresciuti e mamma si era trasferita, aveva sposato papà e aveva avuto noi. Un giorno, quando eravamo tornati per far visita alla nonna, Jimmy aveva chiesto alla mamma di andare di nuovo al cinema con lui. E così, Jimmy era diventato una presenza costante.

Deirdre mi aveva detto che mi avrebbe staccato la testa se avessi detto a qualcuno che Jimmy le aveva regalato la borsa.

Da allora, avevo voluto meno bene a Jimmy O'Donnell.

Con quei capelli lunghi e gli allegri occhi scuri e la macchina veloce con cui sfrecciava avanti e indietro dalla città alla costa, solo per passare un'ora con noi.

La borsetta di Deirdre era stata una maledizione, perché il suo arrivo coincise con la partenza di Jimmy.

Jimmy non ci portava più a cavalluccio sul sentiero, né si sedeva con noi in cucina a fare le smorfie quando mamma era voltata o ci dava i soldi per comprare le caramelle. Adesso veniva sempre più di rado, e, quando lo faceva, lui e la mamma litigavano e lui se ne andava facendo stridere le ruote sulla ghiaia.

Deirdre prese le gomme dalla borsetta e la richiuse. Si mise a masticare e a ciondolare sull'asfalto, ansiosa di andarsene. Fece qualche bolla di prova: si gonfiavano e scoppiavano, rosa e appiccicose. Raccoglieva con il pollice e l'indice la gomma esplosa e se la rimetteva in bocca.

Il vecchio Noel si passò la lingua tra le labbra e mi strinse con forza il polso. Aspettava una risposta, bramava una risposta. Uno dei suoi occhi guardava Deirdre, l'altro me.

Pronunciai le parole che Deirdre mi aveva detto di scandire, piano. "Non abbiamo mai visto anima viva sulla spiaggia. Siamo sempre solo noi."

Deirdre si voltò e mi guardò da sopra la spalla. Forse strinse gli occhi. Forse mi fece mezzo sorriso o una smorfia seccata. Non ricordo.

In realtà, adesso non ne ricordo neanche il viso, solo la borsetta. Un cuore di cuoio rosso e seta rosa, un fermaglio d'oro e una tracolla esilissima, un laccetto color fragola.

Il vecchio Noel si chinò sul mio orecchio e ci sputacchiò dentro. "*Non ti credo, Stellina.*"

Poi si raddrizzò e fece l'occhiolino a Deirdre, ne aveva ben donde, visto che sarebbe scomparsa dopo neanche una settimana.

10.

Ucciderò Larkin, mi sta facendo ammattire. Come il suo padrone, mi tormenta dalla mattina alla sera. Sono entrambi sempre lì a fiutare e frugare nei sacchi della spesa, lasciano il loro puzzo acre negli angoli e nei corridoi, mi tampinano e mi spiano ovunque. Intimo loro di uscire. Il signor Flood, con il cappotto e un paio di pantofole sfasciate, si appollaia sulla sedia a sdraio. Larkin si allunga ai suoi piedi. Ogni tanto qualche gatto si mette a ruzzare nei loro paraggi, abbastanza vicino da creare scompiglio, o a saltare tra i rami sporgenti degli alberi vicini. A volte Larkin li insegue scatenando miagolii di terrore.

Sembrano entrambi insensibili al tanfo emanato dalla muraglia di sacchi della spazzatura che ho allineato di nascosto lungo il vialetto, pronti per essere caricati sul cassone che arriverà domani.

"Drennan," grida il signor Flood, "vuoi uscire da lì e venire a sederti con me?"

Quando gli porto la sua cedrata, mi strizza l'occhio.

Da quando è venuto Gabriel, tra noi si è instaurato una specie di inquieto cameratismo. Io rido alle sue battute e lui tollera lo smaltimento dei beni.

Solo di rado colgo uno strano balenio nel suo sguardo mentre pulisco e vaglio, insacco e trascino. Poi capisco: sono un uccellino, un uccellino indaffarato, che saltella tra le zampe di un leone, a pochi centimetri da zanne e artigli. Una mossa sbagliata e sono fritta.

Perciò non abbasso la guardia: se arriverà con una mazza da hurling, sarò pronta.

Accosto al tavolino lo sgabello traballante di Gabriel e mi siedo.

Il signor Flood mi accoglie alzando il bicchiere con il sorriso coccodrillesco da testimonial di una pubblicità per dentiere: brio fasullo. Larkin sbircia dal tetto del capanno per gli attrezzi sul quale è salito per inseguire un gatto.

"Su, dagli una polpetta di maiale." Il signor Flood indica il volpino.

"Neanche per sogno: le polpette sono per il suo tè, con un po' di insalata di patate."

Lui scuote la testa. "Sono bello grasso. Posso farne a meno." Si batte il petto, di una magrezza desolata. Le braccia sono anche peggio.

Qualche ora fa, quando si è spogliato per darmi i panni da lavare, è passato da macilento a scheletrico in un istante. Mi ha consegnato due paia di pantaloni, quattro camicie e tre maglioni. È rimasto in canottiera e mutande nel retrocucina, con la schiena curva come un arco tirato. Rispetto alla scioccante magrezza di braccia e gambe, i piedi, le mani, le articolazioni e la testa sembravano sproporzionati. Un gigante piegato dalla fame. La pelle penzolava sul corpo allungato come una bandiera sul pennone in una giornata senza vento.

"Aveva un bel po' di roba addosso, signor Flood," gli ho detto.

"Già."

"La fa sentire meglio indossare gli indumenti tutti insieme?"

Lui ha scrollato le spalle. "Mi affeziono alle cose."

"E quando li avrò lavati e stirati li indosserà di nuovo uno sopra l'altro?"

"Sì, Drennan."

"Lì sulla porta c'è il cappotto; può mettersi quello se si vergogna, mentre mi occupo di questi."

Docile come un bambino, il signor Flood si è allontanato con la bianca testa che ciondolava, le braccia allampanate e sghembe lungo i fianchi e i gomiti che sporgevano ad angolo acuto. Come la carcassa consunta e sbiadita di una vecchia cornacchia che tenta invano di prendere il volo.

Mi ha fatto così pena che mi è venuto un groppo in gola, e, in quel momento, ho dubitato di tutte le teorie di Renata. Quello non era un assassino, era solo un povero vecchio abbandonato. Ma poi l'ho osservato con maggiore attenzione: l'ampiezza delle spalle, la dimensione delle mani e i limpidi, limpidissimi occhi spietati. Da giovane, quell'uomo doveva essere terrificante.

Siedo in silenzio sullo sgabello accanto a lui, rivolgo il viso al sole, rilassata adesso che so dov'è. Dopo un po', gli lancio un'occhiata. Noto che ha fatto buon uso del cappotto: le tasche sono già piene.

"Come si sente con la camicia pulita? È un peccato che Gabriel non abbia visto il suo vecchio così in ghingheri."

"Te l'ho già detto. Quello sturacessi obeso non è mio figlio. Chiaro?"

Nello sguardo ha un bagliore furioso, perciò mi limito ad annuire.

"Fa l'avvocato, quella merda appestata."

"Davvero? Credevo che fosse docente universitario."

Il signor Flood mi guarda, infuocato. "Cristo, ma voialtri ascoltate mai quello che vi si dice? O preferite il lamento perenne della vostra boccaccia?"

Sul tetto del capanno è scoppiata un'altra zuffa. Un micio rossiccio striscia giù da una sponda, con la coda che guizza.

"Ti ha detto di andartene?" chiede il signor Flood.

"No."

"Ma ti ha detto che sono un depravato?" Sulle sue labbra c'è la traccia minacciosa di un sorriso.

Non rispondo.

"Ti ha detto che ci ho provato con un'assistente? Che l'ho molestata? Che ho cercato di palpeggiarla?" Mostra la dentiera con un ghigno amaro.

"Guardi che se continua così me ne vado. Per sempre."

"Col cavolo," ribatte lui, però smette di sogghignare. "Allora, cosa ti ha detto?"

"Senta, non voglio immischiarmi nelle vostre beghe."

"Certo che non vuoi, infatti ci spiavi mentre parlavo con quel coglione in giardino, con un binocolo."

Lo guardo. "Perché mai avrei dovuto, visto che sono vostre faccende private?"

"Perché ti piace ficcare il becco nelle faccende del prossimo. Maledetta spiona."

"Non è affatto vero. Io mi faccio gli affari miei e penso solo al lavoro. Cosa che tra l'altro dovrei fare anche adesso, perciò se ha finito di bere riporto tutto dentro."

Annuisce. "Brava figliola, va' pure. Non oserei mai distoglierti dal tuo importante lavoro. Trafugare le mie poche cose e rivenderle sotto il naso di questo vecchio zotico. Ingozzarti con i soldi della spesa e darmi da mangiare i resti dei gatti."

"Lei è proprio un vecchio bastardo." Dico prima di rendermene conto.

Mentre mi allontano nel vialetto, lo sento ridacchiare compiaciuto.

Porto il bicchiere in cucina per lavarlo. Quando guardo fuori, ha abbassato lo schienale della sedia a sdraio e dorme della grossa, con le gracili braccia dietro la testa. Larkin è strisciato sotto la sedia e si è raggomitolato come un cane.

È una bella giornata per sonnecchiare all'aperto. Il sole

illumina il giardino che sembra l'Armageddon in una discarica comunale. Ma al sole non importa: scalda i materassi abbandonati su cui dormono i gatti, lambisce le latte di vernice arrugginite e piene di acqua piovana. I raggi non fanno distinzioni: piovono sulle pedane di legno, sulle pile di tegole e sulle margherite tardive, sui crochi che regalano chiazze di colore a questa landa desolata. Appoggiata al lavello, guardo la vecchia camicia a scacchi del signor Flood sventolare sul filo che ho teso tra la casa e il capanno degli attrezzi. Per essere autunno, c'è la temperatura ideale per asciugare i panni; se sapessi dov'è il letto del signor Flood, potrei affrontarne le lenzuola. Non oso immaginare in che condizioni siano.

Da qualche parte al piano di sopra una porta sbatte, con forza. Poi sbatte di nuovo, e di nuovo ancora.

Poi c'è solo silenzio.

Afferro un paio di pinze da insalata e corro nell'atrio.

Non si muove niente; perfino il disordine è in allerta, trattiene il fiato.

Sopra una scatola di fili elettrici aggrovigliati, una borsetta nera arriccia la bocca di pelle e un ragno di maglia aggrotta la fronte. In un cesto della biancheria, un gruppo di dame di porcellana afferra gli ombrellini e i cappelli.

Barbara Cartland sbircia da dietro una cassa da tè, con gli occhi spalancati. Ascoltiamo con attenzione, io e la gatta col sedere spelato. Ascoltiamo il silenzio.

C'è proprio silenzio. Ma che tipo di silenzio è?

Il ciarpame è immobile e i topi sono morti nelle tazze da tè. Il signor Flood dorme sulla sedia a sdraio e Larkin è raggomitolato nella sua ombra.

Stringo le pinze da insalata, avanzo prudente nell'atrio e guardo sbalordita la Grande Muraglia dei *National Geographic.*

Proprio al centro della barricata, illuminata in controluce dal sole pomeridiano, un fascio abbagliante sgorga da una breccia.

*

Barbara Cartland si accoccola sul pavimento e stiracchia una zampa. Comincia a pulirla con disinvoltura, mordicchiandosi tra i cuscinetti rosa.

"Che faccio, vado? È larga quanto basta per infilarmici."

La gatta mi lancia uno sguardo di maestosa indifferenza, poi si gira a leccarsi un fianco.

Stringo le pinze da insalata e faccio un respiro profondo.

Dall'altro lato è tutto diverso. Dall'altro lato non ci sono ragnatele, peli di gatto o fasci di giornali. Non ci sono pile di menu di pizzeria o mucchi di scatolette di sardine. Ci sono invece oggetti che luccicano come se fossero nuovi di zecca, simili a tesori immacolati lasciati sulla spiaggia dalla marea calante. Ma non sono oggetti nuovi né hanno niente di bello; varcando la Grande Muraglia sono entrata in un museo di mirabilia del terrore.

L'intero corridoio è stracolmo di teche di vetro di varie dimensioni. In una, una pallida Venere di Botticelli, sdraiata in un'alcova, srotola fuori le proprie interiora e sorride. Nella teca soprastante c'è un piede mozzato, con le dita raggrinzite e la pelle sfatta. Sbircio l'etichetta: *necrosi cancrenosa*. Più in là c'è un sesso femminile affetto da sifilide in stato avanzato. Canticchio una canzone e ricordo a me stessa che non sono impressionabile: ho una formazione di base in piaghe da decubito.

Barbara Cartland s'intrufola nella breccia della Grande Muraglia e avanza circospetta, con il posteriore basso. Si guarda attorno, e, appena sente un fruscio, si lancia all'inseguimento, il sedere sbrindellato ondeggia mentre corre. La guardo sparire in fondo al corridoio.

Un po' più in là, sotto una splendida campana trasparente, c'è un vassoio di occhi di vetro. Mentre mi avvicino, sento uno scatto. Lo scatto è seguito da un ronzio.

Guardo orripilata il vassoio che comincia a muoversi, a inclinarsi e fa girare tutti gli occhi nei forellini che li contengono. Faccio per allontanarmi e mi accorgo che gli occhi mi seguono. Un centinaio di sguardi senza palpebre, tutti di un limpido, limpidissimo azzurro boreale.

Su un piedistallo lì accanto c'è una testa rinsecchita, una sinistra noce di cocco dall'aspetto agghiacciante. Piange scie di filo dagli occhi ricuciti, e sulle labbra rattrappite c'è una smorfia suturata. Piume di capelli colano sul pavimento.

Sul piedistallo è incollato un cartoncino con scritto:

Cathal T. Flood
Collezionista d'Antiquariato e Rarità
Flora, Fauna, Curiosità Mediche e Scientifiche
Specializzato in Tassidermia e Automi Vittoriani

Con la coda dell'occhio vedo muoversi qualcosa. Nel corridoio, quattro ermellini giocano a poker. Il mazziere ha la visiera, sogghigna con un sigaro in bocca e dà rumorosamente le carte. Di fronte a loro c'è un corvo con il cappello dei guardiani della Torre di Londra. Scivola dal trespolo, arruffa le ali con una specie di stridio di ingranaggi, e le perline nere degli occhi luccicano.

Mi sovvengono le parole dell'esonero da responsabilità di Biba Morel (letto di sfuggita). *Irruzione di addetti comunali, trappole esplosive, meccanismi ingegnosi.*

Mi immobilizzo in attesa di dardi piumati intinti nel veleno letale, di una rete calata, di una scure affilata.

Il pavimento sotto i miei piedi è coperto da tappeti turchi. Sotto ci sono le botole. Un volo a capofitto su lastre di pietra sporche di sangue in un sotterraneo freddo e umido, il cranio spaccato in una pioggia di schegge d'ossa e di materia cerebrale. Avanzo piano, con passi guardinghi, e aguzzo la vista in cerca di fili tesi all'altezza delle caviglie. Supero porte dissimulate da cassettiere e armadi. Mi infilo tra le une e gli altri per provare ad aprirle.

Il corridoio sbocca in un grande atrio con un sinuoso scalone di legno nero. Una finestra di vetro istoriato, guarnita di cavalieri con i piedi a punta e dame con grandi funi di capelli, sprigiona un caleidoscopio splendente di colori sulle scale sottostanti.

E lì, appollaiato sul pilastrino della scala, c'è un incubo.

Mi darei alla fuga se riuscissi a muovere le gambe. Perché lì c'è un mostro che neanche Giasone e un'intera ciurma di Argonauti potrebbero affrontare.

Una bestia con quattro teste che guarda ovunque.

Le specie che hanno fornito la testa non sono chiare, ma a occhio direi cane, cavallo, maiale e cervo. Ognuna sembra aver trovato la morte in una collisione. Le teste sono montate sul corpo di una polena scolpita nel legno, pettoruta e con le braccia lungo i fianchi. Dalle ali di cigno, ingiallite dagli anni e quasi sgretolate, si inarcano le scapole di quel tremendo e devastato angelo custode.

Non appena faccio un passo verso la fine della scala, le ali fremono e le teste cominciano lentamente a ruotare. Ogni paio d'occhi, incastonati nelle rispettive orbite peste, mi guarda a turno. Ma non demordo, anche se mi aspetto il peggio. Il meccanismo si arresta con un ultimo cigolio e mi porge la testa del maiale.

Aspetto. Il maiale ha una luce crudele negli occhi e una smorfia sprezzante sul grugno.

Bel maialino. Bravo maialino.

Mi costringo a distogliere lo sguardo, verso una scala piena di oggetti bizzarri.

Ci sono fagotti dalle forme strane e cesti pieni di cartocci. Da uno di questi sbuca un braccio finto, teso come per fermare un taxi. Ci sono vasi da laboratorio con dentro frammenti di cartilagine e scatole di arnesi di legno con la punta di gomma, come lontani parenti di uno sturalavandini. Un cuore spezzato di gesso giace sul primo gradino.

Sopra di me c'è un fruscio seguito da un rumore metallico. Un'ombra guizza sul pianerottolo del primo piano. Sento rizzarsi ogni singolo pelo del collo.

Inchiodata dalla paura, guardo un oggetto che comincia a rotolare giù per la scala. Avanza senza fretta di gradino in gradino. A volte l'impatto sul legno è accompagnato da un tonfo sordo, altre volte da un tintinnio come di vetro e porcellana o di metallo. Di tanto in tanto perde lo slancio e rimane per qualche istante a vacillare sul gradino. Poi riprende le forze e continua. Infine atterra in fondo alla scala e viene a urtare il mio piede.

È una cosa avvolta in carta di giornale.

Mi chino a raccoglierla. La sfilo dal giornale. È un fermacarte. Vetro intagliato, con un'esplosione di stelle scolpita sulla base. Lo tengo in mano per un tempo infinito e mi chiedo quale sia il messaggio.

Poi capisco.

Poso sul pavimento il fermacarte e guardo il ritaglio di giornale che ho nell'altra mano. Leggo il titolo:

Studentessa del Dorset scomparsa

Una ragazza dai capelli chiari guarda l'obiettivo con un sorriso malizioso. Tiene un braccio intorno al collo di una capra e sembra intenta a farle mangiare un sacchetto di patatine. Sotto la foto c'è un nome: *Maggie Dunne.*

11.

A Pearl Strand la marea ti sorprendeva. Si insinuava in rivoletti serpeggianti che incidevano la sabbia: dapprima pigra, poi con un'irruenza che mi atterriva. Se volevo sopravvivere, dovevo restare proprio dove mi aveva detto Deirdre. Alla mia sinistra, la sabbia era pronta a sprofondare; a destra, c'era un nido di tafani. Alle spalle, il vecchio Noel si faceva la sua passeggiatina pomeridiana, con le dita che fremevano dalla voglia di palpare. E davanti a me l'Atlantico strisciava sempre più vicino.

Deirdre si depilava le gambe con il rasoio di mamma. Quando andava in bici, s'infilava l'orlo del vestito nelle mutande. Rubava rossetti, soldi e sigarette. Deirdre era una ragazzaccia. Lo sapevano tutti. Quell'estate, mia madre le disse che doveva portarmi sempre con sé, convinta che così si sarebbe data una calmata.

Un tempo io e Deirdre ci rincorrevamo su e giù per la spiaggia. Lei rincorreva me in un senso, io rincorrevo lei nell'altro. Era l'estate in cui Deirdre viveva solo per i cavalli. Ne avevamo una stalla piena, splendide bestie con la criniera dorata e gli zoccoli di diamante su cui galoppavamo in riva al mare.

L'estate seguente, la passione erano i castelli. Alzavamo muri di sabbia e costruivamo fortini con i tesori che il mare lasciava sulla spiaggia. Il Castello dei Granchi Morti, con la saracinesca di chele e le merlature irte di zampe spezzate: luogo dall'aspetto sinistro, con la quercia marina che strisciava giù per i bastioni e con il fossato infestato da letali polipi di corda. Le vetrate istoriate del Castello della Principessa erano fatte di cocci di bottiglia levigati dal mare, trasparenti, verdi o marroni. Il ponte levatoio era lastricato con milioni di conchiglie. I fiori selvatici del giardino li avevamo raccolti sulle dune.

Le dune strisciavano. Ecco cosa mi aveva detto Deirdre. Avanzavano centimetro dopo centimetro quando non guardavi. Se le infastidivi correndoci sopra, o girandoci attorno per curiosare, o scavandoci buche, t'inghiottivano e nessuno ti ritrovava più. La sabbia ti riempiva la bocca, ti tappava il naso e ti sfondava gli occhi. Soffocavi sotto il peso dell'intera duna. Morivi al buio, ascoltando il rumore delle tue costole che si spezzavano e il fruscio della sabbia che ti scorreva nelle orecchie.

Era meglio non disturbare le dune e piuttosto stare seduta a leggere un libro tenendo chiusa quella cazzo di bocca.

Ma non potevo leggere e al tempo stesso controllare le dune. Perciò mi portavo un libro che conoscevo così bene da non doverlo sfogliare. Così potevo tenere d'occhio le dune. Il libro si intitolava *Le vite illustrate dei santi*; era appartenuto alla nonna e adesso era mio. Conoscevo a memoria sia il testo sia le illustrazioni.

Le illustrazioni mi piacevano più del testo.

San Giuseppe da Copertino che volava sopra il muro del monastero con una tonsura poco lusinghiera in testa e un'espressione sbalordita (e ne aveva ben donde: un monaco cicciottello che si librava sopra una parete alta il doppio di lui!). Santa Dinfna, con lo sguardo gaudente e la corona d'oro, che camminava con i piedi bianchi su un campo verde. San Giorgio, che in segreto era il mio prediletto per l'armatura scintillante e il drago con gli occhi gialli. Conoscevo ogni saio e ogni veste, ogni aureola e ogni attributo dei santi principali e anche di alcuni dei minori.

I santi erano straordinari. Avevano rivelazioni, costruivano chiese, venivano dati in pasto ai leoni. Amavo i veli e i diademi, le cuffie e le berrette, le espressioni pie e le lunghe mani pallide. Se chiudevo gli occhi (per poco, per via delle dune) potevo sentire le loro voci – miti suppliche e preghiere sussurrate – nel vento che spirava dalla baia e nelle onde che lambivano la spiaggia. A volte riuscivo persino a sentire l'odore dei santi. Una fragranza tenue che andava e veniva. Soggoli inamidati e vecchi velluti, incenso pungente e un sentore di santità, simile al profumo dolce e triste delle rose sfiorite.

Nelle giornate di freddo, o in quelle di pioggia, o quando le dune si muovevano e il mio cuore si fermava per la paura di essere soffocata, immaginavo che tutto ciò rientrasse nel mio tirocinio da suora, come indossare mutande ruvide o mangiare la minestra. Disagi cui mi sottoponevo volentieri perché erano il prezzo da pagare per andare in convento. La nonna diceva che la vita delle suore era noiosa, ma io sapevo che non era così. In convento avevi una stanza tutta per te, e ogni fine settimana c'era la gita in pullman. A seconda dell'ordine religioso, potevi coltivare fiori, giocare con le galline o andare in giro ad aiutare le persone. E, soprattutto, se ti capitavano abbastanza disgrazie e non piagnucolavi o ti lamentavi, avevi un'altissima probabilità di diventare santa.

Santa Maud. Immaginate la tavola nelle *Vite illustrate dei santi.* Ho all'incirca sette anni. Gli occhi, appannati da lacrime di afflizione, sono rivolti al cielo. Le mani sono giunte, il viso è più pallido del pallore stesso.

Perdonami, padre, perché ho peccato. Ho fatto sparire mia sorella.

12.

"È da parte di Mary Flood," dice Renata mentre osserva il ritaglio di giornale con le sue lenti trifocali. "Muta come sanno esserlo solo i morti, comunica con noi spedendo indizi dalla tomba."

Non cerco neppure di contraddirla, perché stasera è particolarmente stridula. Ha optato per Liza, la parrucca che le dona di più, con la frangetta nera che fa risaltare gli occhi fiammeggianti da pirata. L'ha abbinata a una gonna attillata e a scarpe con i tacchi bassi. L'effetto è quello di una ex vamp degli anni cinquanta; il tutto, ovviamente, in onore del nostro ospite.

Sam Hebden sembra perplesso.

Nel pomeriggio, lui e Renata hanno scoperto di essere anime gemelle, perché entrambi hanno i chakra, condividono lo stesso animale totem (la capra) e adorano Johnny Cash. Hanno anche scoperto che Sam non ricorda quasi niente dell'aggressione con la mazza da hurling. Per Renata è un chiaro segno di stress post-traumatico, e Sam sembra soddisfatto della sua interpretazione. In corridoio, a bassa voce, Renata mi ha informato che non devo assillare Sam con le mie domande. Cos'è successo ce lo dirà con comodo, quando la sua psiche si sarà ripresa, visto che la perdita di memoria è molto diffusa tra le vittime di traumi.

A dire il vero, non sembra che Sam abbia subito grossi traumi.

Certo, ogni tanto è come se si assentasse, ma la cosa potrebbe essere dovuta ai cocktail di Renata. Per il resto, dà l'impressione di essere del tutto in sé, a proprio agio sulla sedia con i braccioli, con la barba incolta, gli occhi grigi e il sorriso malizioso.

"Maud." Renata mi schiocca le dita sotto il naso. "Devi essere obiettiva. Il problema del pensiero occidentale è che mette in contrapposizione scienza e soprannaturale. Che sono solo due modi diversi, ma parimenti validi, di raccontare una storia."

Faccio una smorfia. Renata ha imparato a memoria interi articoli sui delitti spettrali e sulle loro giustificazioni scientifiche. E ovviamente li ha condivisi con me. Ho dovuto studiare per ore fotografie di vergini barbute di nome Dave con strumenti di carta stagnola e termometri da cucina.

"Per risolvere un caso," continua Renata, "l'astuta investigatrice si servirà di qualsiasi mezzo a sua disposizione, moderno e arcaico. Reti informatiche o antichi strumenti di divinazione, poiché sa che sono entrambi in grado di guidarla nelle indagini." Si morde il labbro. "Per quanto mi riguarda, preferisco l'arcaico. È più affidabile."

Sam mi lancia un'occhiata.

"Renata non sa usare il computer," borbotto. "Tranne in situazioni di estrema emergenza."

"I campi elettromagnetici mi incasinano il terzo occhio," dice Renata, sulla difensiva.

"I suoi principali strumenti di indagine sono i tarocchi, al momento con una certa prevalenza del seme di Spade, se non sbaglio."

Renata mi guarda furiosa. "Quel seme denota responsabilità e intelletto, violenza e contesa." Fa un sorriso radioso all'ospite. "Vedi, Sam, Maud non può mollare quel lavoro, soprattutto alla luce di questo nuovo sviluppo."

Mi volto verso di lei. "Scusa, che significa 'Maud non può mollare quel lavoro'?"

Renata sembra scegliere con cura le parole. "Sam è venuto qui per convincerti a smettere di lavorare a Bridlemere."

Mi volto verso Sam. "È per questo che sei qui?"

Sam si stringe nelle spalle e si appoggia allo schienale della sedia.

San Valentino (amore, la peste) fa il suo ingresso nella stanza, senza invito. È un vecchio santo sornione e strabico. Con un occhio fissa Sam e con l'altro punta me. Indossa abiti che sembrano di seconda mano. Il cilicio è sfilacciato sull'orlo e sui polsi. Ha un'aureola delle dimensioni e della forma di un vassoio da tè, appoggiata sulla nuca come un sombrero. Arde di una fumosa luce arancione. Il santo si accomoda sul pouf sorridendo, e così rivela di avere solo tre denti e una certa tendenza a sputacchiare.

"Sam è venuto qui per dirti," Renata lancia un'occhiata a Sam, "che quella casa e quel vecchio andrebbero evitati."

"Dici che dovrei andarmene?"

Sam sembra un po' imbarazzato. "Sì. Ma devi essere tu a decidere, Maud."

Renata orienta alla luce il ritaglio di giornale e comincia a leggere ad alta voce. "'La polizia prosegue le ricerche di Maggie Dunne, quindici anni, scomparsa martedì scorso dal paese di Langton Cheney.'"

San Valentino fa un fischio.

"'Maggie è alta un metro e sessantasette'," continua a leggere Renata. "'Corporatura esile, occhi azzurri, capelli biondi.'" Posa il ritaglio sul tavolo. "Lunedì 26 agosto 1985."

"Con tutto il dovuto rispetto," Sam si sporge e apre i palmi in un gesto conciliante, "cosa c'entra questo con il lavoro di Maud a Bridlemere?"

Renata picchietta sul giornale. "Sappiamo che i Flood erano stati in quel posto cinque anni prima."

"Una coincidenza?" ipotizza Sam.

"Non credo. C'è un chiaro nesso tra il vecchio e questo caso." Renata aggrotta la fronte. "Dovremmo mostrare l'articolo alla polizia."

Sam si drizza sulla sedia. "Meglio di no."

San Valentino guarda Sam con interesse.

"Sanno che Cathal Flood è un piantagrane, dubito che la polizia vi prenderebbe sul serio," continua con calma Sam. "Diciamocelo, potrebbe aver architettato tutto lui."

Renata pare dubbiosa. "Non saprei, sembra..."

"Sul serio, Renata: in quella casa ci sono stato, non ci sono né fantasmi né spiriti maligni né studentesse scomparse. C'è solo un vecchio con il suo ammasso di roba."

"Allora perché tutti questi indizi, uno dopo l'altro?"

Sam esita. "Chi dice che siano indizi? Credo che tu stia correndo un po' troppo con la fantasia."

Renata lo fissa con uno sguardo glaciale.

"E ora volano gli stracci," mormora San Valentino in maniera quasi udibile.

"Sappiamo bene che quel vecchio ha un carattere violento."

"Ma è probabile che questo sia solo uno scherzo, Renata," dice Sam. "Sai che aveva montato delle trappole esplosive per gli operai del comune?"

"Allora, se è uno scherzo, lo battiamo con le sue stesse armi," concede Renata. "In entrambi i casi, dobbiamo scoprire chi c'è dietro queste comunicazioni."

"Cathal Flood sarà anche vecchio ma è imprevedibile. Non pensi che Maud rischi troppo in questa faccenda?" Sam mi osserva. "Quanto sei alta, uno e sessanta? Una donna minuta contro un uomo alto uno e novanta con precedenti per aggressione."

Gli occhi di Renata si spalancano. "È così alto?"

Annuisco. "È un gigante irlandese."

"Come lo scheletro nel museo? Quello bollito da John Hunter?" Renata sembra impressionata.

"Identico," borbotto. "Solo che questo è animato: urla e impreca."

Renata si volta verso Sam. "Cosa c'entra la statura di Maud?" chiede con freddezza. "E cosa c'entra il suo essere donna?"

Sam sembra a disagio, e ne ha tutti i motivi. "Dico solo che il signor Flood non è un pensionato come gli altri, non sottovalutatelo."

Renata strizza gli occhi. "A questo potrei rispondere dicendo che Maud non è una donna minuta come le altre. Non sottovalutarla. Se qualcuno può arrivare fino in fondo a questa faccenda, quel qualcuno è lei. L'incrollabile tenacia di fronte alle avversità è una delle sue principali caratteristiche."

La guardo. "Grazie, Renata."

Lei annuisce. "Sai, parlando di animali totem, Maud è un castoro. Ho meditato e il suo spirito animale si è fatto avanti. È davvero incredibile come la natura complessa e risoluta di Maud si racchiuda in un piccolo simbolo peloso."

Sam ci guarda sgomento. Poi si infila una mano tra i capelli d'oro scuro. Mi chiedo se stia recuperando la memoria: il labirinto di ciarpame, i gatti predatori e l'assistito furibondo che avanza verso di lui brandendo una minacciosa mazza da hurling.

Ma forse Sam non è traumatizzato; forse si vergogna, come mi vergognerei io se mi lasciassi cacciare dalla città da un vecchio spaventapasseri incartapecorito.

Sam si volta verso di me con un'espressione dolce e seria. "Vuoi davvero provocare quel vecchio e rischiare le possibili conseguenze giocando all'investigatrice di un finto caso?"

Messa così non sembra affatto una buona idea.

Renata lo guarda in cagnesco. "Questo caso non è finto e noi non stiamo giocando."

Sam sembra abbastanza impressionato.

San Valentino ridacchia.

"Arriveremo fino in fondo, Sam Hebden," dice Renata. "Abbiamo solo bisogno di un piano."

Ci concentriamo sulla lavagna portablocco che Renata ha sistemato in soggiorno. Al centro di un foglio ha scritto in stampatello rosso MARY FLOOD e ci ha disegnato una nuvola nera intorno.

Ha aggiunto due frecce che escono dalla nuvola zigzagando come lampi, però in verde. Un lampo indica la parola INCIDENTE e l'altro la parola OMICIDIO.

Sotto, ha scritto le parole STUDENTESSA SCOMPARSA MAGGIE DUNNE in rosa brillante, senza nuvole ma con una sottolineatura sinuosa.

Terminata l'operazione, si gratta sotto la parrucca con un pennarello. "Sono del tutto convinta che Mary Flood sapesse qualcosa a proposito di questo caso." Picchietta con la nocca su MAGGIE DUNNE. "Questa ragazza non è mai stata trovata, né viva né morta."

"Come fai a saperlo?" chiedo.

"Lillian ha fatto una ricerca. Ha usato il computer della biblioteca di Petersham."

"Certo, l'hai detto a Lillian." Mi volto verso Sam. "La sorella di Renata adora gli omicidi."

Sam ha l'aria perplessa. Renata uno sguardo sfuggente.

"Sputa il rospo, Renata," dico.

"Secondo noi, Mary ha scoperto il coinvolgimento del marito nella scomparsa di Maggie ed è ruzzolata giù per le scale."

San Valentino si sporge. "La cosa si fa sempre più interessante."

Gli occhi corsari di Renata sfavillano.

"Che altro, Renata?"

"Bridlemere è una grande villa che sorge su un terreno molto esteso. Un labirinto, l'hai detto tu stessa. Non mancano certo posti dove nascondere una ragazza scomparsa," fa una pausa, “viva o morta. Pensaci: la cantina, i sotterranei, la soffitta, una pletora di stanze e una gran quantità di edifici annessi. C’è l’imbarazzo della scelta.”

“Non c’è nessuna studentessa nascosta in quella casa,” dice Sam con sorprendente risolutezza.

Renata si volta verso di lui. “E tu ne hai ispezionato ogni centimetro, Sam?”

Sam rotea il suo bicchiere con aria dubbiosa; dal bouquet di acetone capisco che si tratta della specialità di Józef.

“No di certo, ma questo non basta per trarre conclusioni affrettate.”

“Non ho tratto nessuna conclusione.” Renata sembra offesa. “Mary Flood ci fornisce indizi chiari. Una ragazza scompare; in precedenza i Flood sono stati nel suo paese. Tra questi due fatti c’è un nesso.”

San Valentino alza le mani. “Questa donna risolverà il caso!”

Renata si morde un labbro. “Certo, potrebbe essere troppo tardi.”

San Valentino annuisce con trasporto. “Questo è poco ma sicuro.”

“Possiamo solo sperare che Flood non l’abbia uccisa; potrebbe averla tenuta prigioniera per tutti questi anni.” Renata si sistema la parrucca afferrandone i lati come per proteggerla da un’immaginaria raffica di vento. Ed ecco il tema controverso. “Come schiava sessuale, quel genere di cose.”

San Valentino ride di sottecchi.

Sam emette un verso di disperazione.

“Succede di continuo,” dice Renata, sulla difensiva.

“Anche nelle zone bene di West London?”

“Maud, questa è una cosa seria.” Renata ha uno sguardo grave, e parla con tono basso e trepidante. “Se c’è anche solo una remota possibilità che Maggie Dunn sia ancora viva, dobbiamo trovarla.”

San Valentino applaude. "Brava! Questo è lo spirito giusto. È così che si fa!"

Lo fulmino con gli occhi.

Si stringe nelle spalle.

Renata mi guarda con improvviso raccapriccio. "E se succedesse qualcosa al vecchio? Maggie potrebbe morire di fame, o di sete."

Sam si alza e si versa un altro krupnik. Dondola la bottiglia verso di me. Scuoto la testa: un'intossicazione da alcol non migliorerebbe le cose.

Renata cambia foglio e su quello nuovo scrive CHI È CATHAL FLOOD???

Poi comincia a camminare avanti e indietro per il soggiorno come un vero investigatore.

"A questo punto abbiamo tre compiti." Si ferma davanti alla lavagna. "Primo: troviamo la ragazza scomparsa. Secondo: scopriamo se la morte della signora Flood è stata davvero un incidente. Terzo: consegniamo il signor Flood alla polizia."

"Oppure, quarto: lasciamo le cose come stanno." Sam svuota d'un fiato il bicchiere e si asciuga le lacrime.

San Valentino lo guarda ammirato. Gli si avvicina e infila attraverso il bicchiere il suo vecchio indice, grinzoso e largo. Poi lo ritrae e lo lecca. Fa una smorfia.

Non oso chiedere. Ma lo faccio. "Quindi cosa succede adesso?"

"Perquisiamo la casa," sentenzia Renata.

Sam mi guarda. Nei suoi begli occhi grigi c'è autentica preoccupazione. "Vuoi dire che *Maud* perquisisce la casa?"

"Certo," risponde Renata. "E cerchiamo un medium. Un medium molto bravo. Per aprire una linea diretta con Mary Flood e capire cosa cerca di dirci."

Sam si morde il labbro.

Renata scrive: PARLARE CON MARY.

“I fantasmi non esistono,” faccio presente.

San Valentino alza le sopracciglia.

Renata mette il tappo al pennarello. “Esistono eccome: i medium li vedono di continuo.”

“Se li paghi.”

“Non è vero, Maud. I medium crescono assieme ai fantasmi. Li vedono ovunque. Persino al supermercato.”

Perché mai i morti non dovrebbero frequentare i supermercati? Forse anche la morte è monotona come la vita. Non spiacevole, ma un po’ noiosa, ed è il meglio che possiamo augurarci.

Accompagno Sam alla porta. Sottovoce, gli faccio le due domande cui per tutta la sera avrei voluto che rispondesse, perdita di memoria o no.

Domanda uno: “Ti è successo qualcosa di strano a Bridlemere?”

Si china per mettersi le scarpe da tennis, poi si rialza. “No.”

Ci penso su per qualche istante. Nessuna bottiglia che affiora nel lavello, niente luci che sfarfallano, rumori strani e rifiuti senzienti? Poi mi ricordo che la negazione è il pilastro della salute mentale.

Domanda due: “Perché il signor Flood ti ha inseguito con la mazza da hurling?”

“Ha sclerato di colpo; non ho idea di cosa l’abbia fatto esplodere.”

“Non l’hai provocato in qualche modo?”

Sam ride. “No, per niente.” Mi osserva, si fa serio all’improvviso. “Ascolta, io adoro Renata, penso che sia fantastica, ma le piace inventare storie, farsi dei film.”

Sento un impellente bisogno di difenderla. “Però su un punto ha ragione: quel posto è strano, e anche il vecchio è strano…”

“Se vuoi, puoi anche assecondare la tua amica e lasciare che risolva un caso immaginario, ma non farti prendere la mano, Maud."

Lo guardo negli occhi.

"Lascia in pace il vecchio. Non ficcare il naso nelle sue faccende." Mi bacia sulla guancia. Poi, con il fiato tra i miei capelli e la bocca sul mio orecchio, mormora: "*Non sai con chi hai a che fare.*"

Le note basse della sua voce mi scaldano la base della spina dorsale. Sento un profumo costoso, di sapone, di agrumi, con appena un pizzico di fumo di sigaretta.

Sam si scosta e mi stringe un braccio.

Lo guardo allontanarsi sul vialetto. Chiude il cancello, mi saluta con la mano, si rialza il colletto, si accende una sigaretta e scompare nella notte.

Mentre chiudo la porta, vedo San Valentino seduto sul bidone della spazzatura di Renata, rischiarato dalla luce del corridoio e dalla propria innaturale luminescenza.

Mi guarda con un occhio; l'altro è puntato sul cancello del giardino. "Quell'uomo è molto vigoroso," dice, con voce stridula ed euforica. "È uno che sgroppa e monta? È un bravo cowboy? Se la caverebbe bene tra le lenzuola? Secondo te è una bella cavalcata?"

San Valentino fa sempre quattro domande quando è sovreccitato. Se fosse abbastanza vicino e non incorporeo mi spruzzerebbe la faccia di saliva. Per fortuna non è questo il caso. San Valentino aspetta che risponda, sorride, ha le labbra umide.

Lo guardo disgustata. "Ora stiamo esagerando."

Alza le mani e ridacchia. "Dico solo che se fossi in te starei attenta; sul piano della compatibilità è una partita difficile."

"Chi ha mai parlato di una partita?"

San Valentino sbuffa. "Quello è uno stallone, un autentico stallone col sangue rovente, pronto a scattare. Dovresti saperlo bene, visto che te lo sei mangiato con gli occhi tutto il tempo."

"E io invece cosa sono?"
"Al massimo un'asina appassionata."
Chiudo gli occhi. "Ti ho forse chiesto un consiglio?"
"No, ma quando c'è di mezzo l'amore..."
"Allora, con tutto il rispetto, la cosa finisce qui."
San Valentino scoppia a ridere. "Oh, non finisce qui neanche per sogno, Stellina, aspetta e vedrai."
Chiudo in fretta la porta.

13.

Una tempesta sta per abbattersi sull'Atlantico. Sopra di me, il cielo è una lastra di metallo. Dopo un tuono, la pioggia cade in rapidi scrosci pungenti, non abbastanza forte da inzuppare le dune né da farmi rialzare il cappuccio. Però tiro su la lampo del giaccone e ci infilo il libro, per evitare che si bagni. Mi fa una gran pancia quadrata.

È a questo punto che le vedo respirare, le dune.

Guardo inorridita le falde sabbiose che cominciano a fremere e a ronzare. Ed ecco che si muovono, fluttuano verso di me come un hovercraft, solcano un sentiero di spiaggia e strappano l'ammofila.

Non ho mai smesso di guardarle, non ho mai curiosato tra di loro, non ci ho mai corso sopra, non hanno il diritto di aggredirmi!

Alla mia sinistra: spiaggia che sprofonda; alla mia destra: tafani; davanti a me, il mare, dietro di me…

Si è fatto giorno. Una luce tenue filtra dalle tende. Santa Dinfna è seduta in fondo al mio letto. Tiene un lume in grembo. È un affare di argilla levigata a forma di scarpetta, un oggetto squisito, perfetto per la sua piccola mano bianca. Ci soffia sopra e si rianima una fiamma improvvisa. Il viso della santa è illuminato, gli occhi le brillano, sulle labbra c'è un tenue sorriso.

Mi guarda. "Sai, quello che credi di ricordare di quel giorno è solo fantasia."

"So cosa ricordo."

"Faresti meglio a non fidarti della memoria, Maud. Cosa ti avevo detto?"

Non rispondo. La santa posa il lume sul comodino. La fiamma si allunga e ondeggia.

"Quanti anni avevi? Sei? Dieci?"

"Sette."

Si sporge verso di me, la voce ridotta a un sussurro. "Quel giorno se n'è andata con lui, in macchina. Hanno preso il traghetto e sono andati a vivere a Rhyl. Gli avrebbe dato un figlio. Era quello il piano."

"E i poliziotti? Come mai non sono riusciti a trovarla?"

"Nessun poliziotto. Nessuno ha mai denunciato la sua scomparsa."

Aggrotto la fronte. "C'erano due poliziotti in cucina, quelli che hanno parlato con mia madre."

Santa Dinfna ha un sorriso amaro. "Non c'è stato alcun poliziotto in quella cucina. Tua madre non ha forse aiutato Deirdre a fare i bagagli? Non ha forse dato loro un cestino con i sandwich per il viaggio?" Si sistema la treccia castana sotto il velo. "Tua madre non ha forse dato loro la sua benedizione?"

"Non è andata così."

Santa Dinfna allunga le gambe fuori dal letto e si liscia la veste sulle belle caviglie evanescenti. "Ti ricordi di Tommy McLaughlin?"

"No."

"Sulla cinquantina, pelato, aiutante del macellaio?"

"No."

"Un vecchio porco bavoso?" Rotea gli occhi. "Cristo, non che ce ne fossero pochi."

"No."

"Quello che uscì dal retrobottega e ti mostrò il suo piccolo flauto flaccido, e lo dimenava mentre tua nonna era al banco a comprare il fegato?"

Ripenso all'odore di segatura fresca e di sangue stantio, al prezzemolo di plastica verde tra i vassoi imbrattati di rosso, ai tagli appesi nella vetrina: ossa, tendini, grasso, carne. E Tommy McLaughlin con l'impermeabile aperto appena un po'. La patta dei pantaloni sbottonata appena un po', una lumaca pallida, un ciuffetto grigio. Aveva lo sguardo abbassato su di me, le labbra socchiuse, respirava con il naso.

"Me lo ricordo."

"Ecco, non è successo neanche quello," dice Santa Dinfna con una specie di gelida soddisfazione negli occhi. "I ricordi sono creature incostanti, dovresti saperlo. Volubili e per niente affidabili."

"So cosa ricordo."

Santa Dinfna alza le mani. "Certo che lo sai! In fondo, non eri lì con i tuoi occhioni tondi di bambina?" Finge un'espressione vacua. "A guardarti intorno, a ficcare il naso in cose che non ti riguardavano, *ad assorbire tutto*."

"Ero spaventata, lì nelle dune. Ero solo una bambina."

"Ti conviene darti una regolata," mormora proprio dentro il mio orecchio. "Altrimenti ricominceranno gli incubi."

Alzo lo sguardo ed è scomparsa.

Il signor Flood è rintanato nel suo laboratorio da stamattina. Non l'ho sentito camminare né sbraitare. Oggi la muraglia dei *National Geographic* si presenta integra. Potrei anche aver sognato la plaga che si estende dall'altra parte, dove gli ermellini impagliati giocano a carte, gli angeli imbalsamati a quattro teste fanno la guardia e i fermacarte vanno dove gli pare.

Oggi in casa c'è un'atmosfera di vigilanza chiusa a doppia mandata, sbarrata e abbottonata.

I gatti la sentono: sono circospetti, appiattiscono le orecchie e sbattono la coda, si muovono quasi strisciando e si avventano sul nulla. Sono ferma sulla soglia della cucina, ad ascoltare, a guardare. Senza sapere cosa ascolto e cosa guardo.

La casa è minacciosamente taciturna: non respira.

Mi volto per andare ad accendere il bollitore, ed ecco che la sento.

Mi si gela il sangue.

Una ragazza canta in corridoio, ha un timbro vibrante e piacevole, con un accenno di pianto soffocato. Mezza frase, quattro parole al massimo, non ne capisco nessuna.

Poi niente. Solo silenzio assordante.

La breccia nella Grande Muraglia dei *National Geographic* si è riaperta, più grande di prima, e la sto attraversando. Guardatemi. Sono un castoro. Sono tenace di fronte alle avversità e ai fantasmi canori. La Venere di Botticelli mi fa l'occhiolino mentre srotola il duodeno. Gli occhi di vetro si girano e gli ermellini ridacchiano dietro le loro carte da gioco. Il corvo chissà dov'è, e la testa rinsecchita sorride come se ripensasse a una battuta sconcia. L'angelo a quattro teste sembra guardare in tutte le direzioni fuorché la mia. Mi fermo davanti alla scala, mi mordo il labbro, esito.

"E adesso, Mary?" sussurro, e scruto la scala.

La scala da cui è precipitata Mary Flood.

Ha sbattuto la testa sul pavimento ed è svenuta? O è rimasta ai piedi della scala con i sensi che andavano e venivano? Un ansimante sacco di ossa rotte ed emorragie. Sarà atterrata proprio qui, dove sono io?

Il suo fantasma cade e continua a cadere nell'oltretomba? Rivive all'infinito quei momenti terribili? Le accuse, lo sguardo di lui, il passo indietro, la breve zuffa…

Dove vanno le studentesse quando scompaiono? In una grotta, nell'oceano, in uno scantinato con le finestre sbarrate, in un monolocale a Rhyl?

È un gioco di prestigio.

Immagino Mary ferma accanto a me ai piedi della scala, una presenza incalzante e muta. Volta verso di me il foro squagliato dove prima c'era il suo viso. Con lo sguardo lo attraverso da parte a parte. Mary mi indica la cima della scala.

Sono un fottuto castoro, perciò inspiro e con il cuore che batte a ritroso comincio a salire.

La marea di oggetti si alza fino all'ultimo gradino, poi si ferma e resta a sciabordare lì, non monta più. Davanti a me c'è un pianerottolo vuoto. Conto sei porte non ostruite e un tavolo sul quale c'è una lampada con il paralume di seta.

Mi affaccio sull'atrio sottostante e resto sgomenta.

Sono Arianna: ho attraversato il labirinto, e senza neanche un gomitolo di spago. Ho solcato un oceano di teche di vetro e roba impagliata, legno lucido e bizzarrie anatomiche. Ho evitato il decrepito Minotauro.

Qui, in cima alla scala, l'aria è diversa. Neutra, intatta, come se nessuno l'avesse mai respirata. Ho la netta sensazione che, se mi spingessi oltre, entrerei in un luogo segreto, un luogo intimo.

La luce cambia; il sole brilla attraverso la finestra di vetro istoriato. Chiazze di colore improvvise e abbacinanti si stampano sul muro opposto.

Una donna vestita di nero mi guarda.

Il ritratto è dipinto a grandezza naturale e con splendide sfumature di colore. Pelle color gesso e una chioma di rame tanto vivida da sembrare illuminata dall'interno. Il mento è sollevato, come per sfida, e così la donna squadra dall'alto in basso dalla gobba del naso. Gli occhi sono grandi, verdi, impauriti. Hanno una brillantezza liquida, catturata da minuscole pennellate luminose.

Nonostante l'austera magnificenza, questa donna è una lepre selvaggia: arti lunghi, sguardo sconvolto dal panico. È pietrificata a metà balzo, con un tallone nudo staccato da terra. A trattenerla è solo l'autocontrollo: vorrebbe voltarsi e scappare.

Con una mano stringe un mazzolino di rose rosse e bianche, con l'altra ne strappa i petali: sono disseminati dietro di lei, una scia di sangue e fiocchi di neve.

A un tratto capisco: sono entrata nel regno di Mary Flood.

Mi siedo sul gradino in cima alla scala e accarezzo Samuel Beckett. È la prima volta che lo vedo, ma dargli quel nome è questione di un istante. È uno splendido siamese con gli occhi azzurro polvere e lo sguardo schietto. Mi chiedo se sia dei vicini, attratto in casa dalle orde di topi che corrono lungo i battiscopa.

Beckett mi guarda e sbadiglia.

"Sei un micio intelligente, secondo te dovrei proseguire?"

Sbatte le palpebre con sdegno e, come se percepisse la mia codardia, si allontana indifferente lungo il corridoio. Nessuna reazione da parte del ritratto di Mary Flood. Il sole è scomparso e i colori sono cambiati. Mary sta ancora spargendo petali di rosa ma non sembra più impaurita, solo un po' annoiata.

Beckett disegna con la coda una serie di punti interrogativi, poi si avvicina a una porta sulla destra. Se fosse un cane, la gratterebbe con una zampa e uggiolerebbe, ma, essendo un gatto, si limita a sfregarcisi contro con noncuranza.

Lo interpreto come un segno, mi alzo e mi avvicino alla porta. La tocco con prudenza, premo il palmo sul battente, come se fossi un pompiere e ne saggiassi la temperatura, in realtà cerco di capire cosa c'è dietro – forse il fantasma di una donna dalla chioma infuocata, forse una ragazza scomparsa da tempo?

Abbasso la maniglia. La porta non è chiusa a chiave, ma sento una certa resistenza. La collosità di una porta che non viene aperta da anni, poi uno sbuffo d'aria m'investe e mi scavalca, come il sospiro liberatorio di qualcosa di rinchiuso.

Un genio uscito dalla bottiglia.

Beckett s'infila tra le mie gambe ed entra.

La stanza è ampia e scura, l'aria è fredda. Pesanti tendaggi nascondono le finestre, sagome di mobili si accalcano nell'ombra. L'interruttore della luce non funziona, perciò avanzo sulla spessa moquette per andare ad aprire le tende.

Raggi di sole e vortici di pulviscolo.

La camera è bella, con un'opulenza sfiorita che non smette d'incantare.

Sulle pareti rivestite di carta da parati candide colombe tubano dentro gabbie che si stagliano su uno sfondo grigio ostrica. Tra una gabbia e l'altra, a intervalli regolari, s'intrecciano nodi d'amore e gasse delicate. La moquette è folta e morbida, di un bianco sbiadito dagli anni.

Al centro della stanza c'è un letto degno di una principessa. Imbottito di materassi, cuscini e capezzali di piume d'oca. Rivestito di velluto e broccato color vaniglia e magnolia, madreperla e osso. Beckett balza sul letto, si raggomitola e raspa beato il copriletto con le unghie. Sopra il letto c'è una teca di vetro con la cornice d'argento. Mi avvicino e vedo quanto è pregevole e allo stesso tempo raccapricciante: una dozzina di falene bianche, con le ali aperte e infilzate da uno spillo. Al centro, una bestia grande come una tazza da tè, con ali picchiettate di nero, soffici come manti di ermellino. Ai lati, due splendide creature più piccole, con ali di garza color panna e pizzo smerlato. Di fronte al letto, sotto alla finestra, c'è un tavolino da trucco con lo sgabello. Lungo il muro, su una *dormeuse* a strisce bianche e grigie, decine di bambole di porcellana fissano il vuoto, rigide e guardinghe. Alcune sono grandi come bimbi, con cuffie di paglia sbiadita e riccioli polverosi che ricadono su pallidi abiti di cotone a fiorami. Altre sono più piccole e indossano pastrani bianchi con bottoni di perla e cappelli bordati di pelliccia. Tutte, senza eccezioni, sono ostili, con espressioni che vanno dal disprezzo più assoluto al livore avvelenato.

Una attira la mia attenzione. È senza cappello e scalza, con i capelli chiari e un vestito di pizzo a collo alto. Ha un'espressione di crudeltà repressa. Le labbra dischiuse rivelano aguzzi denti di porcellana. Dai minuscoli polsi pendono bende lacere, come se fosse scappata dal manicomio. Sono certa che sia la capobanda.

Ignoro lei e le sue amiche e mi siedo al tavolino da trucco, davanti al vecchio specchio chiazzato di ruggine, un trittico pieno di polvere. Vedo tre Maud appannate, che indugiano e sbattono le palpebre, che sbirciano e spiano, con i loro tabarri di poliestere e i capelli neri tirati indietro. Sembrano tutt'e tre a disagio, ma, per correttezza, va anche detto che le loro mascelle sono ben serrate.

Apro un cassetto e vedo un lungo astuccio di velluto. Lo prendo e lo apro con delicatezza; dentro c'è una finissima collana di perle adagiata su una coltre di raso. Il fermaglio è una mezzaluna di opale. Chiudo l'astuccio e lo rimetto dov'era. Accanto, ci sono una spazzola e un pettine, entrambi di madreperla, e alcune boccette con il tappo d'argento che contengono qualcosa di ormai solidificato.

Mi alzo, raggiungo la porta sulla destra e abbasso la maniglia. Non è un bagno, come mi aspettavo, bensì uno spogliatoio, dipinto di bianco, con vari armadi a muro lungo una parete. Di fronte, c'è una specchiera con una sedia di legno curvato.

Mi volto a guardare la stanza da letto. Beckett si pulisce il deretano e solleva una gamba per aria, tesa in verticale.

Apro lo sportello del primo armadio a muro.

Per Mary Flood avevo immaginato gonne di tweed e impermeabili, foulard e scarpe col tacco basso. Davanti a me ci sono abiti di raso, di seta, di pizzo, e color vermiglio, smeraldo, indaco, magenta. E c'è l'odore: non di naftalina o di panni vecchi, ma di aria estiva.

Sono abiti inviolabili come i corpi dei santi.

Esito. Non oso toccarli.

Ma poi tocco, un vestito di seta blu a ringrossi.

Lo tolgo dall'armadio, lo alzo davanti a me e scopro che Mary Flood era magra come nel ritratto ma meno alta.

In questi armadi ci sono intere vite di vestiti, appesi a grucce imbottite e coperti di plastica. C'è un abito degli anni trenta, stile charleston, con l'orlo smerlato e pieno di perline. Ce n'è uno degli anni cinquanta, da ballerina, con una rigida gonna di tulle al ginocchio e un corpetto trapunto di rose. Ci sono cassetti zeppi di guanti e calze, e file di borse: borsette da sera tempestate di gemme e minuscole pochette dorate.

È una specie di baule dei travestimenti come potrebbe sognarlo una ragazza.

L'ultimo sportello rivela un'intera parete di scatole da scarpe. Le apro una dopo l'altra, trovo scarpe nere con i tacchi bassi e sandali dorati, décolleté e pantofole rosso rubino.

Ho il cuore in gola. Emozionata, prendo dalla scatola le pantofole color rubino: luccicano proprio come quelle di Dorothy nel *Mago di Oz*. Le giro e le rigiro, riflettono la luce che entra dalla finestra. Hanno un fiocchetto sulla punta e sembrano della mia misura.

Sapendo quanto possano essere infide le scarpe rosse, rifletto per qualche istante prima di calzarle. Potrebbero farmi ballare fino alla morte o riportarmi a casa. Quale sarebbe il destino peggiore?

Cercherò di non pensare a casa mia né di battere i tacchi.

Mi sono già sfilata una scarpa da tennis quando noto, in fondo all'armadio, una scatola diversa dalle altre. È malconcia e legata con lo spago. La prendo. Ordinati con cura all'interno, ci sono file e file di cartoncini.

Mi siedo con la scatola in grembo. Prendo un biglietto e guardo l'immagine sul frontespizio: la Vergine e il Bambino.

Offerta per la Messa

Lo apro; tra le parole stampate in corsivo, ce ne sono alcune scritte a inchiostro con una grafia aggraziata:

Su richiesta di MARY, *il Santo Sacrificio della Messa*
verrà offerto in suffragio di GABRIEL.

Scorro gli altri cartoncini e trovo solo messe dedicate a Gabriel, finché:

Su richiesta di MARY, *il Santo Sacrificio della Messa*
verrà offerto in suffragio di MARGUERITE.

Marguerite? Tocco il nome. Chi è Marguerite?

Sento un rumore, un tenue scricchiolio nell'altra stanza. Afferro manciate di cartoncini e le infilo nella tasca del tabarro. Sbircio dalla soglia e vedo Beckett accoccolato sul letto; ha le orecchie puntate in avanti e spazza il copriletto con la coda. Il pelo sul dorso è ritto. Quando seguo il suo sguardo, mi si ferma il cuore. Disegnate nella polvere sullo specchio del tavolino da trucco, ci sono due lettere:

M F

Mi scontro con Cathal nel corridoio proprio davanti alla porta della cucina. In una mano ha un'antenna rotta e nell'altra una camera d'aria di bicicletta. Guarda i due oggetti come se cercasse di cogliere il nesso tra loro, come se ognuno racchiudesse l'indizio decisivo sul potenziale dell'altro.

"L'hai varcata," indicando alle mie spalle la Grande Muraglia dei *National Geographic.*

È un'affermazione, non una domanda.

Annuisco. Da vicino, mi rendo conto delle sue dimensioni. Quando striscia o spia, occupa poco spazio. È immateriale, invisibile. Ma adesso è solido e inamovibile, innegabile quanto un cumulo di scorie o un pianoforte. Scopre l'enorme dentiera giallastra, facendo con le labbra una specie di schiocco, come un cavallo indispettito.

"Nessuno può varcarla," dice. "Hai capito?"

"Volevo vedere il bagno con la vasca," dico a mia difesa.

"Non mentirmi."

"È come un museo, tutte quelle cose..."

"E non hai pensato di chiedere il permesso?"

Mi guardo la punta delle scarpe. "Ho pensato che non me l'avrebbe dato."

"Infatti non te l'avrei dato," dice lui stizzito.

"Allora le chiedo scusa, mi dispiace." Tento un sorriso di riconciliazione.

"Non ti dispiace affatto." Il viso del signor Flood è inespressivo, la voce è piatta. "Hai sfondato la muraglia."

"Non è vero. C'era già un buco; mi ci sono solo infilata."

"Menti di nuovo."

"Non è vero, giuro su Dio..."

Mi guarda con freddezza. "Hai la cucina, il retrocucina e la dispensa. Nient'altro. Se ti becco di nuovo a varcarla, sparisci."

Sparisco. Ci ragiono con un coltello in una mano e un barattolo di carne sotto sale nell'altra.

Cosa mi farà? Rifletto. Non sembrava malevolo, solo pratico e anche un po' dispiaciuto. Quello che intendeva dire era che non *voleva* uccidermi e farmi a pezzi, ma *avrebbe dovuto farlo.*

Affetto la carne, la sistemo sulla lattuga e prendo un ravanello. Gli mozzo la coda pelosa e lo taglio in quattro.

Se ti becco, sparisci.

Adesso è chiaro. Se mi becca, dovrà uccidermi; se non mi becca, non lo farà. Quindi, in un certo senso, mi ha dato il suo benestare: purché non veda cosa combino, posso andare e venire come mi pare senza essere assassinata.

Come Mary Flood.

Come Maggie Dunne.

Tornata al lavello, lo vedo con la coda dell'occhio, appoggiato alla credenza, che mi osserva. E poi la sento. L'improvvisa puzza di pesce. Ha in mano un barattolo e pesca sardine arpionandole con le unghie. L'olio gli sgocciola sul mento brizzolato. Lo guardo disgustata.

È un decrepito gigante con i piedi grandi come coperchi di bidoni della spazzatura, e non mi ero neanche accorta che fosse lì, a ingurgitare pesce. Fuso nell'ombra tra i piatti, le tazzine e i bricchi da latte, seminvisibile.

Come?

"Posso fare qualcosa per lei, signor Flood?" Ho un brio innaturale nella voce.

Deve avermi vista trasalire. Lavo subito il coltello, lo asciugo e lo ripongo nel cassetto, in caso fosse tentato di cominciare subito ad assassinare.

"Ti farò un ritratto, Drennan."

Mi sento il cuore in gola. "Non so se..."

"Fatti lo chignon," dice. "Cominciamo domani."

Sono a metà vialetto, con le mani occupate da due sacchi di spazzatura, quando vedo in fondo al giardino Gabriel Flood. Indossa blue jeans e una camicia bianca infilata nella cintura sopra la protuberanza della pancia. Ai piedi ha sempre i mocassini.

"Quelli dalli a me." Sorride e tende una mano. "Come sta oggi il vecchio brontolone?"

"Benissimo. Ti lascio, così entri a fargli un saluto."

Gabriel mi precede dopo aver galantemente preso i sacchi di spazzatura. "In realtà sono venuto per te, Maud. Mi chiedevo se potessimo fare quattro chiacchiere."

"Devo andare in un posto."

Lui infila i due sacchi in uno dei bidoni con le ruote e mi segue fuori dal cancello. "Potrei darti un passaggio."

"No, grazie," rispondo.

"Ho la macchina proprio lì."

La voce di Renata in un orecchio mi diffida dall'accettare un passaggio da un uomo con i mocassini. "Va benissimo l'autobus, grazie."

"Ma un passaggio in macchina sarebbe un piacevole cambiamento, no? Potremmo fermarci lungo la strada per un caffè." Indica una BMW nera nuova di zecca dall'altro lato della strada.

Sono stupita. Avrei scommesso che avesse un'auto più ragionevole, in quanto docente universitario. Magari una Skoda, con i rivestimenti di tweed e la radio inchiodata su Channel Four.

"Scusa, Gabriel, ma..."

"Per favore, Maud." Mi fissa con uno sguardo disperato, esausto. "Devo parlarti di una cosa. Una cosa che riguarda papà."

Valuto la possibilità che Gabriel Flood mi porti nel cortile di un magazzino dismesso, si offra di pagarmi per fare sesso e infine mi uccida a colpi di cric.

Poi stringo gli occhi e parlo come una donna armata di una matita da parole crociate pericolosamente appuntita, un ginocchio destro scattante e una seduta di prova di Wing Chun alle spalle.

"D'accordo."

Nel bar, Gabriel sceglie un tavolino d'angolo, lontano dalla finestra, e fa un cenno al cameriere. Ordina caffè e un club sandwich con uova e bacon senza neanche guardare il menù. Si sforza di sembrare calmo e controllato, ma la faccia rossa e il labbro superiore umido tradiscono il vero stato delle cose.

Scruta la sala con aria furtiva, poi mi si avvicina. "Ho bisogno di un favore, Maud. È una cosa un po' delicata."

Gli guardo le dita paffute mentre gioca con il tappo della bottiglia di ketchup.

Il cameriere porta il caffè. Gabriel sembra seccato per l'interruzione. Si passa una mano tra i capelli radi, come per controllare che siano ancora lì, una rapida perquisizione. Poi armeggia con la zuccheriera finché il cameriere non si allontana.

Abbassa la voce. "In casa c'è una cosa che mi serve."

"Ah sì?" Cerco di avere un tono indifferente.

Il labbro superiore è sempre più bagnato; lo asciuga con un tovagliolo di carta. "Niente che abbia valore *materiale*, solo sentimentale."

"Non puoi solo chiederla a tuo padre?"

Gabriel aggrotta la fronte. "L'altro giorno hai visto come mi tratta il vecchio. A momenti non mi lascia neanche entrare in casa."

Per qualche istante sembra avvilito, poi lecca il retro del cucchiaio con la lingua carnosa.

"Non so proprio come potrei aiutarti, Gabriel."

Beve un sorso di caffè e finge che l'idea gli sia appena venuta. "Sarebbe troppo scorretto chiederti di portar fuori papà per una giornata, così potrei fare un salto a Bridlemere e cercare quella cosa da solo?"

Gli sorrido mentre mi chiedo se si renda conto che, a furia di lavorare tutti i giorni con pazzi, cattivi e bisbetici, ho sviluppato un efficientissimo sistema d'allarme antistronzate. È così che capisco se qualcuno mente sull'aver mangiato l'ultimo budino alla crema, l'essersi cacato apposta nelle mutande o l'aver nascosto la mia borsa.

"Non sapevo che tuo padre uscisse di casa."

"Tu riusciresti senz'altro a convincerlo; con lui sei così brava!"

Ride. I suoi dentini appuntiti mi fanno pensare a un pesce minaccioso. È di un pallore viscido, come se avesse passato la vita ad aggirarsi sul fondo di una cisterna evitando la luce del sole.

"Che ne diresti di una bella gita?" azzarda. "Magari sulla costa."

Fingo di prendere in considerazione l'ipotesi. "Gli farebbe un gran bene. Vuoi che ce lo porti io?"

Gabriel sorride. "Com'è ovvio, pagherei io tutte le spese."

"Fantastico! Il signor Flood ne sarà entusiasta. Ti ringrazierà di avergli voluto offrire questo piacevole svago."

Il ghigno di Gabriel vacilla. "Meglio non dirgli che si tratta di una mia idea. Sai, potrebbe pensare che ci sia dietro chissà quale macchinazione. Che ovviamente non c'è."

Sorrido con fare benevolo. "Certo. Ma ci sono comunque delle procedure da rispettare. Dovrò redigere una valutazione di rischio e presentarla all'agenzia." Poi, solo per vederlo saltare sulla sedia, aggiungo: "Per ottenere il via libera ci vorranno solo un paio di settimane."

E infatti salta. "Maud, ma è il caso di sobbarcarti tutti questi fastidi?" chiede, con una gradevole nota isterica nella voce già stridula.

Sopraggiunge il cameriere con il club sandwich.

Gabriel scruta costernato il piatto e resta in silenzio finché il cameriere non torna dietro al bancone. All'improvviso, sembra venirgli un'altra idea. Si tasta il taschino della camicia e tira fuori il portafogli.

"Che ne dici di un acconto? Sai, per aiutarti a organizzare la gita. Pensi che accelererebbe un po' le cose?"

Mentre lo guardo contare un fascio di banconote, mi chiedo cosa voglia prendere a Bridlemere. Deve trattarsi di qualcosa di valore: un grosso diamante non ancora tagliato, il Sacro Graal in uno scrigno di velluto? Se quelli di *Antiques Roadshow* prendessero in considerazione anche le cazzate, dedicherebbero dieci episodi solo al primo gradino della scala.

Gabriel si rimette in tasca il portafogli e affronta il sandwich. Mangia con una specie di ingordigia passiva, senza smettere di guardarmi. Indica il fascio di banconote sul tavolo. "Prendile. Per le tue spese."

"Posso chiederti cosa cerchi di preciso? Potrei anche essermici imbattuta mentre sgombravo la casa."

Sorride con condiscendenza. "Ne dubito."

"Guarda che ho dato una bella rovistata, dappertutto." Faccio una pausa a effetto. "Sono persino andata al piano di sopra."

"Davvero?" Sul suo viso balena un'espressione di panico.

"Davvero."

Mi scruta come se stesse facendo un rapido calcolo. Poi dà un altro morso al sandwich. "Come ho detto," bofonchia masticando, "ne dubito. È una cosa da nulla."

"Tuo padre..." esito.

"Sì, Maud."

Lo guardo negli occhi e mi chiedo se posso fidarmi. "Secondo te è innocuo, oltre ogni dubbio?"

Un esile sorriso gli guizza sulla faccia da rettile, all'improvviso. Forse c'è davvero una piccola lucertola verde dentro quel travestimento da ciccione.

"Certo. Del tutto innocuo," dice. "Un gattino."

Aggrotto la fronte.

"Allora, Maud," dice Gabriel. "Ho solo bisogno di un giorno e di una chiave. Hai quella della porta di servizio? Se me la presti faccio fare subito il duplicato."

"Non hai le chiavi della casa di tuo padre?"

"No. Su questo tema è un po' paranoico. Non vuole che nessuno vada in giro a curiosare."

"Perché?"

"Perché? Non ne ho idea. Gli piace starsene per conto suo." Fa un sorriso amaro. "O forse pensa che voglia acquattarmi in qualche angolo e farlo fuori al momento buono."

Azzanna il sandwich.

Provo a immaginarmelo: mocassini felpati, passi più silenziosi di quelli di un topolino. È notte fonda e la chiave appena coniata ruota silenziosa nella serratura. Poi Gabriel è dentro, si aggira furtivo per la casa con i suoi loschi modi da parricida, una maglia nera a collo alto e un passamontagna, paffuto e letale come un sanguinaccio omicida. Nel borsello, un rotolo di cavo elettrico e un coltello per disossare.

Cathal Flood se lo merita?

Guardo Gabriel e lui ricambia lo sguardo, rancido come l'uovo fritto che gli decora il mento.

Finisce il sandwich e si asciuga le dita con un tovagliolo di carta. "Certo, chi non vorrebbe farlo fuori in certi momenti?" Picchietta le banconote sul tavolo. "Allora, Maud. Siamo d'accordo o no?"

Noto lo sguardo nei suoi occhi – gelidi, spenti. Potrei essere in procinto di nuotare in un oceano lurido insieme a uno squalo col riporto.

"Per un lavoro come questo ti serve una reliquia." Il cavaliere posa a terra il sacco che ha in mano e, con gran clangore e stridore dell'armatura invisibile, si siede sulla sedia liberata da Gabriel. "Pensa solo alla protezione che potresti assicurarti con l'orlo del sudario di Santa Bernadette o con le falangi di San Giuseppe."

Lancio un'occhiata al cameriere: giocherella con il cellulare e ha l'aria annoiata. Sono l'unica cliente e sto coccolando il mio caffè da quasi un'ora.

San Giorgio (cavalleria, galanteria, herpes) si toglie a fatica l'elmo e si passa le dita guantate tra i capelli a caschetto. È un'acconciatura che non gli dona e che sopporta malvolentieri; stona con le guance non rasate e con il gran tubero rosso del naso da ubriacone. Mi scruta, ha uno sguardo spietato. "Credi di essere una dura, bimba, ma non lo sei."

"Lo sono eccome."

"Sai a cosa vai incontro, Maud?"

Si guarda sopra una spalla, poi solleva il sacco, ne slega l'imboccatura e lo svuota sul tavolino. Sottocoppe e cucchiaini restano indifferenti alla testa sanguinolenta di un gigantesco rettile che rotola fino a fermarsi e a fissarmi con un vitreo occhio giallo. La bocca è aperta in un ghigno, pieno di denti aguzzi; la lingua biforcuta ciondola sopra la zuccheriera.

"L'ho ammazzato io." San Giorgio estrae uno strofinaccio dai meandri della cotta di maglia e si asciuga le mani. "Un viscido bastardello. Artigli fulminei."

"Complimenti."

"Riusciresti a fare lo stesso? Non mentirmi, Maud, guardagli i denti."

"Con l'equipaggiamento giusto, la lancia e tutto il resto..."

San Giorgio fa una risata beffarda. "Hai fegato." Poi smette di ridere e si sporge sul tavolino, ha un'espressione serissima. "Ed è proprio quello che ti serve. Ho visto i tuoi draghi."

Si alza in piedi con uno stridio ferroso, sbatacchia il pettorale e caracolla via attraversando la finestra del bar. Sfuma anche la testa del rettile, lasciando per ultimo il ghigno, che fluttua ancora per un po' a mezz'aria, decrepito e maligno tra le tazzine di caffè sporche.

14.

Aiuto Renata a riempire i vol-au-vents. Di tanto in tanto osserviamo Sam attraverso il passavivande. È in ginocchio nel soggiorno, intento a riparare il videoregistratore di Renata; ha sfilato il mobiletto portatelevisore e impreca a bassa voce. San Valentino, alle sue spalle, dispensa commenti incoraggianti che Sam non può sentire.

Oggi Renata ha raccontato a Sam la storia di un ragazzo di Rotherhithe. Un ragazzo che sin da bambino adorava sentire il fruscio delle calze di nylon, il delizioso tormento della fascia del reggiseno e la carezza serica delle mutandine. Un ragazzo che provava sollievo nel truccarsi ed emozione nell'abbinare accessori come preferiva. Al quale piaceva gesticolare, ancheggiare e parlare con un ampio spettro di intonazioni. Era la storia di un ragazzo che, attraverso una gran quantità di affanni e tribolazioni, era diventato una donna, tanto conclamata quanto sobria e raffinata.

Osservo gli zigomi luccicanti di Renata mentre si sistema il foulard. Stasera ha deciso di rilassarsi in un caleidoscopico caffetano di viscosa e un paio di zeppe di sughero. Ormai Sam è un vecchio amico, perciò ha fatto a meno delle parrucche.

"E come ha reagito Sam alla tua storia?" chiedo, mentre infilo un ripieno non identificabile nella sua casetta di sfoglia.

"Mi ha detto che aveva cinque anni quando mise per la prima volta gli occhi sul costume da bagno della sorella maggiore.

Pois rossi, gonnellino increspato e top allacciato sul collo." Renata sorride. "Ha detto che era un capo d'incomparabile bellezza e che se avesse potuto metterci le mani sopra l'avrebbe indossato seduta stante per non toglierselo mai più."

"Bella risposta."

"Crescendo è rimasto sempre molto legato alla sorella."

"Ha detto così?"

"È ovvio. È per questo che è così in contatto con il suo yin."

Guardiamo Sam strisciare intorno al mobiletto portatelevisore. San Valentino gli indica il didietro e mi fa OK con le dita.

Inarco le sopracciglia e taglio i cipollotti.

Racconto a Renata e Sam del ritratto di Mary Flood, della stanza bianca e degli abiti nello spogliatoio. Tralascio il canto che ho sentito in corridoio: mezza frase, sonora e pura, triste e malinconica. E le lettere scritte sulla polvere. E l'essere scappata dalla stanza come un'imbecille.

Renata si è avvicinata al buffet e prepara con aria assorta uno Staten Island Ferry.

San Valentino, invece, sembra spassarsela un sacco. È sdraiato sul tappeto davanti al camino, con l'aureola che ogni tanto brilla di fumosa luce arancione.

Renata assaggia il cocktail e mi lancia un'occhiata inesorabile. "E non è successo altro?"

Smetto di mangiarmi le unghie e scrollo le spalle.

"Nessuna traccia di Maggie Dunne?"

Scuoto la testa. San Valentino si gratta il mento con aria pensosa. "L'avrà liquidata da un pezzo." Il suo sguardo si ferma sulla libreria dove sono stipati i gialli di Renata con le loro copertine fruste. "Quella ragazzina non la troverete mai. L'avrà nascosta in qualche angolo oscuro."

Renata arpiona una guarnizione di ananas. "Allora, possiamo trarre qualche conclusione dagli abiti di Mary Flood?"

San Valentino si accalora. "Magari è sparpagliata per tutta la casa, povera piccina. I piedi in cantina, il culo in camera da letto e la testa in soffitta."

Lo guardo con assoluto disgusto. Mi risponde con un occhiolino.

"Non erano il tipo di cose che immaginavo possedesse Mary Flood. Nel senso che non erano vestiti ordinari."

"Le piaceva mettersi in ghingheri, sentirsi forte." Renata aggiunge altro rum e si siede con il bicchiere in mano. Mi chiedo se non sia un po' sbronza. "Be', occhi aperti!"

"Se non cavati." San Valentino ridacchia.

"Appariranno altri indizi." Renata contrae le labbra. "Mary non ci deluderà."

"Basta con le amenità," borbotta San Valentino. "Di' loro della bustarella."

"Non mi sorprende," dice Sam. "Gabriel Flood è una brutta persona."

"L'hai conosciuto?" chiede Renata.

"L'ho sbattuto fuori dal cancello. Flood senior mi aveva detto che era un impostore." Sam ha lo sguardo torvo. "Gabriel Flood mi ha creato un sacco di problemi con l'agenzia."

"Allora penso che dovresti procedere con il piano di Gabriel, Maud." Renata esita. "O almeno lasciargli credere che lo farai."

"Sono d'accordo," dice Sam. "Non inimicartelo."

Decido di non rispondere.

San Valentino, che si stuzzica i denti che gli restano, seduto a gambe incrociate sul tappeto, interviene. "Dovevi prendere i soldi, Stellina. Non ti avevo detto di intascarli?" Mi indica con lo stuzzicadenti. "Cosa accidenti starà cercando?"

"Bisogna capire cosa vuole prendere a Bridlemere," dico.

Renata riflette per qualche istante. "La polizza d'assicurazione del signor Flood, ecco cosa vuole. Il vecchio ha detto che Gabriel non può fargli niente perché lui ha qualcosa che lo riguarda."

"Non mi fido di Gabriel. Finora non gli ho mai sentito dire la verità."

Renata si volta verso Sam. "Maud riesce sempre a stanare i bugiardi, anche quelli molto bravi. È per questo che abbiamo smesso di giocare a poker."

"Davvero?" Sam sorride.

"Neanche quando ho questa." Renata mima con la mano una visiera. "Impenetrabile."

Sam ride. "Quindi non permetterai a Gabriel di entrare in casa, Maud. Capisco. Però, se portassi il vecchio in gita per tutto il giorno, magari potremmo dare un'occhiata."

"Potremmo?"

"Be', potrei. Nell'interesse dell'indagine," aggiunge.

San Valentino smette di stuzzicarsi denti. "Non è male come piano."

"Non sarebbe giusto," dico prima che posso perché temo di cambiare idea. "Senza il permesso del signor Flood non posso far entrare nessuno."

San Valentino rotea gli occhi.

"Capisco il tuo punto di vista, Maud." Lo sguardo di Sam è sereno, giudizioso. "Ma una rapida perlustrazione della casa non ci tranquillizzerebbe tutti?"

"Pur non essendo d'accordo con lei, devo dire che Maud ha ragione."

"Grazie, Renata."

"E sappi che Maud non si lascerà convincere, Sam: ha una grande integrità quando non gioca a poker." Si sistema il foulard. "Quindi adesso abbiamo tre interrogativi: cosa sa il vecchio sul conto del figlio, cos'è che Gabriel è così ansioso di prendere a Bridlemere, e cos'hanno a che fare i Flood con la scomparsa di Maggie Dunne."

Prendo dalla borsa un involto quadrato, sciolgo lo spago e spargo sul tavolino i biglietti per la messa.

"Forse questi ci aiuteranno a capire. Vediamo se riesci a leggere anche questo mazzo di carte, Renata."

Sam scruta il taccuino che ha in mano. "Quindi adesso ci siamo. I cartoncini per la messa furono distribuiti da quattro chiese di Londra e da due nel sud-est dell'Inghilterra, per la precisione nel Dorset. Il primo cartoncino fu distribuito nel marzo del 1977 e l'ultimo nel gennaio del 1990, poche settimane prima della morte di Mary Flood." Mi guarda. "Abbiamo accertato che la maggior parte delle messe fu offerta da due chiese."

Renata annuisce. "Quella di San Giuseppe, a East Twickenham, e quella di Nostra Signora di Lourdes, a Wareham."

Sam continua. "La maggior parte delle messe fu richiesta in suffragio di Gabriel tra l'agosto del 1985 e il gennaio del 1990. Molte furono offerte in giorni consecutivi o addirittura lo stesso giorno in chiese diverse." Ci guarda. "Inoltre, tra il 1977 e il 1990 furono offerte alcune messe in suffragio di Marguerite."

"Nella chiesa di Nostra Signora di Lourdes," aggiunge Renata.

"Sia pure a fatica, abbiamo decifrato le firme dei sacerdoti che hanno distribuito questi cartoncini: Padre Quigley e Padre Creedo."

"Bene," dice Renata. "Così cominciamo con loro due e vediamo cosa ci dicono."

Sam posa il taccuino sul tavolo. "Io mi prendo Padre Quigley."

"No," intervengo, "posso fare una piccola deviazione dalla via di casa."

Sam sorride. "Maud, lascia che ci pensi io. Siamo una squadra, no?"

San Valentino si gira e si appoggia sul gomito. “Suvvia, Maud,” dice e mi lancia uno sguardo malizioso. “Siete una squadra, no?”

“Non preoccuparti, Sam,” mormoro torva. “Ho un passato di zuffe con i preti.”

15.

Le macchie dell'età si spostano sul viso di Cathal Flood. Le vedi slittare giù per il naso e scivolare sotto il mento. Viaggiano sulle tempie per incontrarsi al centro delle sopracciglia, disegnano ali di falena palpitanti e formano mantidi religiose. Fa una smorfia, Rorschach geriatrico, e si tocca le labbra con l'indice. Poi mi volta le spalle e agita le braccia, e ben presto a spostarsi è molto più che il suo viso.

Tutt'intorno a lui gli oggetti cominciano a ondeggiare e dimenarsi; riproduzioni anatomiche di cera e paralumi rotti si librano in aria, subito raggiunti da gatti gnaulanti e ragni vorticanti. Campane di vetro sfrecciano, piene di fogli arrotolati o occhi tremolanti o cartilagini da macelleria. Tappi di bottiglie di latte e scatolette di sardine luccicano e orbitano in firmamenti stellati. Spaventose creature impagliate saltellano, si trascinano e vibrano con strani movimenti meccanici. Empi incroci di aia e zoo si mescolano e rimescolano a mezz'aria. Foto di bambini con i capelli rossi prendono fuoco e cadono divampando in uno stagno dove una timida ninfa accosta all'orecchio non una conchiglia ma un teschio, dal quale poi beve con un sorriso ammiccante. Ritagli di giornale si uniscono alla baldoria e danzano intorno alla fontana, si appallottolano fin quasi a sparire e poi si srotolano di nuovo, raffigurano tutti una sorridente studentessa bionda.

Al centro c'è Cathal Flood che si sbraccia come un direttore d'orchestra, con una chiazza che si allarga sul fondo dei pantaloni.

Una donna in abito giallo irrompe volando, con il viso in fiamme. Volta la testa con rapidi scatti del collo. Niente occhi, niente naso, niente bocca, solo una maschera di fuoco che si gonfia e sprizza scintille a ogni movimento. Cerca qualcosa. Vede il vecchio, si arresta a mezz'aria, poi si tuffa con i piedi in avanti e le dita ricurve come artigli.

Balzo a sedere sul letto. Tra qualche ora dovrò alzarmi. So già che non riuscirò a riaddormentarmi. Non c'è traccia di Santa Dinfna. Per fortuna.

Mentre scendo dall'autobus penso all'ammonimento del signor Flood circa le conseguenze di andare dove non mi è permesso, sia pure per soccorrere un gatto siamese.

Se mi becca, sparisco.

E se Maggie Dunne fosse ancora viva? Nascosta in qualche polveroso angolo della casa, in soffitta o nello scantinato?

Maud Drennan, l'ultima speranza di Maggie Dunne.

Se non la trovo io, non la troverà nessuno.

In entrambi i casi avrò le mani sporche di sangue.

Quello di Maggie o quello di Beckett. Scegliete voi.

Non salvo né l'una né l'altro: la porta di servizio è bloccata.

Si apre solo per i pochi centimetri consentiti dalla catenella di sicurezza, quanto basta per urlarci dentro. Quindi sbraito per un po', indietreggio e scopro che alle mie spalle c'è il signor Flood. Ha preso la mia borsa e ci fruga dentro. Indossa l'impermeabile su un pigiama macchiato di vernice. Ha i capelli bianchi ritti sul capo.

"Che succede, signor Flood?"

Mi lancia un'occhiata e scaglia nella buddleia il mio abbonamento dell'autobus.

"Metta giù la borsa, signor Flood."

Mi mostra la dentiera con una smorfia di sfida e continua a scavare nella borsa, prende un rossetto e lo getta verso il capanno degli attrezzi.

Da qualche parte dentro di me c'è senz'altro rabbia, ma in questo lavoro ci si abitua a far buon viso a cattivo gioco. Perciò mi siedo sul primo gradino della soglia e prendo il mezzo pacchetto di pastiglie contro la tosse che ho nella tasca della felpa. Gli porgo il pacchetto.

"Mentolo eucaliptolo?"

Smette di rovistare e mi guarda.

Estraggo una pastiglia dal rotolino di carta stazzonata. "Si sono fatte un paio di giri in lavatrice ma sono fantastiche."

Lui si china appena. "Non ti voglio qui. Puoi toglierti dalle palle. Vattene. Va' via."

"E il mio ritratto? Aveva detto che oggi mi avrebbe dipinto. Guardi. Capelli raccolti, perfino spazzolati."

Pelo la carta dalla pastiglia; ha un patina che sa di vecchiaia. Me la metto in bocca; è stranamente catramosa.

Il signor Flood lascia cadere la borsa con un'improvvisa espressione di nobile imbarazzo, come un orso sorpreso a rubare cibo avanzato da un cassonetto.

Do due colpetti sul gradino accanto a me. "Si accomodi."

Mi scruta circospetto, con i grossi pugni chiusi e gli occhi boreali che luccicano sotto il peso delle sopracciglia.

Poi, con mia grande sorpresa e un notevole sforzo, si piega fino a sedersi sul gradino, tiene le lunghe, lunghissime gambe stese davanti a sé. La giacca del pigiama, abbottonata male, rivela la pancia, soffice e pallida come il ventre di un pesce. Emana un potente odore di sporco, abbastanza forte da neutralizzare l'intensità officinale di una pastiglia d'epoca. Cerco di respirare solo con la bocca. Il signor Flood mi prende il pacchetto dalle mani e se lo infila nella tasca dell'impermeabile.

"Ti ho vista con lui," dice. "Sei in combutta con lui, stronza maledetta. Sei in combutta con tutti loro."

Mi volto a guardarlo: ha le mani che tremano e bollicine di saliva sulle labbra e sul mento.

"In combutta con chi?"

"Con quel ciccione ipocrita."

"Cosa glielo fa pensare?"

"Ti ha irretito le mutandine. Probabilmente ci sei finita a letto." Sento il suo fiato sulla guancia, la minaccia nel ringhio sordo.

"Allora basta poco per irretirmi. Mi ha solo aiutato a portare fuori la spazzatura." Mi sputo la pastiglia nella mano e la riavvolgo nella carta.

"È venuto a chiederti di spiarmi e tu gli hai detto sì." Poi fa la voce da smorfiosetta: "*Oh sì, spierò per te quel vecchio coglione*, da serpe quale sei. E lui, a sua volta, andrà a riferire tutto."

"A chi? Biba?"

Il signor Flood urla. "Non fingere di cadere dalle cazzo di nuvole! Tu sei qui per spiarmi!"

Alzo una mano. "Adesso basta, si calmi e parliamo. È troppo presto per azzuffarsi. Cristo, da quando mi sono svegliata ho mangiato solo una pastiglia per la tosse."

Il signor Flood scuote la testa, e il mio cuore trepida per lui. Perché questo povero vecchio sta piangendo, e, comunque la si voglia mettere, non è facile guardare un vecchio che piange. Distoglie lo sguardo e si asciuga le lacrime con la manica dell'impermeabile.

C'è un fruscio tra i sacchi della spazzatura, Larkin trotterella verso la soglia muovendo le orecchie a scatti.

Tra un singhiozzo e l'altro, il signor Flood emette un flebile richiamo.

Il volpino si avvicina fin quasi a toccare con il muso appuntito la mano tesa del vecchio, è pronto a scappare ma vuole stargli vicino. Lo capisco da come alza verso di lui il bel faccino rossiccio.

"Non sono una spia," dico con dolcezza, "sono qui solo per sgombrare un po' della sua roba in modo che non la seppellisca vivo e per costringerla a cambiarsi le mutande."

Che Dio e tutti i santi mi perdonino per questa menzogna spudorata.

Il signor Flood sospira, raccoglie le gambe e si dimena come per alzarsi. Gli offro il braccio. Lo afferra e si tira su, riordinando le ossa sgangherate. Piedi all'infuori, gambe esili come trampoli, spalle incurvate come per il peso di quelle grandi mani nodose. Torace infossato e, in cima, una testa ciondolante, con la grossa mascella spinta in avanti e la fronte aggrottata. Quando si sente sicuro, mi dà una leggera pacca sulla spalla e sia avvia zoppicando verso il giardino d'inverno. Larkin sbuca con un balzo da dietro una carriola rovesciata e lo supera correndo con le zampette agili e voltando verso di lui il muso vispo.

Il vecchio si ferma e si gira. "Puoi chiamarmi Cathal." Poi s'imbroncia. "Vieni o no, piccola idiota?"

Beckett dovrà aspettare ancora un po' per tornare libero.

Cathal mi fa entrare nel giardino d'inverno attraverso una pesante porta di ferro, la richiude subito a doppia mandata e si infila la chiave nella tasca dell'impermeabile. Attraversa lo stanzone vetrato fino a una porta sul lato opposto, la apre e scompare, lasciandomi da sola a esplorare la veranda.

Intrappolata, come un ragno in un barattolo.

Il sole mattutino illumina l'ambiente. I pannelli del tetto, screziati di muschio, emanano una tinta subacquea. Dalle vetrate laterali, imbiancate a calce, filtra una luce più lattiginosa. Nel complesso, sembra di guardare in alto dal fondo del mare. L'ambiente è saturo di un odore umido e minerale, venato di olio di lino e acquaragia.

Il giardino d'inverno ha una bellezza levigata, una grazia ancora integra nonostante anni di abbandono. Un ottagono disegnato dal ferro battuto. Riesco a immaginarlo nel suo fulgore vittoriano, con le palme, le sedie di vimini e le orchidee rampicanti. Dalla cupola pende un ricco lampadario con gran parte delle sfere di vetro ancora intatte, simili a piccole lune di burro.

Sono circondata da tele, ammassate a decine lungo il perimetro del pavimento piastrellato, coperte di ragnatele e fiorite di muffa. Sono tutte dipinte con colori vivaci, come per testimoniare una luce abbastanza forte da divorare tutte le ombre. Ma le ombre non sono scomparse: sono lì, nei soggetti.

Quei dipinti mi fanno uno strano effetto.

Sono come scene felici e assolate pochi istanti prima di un disastro. Un giro su una giostra con un bullone lento, una giornata in spiaggia prima che si abbatta l'onda, una pigra remata sul Tamigi prima che la risacca spazzi via tutto.

In molti di essi appare una volpe, con gli occhi color miele che brillano. Il pelo è reso meticolosamente con sfumature di bruno di robbia e rosso d'India, ispido sul dorso e con una morbida pettorina candida. Forse è Larkin, o uno dei suoi antenati.

La tela appesa al muro sopra la porta mi cattura: ritrae una donna con i capelli rossi e un vestito giallo. Cammina tenendo per mano un bambino, e, anziché guardarlo, ha il viso rivolto verso il fiore che tiene nell'altra mano, una pratolina con il cuore giallo e i petali bianchi. Il viso del bambino è suggerito da poche pennellate affrettate, un intrico di capelli, un broncio appena accennato. Quello della donna, invece, è disegnato con dettagli perfetti e luminosi. Su quel viso non c'è tensione: è pieno della pace e della letizia di una lunga giornata estiva, cullato e incantato dal bel tempo e dalla natura che lo circonda. La delicatezza del tocco è la stessa del ritratto sul pianerottolo, ma questa è una donna molto diversa. È tanto lucente quanto l'altra è scura.

Ed è bella, di una bellezza serena e inconsapevole. C'è appena un accenno di rosso sulle labbra e sulle guance, sulle narici e sui lobi delle orecchie, sulle linee dritte e pallide delle sopracciglia. I capelli raccolti in alto le ricadono sulle spalle, una ciocca le spiove su una guancia. E quei capelli ardono, illuminati in controluce dalla vampa del sole morente che tramonta in una striscia di fuoco sul campo alle sue spalle. Sullo sfondo c'è una roulotte blu e crema.

Manca solo la bambina sulla soglia.

Da un angolo del giardino d'inverno prendiamo una sedia con i braccioli e la drappeggiamo con una vecchia tenda, poi Cathal si sistema di fronte un cavalletto e un tavolino.

Con precisione chirurgica estrae da una scatola e dispone sul tavolino alcune boccette di vetro, etichettate con strisce di nastro protettivo su cui c'è scritto qualcosa a matita. Poi aggiunge una tavolozza cosparsa di piccoli vermi di colore rappreso, una spatola pulita e pennelli ben allineati. Lo vedo sparire di nuovo nella stanza attigua e tornare con una tela intonsa, si chiude svelto la porta alle spalle. Mi fa segno di sedermi sulla sedia.

"In quel quadro Mary è bellissima," dico. "È Mary, no?"

Cathal segue il mio sguardo. "Ha voluto che ci fosse anche il bambino. Ma non stava mai fermo."

"Quel quadro è tratto da una fotografia. Mary e Gabriel a Langton Cheney."

Mi ignora, armeggia con i dadi e i bulloni delle gambe del cavalletto.

Mi accorgo che sto tremando. Piena di adrenalina e pronta a scappare, concentrata più sulla fuga che sul resto. Ma la porta è chiusa a chiave. Potrei sfondare una vetrata, con un braccio sopra la testa come una controfigura. O potrei inerpicarmi fino al soffitto e lanciarmi fuori dal lucernario aperto. Ma per farlo mi servirebbero una tuta di spandex e l'agilità di un'acrobata.

"Ho trovato la foto in cucina."

Cathal mi guarda con un'espressione di sconcerto annoiato, come se continuassi a fargli domande in una lingua che non conosce.

"Non ci sono foto di Mary."

"Una c'è."

"Dove?"

Sul tavolino del soggiorno di Renata, in un sacchetto di plastica etichettato *Reperto 2*. "Era molto rovinata."

"Ah sì?" chiede senza interesse.

"Il viso era cancellato da una bruciatura."

"Davvero?" Ha un tono piatto, privo di sorpresa. "Be', Mary era capacissima di farlo." Prende dal tavolo un gessetto nero. "Non le piaceva come veniva nelle foto."

"Mary avrebbe cancellato da una foto il proprio viso? Bruciandolo?"

"Appoggiati allo schienale, con la testa sul braccio. Guarda in su con gli occhi – ho detto gli occhi, non la faccia." Gesticola da dietro il cavalletto. "Tieni la bocca chiusa e smettila di irrigidire quella cavolo di mascella. Cristo, hai una mascella che sembrano due."

Mi muovo sulla sedia, mi volto qua e là in base alle sue disposizioni. Ho in testa due pensieri che sfrecciano gomito a gomito: gli credo? Non gli credo?

Lo guardo muovere il gessetto e stringere gli occhi. Agitarsi in pantofole e impermeabile con i capelli dritti in testa, come un vecchio druido che esegue chissà quale rito dimenticato. O un finto stregone alle prese con qualche sortilegio.

Senza pensarci, lo dico: "Ho trovato anche la fotografia di due bambini: Gabriel e una femminuccia davanti alla fontana di Bridlemere. Anche lei ha il viso cancellato da una bruciatura, proprio come Mary."

Nessuna risposta.

"Chi è la bambina?" Chiedo.

Osserva la tela e aggrotta la fronte. "Non ne ho idea."

"Quindi Mary avrebbe sfigurato anche quella fotografia? Per poi cancellare il nome della bambina sul retro?"

"Ora sta' ferma." Alza il gessetto. "Come ti ho detto, era capacissima di farlo, quando aveva la luna storta. Mary soffriva di nervi."

"In che senso?"

"Immaginava cose."

"Che tipo di cose?"

"Chiudi quella cavolo di bocca finché non finisco di disegnarti," ringhia lui.

Resto in silenzio, ascolto gli schiaffi delle pantofole di Cathal mentre va avanti e indietro nella sua danza solitaria con il cavalletto.

Fuori da questo strano mondo immerso in una luce subacquea, la vita continua. Gli autobus e le macchine vanno avanti e indietro, le persone entrano ed escono dai negozi. A un milione di chilometri da qui. Il Triangolo Maledetto non è più a sud delle Bermuda: è stato trapiantato qui, a West London. A Bridlemere gli strumenti di navigazione impazziscono e la logica fa cilecca. Gli orologi si fermano, i telefoni non funzionano e gli oggetti sono animati. Neanche i santi vogliono metterci piede.

E io sono seduta qui, chiusa in uno stanzone a vetri con un vecchio gigante bizzoso che potrebbe essere un assassino, o addirittura peggio, e che però potrebbe anche non esserlo. Se lo fosse, potrebbe picchiarmi a morte con il cavalletto o tagliarmi la gola con la spatola.

Non capisco perché ho aspettato di trovarmi chiusa in un acquario prima di azzardarmi a fargli delle domande.

Forse perché in fondo penso che non mi ucciderà?

Cathal alza lo sguardo, una rapida occhiata da sotto le sopracciglia irsute.

Potrei credere a quanto dice Renata, e cioè che quest'uomo ha ucciso la moglie e, quasi di sicuro, anche una studentessa del Dorset. Potrei credere a quanto dice Sam, e cioè che sono vittima di uno scherzo e che dovrei tenermi alla larga da Bridlemere. Potrei credere a quanto dice Gabriel, e cioè che non ricorda di aver posato per una foto invernale insieme a una bambina con i suoi stessi capelli rosso fuoco.

Potrei credere a quanto dice Cathal, e cioè che Mary soffriva di nervi e sfigurava le fotografie.

Potrei provarci.

Se non fosse per due iniziali tracciate nella polvere in una stanza vuota e per le porte che sbattono da sole e per quel canto. Se non fosse per la fitta che sento allo stomaco ogni volta che penso a Mary Flood e a Maggie Dunne.

"Mary ha fatto qualche cura per i nervi?"

Cathal ritocca un dettaglio sulla tela e fa un passo indietro. "Sì, grazie. Adesso vuoi deciderti a star ferma?"

Non può opporsi al fatto che muova gli occhi, perciò osservo il quadro sopra la porta. Penso alla bambina che manca in quella scena. La porta della roulotte è chiusa. Poi, di colpo, mi rendo conto del senso di quell'immagine.

"Che fiore è quello che Mary ha in mano?"

Lui lancia un'occhiata al quadro.

"Non ne ho idea."

"Non è una margherita?"

"Se lo dici tu."

Che altro potrebbe essere? "Ha un significato particolare? È anche un nome di donna, no?"

Mi guarda, inespressivo. "Non ha nessun significato. È solo un fiore."

Fa uno strano effetto essere ritratta da Cathal Flood. È come sottoporsi a una specie di minuzioso esame inconscio. Il vecchio sbircia spesso attraverso un occhio socchiuso, fa molte smorfie e a volte sembra divertito e inarca di colpo le sopracciglia. Ma sono sicura che questa giostra di emozioni sia solo meccanica. Priva di consapevolezza, come l'espressione sul viso di un bimbo addormentato.

Mi chiedo come mi veda. "Che aspetto ho nel suo dipinto?"

"Quello di un terrier con gli occhi scuri; tieni la bocca chiusa."

"Non mi sembra molto lusinghiero."

Sorride. "Hai l'aria di chi potrebbe estirpare i pali di una recinzione se gli girasse di farlo."

Restiamo in silenzio. Sopra di noi passa una nuvola che smorza la luce in veranda.

"Che ne dice di una storia?" chiedo. "Potrebbe raccontarmi una storia mente mi fa il ritratto. Per passare il tempo."

"Potrei."

"Potrebbe raccontarmi una storia su Mary."

Mi irrigidisco in attesa della reazione, urla e dito puntato. Cathal mi guarda con l'aria di chi soffre di indigestione cronica, ma, con mia grande sorpresa, gli passa subito.

"Senza approfondimenti. Niente assilli. Racconto quello che voglio raccontare."

"Niente assilli."

Mentre aspetto, ascolto il rumore del pennello che si muove raschiando appena qualche asperità della tela. Cathal sembra concentrarsi sulla linea che va dalla mia spalla al polso.

"La prima volta che vidi Mary fu alla veglia di suo marito," dice.

"Davvero?"

Annuisce. "Era una ricca vedova diciassettenne che aveva appena seppellito un uomo che aveva cinque volte i suoi anni. Correva voce che il vecchio allocco fosse schiattato mentre le stava sopra." Fa un ghigno sinistro. "Per lo sforzo."

"Terribile."

"Erano sposati da meno di un anno e lei ereditò tutti i suoi beni. Era stata la sua domestica. Ovviamente i figli del vecchio erano sdegnati: sostenevano che avesse affatturato l'allocco." Mi guarda negli occhi. "Ma a stregarlo erano state le sue tette."

"Eviti i dettagli."

"Perciò i parenti del vecchio scemo erano tutti lì alla veglia, con il muso lungo per essersi visti sfilare il patrimonio dalla vedovella, che aveva deciso di sbatterli fuori di casa entro sera. Non aveva forse visto come i figli del vecchio avessero cercato di spennarlo?" Finge di fare la faccia afflitta. "E non era forse ferita, lei che a modo suo l'aveva amato? E non era forse chiaro a tutti i presenti alla veglia, che vedevano i suoi occhi rossi di pianto?"

"E allora cosa successe?"

"Ballai con la vedovella, lei si sentì addosso le mani di un prode giovanotto e ci sposammo. Io ero senza il becco di un quattrino, perché mio padre aveva perso tutto ciò che possedeva." S'interrompe per qualche istante, nel ricordo. "La grande casa del defunto fu venduta e Mary e io ci trasferimmo a Londra, a fare la nostra sporca figura." S'inchina. "All'epoca ero un bel fusto, ci crederesti?"

Sorrido.

"Eravamo gli splendidi Flood. Lei era una regina, con la sua bellezza solenne e contrita. Figlia arricchita di un fabbro ubriacone."

"E lei era il suo re?"

"No, ero solo uno spettatore." Sorride amaro. "Mary aveva un viso indimenticabile. Con quegli occhi verdi… occhi pieni di pietà quando guardava in alto."

Posa il pennello, arranca verso un angolo dello stanzone e fruga tra le tele ammucchiate. Ne tira fuori una e la appoggia alla vetrata vicino alla mia sedia.

Nel dipinto, Mary è giovanissima: indossa un abito blu con il collo alto e le maniche corte, con i capelli rosso fuoco che ricadono a spirale su una spalla. Distoglie lo sguardo, levato al cielo come quello di una santa. Un cucciolo di volpe dorme raggomitolato nell'ansa del suo braccio, una piccola chiazza di pelo fulvo e un musetto. Dietro di loro, appollaiato davanti a una finestra aperta, c'è un gufo con la faccia a forma di cuore e le piume screziate.

"La volpe e il gufo," mormoro. "Ha mai sentito parlare di una ragazza di nome Maggie Dunne?"

Cathal torna dietro il cavalletto e prende il pennello. "No."

"Nell'agosto del 1985 è scomparsa dal villaggio di Langton Cheney. Aveva quindici anni. Qualche anno prima, lei era andato con la roulotte proprio in quel villaggio."

"Mai sentita nominare."

"Ne è sicuro, Cathal?" chiedo sottovoce.

Si china sulla tela. "Abbiamo finito," dice. "Vattene, tornatene a casa."

Ha uno sguardo terribile, lupesco, un improvviso azzurro ustionante. Per un attimo temo che balzi oltre il cavalletto e mi tagli la gola. Invece guarda altrove, estrae dalla tasca dell'impermeabile la chiave e arranca fino alla porta del giardino d'inverno.

"Vuole che me ne vada?"

"È quello che ho detto."

"Ma il suo pranzo…"

"Ho detto vattene."

Il viso è bianco, chiuso e duro come un pugno.

Non discuto. Mi sento sollevata quando esco in giardino e dietro di me la chiave gira nella serratura.

Raggiungo la porta di servizio; è ancora chiusa.

Non posso fare altro che andarmene a casa. Guardo in alto

verso la casa. C'è un balcone in corrispondenza della stanza da letto bianca, se solo ci fosse una scala...

Un'ombra passa dietro una delle finestre tappate con la carta di giornale, e un occhio si avvicina a uno spiraglio.

Ma forse è solo la mia immaginazione.

Santa Monica (figli problematici, vittime di adulterio) mi aspetta davanti al cancello. Fa un rapido cenno col capo e mi affianca, mentre cammino verso la fermata dell'autobus. Non parliamo, sembra essere così assorta nei suoi pensieri. È una santa cogitabonda e sfuggente, incline a estraniarsi e a fissare il vuoto. Ha gli occhi cerchiati d'ombra, come rivolti verso se stessa, e una bocca sottile e tormentata, con le labbra strette come per non farci passare le mosche. Santa Monica sarebbe un po' tetra se non fosse per la veste: è color crema, con una tenue e piacevole luminescenza.

Nella mente formulo frasi su studentesse scomparse e mogli morte in circostanze sospette, ma non riesco a pronunciarle. Santa Monica sembra capire, perché di tanto in tanto mi guarda con un sorrisetto acido.

Alla fermata dell'autobus, si sistema con nervosa delicatezza la veste intorno ai piedi e osserva il traffico.

"Non so più che fare."

Santa Monica rotea gli occhi.

"Maggie Dunn è morta?"

Santa Monica aggrotta la fronte.

"Potresti rispondermi in un modo o nell'altro? Non devi per forza dirlo ad alta voce, se è contrario al regolamento. Potresti tossire una volta per dire sì, due per dire no."

Santa Monica incrocia le braccia e mi guarda con aria smaliziata.

Aspettiamo in silenzio, e io drizzo le orecchie, in caso decidesse comunque di tossire.

Dopo un po', aggiungo: "Hai qualche consiglio pratico da darmi? Per trovare Maggie e salvare il gatto?"

Santa Monica guarda oltre la pensilina dell'autobus. Le si contrae un muscolo della mandibola e l'ombra di una smorfia balena sul suo viso, come se fosse affiorato all'improvviso qualche ricordo lontano.

"Avrei bisogno di un po' d'aiuto per questa faccenda," dico. "Non è una situazione pericolosa, vero?"

Santa Monica scrolla le spalle. Nel suo gesto c'è un intero mondo di indifferenza.

"Va bene, ho capito. Fa solo parte del variopinto mosaico della mia vita?"

Santa Monica sorride, con lo sguardo fisso su chissà quale oscura distanza. Non è un bel sorriso.

16.

Non sapevo con chi avesse appuntamento Deirdre, chi ci fosse in spiaggia, chi non ci fosse in spiaggia, chi fosse alla guida della macchina uscita dal parcheggio o quale fosse il numero di targa della macchina.

Non riuscivo a ricordare come fosse vestita mia sorella. Ero certa solo di ciò che aveva in mano: una borsetta di cuoio rosso a forma di cuore.

Mia madre si spostò dal lavello al tavolo, puntò la sigaretta contro di me e mi chiese se avessi due occhi in quella cazzo di faccia che mi ritrovavo.

Ci guardammo stupite. Non l'avevo mai sentita dire parolacce. Poi prese il portacenere e lo scagliò sul pavimento.

Sentii mia madre piangere nella stanza accanto. Con lei c'era la nonna. Mi misi a fare i compiti.

La poliziotta mi aprì lo sportello della macchina. Mi sedetti dietro e aspettammo il poliziotto. Avevano deciso di portarmi a Pearl Strand per vedere se mi avrebbe rinfrescato la memoria

"Metti la sirena?" chiesi.

La poliziotta mi sorrise nello specchietto, con quei suoi dolci occhi color nocciola. "Non è un'emergenza, Maud."

Lungo la strada mi chiesero come andavano le cose a scuola. Avevo cominciato ad ambientarmi?

La mia vecchia scuola era a tre ore di macchina da lì, dove c'era casa nostra. Dissi ai due poliziotti che Jimmy O'Donnell poteva metterci anche meno di due ore. I due poliziotti si guardarono. Poi mi ricordai che non volevo più bene a Jimmy. Perciò smisi di parlare, mi voltai verso il finestrino e guardai scorrere i campi bagnati.

17.

Oggi non c'è la consueta danza di benvenuto da parte di Renata, il che può significare solo una cosa. Mentre passo davanti alla finestra della sua cucina, sento due voci: un cicaleccio stridulo e un borbottio stremato. Suono il campanello.

C'è una pausa, poi uno scalpiccio sul tappeto di plastica all'ingresso. Lillian apre la porta a capo chino, ha cinque centimetri di ricrescita grigia. Non vuole che la veda piangere. Mi piego per togliermi le scarpe mentre si ricompone.

"Io qui non ci torno più," annuncia, paonazza e rabbiosa, con gli occhi appannati da lacrime di frustrazione e detergente per forni. "Questa è l'ultima volta." Indica con un dito tremante l'interno della casa. "Quella roba lì dentro è disumana. Mi distrugge."

Ha la camicetta messa al rovescio. Si asciuga distrattamente le mani su una federa, che poi infila in uno dei sacchetti di biancheria sporca che ha allineato all'ingresso, e si mette la giacca.

"Uno di questi giorni, che Dio mi perdoni, la uccido nel sonno. La avveleno come un topo in camicia da notte."

Prende i sacchetti e se ne va senza voltarsi.

Renata è seduta al tavolo della cucina. Ha il rossetto sbavato e un sopracciglio imbrattato. Sopra il kimono indossa il soprabito. Mi chiedo se abbia tentato di nuovo di scappare o se si sia solo chiusa in bagno come fa di solito. Nei litigi, gli agorafobici sono sempre in condizione di svantaggio.

"Farò cambiare la serratura e la lascerò fuori." Strattona i lembi del foulard. "Non deve più rimettere piede in questa casa."

"Dici sempre così."

"Voleva buttare i miei costumi di scena."

"Perché?"

"Dice che lo spogliatoio è pieno di umidità e che non può far venire l'imbianchino con quei vestiti da puttana in bella vista." Scuote la testa. "Che poi basta qualche ritocco."

La seguo in una camera metà bordello e metà alcova, con una toilette rococò, un abat-jour con le perline e armadi a muro déco con le ante ad arco. Toglie un mucchio di indumenti da un divano di velluto e ci sediamo a guardare il caos che regna nella stanza.

Calze a rete e calzamaglie, pellicce e corsetti, reggiseni e boa di piume sono sparsi sul pavimento o ammucchiati in sacchi della spazzatura. È il guardaroba di scena di Renata, i costumi che indossava quando girava per il paese con Bernie Sparks, improvviso ed effimero faro della sua vita.

"Buon Dio, che vitino!" dico dopo aver raccattato da terra un costume verde-sirena con fronde di rete che pendono sul fondoschiena.

Renata ride. "E guarda che davanzale!"

Il costume è concepito in modo da creare un petto micidiale. Lo ruoto sulla gruccia. È ancora imbottito di seni fantasma che straziano di voluttà le cuciture.

C'è un leggero odore di mondo dello spettacolo: sudore e fondotinta, capelli bruciati e polvere di palcoscenico – e sogni, vecchi sogni irrealizzati. Alzo davanti a me un completo da direttore di pista: marsina di raso nero e bustino. Dall'occhiello pende un cravattino di lamé.

"Lo indossavo la sera in cui Bernie morì in scena a Weston-super-Mare."

Mi volto a guardarla, sbigottita. "Bernie è morto in scena? Non me l'avevi mai detto."

"Stavamo facendo un numero di levitazione Asrah."
"Cristo, è stato quello a ucciderlo?"
Renata ride e scuote la testa. "No, è un vecchio trucco. Il mago ipnotizza l'assistente e lei si sdraia fingendosi addormentata. A quel punto la copre con un drappo e lei comincia a fluttuare sempre più in alto. Quando lui tira via il drappo l'assistente è scomparsa!"
"Sembra complicato."
"Rete metallica e tavolino a rotelle con doppiofondo."
"Dovevate essere bravi per guadagnarvi da vivere con quel tipo di cose."
"Ce la cavavamo." Aggrotta la fronte. "La sera in cui Bernie crollò, eravamo a metà numero."
"Cristo, dev'essere stato terribile."
Lei annuisce con aria solenne. "Il pubblico non ha visto niente. Bernie si è accasciato e io, veloce come un fulmine, l'ho avvoltolato nel drappo e l'ho infilato nel doppiofondo." Indica. "Primo cassetto del tavolino da trucco, tesoro."
Trovo la foto incorniciata cui si riferisce, la prendo e torno a sedermi sul divano. La guardiamo. Renata, al massimo ventenne e con il vitino da vespa, indossa un corsetto e ha le mani sui fianchi. Sfoggia un sorriso ironico e un cappello a cilindro che indossa in maniera sbarazzina. Sul palco, alla sua sinistra, c'è un ometto con un'aria infida da borseggiatore. Socchiude un occhio e ha una mano infilata sotto la giacca.
Renata tocca la foto.
"Se osservi bene, vedi che ha gli stivaletti con i tacchi." Sorride. "A quei tempi la gente era più bassa per via del razionamento." Lancia un'occhiata alla mensola del camino. "Dovresti sentire il peso dell'urna di Bernie. Roba da stringere il cuore."
Non ho intenzione di maneggiare i resti di Bernie Sparks. "E poi cos'è successo?"
"Finii il numero, ricevetti gli applausi e spinsi dietro le quinte il mio amore."

"Buon Dio!"
Restiamo in silenzio per un po'.
"Ti manca ancora, vero?"
Annuisce. "Era un tipo difficile, come tutti i veri artisti. Ma mi è sempre rimasto accanto, che fossi un maschio o una femmina."
"E il fatto di vivere da donna non ti creava problemi? Quella era un'epoca meno tollerante, no?"
"Non puoi neanche immaginare quanto." Riflette per qualche istante. "Come donna me la cavavo benone, ma ognuno di noi ha paura che salti fuori la verità. Paura di essere scoperto. Ognuno di noi ha i propri segreti."
Non rispondo niente.
Renata mi tocca un braccio. "Sai cos'ho imparato dalla vita?"
"È una cosa profonda?"
"No, per niente. È molto semplice. Sii sempre sincera e tutto il resto verrà di conseguenza."
Ci penso su. "Credi che Sam sia sincero?" azzardo.
"Sì." Mi osserva. "Ne sono certa. Perché me lo chiedi?"
"Sembra troppo perfetto per essere vero, sai, con il suo yin e tutto il resto."
Sorride. "Sam è un tesoro."
"Sei tu l'esperta."
"In materia di uomini non lo sono affatto, però sono un'esperta assistente investigatore."
"È un lavoro per cui bisogna indossare le calze a rete?"
Renata ride. "Padre Quigley, il prete della chiesa di San Giuseppe, è appena tornato da Fuengirola. C'era andato in ritiro, a quanto pare."
"Davvero? A Fuengirola?"
"Così mi ha detto la governante."
"Allora sarà il caso che vada a trovarlo."

18.

Guardo il prete, poi guardo il piatto con i biscotti. Mi chiedo quanti ne posso prendere, o *se* posso prenderne. La governante ha le lenti degli occhiali cosparse di ditate. Somiglia a una rana, con quelle mani dai polpastrelli larghi e appiccicosi e gli occhi scialbi che sbattono frenetici dietro le lenti sporche. Si lecca spesso il labbro inferiore con un fulmineo guizzo della lingua, proprio come una rana. Nella casa del prete c'è un'umidità pazzesca che immagino sia dovuta alla governante: per lei un simile habitat è l'ideale. Mi chiedo se spruzzi acqua sulle tende e innaffi i tappeti. Immagino che i biscotti siano molli. Ne prendo uno al malto che conferma la mia supposizione.

Padre Tom Quigley mi guarda con una certa apprensione. "Mi faccia capire, Maud. Lei è qui per chiedermi informazioni su una parrocchiana defunta?"

Annuisco e mastico. "Esatto, padre."

"E preferisce parlarne con me anziché con la famiglia della defunta. Come mai?"

Non so se sia il caso di bere il tè: la tazza, piena di vecchie striature, ha l'aria tutt'altro che pulita. Dubito che la governante si dia la pena di lavare le stoviglie. Forse si limita a dare loro una leccata veloce. Le lancio un'occhiata: finge di spolverare i coprischienale.

Il prete segue il mio sguardo. "Grazie, signora O'Leary; abbiamo tutto ciò che ci serve. Penso che le pulizie possano aspettare finché non avrò finito di parlare con la nostra ospite."

La signora O'Leary si raddrizza, mi rivolge un sorrisino sarcastico ed esce a passi lenti e rumorosi dalla stanza.

Padre Quigley si addossa allo schienale della poltrona. È un gioviale vecchietto in gran forma che di certo fa onore al clero. Ha la faccia abbronzata e soddisfatta, la risata facile e una corporatura generosa: un insieme che attesta la sua inclinazione a godersi la vita nonostante le responsabilità pastorali. La signora O'Leary mi ha detto che ero fortunata a poterlo incontrare senza appuntamento, visto che era appena tornato da un pellegrinaggio – consistente nello starsene sdraiato su una spiaggia, a quanto sembra.

Il prete mi sorride. "E sa il nome di questa persona?"

"Certo, padre," dico. "Mary Flood."

Fa un salto sulla poltrona. "Mary Flood?"

"Mi risulta che abbia detto molte messe per quella donna." Estraggo dalla borsa i cartoncini delle funzioni per Mary e glieli porgo. "Ricorda?"

"Certo che ricordo," dice mentre sfoglia i cartoncini. "Su, chieda pure."

"Conosceva bene Mary?"

"Benissimo."

"E il resto della famiglia?"

Scuote la testa. "Per niente. Quando Mary morì non ci fu più alcuna possibilità di mantenere i rapporti con la famiglia. Cathal mi scrisse per dirmi di non contattarli più. Un biglietto molto strano."

Si alza dalla poltrona e raggiunge uno schedario accanto alla finestra. "Dev'essere qui dentro. Di sicuro alla *F*, dopo *Flanagan* e prima di *Foley*."

Si china mettendo a dura prova il retro dei pantaloni neri.

"Deduco che ci sia un bel contingente di irlandesi, padre."

"Già." Sorride e si raddrizza. "Sono piuttosto bravo a organizzare le cose."

La lettera che mi porge è scritta sul retro di una ricevuta del lotto, e dice:

Caro prete,
la ringrazio se vorrà evitare di venire a casa per esprimere ulteriormente ogni sorta di partecipazione al nostro lutto. Altresì, la prego di informare i suoi parrocchiani che benefattori, professionisti della commiserazione e vecchie pettegole con recipienti di plastica contenenti stufato e altre porcherie non identificabili non sono benvenuti a Bridlemere. Né io né il ragazzo siamo interessati al ministero suo e della sua chiesa. In sostanza, se quelli della sua cricca si azzarderanno di nuovo a disturbarmi, lei si ritroverà la punta della mia scarpa al centro del buco del suo culo.
Distinti ecc.,
Cathal T. Flood

Mi sento addosso lo sguardo del prete. Alzo gli occhi e lo sorprendo mentre costringe la sua espressione a passare da una entusiasta ilarità a una flemma diligente.

"Mary è caduta, padre Quigley?"

"Purtroppo sì."

"Una tragica caduta in casa?"

Il prete annuisce. "Sì. Assolutamente tragica."

"Si è trattato di un incidente, vero?"

Vedo guizzargli sul viso un lampo di sospetto. "Benché mi faccia piacere rispondere alle sue domande, Maud," si sporge verso di me e abbassa la voce, "in che veste raccoglie queste informazioni?"

"In veste professionale."

Gli sorrido e lui ricambia.

Restiamo a lungo in silenzio, ci guardiamo e sorridiamo.

"Mi permetta di presentarmi come si deve," dico infine, con tutta la convinzione che riesco a racimolare. "Io sono l'*ispettrice* Maud Drennan."

"Ispettrice, ha detto?"

Annuisco di nuovo, con assoluta sincerità.

"Allora va bene. Tanto di cappello," dice il prete.

Continuo con disinvoltura: "Indago sui possibili nessi tra la famiglia Flood e il caso di una persona scomparsa." Mi ricordo della divisa e scopro la targhetta con il nome che ho sotto il cardigan. "Sono in incognito, con la copertura di assistente sociale."

Il prete sembra piacevolmente sbigottito. "Persona scomparsa?"

La porta della stanza si muove appena, come spinta da un vento impiccione; la signora O'Leary starà di sicuro origliando.

"Mary le ha mai parlato di una certa Maggie Dunne?"

Il prete scuote la testa.

"O del villaggio di Langton Cheney, nel Dorset?"

Il prete scuote la testa.

"Sa chi è Marguerite?"

Il prete aggrotta la fronte. "Questo lo so." Fa un respiro profondo. "La famiglia Flood subì un terribile colpo prima della tragica morte di Mary."

"Che tipo di colpo?"

"La morte della figlia, Marguerite," dice padre Quigley.

Ho il cuore in gola.

"Ovviamente, Mary non voleva parlarne. Dopo la morte di Marguerite, in pratica non parlava più con nessuno."

"Cosa successe?"

"Un'estate, i Flood partirono con i due figli e tornarono solo con il maschietto, Gabriel." Sembra avvilito. "Marguerite era una bambina adorabile. Aveva appena compiuto sette anni. Era molto vivace ed esuberante, con una massa di riccioli rossi."

Marguerite: la bambina senza volto della foto. La bambina di cui nessuno parla.

"È terribile." Lascio passare qualche istante. "Com'è morta Marguerite?"

"I Flood rientrarono a casa perché avevano visite, e, mentre erano con gli ospiti, la bambina annegò in mare. Pare che sia sepolta a Wexford."

"Gliel'ha detto Mary?"

"No. Come dicevo, Mary non nominò mai più la figlia." Allarga le mani come per scusarsi. "E noi non abbiamo mai chiesto. L'abbiamo sentito in giro, non so se mi spiego. La gente parla."

Restiamo in silenzio per un po'.

"Secondo lei Mary era sana di mente?"

Il prete fa un sorriso triste. "Secondo me era un po' delicata. Soprattutto dopo la tragedia."

Lo guardo. Se ne sta seduto con le mani incrociate e gli occhi bassi, rilassato e appagato dal pellegrinaggio, nonostante tutte le madri e le figlie che muoiono in tragici incidenti nel mondo.

Decido di arrivare al dunque. "Pensa che Mary si sentisse in pericolo a vivere in quella casa?"

Padre Quigley esita. "A questo non posso rispondere, Maud."

"Ha mai chiesto aiuto a lei o a qualche parrocchiano?"

Aggrotta la fronte. "Non che io sappia."

Lo osservo. Guarda fuori dalla finestra, con la mascella tirata. Il mio nuovissimo istinto di poliziotta dice che mi nasconde qualcosa.

Faccio per restituirgli il biglietto di Cathal.

"Lo tenga," dice lui. "Può servirle per l'indagine."

Lo piego e lo infilo nella borsa. "Grazie di avermi dedicato il suo tempo, padre. Se le viene in mente qualche altra cosa…"

Sembra sollevato. "Telefonerò alla stazione di polizia."

Frugo in borsa, tiro fuori una penna e scrivo su un pezzo di carta il numero di Renata. "Questa è la mia linea diretta, alla stazione di polizia. Chiami pure a qualsiasi ora."

Padre Quigley si volta verso la porta. "Signora O'Leary, le spiace accompagnare l'ispettrice Drennan?"

La signora O'Leary entra all'istante nella stanza.

Nel corridoio, la signora O'Leary sussurra in tono velenoso: "Lei non è affatto una poliziotta."

La guardo dall'alto in basso. "E lei non è affatto una governante. Quelle tazze erano lerce: dovrebbe vergognarsi."

Abbassa gli angoli della grande bocca da rana e sbatte le palpebre dietro le lenti sudicie. "E lei dovrebbe vergognarsi di importunare padre Quigley riaprendo vecchie ferite."

"Lei conosceva Mary Flood?"

Annuisce, risentita. "Padre Quigley è rimasto sconvolto dall'incidente. Aveva sempre temuto che le capitasse a qualcosa di brutto."

Appena lo dice, si rende conto di aver commesso uno sbaglio. Glielo leggo in faccia.

"Padre Quigley temeva per la vita di Mary?"

"Questo non posso saperlo."

"Ma se l'ha appena detto!"

Si fruga nella manica, estrae un fazzoletto e si volta soffiandosi il naso in maniera molto plateale.

"Padre Quigley aveva detto al marito che Mary andava curata, perché secondo lui non ci stava più con la testa."

"Cosa glielo fa pensare?"

La governante fa una smorfia. Sembra combattere contro il proprio istinto a pettegolare.

"Questo non posso dirlo."

"Ascolti, se me lo dice me ne vado."

"E non tornerà più a importunare padre Quigley?"

"No."

La signora O'Leary stringe gli occhi. "Dicono che la figlia fosse destinata a un istituto per bambini problematici. Dio solo sa quant'era indomabile. Quando Mary la portava a messa, la bambina strisciava sotto i banchi e azzannava le caviglie della gente. Sempre che Mary riuscisse a trascinarla oltre il portale."

"Quindi Marguerite era indisciplinata?"

"Marguerite era l'Anticristo. Dicono che quando i Flood la portarono al mare, lei corse in acqua e annegò con la schiuma alla bocca e urlando che vedeva i mostri." La signora O'Leary sbuffa. "I mostri… a Wexford! Mary, che nel frattempo sonnecchiava sulla sabbia, è quasi morta di dolore."

"Si dicono un sacco di cose sui Flood."

La governante apre la porta e mi indica il vialetto. "Adesso vada e non torni più. Fingere di essere una poliziotta senza neanche prendere un appuntamento!"

Arrivata a metà vialetto, mi volto verso la casa. La signora Rana ha chiuso la porta ed è saltellata in cucina per accoccolarsi sul pavimento e favorire il moltiplicarsi delle mosche, ma sono sicura che padre Quigley mi guarda da dietro le tende di tulle della finestra dello studio.

Mentre aspetto l'autobus penso a padre Quigley e alla governante, entrambi con in mente uno specifico ritratto di Mary. Mary la donna sensibile, la madre addolorata, la donna fuori di testa che dormiva sulla spiaggia mentre la bambina annegava.

Aggiungo i loro ricordi al mio personale ritratto di Mary. La donna di regale bellezza che aveva sposato un vecchio, ricco vedovo e aveva pianto alla sua morte. Quella che bruciava le facce nelle fotografie, calzava scarpe rosso-Dorothy e possedeva pochette dorate. Quella che era caduta giù per una scala, dal primo gradino all'ultimo, e non si era più svegliata.

Ma poi penso a quello che dice Santa Dinfna a proposito della memoria. E mi domando: in questi lunghi anni di ricordo, quanto sarà cambiata Mary per le persone che la conoscevano? Ognuna di loro avrà aggiunto nuovi pezzi al ricordo che ha di lei, sempre che non l'abbia travisato del tutto? O invece i particolari sono rimasti esatti, nitidi e veritieri?

Dovrei dirlo a tutti, sempre che non lo sappiano già? La memoria è come un cane ribelle. A volte non insegue la palla, altre volte la riporta, e altre ancora non riporta una palla: riporta una scarpa.

19.

Il vento afferrò una manciata di sabbia e la gettò, come confetti luminosi, sulla spiaggia compatta, lucidata dal mare e deserta. Il cielo pulito di fresco e le nuvole come spugne strizzate, lassù in alto.

Adesso ricordo cosa indossava: un prendisole di pizzo azzurro.

Arrivate alla passerella di legno che attraversava il campo di dune, ci togliemmo le scarpe. Il legno era caldo e consumato dalle intemperie. Deirdre mi disse di aspettare e si allontanò sulla sabbia.

Un angelo imbronciato, con le scapole come germogli di ali. L'aureola castana dei capelli mossi dal vento.

Tre cose erano diverse il giorno in cui è scomparsa: faceva un gran caldo (per la prima e unica volta quell'estate), in cielo non c'erano gabbiani (mentre di solito strepitavano e volteggiavano sopra di noi con gioia chiassosa), e il chiosco del vecchio Noel era chiuso.

20.

Il cuore mi rimbomba nelle orecchie così forte che, se Cathal stesse salendo furtivamente dietro di me, non mi sarebbe facile sentirlo. Salgo svelta, mi faccio largo nella valanga di oggetti assurdi disseminati sulla scala. Spero solo che Beckett sia sopravvissuto al carcere e che io non stia rischiando la vita per un gatto morto.

Mary Flood, con i capelli infuocati e quella bellezza fuggiasca, continua a tormentare il ritratto sul pianerottolo. Paralizzata da due impulsi contrastanti: restare o scappare?

Sarà stato così che Cathal l'ha vista per la prima volta: una giovane vedova affranta vestita di nero. Avanzo circospetta sul pianerottolo e apro la porta della stanza bianca.

Non c'è traccia di Beckett, a parte un leggero infossamento sul copriletto e qualche pelo chiaro. Per il resto, la camera è proprio come l'ho lasciata, con la porta dello spogliatoio aperta e gli abiti di Mary abbandonati sulla sedia.

E le sue iniziali sono ancora sullo specchio, scritte nella polvere.

M F

Non so perché, ma mi aspettavo che quelle due lettere fossero scomparse. Mi avvicino e le osservo con attenzione. Mentre frugavo tra i vestiti, si era forse intrufolato un fantasma nella stanza, era scivolato fino allo specchio e aveva tracciato quelle iniziali nella polvere?

Non tocco niente; mi dispiace lasciare sparpagliate le cose di Mary, ma rimettere in ordine potrebbe incriminarmi. Esco e chiudo piano la porta.

Sono in cima alla scala quando sento qualcosa raspare. Mi fermo e ascolto. Poi sento un fioco miagolio lagnoso. Impreco sottovoce e torno indietro. A qualche porta dalla stanza bianca, sento un soffocato stridio di unghie su legno.

"Beckett?" sussurro.

Abbasso la maniglia. Il gatto sfreccia fuori dalla stanza e giù per le scale senza degnarmi di un'occhiata, sbatte contro manufatti e strumenti.

Il rumore della sua corsa echeggia nella casa.

Nei meandri ammuffiti della tana di Cathal, un occhio si apre di scatto.

Il baccano ha tirato i suoi fili ingarbugliati e scosso le lunghe gambe. Starà sgusciando fuori dalla botola per farsi strada nel ciarpame. Si trascinerà su per la scala con un coltello stretto tra i denti finti e un lazo di cavo elettrico in mano, pronto a strangolarmi e a farmi a pezzi.

Ascolto. Di sotto non si muove niente.

Entro in camera e chiudo la porta. Le tende sono tirate e l'interruttore della luce non funziona. Avanzo sulla moquette e apro le tende.

Le mie retine trasecolano.

Quella che ho davanti agli occhi è un'immagine speculare della stanza bianca. Alla mia sinistra c'è la porta oltre la quale so esserci uno spogliatoio. Poi c'è un letto degno di una principessa, e davanti alla finestra c'è un tavolino da trucco.

Soltanto il colore è diverso. Questa stanza è rossa, rossa come le scarpe da ballo del demonio. Ci sono tutte le sfumature del rosso, dal carminio al granato, dal rubino al cardinale, dal porpora al vermiglio. Sulle pareti si ripete un motivo grande quanto un vassoio da tè: zampilli di vino rosso che si inarcano dalla sagoma nera di una fontana a tre piani. Il letto è preparato con broccati, sete e velluti. Sopra il capezzale, dentro una teca laccata appesa al muro, una fila di falene ad ali aperte e infilzate da uno spillo: ognuna un cupo grumo di minaccia. Al centro, una bestia irsuta di dimensioni imponenti, con il fusto pingue, rivestito di vello. Due chiazze bianche sul tulle funereo delle ali dispiegate: due occhi ciechi. Ai lati, due creature più piccole, con disegni déco sulle ali, filigrane rosse sul nero, come vasi sanguigni.

Sulla sedia, rivestita di velluto nero, decine di bambole di Pierrot mi guardano con aria minacciosa. Hanno tutte una pesante lacrima nera su una guancia bianca, e al collo una gorgiera afflosciata. Su ogni bocca è dipinto in rosso un sorriso al contrario. Ed eccolo lì: il Pierrot con la gorgiera sbrindellata e lo sguardo maligno, senza più il berretto e con una zazzera di capelli chiari. Dai polsi pendono delle bende.

Mi siedo al tavolino da trucco e apro il cassetto. Dentro un astuccio di velluto trovo un gioiello sorprendente. Un ragno, con un prominente granato per addome, addenta una mosca stretta tra le fauci. Appena lo tocco, la mosca cade dalla morsa del ragno e, di nuovo libera, oscilla sotto di lui appesa a una catenella. Entrambi gli insetti hanno una spilletta sul dorso, in maniera che chi indossa il gioiello possa garantire al ragno un buon pasto o permettere alla mosca di posarsi sotto il muso del predatore. Ripongo il monile nel cassetto, accanto a una spazzola e a un pettine intarsiati di giaietto lucido e ad alcune boccette piene di muffa.

Mi alzo e apro la porta dello spogliatoio. Dentro ci sono una specchiera e una sedia di ebano curvato.

L'armadio a muro è una delusione. All'interno non ci sono abiti sgargianti, solo alcuni cappotti che puzzano di naftalina. Tutti bordati di pelliccia e con i bottoni grossi, tutti inzaccherati.

Ma la stanza è un'immagine speculare.

Anche in questo armadio a muro dev'essere nascosto qualcosa. Qualche equivalente dei cartoncini per la messa: un altro indizio. Prendo dall'armadio i cappotti, li adagio sulla sedia, controllo tutte le tasche, palpo le fodere.

Poi sento uno schianto.

Sono intatta.

Non morta.

Esco dallo spogliatoio.

Sul letto, fracassata, c'è la teca delle falene. Socchiudo la porta e sbircio in corridoio. Per il momento Cathal non urla su per le scale. Chiudo la porta e torno verso il letto.

Il vetro si è rotto in maniera strana, come se la teca fosse stata fatta brillare con un ordigno. È caduta sul letto con la parte delle falene all'insù e alcune sono schizzate fuori dal rottame. La madre di tutte le falene giace al centro del letto; ha perso le zampe su un lato e un pezzo di ala. Senza il vetro, fa impressione per quanto sembra viva. Come se, da un momento all'altro, potesse mettersi a zoppicare sul copriletto e cercare di sbattere l'ala sbrindellata.

Qualcosa attira la mia attenzione. Proprio sotto la teca infranta, un ricciolo di nastro. Lo tiro, e, sotto le falene esplose, scivola qualcosa. Il nastro è attaccato a una busta: marrone, formato medio.

Senza pensarci due volte, tiro su la camicia e infilo la busta nei jeans. Prendo il copriletto, ne annodo gli angoli e, cercando di far meno rumore possibile con i frammenti di vetro, ne faccio un fagotto e lo metto sul fondo dell'armadio a muro. Do una rassettata al letto e riappendo i cappotti, senza perquisirli oltre.

Mentre esco dalla stanza, lancio un'ultima occhiata allo specchio sul tavolino da trucco.

È intonso. A quanto pare, ho ricevuto il messaggio.

21.

Guardo Renata e lei mi guarda a sua volta. Poi ci rivolgiamo entrambe alla busta marrone sul tavolino.

Tra le labbra di Renata c'è una pipa spenta. Ha promesso di non accenderla, ha solo bisogno di stringere qualcosa tra i denti per calmare i nervi.

"Apri la busta, Maud," mormora.

Non sono sicura di volerlo fare.

Mi alzo e mi avvicino alla finestra della cucina. Santa Dinfna è ancora lì, che volteggia all'inseguimento del gatto dei vicini.

Si è liberata dei sandali, della corona e del velo, che scintillano abbandonati nel giardino giapponese. La treccia castana le svolazza sulla schiena. Di tanto in tanto la santa si ferma, afferra la treccia e ne mordicchia l'estremità con aria svagata, in attesa della prossima mossa del gatto. Poi, all'improvviso, vampe e scintille guizzano dalla nuvola di luce che ne circonda la testolina graziosa, e il viso s'illumina di contentezza mentre tende le mani cercando di afferrare il gatto. C'è un balenio di piedi nudi accompagnato da una risata birichina.

Il lembo della busta è incollato con lo scotch. Infilo il coltello con grande cura. Dentro, ci sono dei ritagli di giornale. Li prendo, li sparpaglio sul tavolo e li stiro con il palmo della mano.

Decine di foto di Maggie Dunne.

Ma ci sono anche altre foto. La polizia che perlustra un campo arato, un bosco in un canale pieno di radici che affiorano lungo gli argini, e un vecchio sanatorio circondato da prati e giardini.

Prendo un ritaglio nella parte superiore del mucchio e leggo ad alta voce: "Giovedì 29 agosto 1985, 'Il Capo della Polizia della Contea del Dorset, Frank Gaunt, ha confermato che i suoi uomini stanno ampliando il raggio d'azione nelle ricerche di Maggie Dunne mentre cresce la preoccupazione per la sua incolumità. Maggie, ospite dell'istituto per l'infanzia abbandonata Cedar House, è stata vista per l'ultima volta a mezzogiorno di martedì 20 agosto.'" Passo in rassegna gli altri ritagli e noto che gli articoli si fanno sempre più brevi, fino alle poche righe con cui sul *Dorset Echo* di sei mesi dopo si accenna a un avvistamento non confermato di Maggie a Dover. Lì si esaurisce la pista.

"Quindi Maggie era affidata a un istituto?"

"Pare di sì."

Guardo fuori dalla finestra. Santa Dinfna non si vede. Una sensazione sgradevole mi prende lo stomaco, un misto di fastidiosa eccitazione e ineluttabilità.

"Non ti sembra strano che Mary abbia conservato questi ritagli?" chiede Renata.

"Non più strano della tua collezione di riviste di cronaca nera. È ben più strano che si sia data tanto da fare per nasconderli."

Santa Dinfna sbircia dalla finestra, infila il viso attraverso il vetro e aggrotta la fronte. Poi irrompe nella stanza e si lascia cadere davanti al televisore.

Renata si volta verso di me con aria solenne. "Mary seguiva una pista. Voleva risolvere il mistero della scomparsa di Maggie. Non era riuscita a salvare sua figlia, Marguerite, perciò sentiva il bisogno di salvare quella di qualcun altro, di mettere a posto le cose, in qualche modo."

Mi giro senza volerlo verso Santa Dinfna. È seduta sul tappeto, piccola, immobile e, all'improvviso molto più vecchia dei suoi quindici anni, con gli occhi scuri che sfavillano e il viso di un pallore spettrale.

"Dobbiamo trovare Maggie," dice Renata. "Potremmo provare a fare una cosa."

"Cosa?"

"Chiedere a Mary."

Santa Dinfna mi guarda attenta, fredda.

"Farò qualunque cosa possa essere utile."

Santa Dinfna si alza e scompare.

22.

Il posto migliore per cominciare è proprio qui, nella cucina di Bridlemere. È in questa stanza che si sono verificati i fenomeni soprannaturali. Il momento ideale per cominciare è proprio adesso, visto che non c'è traccia del vecchio.

Spingo una sedia contro la porta della cucina. Se Cathal prova a entrare, avrò il tempo di nascondere tutto e fingerò di lavare il pavimento. Per il resto, la porta di servizio è chiusa a chiave e nel retrocucina non ci sono gatti.

Non potrebbe esserci condizione più favorevole per operare con una tavoletta spiritica.

Ho preso un bicchierino dalla credenza di Renata e ho incollato tra loro due scatole di cereali aperte. Ho disegnato lungo i bordi lettere dell'alfabeto e numeri, e ho scritto SÌ e NO nei due angoli superiori. Mi siedo sul pavimento della cucina e aspetto, con i polpastrelli poggiati sul bordo del bicchiere.

Succede questo, nell'ordine: il naso mi prude, il solco tra le chiappe mi prude, il rubinetto sgocciola. Poi niente.

Prendo la foto di Mary e Gabriel e guardo nel punto in cui dovrebbe esserci il viso di Mary.

Chiudo gli occhi.

"Mary, ci sei?"

Il rubinetto sgocciola, l'orologio ticchetta, un gatto raspa contro la porta di servizio. Dopo un po' comincio ad avere i crampi alle dita poggiate sul bicchiere e mi si addormenta una gamba.

"Mary, hai un attimo?"

Distendo la gamba e la massaggio. Poi mi guardo attorno, incantata dall'impeccabile pulizia del pavimento della cucina. Se solo riuscissi a tenere così in ordine casa mia! Poggio di nuovo le dita sul bicchiere, chiudo gli occhi e mi concentro. Sparo una domanda.

"Sai cos'è successo a Maggie Dunne?"

Succede questo, nell'ordine: il bollitore si accende e comincia a gorgogliare. La porta della dispensa si apre e il bicchiere comincia a muoversi, piano, a brevi scatti, verso...

Sì.

Poi il bicchiere si ferma e aspetta, trema sotto i miei polpastrelli; il bollitore si spegne.

Chiudo gli occhi.

"È stata uccisa?"

Niente. Poi avverto un intenso odore di terra e foglie marce mentre un'improvvisa folata umida mi colpisce il viso. Apro gli occhi. La stanza si oscura di colpo, anche se fuori dalla finestra c'è ancora il sole.

Il bicchiere trema, osservo di nuovo la tavoletta spiritica. Il mio dito non fa niente: si limita ad accompagnare il bicchiere nel suo lento movimento circolare intorno alla parola...

Sì.

Il tappo di una bottiglia di limonata salta e l'orologio cade dalla parete. Le luci della cucina si accendono e si spengono e varie stoviglie ballano sulla credenza. Un bricco del latte si stacca dal gancio e si schianta sul pavimento mentre il cassetto dei coltelli si apre piano.

Scapperei se riuscissi a togliere il dito dal bicchiere, ma resta incollato al vetro come per uno strano magnetismo fremente.

Sì. Sì. Sì.

Faccio un respiro profondo. Il bicchiere scalcia sotto il mio dito, come se sapesse cosa sto per chiedere.

"Sei stata assassinata, Mary?"

Il bicchiere s'imbizzarrisce e la porta della dispensa sbatte di colpo per spalancarsi un attimo dopo. I pacchetti di riso, di zucchero e di semolino, così come le scatolette di carne e i barattoli di pesche sciroppate, cominciano a tuffarsi dagli scaffali. I sacchetti piombano sul pavimento ed esplodono; i vasetti volano in mille pezzi.

"Chi è stato, Mary?"

Il tavolo sussulta e il bollitore si riaccende, con l'acqua che bolle all'istante.

Il bicchiere s'incolla alla tavoletta e rifiuta di muoversi.

Aspetto.

"È stato Cathal?"

Niente.

Provo un'altra domanda. "Maggie è qui?"

Il bicchiere piroetta, schizza da sotto al mio dito e si schianta contro il muro.

Ripiego la tavoletta spiritica, rimetto sugli scaffali i pacchetti e i barattoli, poi prendo la scopa.

E a quel punto le vedo. Dirette verso la porta di servizio, due serie d'impronte umane nel marasma sparso sul pavimento. Arrivate a metà cucina, si separano e procedono ciascuna lungo la propria traiettoria. Nei pressi della porta di servizio, cambiano. Le ultime impronte, a pochi centimetri dalla soglia, hanno il disegno appena accennato solo delle punte dei piedi e non dei tacchi: due persone che scappano.

23.

Nel bar, Sam non sceglie un tavolino all'angolo ma accanto alla vetrata. Vado in bagno, passo davanti al cameriere che mi guarda battendo gli occhi in segno di saluto. Lo ignoro. Sono ancora elettrizzata da un'importante e felice coincidenza: stamattina mi sono messa un vestito.

Scelta insolita, scaturita non da chissà quale premonizione ma solo perché il vestito era l'unico indumento pulito disponibile, a parte una sgraziata pantagonna di provenienza ignota. Ringrazio tutti i santi in ascolto per questo straordinario colpo di fortuna, e nel frattempo mi sfilo il tabarro e frugo nella borsa in cerca del rossetto.

Poi mi guardo allo specchio.

Ritiro all'istante i ringraziamenti, in caso qualcuno dei santi fosse davvero in ascolto, e cambio idea riguardo al rossetto. Mi sistemo la coda di cavallo e mi tornano in mente i commenti sprezzanti di Renata a proposito di questo vestito quando, qualche mese fa, con forte riluttanza e maggiori dubbi, mi ero presentata al suo cospetto per un appuntamento coatto con il tecnico della parabola. Renata aveva detto che con questo vestito (grigio, modesto) e i capelli raccolti sembravo una novizia impettita sul punto di bussare alla porta della madre superiora. L'avevo preso come un complimento.

Mi siedo di fronte a Sam con il sole del tardo pomeriggio che m'illumina da dietro, mi sento una Deborah Kerr in controluce, ma senza il soggolo.

Il bar è deserto, a parte me, Sam e i santi che bisticciano ai tavolini accanto al nostro, sgomitano e sussurrano nel tentativo di sembrare discreti.

San Valentino si siede proprio dietro di me. "Tranquilla, Stellina," dice. "Ti copro le spalle."

Santa Rita e San Giorgio si mettono al tavolino di fronte al nostro. Santa Monica, crucciata nella sua tunica color panna, se la rassetta con gesti nervosi in un angolo poco distante. Santa Dinfna non c'è. Almeno questo.

Sorrido a Sam e Sam sorride a me.

"Per amor di Dio," ringhia San Valentino. "Se non la pianti di ridacchiare, quello penserà che ti manca qualche rotella. Fagli una domanda. Inizia una conversazione."

"Allora, sei venuto a trovarmi perché eri in zona?" chiedo.

San Valentino rotea gli occhi. "Grandioso."

Sam annuisce. "Esatto."

San Valentino lo osserva. "Negli ultimi tempi è sempre in zona. Pensiamoci un attimo, Stellina." Si volta verso di me. "Sbaglio, o l'altro giorno hai visto una faccia belloccia che sbirciava da dietro una siepe a Bridlemere? E che mi dici di quando hai avuto la sensazione che un pezzo di marcantonio ti avesse seguita alla fermata dell'autobus?"

Cerco di ignorarlo.

"E in giardino senti sempre odore di sigarette. Quei cespugli li hai visti fumare più di una volta, no?"

Lancio un'occhiata di fuoco a San Valentino. Non credo a niente di quello che dice.

Lui si appoggia allo schienale e si rivolge ai santi seduti al tavolo accanto. "A Sam non piace che Maud lavori in quella casa. Teme per la sua incolumità. L'ha detto lui."

I santi fanno un mormorio di assenso. San Giorgio brontola

qualcosa a proposito delle mazze da hurling, poi si abbassa di colpo la celata.

Il cameriere si avvicina fissando il mio commensale con uno sguardo carico d'invidia. Imperturbabile, Sam ordina caffè e un club sandwich con uova e bacon. Il cameriere si allontana e Sam mi guarda. Le sue dita virili giocherellano con il tappo della bottiglia di ketchup.

San Valentino fa una smorfia. "Da' su, di' una cosa seducente, fa' la voce sexy, gioca con i capelli, morditi il labbro, gonfia il petto. Stai sprecando tempo prezioso."

Sam guarda fuori dalla vetrata mentre passa una macchina nera.

"Non vedi che perde interesse," dice San Valentino.

Lo guardo in cagnesco. Non ho già fatto abbastanza somigliando a Deborah Kerr?

Poi Sam fissa un vecchio che arranca con i sacchetti della spesa e chiede: "Come sta il signor Flood?"

"Benissimo."

"Sono successe altre assurdità a Bridlemere?"

Solo il poltergeist in cucina. "No. No, per niente."

Sam annuisce. "Comunque sei troppo saggia per lasciarti influenzare da quel tipo di cose."

San Valentino fa una smorfia disgustata. "Cristo, *saggia*? Reagisci, Stellina..."

"Io non sono affatto saggia."

Sam sorride. "Allora pragmatica?"

"Per niente."

"Pratica?"

Aggrotto la fronte.

"Razionale?" azzarda Sam.

"Questo lo accetto."

Sam ride.

San Valentino fa un sospiro di sollievo.

Il cameriere porta le bevande.

Sam mi sorride. "Tu solo caffè, vero?"

Sorrido, annuisco e con il cucchiaino tolgo la schiuma dal caffè nella mia tazza.

"Notizie di Gabriel?" chiede Sam sottovoce quando il cameriere torna a ormeggiarsi dietro il bancone.

"Non si è fatto più vedere."

"Speriamo che continui così." Sam beve un sorso di caffè. "Comunque aveva un ottimo piano: far uscire il vecchio dalla casa. Dio solo sa cosa si potrebbe trovare in un'intera giornata passata a setacciare quei rifiuti."

"Adesso è tutto chiaro, Stellina," annuncia San Valentino. "Questo tizio vuole entrare in casa e non nelle tue mutandine. Ecco a cosa mira."

Lo guardo storto.

San Valentino mi strizza l'occhio. "Ma non tutto è perduto, certo, se pensa di entrare nella casa *tramite* le tue mutandine."

Al tavolino accanto, Santa Rita scuote la testa e San Giorgio ridacchia dietro la celata. Lo sento: mi arriva un'eco metallica. Nell'angolo, Santa Monica lancia un'occhiataccia a San Valentino.

Lui alza le mani. "Che c'è? Ho solo detto quello che pensiamo tutti."

Sam intinge il panino nel ketchup. "Non ho intenzione di chiederti di nuovo di lasciar entrare qualcuno in quella casa, né me né Gabriel. Hai già chiarito come la pensi, Maud," Sam esita, "e ti rispetto per questo."

"Altroché se ti rispetta," dice San Valentino. "Guardalo, non è tutto pieno di rispetto?"

Guardo Sam così tranquillo di fronte a me, con i suoi occhi grigi scintillanti. Il cameriere porta altra roba da mangiare. Sam lo guarda allontanarsi, poi si volta verso di me con un sorriso malizioso.

"Ma è naturale che, se cambiassi idea, sarei felicissimo di dare una rovistata in quella casa."

San Valentino ride di gusto.

Li ignoro tutti, metto tre cucchiaini di zucchero nel caffè e comincio a mescolare. Non prendo mai lo zucchero, però mi piace il rito. È rilassante. Continuo a mescolare finché non mi sento pronta a cambiare argomento.

"Quindi immagino che presto tornerai su al nord, vero?"

Sam aggiunge un po' di ketchup nel sandwich. "Per ora no. Ho pensato di restare ancora un po' in zona per vedere come si sviluppano le cose."

Bevo un sorso di caffè: è troppo dolce. Aggiungo altro zucchero. "Quali cose?"

"L'indagine, tanto per cominciare; voglio vedere se spuntano altri indizi."

Metto un altro cucchiaino di zucchero. "Mi sembra improbabile."

"Be', chissà." Sam scrolla le spalle. "Renata mi ha detto che hai cominciato a conquistare la fiducia del vecchio."

Mi chiedo cos'altro gli abbia detto Renata. Lancio un'occhiata a San Valentino, ma ha tirato fuori lo stuzzicadenti e, immerso nei suoi pensieri, si sta occupando dei pochi denti che gli restano.

"Forse uno di questi giorni il signor Flood si aprirà," dice Sam. "E svelerà i misteri di Bridlemere."

"Ne dubito."

"E poi c'è la busta. Quella che hai trovato nella casa. Un altro messaggio di Mary Flood?"

"Renata ti ha spifferato cosa c'era dentro?"

Sam scosta il piatto e alza lo sguardo su di me, forse avendo colto una nota di biasimo nella mia voce. "No." Sorride. "Renata ha detto che per aprirla volevi aspettare che ci fossi anch'io, che la banda fosse al completo."

È ovvio che gliel'ha spifferato.

Sam prende la tazza e, con gli occhi bassi, fa ruotare un po' il caffè. "Sai che puoi chiamarmi per qualsiasi cosa, vero? Se la situazione ti sfuggisse di mano."

San Valentino alza lo sguardo, smette di stuzzicarsi i denti e fissa Sam. Sulla faccia svagata e segnata del santo appare un'espressione stupefatta.

Indica Sam con un dito tremante. "Guardate..."

"Se dovessi avere dei problemi."

"Madre di Dio," sussurra San Valentino. "Guardategli le orecchie." Si volta verso gli altri santi. "La punta delle orecchie: sta arrossendo. Lo vedete?"

San Giorgio si alza e barcolla verso Sam. Si china con un gran sferragliamento d'armatura, alza la celata e lo osserva con attenzione. Poi si raddrizza, con la faccia rossa per lo sforzo, e fa un rapido cenno di assenso.

"Lo sapevo," borbotta San Valentino. "Gran figlio di un cane."

Sam si muove appena sulla sedia. "In qualsiasi momento dovessi avere bisogno di me..."

"Le orecchie accese come due piccoli lampeggianti," sospira San Valentino.

"In qualsiasi momento del giorno o della notte..."

"Come due piccoli fari."

"Sarò al tuo fianco."

San Valentino fissa Sam con aria rapita. "Si sta propagando alle guance."

"Dico sul serio, Maud."

"È quasi vermiglio!"

"Sei molto gentile, Sam," dico. "Lo terrò presente."

"È più forte di lui." San Valentino si volta verso di me. "Ma ti rendi conto? Il cowboy dagli occhi di ghiaccio sta *arrossendo*."

"Perciò, se in quella casa salta fuori qualcosa di brutto, di qualsiasi tipo..."

"Sì, Sam?"

Sam mi fa un sorriso che sembra trovarsi a metà tra il rammarico e l'imbarazzo. "Allora sono l'uomo che fa per te."

"Altroché!" tuona San Valentino. "Perdio, Maud, è l'uomo che fa per te!"

Il santo scavalca il tavolino con un urlo di gioia e fa un giro del bar correndo con il mantello rosso che svolazza. San Giorgio ride, gli stringe la mano, ed entrambi si prendono a pacche sulle spalle. Santa Rita mi fa un sorriso di congratulazioni e Santa Monica contrae l'esile riga della bocca.

Do un'ultima mescolata al caffè e poso con delicatezza il cucchiaino.

24.

Non c'è nessun balletto quando torno a casa e apro il cancello di Renata. Nessun tamburellare di anelli sgargianti sulla finestra della cucina e nessun foulard che va su e giù. Sono stupita: oggi non è una delle giornate di visita di Lillian. Giro intorno alla casa e vedo che la porta d'ingresso è aperta e la catenella è divelta. Le scarpe di Renata sono gettate alla rinfusa nell'ingresso e Johnny Cash guarda in su dallo stuoino, con la cornice ammaccata e la faccia molto incazzata. Gesù Cristo è scomparso.

Mi inoltro nel caos: armadietti della cucina aperti, vasi rotti, il set da fonduta sbattuto nel lavello. In soggiorno, la libreria è rovesciata: ci sono libri strappati a metà e pagine sparse come coriandoli in tutta la stanza. Il vetro della bacheca è distrutto, il tappeto è tempestato di gemme luccicanti. La pietra lunare è finita nel camino.

I due galletti di spago non si azzuffano più: qualcuno ha sfondato il quadro con un calcio. L'armadietto dei liquori è vuoto; rivoli di liquido scorrono sulla parete dietro il televisore: scie gialle di Advocaat rappreso e vene scoppiate di blu curaçao.

Che cosa ho combinato?

Penso al bicchierino in frantumi nella cucina di Cathal.

Sono stata io a provocare tutto questo? Ho scatenato la furia degli spiriti?

Corro fuori da quel che resta del soggiorno e chiamo Renata a squarciagola.

La porta del bagno si apre. Sotto un impiastro di lacrime e trucco c'è un uomo spaventato che non avevo mai visto prima.

"Sei ferita, Renata?" Mi sforzo di parlare con calma. "Ti hanno fatto del male?"

Si mette le mani sulla povera testa, come per nasconderla alla mia vista. È glabra, pallida, con qualche rada ciocca grigia sulle tempie.

Abbraccio la mia amica.

I santi non c'entrano.

Sono stati tre ragazzi: il primo aveva un piede di porco, il secondo un martello e il terzo una chiave inglese.

Sembra l'inizio di una barzelletta.

Hanno forzato la porta d'ingresso, se la sono chiusa alle spalle e si sono piantati in mezzo al corridoio.

Sulle prime, Renata ha mantenuto la calma. È andata in soggiorno, come le hanno detto di fare. Poi si è sistemata il foulard, ha alzato le sopracciglia e ha chiesto loro cosa volessero. Senza alzare la voce, pacata.

I tre l'hanno ignorata e si sono detti a vicenda cose che lei non ha capito. Poi hanno sputato sul pavimento grossi grumi di catarro accumulati in bocca. Uno si è acceso una sigaretta e un altro ha dato uno sguardo al televisore. Poi si sono messi all'opera. Uno è rimasto con lei in soggiorno, gli altri si sono sparsi per la casa. Renata li sentiva mentre fracassavano tutto nelle altre stanze.

Il ragazzo rimasto in soggiorno ha buttato giù i libri dagli scaffali e li ha sfogliati uno dopo l'altro, con una sigaretta nell'angolo della bocca, come se cercasse qualcosa di bello da leggere. Ha sfilato i cassetti e frugato tra le sue carte. Renata era immobile.

Lui ha alzato lo sguardo e le ha chiesto cos'avesse da guardare. *Frocio.*

Le si è avvicinato. Quanti anni poteva avere, diciassette, al massimo diciotto? L'aspetto smunto e pallido del denutrito, del malnutrito, del nutrito con roba di merda. Faccia emaciata e inespressiva, brufoli intorno alla bocca. Aveva i pantaloni bassi a metà fondoschiena e le mutande in bella vista. Renata si è sforzata di non scoppiare a ridere. Si è sforzata di non dirgli di tirarsi su quei benedetti calzoni.

Lui ha fatto qualche altro passo e, con una voce stridula, lagnosa e quasi belante, le ha chiesto cosa cazzo avesse da guardare. *Maniaco.* Camminava a passettini precipitosi e sghembi, come un granchio che zampetta di lato, con le braccia allargate per fare da contrappeso. Come nel bel mezzo di un terremoto...

Tonfi e schianti nell'altra stanza: fragorosi come urti di placche tettoniche, rumori di roba sbattuta, infranta, lacerata, poi pause ed esclamazioni.

Le ha detto di andare davanti allo specchio. Non ha capito. Lui ha indicato. Lei ha obbedito, intontita, ottenebrata. Non ha pensato di rifiutarsi.

Toglitelo.

Non ha capito.

Lui ha indicato il foulard. *Toglitelo.*

Lei ha alzato le braccia e lui l'ha guardata. Lei ha armeggiato con il nodo. Lui si è messo una sigaretta in bocca.

Così, frocio, ha mormorato.

Gliel'ha strappato dalla testa.

Il tempo ha rallentato fino a fermarsi.

Entrambi hanno guardato nello specchio, lui appena dietro la spalla di lei. Lei ha visto il proprio viso con gli occhi di lui. Un povero vecchio pagliaccio.

Si è sorpresa per quanto fosse nuda la sua testa, quanto fosse oscena, con la pelle raggrinzata, perfino squamosa, e i ciuffetti di capelli grigi sopra le orecchie. Lui fumava, attratto e disgustato.

Ma che schifo fai?

Lui ha bestemmiato, ha fatto un passo indietro e sferrato un colpo con il piede di porco. Non a lei ma alle gemme nella bacheca, puntava alla luna.

Ci mettiamo in bagno, l'unica stanza che quei tre non hanno distrutto. Porto due sedie dalla cucina, le scrollo per far cadere i pezzi di vetro. Poi chiudo la porta sulla devastazione.

Posso chiamare la polizia, Renata acconsente con riluttanza, ma solo quando sarà presentabile. Le pulisco il viso con delicatezza, uso una lozione per bimbi e il cotone idrofilo che ho preso nell'armadietto del bagno. A volte mi afferra la mano e la stringe al petto. Altre si limita a singhiozzare per lunghi, furiosi momenti sulla mia spalla. Trovo la sua cuffia da doccia e gliela infilo con cura sulla testa, mentre annuisce e sospira. Nella sua stanza trovo gli astucci dei trucchi rovesciati sul pavimento. Raccolgo quello che mi serve, insieme a uno specchietto da borsa, e porto tutto in bagno.

Renata è seduta in silenzio sul bordo della vasca, con la cuffia da doccia e il kimono, il viso pulito e come svuotato: piccolo, pallido e senza genere.

Le avvicino lo specchio, ma le sue mani tremano troppo per usare pennelli e matite, piumini e applicatori.

"Fa' del tuo peggio, tesoro," dice con un piccolo sorriso stiracchiato.

Si guarda allo specchio per un tempo interminabile. Non è il suo aspetto abituale, ma è abbastanza decente per affrontare il mondo. La mia versione del viso di Renata è più morbida, sfumata qua e là, tanto da darle un'aria un po' perplessa.

Quando arriva la polizia, trovo il foulard e glielo metto al posto della cuffia da doccia. Quando arriva Lillian, troviamo dei bicchierini di carta e prepariamo il caffè.

Renata si siede al tavolo della cucina, con le mani incrociate in grembo, e io mi siedo accanto a lei. La poliziotta, una ragazza alta e robusta con la coda di cavallo, si siede di fronte a Renata. La chiama "signora" e le chiede se in passato sia stata vittima di altre aggressioni omofobe.

Renata lancia un'occhiata al lavello. Lillian è girata di spalle ma vedo che ha smesso di armeggiare con le stoviglie; tra le sue mani, immobili all'improvviso, c'è la tazza rotta che ha estratto dallo scarico del lavello.

"Sì," dice Renata.

"Di recente?"

"Dieci anni fa."

La poliziotta scrive sul taccuino. "Quindi nessun rapporto con l'episodio di oggi?"

"Nessuno." Renata allunga il braccio per prendermi la mano.

La poliziotta la guarda. "Ci furono arresti?"

Renata si volta appena verso di me, le stringo la mano.

"No."

"E si trattava di..."

La voce di Renata è cortese e svagata, come se stesse invitandola a una splendida festa. "Tentata violenza carnale, tesoro. Dietro Waterloo Station."

"Mi dispiace molto," dice la poliziotta, e sembra che le dispiaccia davvero.

Lillian lascia cadere nella pattumiera la tazza rotta, si asciuga le mani con uno strofinaccio ed esce dalla stanza.

I poliziotti se ne sono andati e Lillian spazza i vetri rotti in soggiorno. Li infila man mano in un sacco della spazzatura e raccoglie i campioni di roccia sparsi sul tappeto. I galletti di spago non sono recuperabili, ma tanto non piacevano a nessuno. Gesù Cristo è stato trovato in camera da letto, con la faccia rivolta al muro, continuava a irradiare calma e letizia incontaminata. Come Johnny Cash, anche lui è stato restituito alla sua legittima postazione nel corridoio.

Renata apre il forno ed estrae una busta marrone.

"I ritagli di giornale?"

"Adesso sai dove tengo le cose di valore," sussurra lei. "Cercavano questi."

Aggrotto la fronte. "Davvero?"

"Mi sembra evidente. Hanno passato al setaccio tutti i libri, hanno frugato tra le carte e non hanno rubato niente."

Parlo con la massima gentilezza. "Ma se era un'aggressione omofoba..."

"Non lo era." Mi guarda dritto negli occhi. "Ne sono sicura." Picchietta sulla busta. "Era questa che volevano."

"Ma chi sapeva che l'avevamo noi?"

"Il vecchio, il figlio?" dice Renata. "Qualcuno ti avrà visto prenderla a Bridlemere."

"Ma come?"

"Non ne ho idea. Quando sei lì ti senti osservata, no?"

Annuisco. Fantasmi, gatti, ermellini meccanici che giocano a carte. Per non parlare di un vecchio gigante dall'aspetto mutevole che riesce a stare a pochi passi da me senza che me ne accorga.

"Renata, perché hai nascosto questa busta?"

"Istinto."

"E adesso cosa facciamo?"

Ha uno sguardo sereno. "Continuiamo a indagare. Questa è la dimostrazione che la strada è quella giusta."

25.

Sul tavolo della cucina c'è una freccia. È disegnata nella polvere di preparato per la crema pasticciera caduta dal barattolo, e si è materializzata nei pochi istanti che mi ci sono voluti per girarmi e prendere uno straccio. Non è una semplice freccia: c'è anche la coda con tanto di impennaggio. Questo fantasma è tanto svelto quanto meticoloso.

La freccia punta verso la dispensa.

Apro la porta e vedo gli scaffali ordinati e i pacchetti allineati, reggimenti di barattoli e schiere di bottiglie. Cathal mangia come un uomo sotto assedio, preferisce il cibo conservato a quello fresco. Tutto è sistemato con amabile scrupolo. Riallineo un barattolo di piselli: qui non ci sono indizi.

Alla mia sinistra, un vasetto di barbabietole sottaceto si sporge con una certa diffidenza. La vicina, una scatola di crackers, lo imita con maggior convinzione. Altrettanto fanno un sacchetto di zucchero e una bottiglia di salsa scura, che si fanno avanti spavaldi, quasi si offrissero volontari per un'insidiosa missione.

Aspetto. Non succede nient'altro. Sgombro lo scaffale e controllo tutti gli oggetti che sposto. Poi la vedo. Una chiave, incollata con lo scotch sotto lo scaffale superiore.

Lucido ferro nero, canna lunga.

Ecco la porta che non dobbiamo aprire.

Stacco lo scotch, infilo subito la chiave nella tasca del tabarro e, quando emergo dalla dispensa, vedo un naso che s'intrufola dallo spiraglio della porta di servizio. Poi un muso, due occhi e uno sguardo di miele. Il volpino avanza guardingo, pronto a battere in ritirata. Il lezzo muschiato è più intenso del solito: appesta la stanza per segnalare il suo arrivo prima di arrivare. Adesso è il turno delle spalle, e così Larkin è mezzo dentro, con le zampe anteriori sullo stuoino. Fa uno sbadiglio accompagnato da un debole guaito, poi richiude le fauci con uno schiocco. E mi lancia un'occhiata *eloquente.*

Nel tempo che mi ci vuole per attraversare la cucina e raggiungere la porta di servizio, il volpino ha già sceso la scala di fuori e mi aspetta nel vialetto del giardino.

So bene che non si deve mai seguire una volpe.

Larkin mi guida tra vecchie batterie d'auto e sacchi della spazzatura in suppurazione, reti di letto sfasciate e biciclette arrugginite. Mi chiedo se la nostra meta sia la roulotte, ma non è così, sebbene il volpino esiti quando le passa davanti e sollevi una zampa a mezz'aria per qualche istante.

Ci inoltriamo tra cespugli e arbusti, pile di tegole e infissi rotti. Avanzo guardinga tra mucchi di ferraglia e assi di legno fradicio da cui sporgono chiodi. Anche in questo fermento mi preoccupo del tetano e della setticemia, nonché dei ragni che potrebbero finirmi nelle orecchie cadendo dalle ragnatele che si rompono su di me come calamità appiccicose.

Larkin trotterella avanti e indietro, spazientito dalla mia lentezza.

Superata la giungla di rottami, c'è un'incontaminata giungla vegetale: schiere di robuste erbacce dal pelo ispido e meravigliosi funghi di forme e colori irreali. Alcuni sono rossi maculati di bianco, come quelli delle favole, altri sembrano orecchie di bimbo, assiepati uno accanto all'altro in file ordinate.

Si spezzano degli steli che liberano odori acri e mi impiastricciano le gambe di linfa. Dei rami si rompono e si contorcono. Nel mio cardigan s'impigliano delle lappole e le spine mi tirano la gonna. Presto mi ritrovo con i capelli cosparsi di coccinelle e le caviglie assediate dalle formiche. Sulla mia spalla si inerpica un bruco, mostro dai riflessi arancioni molto temuto nel suo mondo.

Ogni tanto perdo di vista Larkin; quando succede, rallento fino a fermarmi e aspetto di veder fremere i cespugli davanti a me.

A ogni passo ho la sensazione di rimpicciolire mentre le piante crescono e la luce inverdisce.

Poi, di colpo, sbuchiamo in una radura.

Una struttura circolare di mattoni sembra incuneata nel terreno: una vecchia ghiacciaia, simile a un alveare semisepolto.

L'argine che cinge la radura è punteggiato da alberelli slanciati che screziano la luce del sole pomeridiano.

Seguo Larkin giù per una rampa di scale. La natura ha riconquistato la propria posizione: i mattoni sono ricoperti di muschio e i gradini invasi dai rovi. Il cancello di ferro è tenuto aperto da un ciuffo di ortiche e, poco oltre, un mucchio di foglie ostruisce una porta di legno borchiata. Sposto con un piede le foglie e vedo che la parte inferiore della porta è rosicchiata. Larkin abbassa il muso per fiutarla.

"Larkin, dici che lì dentro ci sono i topi?"

Come per rispondermi, Larkin sbuffa.

Provo la chiave. Gira con sorprendente facilità.

L'ingresso è basso e dentro l'aria satura di umidità puzza di foglie marce. Ed è fredda, così fredda da far pensare che qui il sole non sia mai arrivato.

Dalla luce della soglia riesco a vedere che il pavimento si abbassa in un'improvvisa grande conca, profonda circa tre metri. Tutt'intorno c'è una stretta passerella. Lì dentro conservavano il ghiaccio, ricoperto di paglia e mantenuto integro dal gelo sotterraneo dell'edificio. Da quel bacino di gelo venivano segate, arpionate e issate le lastre da portare in casa per mantenere fresco il cibo e preparare sorbetti e bevande ghiacciate. Adesso nella conca ci sono solo foglie, ramoscelli e resti di uccelli morti: mucchietti infangati di piume e ali aggrovigliate. Esito a entrare, perché questo piccolo edificio ha l'aria strana e triste di una tomba saccheggiata, di un sepolcro profanato.

Larkin si gira e torna di corsa sul sentiero, si ferma a metà strada, attento all'argine sopra di lui.

Varco la soglia tenendo le mani sugli stipiti e avanzo piano verso l'inizio della passerella. La seguo restando vicina al muro, anche se so che così mi rovinerò i vestiti, perché i mattoni trasudano umidità e sono bagnati al tocco. Il tanfo è così intenso da levare il fiato, come se si fosse spalancato il grembo della terra. È l'odore primordiale dei luoghi nascosti, profondi e scuri, dove la vita finisce e ricomincia, in un ciclo di putrefazione e germinazione.

Passo la mano lungo il muro ma non c'è niente da scoprire: né mattoni allentati né cunicoli, niente buste nascoste o bottiglie con dentro dei messaggi.

Succede tutto molto in fretta: una figura riempie il vano della porta in controluce, la ghiacciaia si oscura, la porta si chiude e la chiave gira nella serratura, un singolo schiocco sonoro. Rumori che vorticano, amplificati, e diventano echi.

Non è proprio buio pesto, mi dico. Sotto la porta c'è una striscia di luce e, in alto sopra la soglia, una piccola finestra sbarrata.

Elaboro un piano semplice. Continuerò ad avanzare nel buio verso la luce, facendo scivolare il piede lungo il muro e sfiorandolo con la spalla. Centimetro dopo centimetro, piano, con calma. Senza badare al vuoto sotto di me, sopra di me, e a tutta l'aria densa e nera che lo riempie.

Mi vola in faccia. Alzo di scatto le mani.

*

Rotolo su un fianco, impreco, poi mi inginocchio e gattono sulla passerella della ghiacciaia, con le mani che raspano foglie morte, piume, qualcosa. La mia voce viene afferrata, roteata nel buio, schernita e ripetuta. Il prossimo movimento, mi dico, lo farò a denti stretti, zitta.

Quando l'eco cessa, sento la sua voce.

Questi sono gradini. Sam sale dietro di me e aiuta le mie mani a trovarli. Arrivata in cima, mi dà un'ultima spinta in alto e poi di lato. Mi rimette in piedi e, quasi caricandomi sulle spalle, mi porta fuori dall'oltretomba, alla luce. Evito di guardarmi alle spalle. Guardo invece il tesoro che ho trovato. Nella mia mano, un fiocco di nastro bianco su un fermacapelli rotto.

Sam scende dal marciapiede per fermare un taxi. Solo quando siamo a metà strada smette di dirmi che dovremmo andare in ospedale. Dice che era venuto per parlarmi e che poi, dalla strada, mi aveva sentito imprecare. Ho un bel paio di polmoni. Rido e sento una fitta improvvisa; Sam mi prende la mano e la stringe.

La mia mano è nella mano di Sam.

Ma riesco solo a pensare che non ho finito di preparare la cena del signor Flood. Il rotolo di pan di Spagna aspetta la crema pasticciera e l'insalata aspetta la carne in scatola, e poi c'è il fiocco bianco che ho in tasca. Oltre a questo, un altro pensiero: la sagoma, un istante prima che la porta della ghiacciaia si chiudesse, prima che la chiave girasse nella serratura.

Non c'era niente nella forma di quella figura, nelle dimensioni, che potesse rivelarne l'identità? L'avevo vista a malapena.

L'avevo udita? No di certo.

Sarei davvero riuscita a sentire il passo felpato di un mocassino, o l'impercettibile fruscio di un gigante dall'aspetto mutevole?

Renata è davanti alla porta di casa. Sam le dice che mi accompagna su, nel mio appartamento, così mi cambio e mi do una sistemata. Poi torneremo giù. Renata annuisce, e dallo sguardo capisco che vorrebbe salire con noi ma non può.

Mi spoglio in bagno mentre Sam aspetta all'ingresso. Sono piena di graffi sulla schiena, sulle gambe e sulle braccia. Mi metto il pigiama e mi lavo la faccia.

Grido a Sam che va tutto bene. Un minuto e arrivo. Poi mi siedo sul bordo della vasca e cerco di smettere di piangere con tutte le forze che ho.

Lo sento in cucina, che prende le tazze e le lava, che accende il bollitore, che annusa il latte e versa il caffè. Entro e lo trovo che mi accoglie sorridente, in un appartamento diverso perché adesso c'è lui. Tutto ha un'aria festosa. Le piante lasciate senz'acqua si sono rianimate, le tende sono meno scialbe, e gli angoli più puliti di quanto mi aspettassi.

Sam mi dice di sedermi sul divano, mi arrotola il vestito sulle braccia e sulle gambe, poi mi tampona la pelle con delicatezza, cambiando ogni volta il cotone.

"Fammi vedere la schiena."

Mi giro appena.

"Posso?" Mi solleva la maglia con mani così delicate che ricomincio a piangere.

"Fatto," dice, si siede e mi poggia la mano leggera sulla gamba.

Mi asciugo il viso con la manica, ci sorridiamo. Poi lui infila il cotone in un sacchetto di plastica e va in bagno per buttare il disinfettante.

Sorseggio il caffè bollente e sento che tutti gli oggetti della stanza non vedono l'ora che Sam torni.

"Quindi seguivi la volpe?" Si siede accanto a me con un sorriso un po' teso.

Scrollo le spalle. "Mi sembrava un buon piano."

"E hai trovato qualcosa nella ghiacciaia?"

"No."

Non so perché dico questa bugia. So solo che non riesco ancora ad avere il coraggio di mostrargli il fiocco bianco aggrappato al pettine di plastica, al piccolo pettine che ha perso almeno metà dei denti. Gliel'hanno strappato dalla testa, l'hanno calpestato mentre Maggie cercava di scappare?

"Forse è arrivato il momento di arrendersi, Maud." Lo sguardo di Sam è grave.

"Sai cos'è successo a Renata, vero?"

Sam annuisce. "Mi ha telefonato."

"Ti ha detto cosa c'era nella busta? Quella per cui le hanno devastato la casa?"

Sam mi guarda disperato, forse con un po' di pietà. È un'espressione familiare: la stessa con cui spesso ho guardato i miei clienti.

"Sam, tu hai una sorella, vero? L'hai detto a Renata."

Lui mi fissa, stranito. "E questo cosa c'entra?"

"Se tua sorella sparisse, come Maggie Dunn, lasceresti perdere?"

"Non vedo..."

"Mary sapeva qualcosa, o sospettava qualcosa: è per questo che ha conservato i ritagli di giornale. È per questo che si è data tanto da fare per nasconderli. È cominciato tutto con la scomparsa di Maggie."

Sam beve un sorso di caffè.

"Non ti arrenderesti, vero?"

Posa la tazza sul tavolo e mi guarda. E, una volta tanto, so cosa sta per succedere.

26.

Sam dorme con i capelli sul viso. Lo osservo finché non apre gli occhi. Dapprima uno sguardo pigro e vago, un dolce sorriso incantatore. Aspetto che cambi espressione. Aspetto quel lento rendersi conto, e il guizzo di orrore.

Uno sguardo che conosco bene, lo sguardo di una capra presa al laccio. Ce l'avevo la mattina che mi sono svegliata accanto a un archivista conosciuto sull'autobus. Aveva le mani secche e la pelle sottile, era ghiotto di letteratura sui canali e faceva una smorfia ogni volta che aprivo bocca.

Sam dice che sì, gli va un caffè, e l'impalcatura del sorriso regge ancora.

Appena chiuderò la porta si sentirà prendere dal panico e salterà giù dal letto, raccoglierà le sue cose in giro per la stanza, saltellerà negli stivali da cowboy. Imprecherà sottovoce e maledirà le insidie della bontà e della vicinanza.

Ti saluto, amica.

Accendo il bollitore e vado a farmi la doccia.

Non ho bisogno di controllare che l'appartamento è vuoto: lo capisco appena esco nel corridoio, appena mi avvolgo l'asciugamano intorno al busto.

San Valentino ciondola davanti alla porta del bagno, giocherella con la sua misera cintura di corda. "È andata proprio bene con l'uomo della tua vita!" dice.

Gli lancio un'occhiata sarcastica. "Puoi risparmiarti i commenti."

Ridacchia. "Quando è uscito dalla camera era piuttosto scosso. Ma poi si è ripreso e... perdio come se l'è data a gambe! Non avevo mai visto un uomo così veloce."

"Proprio tu che sei il santo dell'amore, parli così? Comunque fammi la cortesia di non gironzolare nel mio appartamento, visto che nessuno ti ha invitato né invocato."

"Ha aperto la porta ed è schizzato via." Mi fissa con un occhio mentre l'altro vaga dove gli pare. "Come un coniglio. No, più una volpe con una muta di cani a pochi centimetri dal culo."

"Come minimo è violazione di domicilio."

"Ha lasciato un biglietto." San Valentino accenna con il mento al soggiorno.

Sul tavolino c'è il taccuino che uso per prendere appunti quando sono al telefono.

Fingo indifferenza, mi avvicino e leggo. Con grafia frettolosa:

Scusami, M. Devo scappare.

"Si è sganciato dall'amo."

"Non cerco di prenderlo all'amo," borbotto a denti stretti.

"Be', sarà più facile che ti prendi lo scolo, se continui così." San Valentino mi agita contro un dito diafano. "Da quanto lo conoscevi? Cinque minuti? Quello ti fa gli occhi dolci e tu ti cali le mutandine."

Lo guardo in cagnesco. "Ci sarà un qualche modo per denunciarti, no?"

"Comunque, complimenti per essere riuscita a portartelo a letto. Cristo, chi se lo sarebbe mai aspettato?" Mi strizza l'occhio, ridacchia e scompare attraverso il muro.

"Sei in ritardo. Abbiamo già perso mezza giornata." Cathal mi fulmina con lo sguardo da sotto le sopracciglia.

Indossa una giacca da smoking e un basco. Sarei tentata di ridere. Ma non lo faccio. Il pensiero dei recenti messaggi di Mary Flood non ha niente di comico.

"Una fetta di pan di Spagna asciutto e neanche uno schizzo di merda pasticciera," ringhia Cathal. "Ti muovi o no, stronzetta ritardataria?"

Imbocca il corridoio, lo seguo.

Esce dalla porta e si dirige verso il laboratorio. Noto che durante la notte ha irrobustito le fortificazioni. Ai lati della porta ci sono due attaccapanni sormontati da animali impagliati, a mo' di totem. Tutt'intorno ha montato un recinto di cassette di plastica piene di cianfrusaglie, ne riconosco parecchie: dev'essersene riappropriato prendendole dai bidoni, col favore della notte.

"Hai qualcosa nelle tasche?" borbotta.

"No."

"Allora fa' in modo che restino vuote."

Apre la porta e accende le lampade al neon, illuminando un grande laboratorio pieno di roba. Un'intera parete della stanza è occupata da un banco di lavoro, sovrastato da uno scaffale sul quale prendono la polvere migliaia di creature impagliate ridotte in pezzi, come vittime di un incidente tassidermico ricoverate al pronto soccorso. Sotto il banco di lavoro ci sono scatole piene di ingranaggi, levette e meccanismi smontati a metà. Appesi al muro, attrezzi di vario tipo e strane marionette intagliate nel legno. Ci sono principesse e streghe, coccodrilli e pagliacci. Al centro della stanza, una cabina di vetro grande più o meno come un teatrino. La parte frontale è chiusa da un sipario di velluto rosso, sopra il quale c'è un cartello con la scritta in sbiaditi caratteri dorati:

Madame Sabine
Oggi la sorte di domani

Cathal fruga in una boccia di vetro sullo scaffale e mi porge una moneta. Accenna col mento alla feritoia sulla parte frontale del marchingegno. "Metti questo penny."

La moneta cade nelle viscere del macchinario e si sente un cigolio meccanico. Il sipario si apre a scatti, per poi incepparsi a metà strada con un ronzio lamentoso.

Cathal impreca sottovoce, prende un martello dal banco e va sul retro della cabina. Il sipario si spalanca di colpo e rivela un inquietante automa a grandezza naturale. Una donna con il vitino da vespa e il petto prorompente, infilata in un lungo abito di bambagia nera con tanto di corsetto. Dal collo le pendono alcune collane di giaietto; ha occhi enormi e lucenti e la bocca sproporzionatamente piccola, con minuscoli denti bianchi. La chioma polverosa è coperta da un velo ornato di monete. Tra le dita inanellate giace una sfera di cristallo. Il fondale dipinto riproduce l'interno di un carrozzone gitano. Ci sono un cucinino con una teiera che brilla sul fornello e una fila di piatti decorati. Alla destra della donna c'è una gabbia con due pingui fringuelli. Alla sua sinistra, un gatto nero impagliato guarda dritto davanti a sé.

Con un sonoro scatto del meccanismo, la donna alza i polsi sottili e passa le mani sopra la sfera di cristallo. I due fringuelli scuotono le ali e il gatto apre e chiude le palpebre.

"Un tempo quegli uccellini cantavano," dice Cathal, "e il gatto faceva le fusa. Incredibile, eh?"

Con un tremendo suono stridulo, la testa di Madame Sabine si abbassa di scatto e mi guarda con un'attenzione improvvisa e agghiacciante, fissandomi con le iridi nere sfavillanti. Le mani passano un'ultima volta sulla sfera di cristallo per poi ricadere esanimi sul ripiano. La testa si raddrizza di colpo con un tintinnio del velo.

Un cartoncino cade in una nicchia sotto di lei e il sipario si richiude a scatti irregolari.

Prendo il cartoncino.

Madame Sabine dice:
Se incontri una donna strabica rivolgile la parola
se non vuoi che la SVENTURA *ti colpisca.*

Lo osservo e aggrotto la fronte, poi Cathal me lo strappa di mano e, attraverso una doppia porta, mi fa entrare in una grande stanza attigua. Al centro c'è una sedia a dondolo da giardino, completa di baldacchino e circondata da piattini di latte rancido. Almeno quattro gatti oscillano con la sedia, sdraiati su cuscini consunti e lenzuola aggrovigliate.

"Lei non dorme su quell'affare, vero?" dico, incredula.

"Certo che ci dormo. È molto comodo. Su, provalo."

"Neanche per sogno. Sarà pieno di pulci. Quand'è stata l'ultima volta che ha cambiato le lenzuola?"

"Purtroppo non me lo ricordo, Drennan."

Lo seguo mentre attraversa la stanza ed esce per andare nel giardino d'inverno. Ha coperto il ritratto con un telo.

"Speravo di vederlo."

"Lo vedrai quando sarà finito."

Mi siedo sulla sedia e Cathal mi dice come piegare il braccio e inclinare la testa. Mi osserva con attenzione.

"Così i capelli non vanno bene."

"Me l'aveva detto lei di farmi lo chignon."

"Non è vero," dice lui. "Posso?"

Annuisco, stupendo me stessa.

Cathal sfila le forcine a una a una, con cura e dolcezza. "Così va meglio. Ammorbidisce la linea della tua mascella d'acciaio." Mi scioglie i capelli sulle spalle, poi mi ravvia una ciocca dietro l'orecchio. "Fantastico."

"Allora veda di darci dentro, Rembrandt."

Mi dà una pacca sulla spalla e va dietro al cavalletto. Scopre la tela. "A questo punto vorrai sentire una storia, vero?"

"Per passare il tempo."

Lo guardo strusciare i piedi avanti e indietro di fronte alla tela. Oggi sbanda in modo strano; mi chiedo se abbia trafficato con l'acquaragia.

Guardo il ritratto di Mary con il vestito giallo e Gabriel che cammina accanto a lei con quel broncio appena abbozzato. "Mi racconti di Gabriel da ragazzo."

Cathal socchiude gli occhi e fissa la tela. "E che cazzo!"

Dopo un po', comincia parlare. "Era un viscido mostriciattolo, da tutti i punti di vista. Sempre lì a nascondersi, a spiare, a strisciare. Come un camaleonte, con i brufoli che diventavano chiazze per mimetizzarsi meglio."

Mi chiedo se il trucco non l'avesse ereditato dal padre.

Cathal fa un'espressione truce. "E gli piaceva torturare. Adorava mutilare le cose."

"Non sono così tutti i bambini? Non lo era anche lei, con le vespe?"

Mi guarda. "C'è modo e modo. Gabriel era crudele. E tosto. Potevi scuoterlo fino a fargli sbattere i denti, ma non ammetteva niente. Potevi prenderlo a cinghiate fino a fargli il sedere blu e non apriva bocca."

Aggrotto la fronte.

"Ma Mary stravedeva per lui."

"Andavano d'accordo?"

Cathal mi guarda. "No. Lui la odiava tanto quanto lei lo amava. Coglieva ogni occasione per farle i dispetti, nascondeva le cose o le rompeva. Le faceva scherzi cattivi e provocava incidenti in giro per la casa."

"Gabriel provocava incidenti?"

"Un paio di volte l'ho colto sul fatto e gli ho dato un bel

ceffone. Ma Mary non voleva sentir ragioni contro suo figlio: credeva sempre a lui e non a me."

Sopra di noi il sole si nasconde dietro le nuvole e la veranda si oscura. Il silenzio è interrotto solo dallo stropiccio delle ciabatte di Cathal e dal leggero sibilo dell'aria risucchiata nella dentiera.

Un'immagine comincia a formarsi nella mia mente, quella di Mary che ruzzola giù per le scale.

Un giovane Gabriel immobile sul pianerottolo la guarda cadere. La strada dal primo gradino all'ultimo è lunga. Mary va giù a capofitto. Il viso è una maschera di terrore mentre le gambe, le braccia, la spina dorsale sbattono contro gli scalini, con una serie di singoli tonfi agghiaccianti. Dalla bocca escono brevi suoni di vocali rotonde, insieme a strani guaiti, come le note di prova di una cornamusa. Lì dove la rampa fa una curva, la testa sbatte contro la balaustra. Resta in silenzio per l'ultimo tratto di scala.

O forse Gabriel non c'entra niente.

Mary e Cathal litigano in cima alla scala, lei ha in mano un ritaglio di giornale. Lui fa un passo verso di lei, un gigante che incombe sul pianerottolo.

Chiudo gli occhi e ascolto il pennello che punteggia e raspa la tela.

In fondo alla scala, Mary Flood è sopravvissuta alla caduta, ma ancora per poco. Giace su un fianco. Le dita si contorcono, il fiato è mozzo. Sulla tempia fiorisce una peonia rossa. Balbetta un nome. Forse, mentre perde conoscenza, Mary ritrova la figlia. Dicono che i morti vadano sempre incontro ai moribondi, per aiutarli a entrare nel loro mondo.

Forse incontra anche Maggie.

Dal pavimento del giardino d'inverno trapela l'odore della terra, come per contrastare quello dell'acquaragia. Le nuvole si disperdono sopra di noi. Il silenzio diventa assoluto, tanto che, quando infine mi decido a parlare, la mia voce mi sembra estranea e altissima.

"Mi parli di Marguerite."

Cathal smette di dipingere.

"Lei aveva una figlia, Cathal."

Riprende il ritratto. Aspetto.

La voce, quando infine si decide a parlare, è fioca, incerta. "Sì."

"Mi spiace. È brutto perdere qualcuno."

Si acciglia. "È comune perdere le persone care."

"Com'era?"

Cathal sposta su di me i limpidi, limpidissimi occhi boreali, e sorride, di colpo e senza malizia. "Era una ragazza bella e sincera. Niente a che fare con Gabriel."

"Andavate d'accordo?"

Annuisce, posa il pennello e ne sceglie un altro.

Torna a dedicarsi alla tela. "Adesso sta' ferma, Drennan," dice. "Questa è la fase più delicata."

27.

Stasera nell'appartamento di Renata c'è un'aria diversa. Si scherza poco e beviamo il nostro krupnik casereccio così come andrebbe bevuto: a fatica e senza piacere.

La collezione di dischi rock di Renata è chiusa in uno scatolone e la libreria è vuota; i muri della casa sono pieni di sfregi e macchie, e sulla moquette ci sono delle bruciature di sigaretta.

Ma questo non spiega il nostro umore.

Siamo oppresse da una sensazione: questa faccenda è troppo grande per noi. È più complessa di quelle dei romanzi gialli di Renata. Questa è roba vera: la storia vera di una studentessa scomparsa e di una donna innocente la cui morte potrebbe non essere accidentale.

Il fermacapelli col fiocco è sul tavolo. Di tanto in tanto, vi rivolgiamo lo sguardo. Renata ha controllato tutti i ritagli di giornale, in caso ci fosse una foto di Maggie Dunne con quel pettinino tra i capelli. Non ce n'erano.

"E se fosse stato di Marguerite?" chiedo.

Ma neanche questo ci fa sentire meglio.

La santa che va avanti e indietro accanto alla finestra non è di grande aiuto; sono contenta che a Renata se ne risparmi la vista. Santa Rita da Cascia è più pallida che mai, con un'espressione ansiosa nei dolci occhi color nocciola. Sfarfalla e s'illumina a intermittenza, come un neon difettoso. La cicatrice sulla fronte brilla di un rosso intenso.

Quello che ci servirebbe è un qualche tipo di siero della verità celestiale, un lampo rivelatore abbastanza forte da disseppellire i segreti di Bridlemere. Immagino la casa scagliarci addosso indizi di ogni tipo: orari ferroviari, diari e un intero arsenale di armi del delitto. I fantasmi sbucherebbero da ogni angolo, con gli sguardi solenni e stropicciandosi le piccole mani fredde, pronti a fare dichiarazioni sotto giuramento. Gli scheletri della famiglia uscirebbero a uno a uno dall'armadio, con le ossa numerate, battendo i denti e puntando le dita ossute.

Ci sarebbe Cathal Flood, che cercherebbe di tapparsi la bocca con una mano e inarcherebbe le sopracciglia per lo stupore di sentire tutte quelle rivelazioni. E ci sarebbe anche Gabriel, che vomiterebbe confessioni involontarie, con il labbro superiore sudato e gli occhi da squalo inebetiti dal terrore.

E Maggie Dunne? Riusciremmo a trovarla alla fine? Assopita in un sonno inquieto sotto le assi del pavimento, segregata nello scantinato, senza più speranze?

La verità è che ci troviamo di fronte a enigmi che non riusciamo a capire e a un pericolo che può sovrastarci da un momento all'altro, brandendo un piede di porco. Le finestre sono sbarrate e la porta è chiusa con il catenaccio. Renata ha aggiunto il numero della polizia alle chiamate rapide.

Mi chiedo se i nostri nervi reggeranno.

Guardo la mia amica. Ha il foulard sghembo sulla testa e odora di tabacco da pipa. Ogni tanto si rimbocca le maniche del caffetano, ma è assente. Non mi chiede dove sia Sam; e quando è passata da un pezzo l'ora in cui sarebbe dovuto arrivare, mette i piatti sul tavolino e mangiamo il cibo che ha scaldato nel forno a microonde.

Sappiamo entrambe che ci sono questioni più importanti di dove sia Sam Hebden.

Se riuscissi a trovare le parole, direi a Renata di non aspettarsi che Sam si faccia vivo molto presto. Ma forse non c'è bisogno di dirglielo. Nel passato di Renata ci sono svariate avventure sentimentali finite male, e così, con la saggezza conquistata a caro prezzo di chi ha avuto il cuore spezzato, non mi chiederà dov'è Sam né se tornerà. La adoro per questo.

Potrei fingere di averlo sognato, se non fosse per un mozzicone di sigaretta in un piattino e per l'odore del suo corpo sulle mie lenzuola.

Ecco che ripassano i fotogrammi, già un po' malconci, di quel film proiettato per una sola notte.

Sguardi di fuoco al rallentatore. Momenti epici e passaggi meno rodati. L'impaccio degli indumenti e il viaggio goffo e incespicante dal divano al letto. Poi la libertà, il gioioso rotolarsi sulle lenzuola, tracciare confini e trovare punti di riferimento, strade abbandonate a metà. Rivedo la scena, o una sua versione: c'entrano arti e capelli, saliva e denti, l'elettricità dei polpastrelli e la pelle che scotta fino a sembrare arroventata. Lo scambio di sguardi concordi e quindi l'atto che rasenta la violenza; l'aderire spasmodico dei corpi avvitati e l'acuirsi della tensione fino a un punto così assoluto da concentrare in sé tutti gli altri.

Poi, il paracadutarsi nel sonno. Io, fagotto di seta agganciato alla sua schiena. Mi aveva afferrato la mano e la teneva stretta come se ne andasse della sua vita.

Con uno strattone al cavo di apertura, se n'è andato nell'immobile luce grigia del mattino. Si è legato i capelli sulla nuca, ha messo in moto la Ducati ed è tornato a...

Renata sparecchia i nostri due piatti.

Santa Rita smette di camminare avanti e indietro e, con le spalle incurvate, guarda fuori dalla finestra.

Finiamo in silenzio il krupnik, poi prendo la bottiglia e ce ne verso un altro po'. Renata alza un sopracciglio.

"Per sciogliere il grasso che abbiamo nel cervello," dico.

Beviamo in silenzio, poi Renata fruga nella borsa. "Lillian ha lasciato questi per te."

Un allarme antistupro e una confezione famiglia di spray al peperoncino.

"Che me ne faccio?"

"Le ho chiesto io di comprarli, potrebbero servirti se il signor Flood sbroccasse e cercasse di ucciderti." Serra le labbra. "Dovresti anche mettere sotto carica il cellulare, in caso di emergenze."

"A Bridlemere non funziona: non c'è campo. Ascolta, è un pensiero molto gentile ma quei cosi non mi servono."

Renata stringe di nuovo le labbra. "Mi sentirei più tranquilla se li prendessi."

Roteo gli occhi.

"Maud, io dormo con un coltello da cucina sotto il cuscino."

"E con Bernie." Indico l'urna ornamentale sulla mensola del camino. "Finalmente è uscito dalla stanza degli ospiti?"

"Il mio amore deve starmi vicino. Per fortuna quei bastardi non l'hanno trovato."

Fa una smorfia di profondo disgusto. "Chissà cosa sarebbero stati capaci di fargli."

"Meglio non pensarci."

"Ti prego, Maud, stai attenta."

"Cathal non mi torcerà un capello."

Renata mi fissa e dice, senza animosità: "Cosa ti fa pensare di poterti fidare di lui? Cosa ti fa pensare di essere al sicuro quando sei con quel vecchio?"

È una domanda sensata. Che dovrei pormi: *perché fidarsi degli uomini in generale?*

"Ti fa il ritratto e ti racconta le storie. Ti abbindola con le parole così tu non vedi quant'è cattivo. Lui è il ragno e tu la mosca."

Penso alla spilla della camera rossa, al ragno con la pancia di granato che accalappiava la preda. "Io non sono una mosca, Renata."

"Devi stare in guardia, Maud. Devi imparare a distinguere i nemici dagli amici."

Il telefono squilla sul tavolino all'ingresso.

Renata è arrabbiata. Lo capisco da come strattona i lembi del foulard mentre si rimette a sedere.

Il mio cuore arranca. "Chi era?" Penso subito a Sam.

"Cedar House." Renata spiana le grinze del caffetano. "L'istituto in cui viveva Maggie Dunne quand'è scomparsa. Solo che adesso si chiama Holly Lodge."

"Cosa volevano?"

"Hanno detto che non intendono rispondere alle mie domande."

"Cosa gli avevi chiesto?"

Renata scuote i bracciali e si scruta le unghie. "I retroscena del caso di Maggie."

"Gli hai detto chi sei?"

Ci guardiamo. Lasciamo passare qualche secondo chiedendoci chi sia davvero Renata.

"Ho detto che ero una giornalista."

"Ci saranno regole di tutti i tipi che proibiscono loro di parlare degli ex ospiti dell'istituto."

"Certo," dice Renata e s'imbroncia, "ma io ho detto che scrivo per un giornale rispettabile e lavoro a un articolo serio sui casi irrisolti di persone scomparse. Per una cosa del genere si può fare un'eccezione."

"Non sarai stata un po' ambigua?"

Renata la prende bene. "Può darsi." Ci versa un altro sorso. "Le indagini che si vedono in TV non sono come questa, eh? Due depresse che bevono krupnik in un appartamento devastato."

"Non faremmo grandi ascolti."

Renata scruta con aria sdegnata il suo bicchiere. "Già, non ci sono inseguimenti, interrogatori, DNA."

"Però hai tirato fuori la lavagna a fogli mobili. Quello è stato molto eccitante."

Davanti alla finestra, Santa Rita alza la testa e riprende a camminare, dapprima con passi esitanti, poi accelera fino a raggiungere un'andatura normale.

Renata annuisce. "Quindi continuiamo?"

"Sì."

"In fondo, siamo castori."

"Ma tu non eri una capra?"

Svuota il bicchiere tutto d'un fiato, una lacrima fa capolino. "Ho disertato."

28.

Nella cucina di Cathal Flood piove. Dal soffitto cadono gocce d'acqua, con rovesci improvvisi o con estenuante costanza. Corro in giro per la stanza con secchi e scodelle per intercettare il grosso e noto con stupore che dei germogli d'edera verdastra hanno cominciato a emergere tra le piastrelle e si inerpicano sulle pareti, verso gli angoli polverosi del soffitto.

Una folata di vento ulula nella canna fumaria del retrocucina, con note acute che inorgoglirebbero una prefica. Dal linoleum si leva un odore di terra che sale attraverso il lavello. Nella stanza si è fatto buio, perciò accenderei la luce se non fosse per il costante sgocciolio dalla plafoniera.

Fuori, invece, l'aria è asciutta e brillante e non piove da giorni.

L'odore terroso mi fa pensare alla ghiacciaia, e mi chiedo se non sia il caso di tornarci con una pila elettrica. Già solo l'idea mi mette i brividi.

Cathal entra in cucina, sopra il pigiama indossa un impermeabile.

Indico i secchi. "Devo chiamare qualcuno? Per queste perdite?"

"Non occorre. Ogni tanto capita."

"Che piova in cucina?"

"Da qualche parte un corvo fa cadere troppe pietre in una brocca," ribatte lui, enigmatico.

Cathal è di buon umore. Negli ultimi tempi succede abbastanza spesso. Sorride di più, urla di meno e ha perfino cominciato a fischiettare. La mattina facciamo colazione insieme in cucina e, in virtù del recente addomesticamento, ogni tanto si sistema la rigogliosa zazzera bianca con la spazzola e il pettine che gli ho procurato.

Ma poi c'è quella scintilla nello sguardo e quella piega sulle labbra e quel sarcasmo nella voce. La ferocia è ancora lì, solo che per il momento si è acquattata sotto la superficie.

Si siede a tavola. "Oggi procediamo con il bagno."

Lo guardo con sorpresa canzonatoria. "Saggia decisione."

Lui, come un bravo bambino zelante, inzuppa il pane tostato nell'uovo bavoso. "Se prometti che la pianti di curiosare."

Gli verso un po' di succo d'arancia. "Quindi mi lascerà andare al piano di sopra a prepararle un bagno? Varcherò la Grande Muraglia dei *National Geographic*, percorrerò il corridoio e salirò la scala: primo piano, terza stanza a destra. Solo quella, come concordato."

"È lì che c'è la vasca. Ho chiuso a chiave tutte le altre porte del piano, in maniera che tu non possa ficcarci il becco." Alza lo sguardo su di me. "Perciò tieni gli occhi ben dentro la testa e le mani attaccate al corpo. Non voglio che tocchi le mie rarità."

"Le sue rarità non m'interessano. Quand'è stata l'ultima volta che ha fatto il bagno?"

"Nel 1998."

"Quindi è passato un bel po' di tempo. Speriamo che lo scaldabagno si comporti bene."

Cathal sorseggia con cautela il succo d'arancia, come per abituarsi a usare le zampe.

Mi metto a lavare i piatti e nel frattempo guardo la sua lunga schiena magra china sulla colazione. A volte vorrei che non ci fossero misteri; a volte mi sta bene così. Ci sono momenti in cui non penso a Mary o a Maggie Dunne e mi limito a fare il mio lavoro in questa casa. Vaglio e infilo nei sacchi, strofino e cucino, mando i gatti a inseguire i topi.

"In questa cazzo di casa non c'è una fetta di pane tostato?"

"C'è, se non dice le parolacce."

Cathal mi guarda disgustato e si risucchia la dentiera. Imburro un'altra fetta di pane tostato e gliela metto davanti.

"Tra qualche giorno è il mio compleanno," dice all'uovo.

"Bene."

"Non mi va di festeggiarlo da solo. Sono un tragico vecchio bastardo."

"Questo è innegabile."

Aggrotta la fronte. "Ti andrebbe di cenare con me, Drennan?"

Senza pensarci, lo dico: "Certo che mi va."

Sorride al piatto.

Il bagno è un ampio locale polveroso, invitante come una camera mortuaria. Mi aspettavo più opulenza: un'elegante vasca con zampe di leone e rubinetti d'oro a forma di delfino. Roba sfarzosa, come la stanza rossa e quella bianca, con le pareti tappezzate di colombe e di fontane, e passaggi segreti da cui possono fuggire i gatti.

Questo bagno è troppo normale.

Una finestra alta diffonde una luce mesta. Tutto è freddo al tatto, e l'intera stanza sembra compendiarsi in un gran tanfo di muffa inarrestabile.

Ci sono due lavandini, pieni di crepe, un gabinetto e un bidet, oltre a una vasca che pare un enorme abbeveratoio: la vasca di un gigante. I sanitari sono distanti tra loro, come se cercassero di evitarsi. Le pareti e il pavimento sono rivestiti di mattonelle bianche venate di un blu varicoso. Cadaveri di falene, di mosche, di scarafaggi e di vespe sono sparsi per la stanza, in particolare sul davanzale, sovrastato da un intrico di ragnatele.

Apro il rubinetto del lavandino che vomita ruggine e tossisce per il lungo ozio. Sciacquo il lavandino e vado verso la vasca.

E la vedo.

Le dita dei piedi bianchi sono arricciate sul bordo, con le unghie lunghe, a forma di mandorla. La punta dei capelli è bagnata, e l'acqua scurisce quel biondo che è chiaro sulla testa, asciutta. Ha gli occhi vitrei, ciechi, gelido marmo. Alza le mani in una sorta di gesto languido, una specie di sonnolenta bracciata dorsale, e scivola giù, affonda. I piedi, le gambe, il torace minuto: tutto sommerso. Li vedo fluttuare sotto il pelo dell'acqua.

Maggie Dunne solleva di nuovo le mani, poi si blocca a metà gesto ed eccolo: il rosso che stria le braccia e scorre sulla pelle in rivoli tortuosi. Mi guarda, il viso è una pallida perla. Poi sprofonda. Annega nel sangue.

Sono arrivata quasi alla porta quando mi volto a guardare di nuovo. Nella vasca ci sono solo polvere e ragni secchi.

Cathal, in vestaglia, entra trascinando i piedi. "Giusto perché tu lo sappia: non ho nessuna intenzione di lasciarti lì a fissarmi il piffero."

"Il suo piffero non m'interessa." Mi guardo intorno, stordita.

"Che hai?"

"Niente."

Faccio scorrere l'acqua finché non è trasparente, poi metto il tappo e controllo che ci siano asciugamani, spugna e sapone. Sistemo il sollevatore portatile che ho ordinato la settimana scorsa, in caso il culo di Cathal s'incastrasse nella vasca.

Lo guarda e inarca le sopracciglia. "A che serve quell'arnese?"

"In caso il suo culo s'incastrasse nella vasca."

"Che razza di imbecille può mai incastrarsi in una vasca? Perché dovrei incastrarmi nella mia vasca? Non ti sembro abbastanza agile?"

"Di sicuro riesce a scavalcare i suoi mucchi di rifiuti."

Mi lancia un'occhiata inespressiva. "Quali rifiuti?"
"Come non detto, la lascio al suo bagno."
Si toglie la vestaglia.

Aspetto in corridoio, davanti alla porta del bagno. I patti erano questi. Cathal mi ha sistemato una sedia e una pila di riviste. Sento l'eco del suo sguazzare nell'acqua, il cigolio e il gemito della vasca ogni volta che muove le lunghe gambe.

Ho gli occhi irritati, stanchi.

Dietro la porta del bagno, Cathal scorreggia, poi comincia a cantare una canzone oscena.

Lancio un'occhiata verso il ritratto sul pianerottolo, ma Mary non incrocia il mio sguardo. Si è dissolta nel buio dello sfondo: una vaga chiazza biancastra di viso e mani.

La signora Cabello, che abita nella grande casa accanto a quella di Cathal, è piantata sulla soglia della porta di servizio e ha le narici dilatate da far spavento. Da vicino sembra più vecchia di almeno vent'anni. Onde nere di capelli fonati le spiovono sulle spalle, ravviati da un paio di lussuosi occhiali da sole rialzati sulla fronte spaziosa. Ha il rossetto che tracima dalla linea delle labbra e gli occhi bordati di kajal nero. Penso a Renata e a quanto apprezzerebbe la magnificenza della *mise* della signora Cabello, dai sandali dorati agli attillati pantaloni neri a sigaretta.

La signora Cabello ha una vasta gamma emotiva, da furibonda e sconvolta ad arrabbiata e velenosa. Nonostante lo stravagante miscuglio di spagnolo, inglese e imprecazioni immaginifiche, finora sono riuscita a capire due cose.

La prima: spera che il vecchio venga sepolto vivo da una valanga di rifiuti.

La seconda: il vecchio le ha rubato Manolete, il suo prezioso gatto Sphynx.

Ha visto la sagoma macilenta del signor Flood aggirarsi nella sua proprietà in piena notte. Ha trovato nei cespugli del giardino alcune scatole vuote di biscotti per gatti.

"È da settimane che cerca di attirare fuori il mio micio," dice. "Spera che mi distragga e lasci aperta una finestra. Manolete è un gatto domestico. Unico nel suo genere."

Detto questo, maledice gli occhi sul viso del signor Flood e pretende un immediato colloquio con lui.

"Al momento è nella vasca da bagno. Manolete è uno di quegli strani gatti pelati?" chiedo con educazione.

La signora Cabello si interrompe a metà invettiva e mi fissa. "Cosa dice?"

"Il signor Flood ha un sacco di gatti," dico paziente. "Che aspetto ha Manolete? È calvo?"

La signora Cabello sbatte le palpebre. "No, ha un pelo finissimo che sembra camoscio."

"E di solito sta in casa?"

Annuisce e, forse ricordando la singolare bellezza di Manolete, comincia a piangere con piccoli singhiozzi risentiti. Fruga nella borsa, trova una fotografia e me la porge. Ritrae un gatto di una bruttezza inverosimile. Un alieno grigio chiaro, sdraiato su un cuscino di raso, con gli occhi gialli sporgenti, l'aria truce e la fronte aggrottata.

"Capisco."

"È stupendo." Rimette la foto nella borsa.

"Darò un'occhiata in giro per vedere se lo trovo." Mi guardo oltre le spalle e abbasso la voce. "Scusi, ma per caso lei ha conosciuto Mary Flood?"

"Cosa c'entra Mary Flood con il gatto?"

Esito per qualche istante. "Vorrei solo sapere qualcosa di più sulla famiglia Flood."

La signora Cabello ringhia e indica la casa con una delle sue lunghissime unghie. "Non può chiedere a lui?"

Rispondo sempre a bassa voce. "Il signor Flood non è molto comunicativo."

"È un bastardo, ecco cos'è!" sbotta con soddisfazione la signora Cabello. "Sua moglie era deliziosa."

"La conosceva bene?"

Annuisce. "Quando sono venuta ad abitare qui mi ha regalato una pianta di rose."

"Allora sarà rimasta male quando ha saputo del suo incidente."

La signora Cabello arriccia il naso. "Non è stato un incidente."

Lancio un'occhiata dietro di me. "Dice sul serio?"

La signora Cabello scrolla le spalle. "Forse, ma cosa posso saperne io?"

Abbasso ancor di più la voce. "Mary le ha mai detto di sentirsi in pericolo?"

"Parlavamo solo del suo giardino."

"Nient'altro?"

Indica. "Laggiù c'era un pergolato con le rose rampicanti. La casa era bella, quando c'era Mary." Scuote la testa. "È triste come quell'uomo abbia lasciato andare in rovina un posto così bello. Quando Mary è morta, è morto tutto, si è fermato tutto. Lì adesso crescono solo i rifiuti."

"Le ha mai parlato della figlia?"

"Avevano una figlia?"

"Si chiamava Marguerite; è morta molto giovane."

"Che disgrazia." La signora Cabello ha l'aria triste. "Mary non mi ha mai parlato della figlia."

Entro un attimo in cucina, scrivo su un foglio il numero di Renata e glielo do. "Se dovesse venirle in mente qualche altra cosa su Mary, anche se non le sembra niente d'importante, le spiacerebbe telefonare a questo numero?"

La signora Cabello infila il foglietto nella tasca del bolerino di pelle e mi fa un sorriso torvo. "E lei promette di cercare Manolete?"

"Prometto."

Si abbassa gli occhiali sul naso e scende i gradini della porta di servizio. Arrivata in fondo, mi saluta e si avvia nel vialetto.

Cathal ha trascorso gran parte della giornata nella vasca da bagno, e, con l'aiuto di un asciugamano e di un tappetino di gomma, è emerso senza incidenti e con il pudore intatto. Ha indossato un vecchio completo nero e una cravatta nera. Si è pettinato i capelli appena lavati e si è fatto la barba. Ha l'aspetto di un losco figuro a una veglia funebre.

Adesso è pronto davanti alla tela e mi osserva mentre mi rimetto in posa sulla sedia con i braccioli.

"Quanto pensa di tirarla per le lunghe con questo ritratto?" chiedo.

"Lo finirò entro venerdì. Lo sveleremo in occasione del mio compleanno."

"Vuole invitare qualcun altro? Amici, vicini, suo figlio?"

Mi guarda con sdegno. "Sei proprio un'idiota."

"Ho solo chiesto."

"Non lo sai che sono molto odiato? Sono odiato e odio a mia volta. Che senso avrebbe invitare della gente a detestarmi di persona per il mio compleanno?"

"A proposito di rapporti tesi," dico, "è passata la signora Cabello. Ha perso il gatto."

"Ma pensa un po'."

"È convinta che l'abbia rubato lei."

Cathal si guarda intorno. Nel giardino d'inverno ci sono svariati felini. Alcuni raggomitolati tra un quadro e l'altro, altri spaparanzati ai piedi della mia sedia e altri ancora che ciondolano intorno alle gambe del cavalletto.

"Ho diversi gatti: può scegliere quello che preferisce."

"Si tratta di un gatto speciale, un gatto calvo."

"Il suo gatto non è calvo: ha una peluria finissima, sembra una pesca grigia avvizzita."

Lo guardo storto. "Ha rubato Manolete."

Imperturbabile, Cathal intinge il pennello sulla tavolozza.

"Non cerchi di negarlo. La signora Cabello l'ha vista aggirarsi di notte nel suo giardino, cercava di attirare il gatto fuori di casa. L'ha rubato, vero?"

Si concentra sulla tela. "Non l'ho affatto rubato. Adesso piantala di muovere le labbra."

"Quella povera donna è sconvolta."

"È sempre sconvolta. Quella perfida vecchia giumenta."

"A me sembra abbastanza carina. Era un'amica di Mary, vero?"

Cathal mi guarda disgustato. "Ha detto così? Allora è una fottuta bugiarda oltre che una lurida puttana."

"Quindi non erano amiche?"

S'incupisce. "Quella strisciava sempre qua intorno per invitare Mary a feste in giardino e serate e schifosissime orge. Mary non aveva niente a che fare con lei. Mary era una persona perbene."

"Era una donna religiosa?"

"In un certo senso."

"Buon per lei. Andare in chiesa fa bene," azzardo.

La replica di Cathal è intrisa di disprezzo. "Non avrei mai pensato che fossi una baciapile."

"La chiesa di San Giuseppe non è lontana da casa mia, e padre Quigley sceglie sempre degli inni molto belli." Lo sbircio con la coda dell'occhio.

Sciacqua il pennello in un vasetto agganciato alla tavolozza e lo asciuga su un pezzo di straccio. Sceglie un altro pennello e riprende a dipingere come se fosse assorto nel suo lavoro.

Dopo qualche secondo di silenzio, dice: "Se vuoi un consiglio, sta' alla larga dai preti, soprattutto da quello. È bravissimo a farsi gli affari altrui."

"Lo conosce?"

Mi lancia un'occhiata. "Ma non mi dire! Vuoi che ti racconti qualcosa pure sul suo conto?"

"Se le va."

"Penso di averti raccontato già abbastanza, Drennan." Si concentra sulla tela, con la punta della lingua sul labbro superiore. "Te l'ho detto a cosa vai incontro se non la pianti di ficcanasare."

29.

Renata irrompe nella stanza e mi fissa con aria cospiratoria.
"È padre Quigley."
"Al telefono?"
Annuisce. "Vuole sapere se l'ispettrice Drennan può fare un salto da lui. Ha delle informazioni che potrebbero interessarle."
"Digli che l'ispettrice ha preso la macchina di servizio per inseguire un ladro di gatti, ma che lo raggiungerà appena possibile."
Renata sorride. "Ha chiesto se l'ispettrice può andarci subito, prima che torni la governante."
"Vedrà cosa può fare."

Ad aprirmi è il prete in persona, che in pratica mi trascina dentro e controlla il vialetto alle mie spalle. Dove in realtà c'è solo San Valentino che mi tampina da quando sono uscita dall'appartamento di Renata, tra invisibili saltelli e sputi sul marciapiede.
Seguo padre Quigley nello studio. L'abbronzatura da Fuengirola non ha ancora fatto fagotto, ma ha quella sfumatura cinerea di chi passa ore in un confessionale o a bere il tè nelle case di cura.
Mi stringe la mano. "Grazie di essere venuta, Maud. Sarò molto sintetico perché approfitto della momentanea assenza

della signora O'Leary. Sa, ha un gran paio di orecchie quando si tratta di faccende che non la riguardano."

Mi indica una poltrona.

San Valentino si appollaia sul bordo della scrivania del prete con l'aria trepidante di uno spettatore che prende posto in teatro. Si sfila uno stuzzicadenti dalla manica della veste e comincia a dedicarsi ai denti che gli rimangono in bocca.

"Quella donna ha un cuore grande così," dice padre Quigley, mentre guarda fuori dalla finestra, "ma non ho mai conosciuto nessuno così assetato di una goccia di scandalo o di un sorso di pettegolezzo."

"Riguarda Mary Flood, padre?"

"No," risponde lui. "Marguerite. E non è per niente piacevole."

"Marguerite fu mandata in un istituto per bambini difficili?"

Il prete annuisce. "La chiesa aveva rapporti con quell'ente, perciò padre Creedo conobbe alcuni dei giovani ospiti, inclusa Marguerite." Esita. "Spero che non le dispiaccia la mia intraprendenza, diciamo così."

"Non mi dispiace affatto, padre."

"Ma avevo notato il nome di padre Creedo su quei cartoncini per la messa."

"Certo. Avevamo chiesto informazioni..."

"E non avevate saputo niente, no? Be', Creedo è un tipo un po' sfuggente." Mi fa un gran sorriso. "Per quanto possa sembrare incredibile, adesso è in Paraguay. È lì che l'ho scovato."

"Complimenti per essere riuscito a rintracciarlo, padre."

Padre Quigley mi guarda compiaciuto. "Sono piuttosto bravo a risolvere i casi dei gialli che vedo in TV. Dev'essere fantastico fare l'ispettrice."

"Ha i suoi momenti buoni."

"Come diceva quell'ometto belga, è tutta questione di celluline grigie."

"Proprio così, padre."

"Di fare due più due."

San Valentino smette di stuzzicarsi i denti. "Vedi di farlo accelerare. Hai solo un quarto d'ora: la O'Leary aspetta l'autobus con un sacchetto di braciole."

Mi rivolgo al prete con una certa foga. "Allora, padre, mi dica quello che deve dirmi, prima che la signora O'Leary entri in casa e spalanchi le orecchie."

Padre Quigley annuisce. "Marguerite è stata ospite dell'istituto per molto tempo. Padre Creedo la vide arrivare quand'era ancora piccola e si incontrò regolarmente con lei nel corso degli anni. Ma la perse di vista quando lo trasferirono in un'altra parrocchia."

"Quindi Marguerite non era morta?"

L'espressione del prete è grave. "No. Aveva tentato di uccidere il fratellino."

"Aveva cercato di far fuori Gabriel?"

"L'aveva preso per mano, lo aveva portato in giardino e aveva cercato di annegarlo nello stagno. E dopo non aveva mostrato alcun tipo di rimorso. Anzi, aveva giurato di provarci di nuovo. Perciò i genitori l'avevano mandata in quell'istituto."

San Valentino fa una smorfia disgustata. "Fratelli."

"Quindi Marguerite è viva." Il pensiero mi sconcerta. "È là fuori, da qualche parte?"

"Sì, stando a padre Creedo."

Aggrotto la fronte. "Eppure Cathal Flood non mi ha contraddetto quando gli ho chiesto di parlarmi della figlia morta."

"No? Be', in un certo senso Marguerite era morta per la famiglia. Forse la voce che girava, benché atroce, era più facile da sopportare rispetto alla verità."

"Forse."

Padre Quigley riflette per qualche istante. "Jim Creedo sosteneva di non aver mai conosciuto una ragazzina così deliziosa.

I genitori andarono a trovarla un paio di volte insieme a Gabriel, senza mai staccare gli occhi dal bambino, in caso Marguerite approfittasse dell'occasione per provarci di nuovo."

E di colpo ci sono. "Padre Creedo le ha detto il nome dell'istituto?"

"Cedar House."

"La Cedar House che adesso si chiama Holly Lodge?"

"Questo non lo so, Maud. Era un istituto speciale per bambini disadattati."

Cerco di restare calma. "Quando si sono conosciuti padre Creedo e Marguerite?"

"Tra gli anni settanta e la metà degli ottanta."

Sento il cuore sobbalzare. "Quindi Marguerite deve aver conosciuto Maggie Dunn. Hanno vissuto in quell'istituto nello stesso periodo."

San Valentino lancia un urlo muto.

Il prete mi guarda perplesso.

"Maggie Dunne era un'altra ospite di Cedar House, padre. Aveva quindici anni quand'è scomparsa. E non è stata più trovata."

"Davvero?"

"Credo che Mary indagasse sulla scomparsa di Maggie: conservava i ritagli di giornale che parlavano di quel caso."

"Be', Maud, anche di questo non so niente, però c'è un'altra cosa che ho saputo da Jim Creedo. Gliel'aveva detta Mary Flood in persona."

"Di che si tratta?"

Padre Quigley corruga la fronte, il viso invecchia all'improvviso, è tormentato. "Mary soffriva molto per il suo matrimonio con Cathal. Era un'unione che non voleva."

"Come mai?"

"Era cominciato tutto a Wexford, nella casa di un ricco vedovo. Un uomo ormai anziano ma noto per la dissolutezza e la passione per le ragazze. La famiglia di Mary l'aveva mandata a lavorare come domestica in quella casa. Ovviamente, non passò molto tempo prima che Mary, conosciuta per la propria bellezza, attirasse l'attenzione del vecchio. Il padre di Mary la spinse al matrimonio perché voleva che la figlia diventasse una donna di un certo rango, e sperava di trarre dei vantaggi da quell'unione. Perché il padre di Mary era corrotto e scaltro."

Il prete contrae le labbra. "Il vecchio vedovo, che ormai era agli sgoccioli quando combinarono il matrimonio, nel giro di un anno rese l'anima a Dio, e il cadavere era ancora caldo nella tomba quando il figlio del vecchio costrinse Mary a sposare lui, così da far mantenere alla povera ragazza il cognome da cui era già marchiata: Flood."

"Quindi Mary era sposata in prime nozze con il padre di Cathal?"

Padre Quigley annuisce. "Esatto. E Cathal non l'amava: la convinse a sposarlo solo per recuperare il diritto di primogenitura. Sa, Mary aveva ereditato l'intero patrimonio del vecchio."

San Valentino è avvinto: ha un occhio inchiodato sul prete e con l'altro guarda il vialetto.

Il prete continua. "Mary era giovane e senza amici, capisce? I genitori l'avevano costretta a sposare Flood Senior per il proprio tornaconto economico." Nello sguardo del prete guizza una luce trionfale. "Ma Cathal l'aveva sottovalutata. Mary, infatti, passò subito al contrattacco. Investì tutto quello che poteva e cominciò ad accumulare ricchezze a proprio nome. Un patrimonio che teneva ben nascosto a Cathal, che da giovane era un terribile spendaccione, un libertino e un giocatore d'azzardo. E così, a poco a poco, Mary acquisì il controllo di tutti i beni di famiglia."

L'orologio sulla mensola del camino scandisce il passare del tempo.

"La O'Leary è appena scesa dall'autobus," riferisce San Valentino. “Si è fermata all’edicola per comprare una confezione di mentine. Ancora due minuti, al massimo.”

“La signora O’Leary tornerà a momenti, padre.”

“Ben presto Cathal si rese conto che possedeva solo i pantaloni che indossava, e forse neanche quelli.” Il prete s’interrompe per qualche istante. “Si potrebbe pensare che questo stato di cose abbia messo Mary al riparo dalle sfuriate di Cathal, ma in realtà credo che abbia peggiorato una situazione già al limite.”

“A cosa si riferisce?”

Il prete aggrotta la fronte. “Cathal era un demonio quando si sentiva provocato, quindi non è escluso che abbia convogliato parte di quella rabbia contro la donna che ancora una volta l’aveva privato della sua eredità.”

“Padre, intende dire che Cathal era violento con la moglie?”

“Non ne ho le prove, ma credo che Cathal possa aver aggravato in maniera significativa il fardello di Mary.” Sul viso del prete passa qualcosa di scuro, una tetra nuvola di pensiero. “Mi è capitato spesso di avvertire in lei una terribile infelicità, aggravata dalla solitudine. Ma era così riservata che non l’ho mai incoraggiata a parlarmene.”

San Valentino scrolla le spalle e rimette lo stuzzicadenti nella manica della veste logora. “Meno si parla… e quel che segue.”

Il prete mi guarda contrito. “Avrei potuto aiutarla di più, Maud.”

Per qualche lungo istante restiamo senza parlare.

Poi rompo il silenzio. “Quindi non crede che la caduta di Mary sia stata un incidente?”

Padre Quigley fa un respiro profondo. “Prego che lo sia stata.”

30.

La donna percorre il corridoio sotto la moquette. Si vedono le piccole increspature che provoca, l'ondularsi del tessuto al suo passaggio. Si muove in fretta, secondo l'andamento della scala fino all'ultimo gradino, e lì arriva con i piedi in avanti, come un parto podalico. Incrocia le braccia sul petto come una mummia. Poi si raggomitola, si arriccia e si gonfia, preme contro i bordi della moquette. Infine, con un impeto simile a quello della rottura delle acque, sgorga sul pavimento, ombra liquida, pozza scura sulle mattonelle. Dietro di lei la moquette si appiattisce come se non fosse successo niente.

L'ombra della donna cresce e si addensa. La guardo saturare il pavimento.

Scruto una pozza profonda e scura.

Vedo riflesso un volto, ma non è il mio. Fa un ampio sorriso. Alzo lo sguardo ed eccola qui, seduta per terra accanto a me, a gambe incrociate, con un fiocco bianco sui capelli chiari. Apre la bocca per parlare, e dalle labbra cade una forfecchia. Sorride e si tappa la bocca con una mano. Ci riprova. Apre la bocca e una torma di insetti ruzzola giù per il mento.

Non sorride più.

Con una luce terrorizzata negli occhi, sputa grumi di dermatteri color bronzo scuro, che brulicano, si dimenano, atterrano sul pavimento e si inerpicano strisciando sotto la sua gonna da studentessa, dentro le scarpe e sotto l'elastico dei calzettoni.

Poi me ne accorgo: Maggie Dunne non è più la stessa.

C'è una strana magrezza nei suoi arti, ha gli occhi infossati e i denti che ballano. Li sputa sul pavimento come le forfecchie, con piccoli colpi di tosse stremati. Poi si alza, a fatica. Guarda sgomenta i vermi biancastri sulla sua camicetta. Li stacca a uno a uno, con un sorriso imbarazzato sulle labbra verdi. Infine scappa via, tra passi goffi e strani saltelli e le spalle curve.

Poi vedo: le bende lacere sui polsi, manciate di capelli strappati, i lividi…

"Fossi in te eviterei i gialli."

Mi drizzo a sedere sul letto, immersa in un bagno di sudore e nei raggi di luce dorata che provengono dall'armadio.

"Nemmeno il krupnik è molto d'aiuto."

Mi proteggo gli occhi.

"Aspetta, do una regolata alla luminosità," dice lui.

E a quel punto lo vedo: San Raffaele in tutta la sua esagerata bellezza (amanti, pazzia, incubi). Ripiega le ali con uno strofinio pudico e si siede sul bordo del letto, mi guarda con gli occhi grandi e scuri, incastonati nel viso a forma di cuore. San Raffaele splende anche in modalità attenuata. Gli occhi, le labbra, la pelle e i capelli: tutti illuminati e lustrati come da un sole invisibile. Soltanto le ali sono in ombra: due archi neri che frascheggiano dietro di lui.

"Sono ricominciati gli incubi, Maud?"

Annuisco.

"Forse ti converrebbe mollare il caso. Vivere una vita tranquilla." Si sistema un ricciolo bronzeo dietro l'orecchio e si sporge verso di me. "Sai che causerai solo dolore," sussurra.

Cerco di pensare a qualche parola per spiegarmi.

"Lascia perdere, tesoro." Sorride.

"Non posso," rispondo. "Devo scoprire cos'è successo."

Incrocia le braccia abbaglianti e mi guarda attraverso le lunghe ciglia. “Rimestare nel passato può essere pericoloso; a volte si toccano ferite ancora aperte.”

“Maggie Dunne è ancora viva?”

Si rabbuia. “Questo non lo so.” Ombre di velluto si agitano dietro di lui. Sento un colpo d’ala, un frullio improvviso e tenue. “Ma so chi potrebbe esserlo.”

“Marguerite?”

Mi ignora e fissa il lato vuoto del letto.

“Non credo che quell’uomo tornerà.” Mentre lo dico, mi rendo conto di quanto sia vicina alle lacrime.

San Raffaele mi guarda con gli occhi scuri che ardono di bontà. “Chi può dirlo?”

Con mia grande vergogna, scoppio a piangere. “Tornerà?”

“Credi ancora nel lieto fine, Maud?” Ha un sorriso così triste da farmi distogliere lo sguardo.

“No,” rispondo. “Voglio solo sapere cosa succederà.”

Annuisce. “Trama e ordisci, Maud. Trama e ordisci.”

E poi scompare, lasciando il giorno ancora più grigio.

Oggi Cathal è di pessimo umore. Si capisce dall’espressione astiosa che ha quando entra in cucina per fare colazione.

“Su,” dico. “Manca poco al suo compleanno.”

“Quella sgualdrina spagnola mi ha dato il colpo di grazia.”

Lo ascolto a malapena. Doso le fogliolıne di tè nella teiera.

“La tizia qui accanto, quella zoccola.” Scaccia un gatto dalla sedia e si siede a tavola. “Venir qui a fare casino per la sua micetta pelata.”

Scoppio a ridere, e Cathal mi guarda stizzito, perché non ha nessuna voglia di scherzare.

“Chiamerà l’agenzia e la cazzo di polizia. Pretenderà che chiedano un mandato per perquisire la casa. Quel coso pelato valeva un sacco di soldi: si faceva pagare per farlo accoppiare con le gatte.”

"La signora Cabello è una magnaccia di gatti? Chi l'avrebbe mai immaginato?" Verso l'acqua bollente nella teiera.

"Non fa ridere, Drennan." Tamburella un dito dopo l'altro sul tavolo e alza lo sguardo su di me. Sotto il tavolo, le ginocchia staranno di sicuro ballonzolando. "Verranno in forze, butteranno giù la porta. Si sparpaglieranno per la casa. Un'altra irruzione."

"Nessuno firmerà mai un mandato di perquisizione per trovare un gatto."

"A preoccuparmi non è la polizia." Si massaggia la fronte. "È lei. Adesso mi distruggerà. Nonostante tutto questo." Sventola la mano per indicare la cucina pulita e ordinata.

"Chi la distruggerà? La signora Cabello?"

"No, la stronza cicciona dell'agenzia. Mi ha detto che al prossimo passo falso mi avrebbe steso. Cristo, quella donna è tremenda."

Scoppio a ridere. "Biba Morel?"

Cathal non ride. "Mi ha detto che sono un lurido vecchio bastardo e che alla prima mossa sbagliata mi schiafferà in un ospizio per vecchi rincitrulliti."

"Dubito che Biba Morel abbia detto una cosa del genere."

"L'ha detta eccome. Testuali parole. Perciò io le ho risposto che avrei fatto in modo che nessun ospizio fosse disposto a prendermi." Cathal si rabbuia. "Ho minacciato casini a livello biblico."

"Non ne dubito."

"Mi ha detto che mi dava un'ultima possibilità." Cathal mi guarda disperato. "Ha detto che potevo restarmene a casa mia ma che, se avesse sentito anche solo un pigolio provenire dalla mia bocca, sarebbe venuta di persona e mi avrebbe sedato con un'iniezione su per il culo."

"Sta scherzando?"

"Per niente. Ha detto che quell'iniezione me l'avrebbe ripetuta anche cinque volte al giorno, se necessario. E così mi sarei ritrovato in mezzo a tutti quei vecchi decrepiti, a sbavare tranquillo in un angolo." Abbassa la voce. "*Sistemato per le feste.*"

"Non può aver sentito Biba dire cose del genere."

"Posso eccome." Spalanca gli occhi. "Non le vedi queste cazzo di orecchie?"

"Ma allora quando? Quand'è che Biba l'ha minacciata così?"

Contrae le labbra. "Il giorno in cui hai buttato via tutti i miei scatoloni. Quella mattina è venuta qui brandendo la siringa."

Il giorno della svolta.

Cathal aggrotta la fronte. "Mi ha detto che non poteva certo obiettare se quell'idiota di mio figlio era contento di buttare un fracco di soldi per tenermi in questo buco immondo. Ha detto che se volevo trascorrere gli ultimi anni della mia vita *in grado di intendere e di volere* dovevo starmene tranquillo e tenere la bocca chiusa."

Mi siedo accanto a lui e lo guardo mangiarsi le unghie, attività accompagnata da sgradevoli rumori di dentiera.

"E Biba aveva una siringa?"

Annuisce, affranto. "Me l'ha mostrata. Ha aperto la borsa, me l'ha indicata e mi ha guardato come se morisse dalla voglia di infilarmela su per il culo. Se la tua amica della casa accanto telefona all'agenzia, sono spacciato."

Sono sbalordita. Mi chiedo quanti altri clienti abbia minacciato Biba Morel, e se il vero segreto del mio tocco magico non sia una Coordinatrice armata di siringa.

"Cathal, il gatto della signora Cabello ce l'ha lei?"

Fa una smorfia. "No."

"Lo chiedo per il suo bene. Quel gatto ce l'ha lei?"

Si palpa le tasche in cerca del tabacco. Dopo un po', dice: "È morto, mi spiace."

"Oh, Cristo, cosa gli ha fatto? L'ha ucciso?"

"Neanche per sogno. Perché mai avrei dovuto uccidere un povero mostriciattolo pelato come quello?" sbraita, indignato.

"Cathal, una volta tanto può dirmi la verità?"

Dal taschino della vestaglia estrae un pacchetto di cartine e un grumo di tabacco. Lo guardo mentre si prepara ad arrotolarsi una sigaretta.

"Le cose stanno così: era tardi e mi ero fumato una cosa." Sorride con aria contrita. "Sai, per agevolare il sonno."

"Si era fumato… cosa?"

Il suo sorriso si allarga. "Be', non era esattamente Old Holborn."

"Cristo, Cathal…"

"Ho alzato gli occhi e mi sono visto davanti quell'apparizione." Si succhia la dentiera. "Era un essere terrificante. Rugoso e con gli occhi di fuori, proprio come quell'alieno di merda del film. Prima di rendermene conto, l'avevo colpito."

"L'ha colpito?"

Annuisce. "Esatto. Con un manico di scopa."

"Ha picchiato con un manico di scopa lo Sphynx purosangue della signora Cabello?"

"Quando mi sono reso conto dell'errore commesso l'ho seppellito in giardino."

"Oh, non è po…"

"Con tutti i sacri crismi del funerale cristiano; potrei aver persino detto una preghiera."

All'improvviso mi sento stanchissima. "Dove l'ha seppellito, Cathal?"

"Questo proprio non lo so, Drennan. Ero strafatto."

Sono nell'ingresso della casa della signora Cabello, con una scatola incartata e un sorriso suadente. Ci mette qualche istante prima di riconoscermi, perché ha gli occhiali da sole. Mentre lo fa, resto immobile e in silenzio, perché capisco che ormai vive sull'orlo di una crisi di nervi. Un tavolo antico, grande quanto il mio appartamento, occupa metà della sala. Sopra c'è una foto a grandezza naturale della signora Cabello in posa da conquistatrice, con gli stivali a mezza coscia e le gambe larghe su un tappeto a pelo lungo. Una signora Cabello giovane e dinamica, colta nel momento fatale, prima che si volti a chiedere altre ciliegie al maraschino e di aumentare le bolle nella Jacuzzi. Ha gli hot-pants, la scriminatura al centro e una camicia di buratto annodata sull'ombelico.

Sotto la foto, una signora Cabello molto più vecchia ha lo stesso sguardo focoso immortalato nel pieno di un'azione. Ha ancora i capelli fluenti, ma il viso è meno mobile e indossa dei pantaloni a pinocchietto leopardati.

"Signora Cabello," comincio. Deve aver colto nel mio tono un'avvisaglia di cattive notizie, perché mi guarda inorridita.

"Ha trovato Manolete?" Poggia una mano ingioiellata sul tavolo lucidissimo.

"Temo di sì." Scuoto appena la scatola incartata che ho in mano.

La fissa, piena d'angoscia.

"Vogliamo sederci a parlarne, signora Cabello?" dico con un certo brio mentre maledico Cathal Flood, il suo manico di scopa e, soprattutto, Biba Morel.

Mi ascolto raccontare una storia. È una storia meravigliosa, che parla del giovane medico che rincasava in macchina dopo il turno all'ospedale pediatrico, quando Manolete, per inseguire una farfalla, era guizzato davanti al muso della Ferrari. L'avvenente pediatra, che guidava ben al di sotto del limite di velocità, non era riuscito a fermarsi e nemmeno a sterzare (alla sua sinistra, una suora stava per attraversare la strada, mentre alla sua destra sopraggiungeva uno scuolabus). Avevo assistito io stessa alla scena. Manolete si era accasciato, con grazia, e il bel dottore l'aveva raccolto e avvolto nel suo pullover di cachemire. Risalito in macchina, aveva portato Manolete, alla massima velocità consentita dal codice stradale, nello studio di un valentissimo chirurgo veterinario. Il chirurgo aveva lottato per ore nel tentativo di salvare la vita a Manolete. Il bel pediatra gli aveva detto di non badare a spese e aveva aspettato per tutta la durata dell'intervento camminando nel corridoio fuori dalla sala operatoria. Manolete si era battuto con coraggio ma, proprio al sorgere del sole, aveva esalato l'ultimo respiro, un dolce miagolio. Tutti i presenti avevano alzato gli occhi al cielo e pregato per l'anima di quello splendido gatto.

Guardo la signora Cabello. In una mano stringe un capiente bicchiere di chardonnay, nell'altra un fazzoletto appallottolato. Le lacrime cadono con deferenza sulla scatola piena di sabbia per gatti che ha in grembo.

"Perciò, come può ben capire, il dottor Fortune ha ritenuto doveroso risparmiarle la vista del corpo martoriato di Manolete. Ne ha disposto la cremazione e si è assicurato che venisse effettuata con i dovuti riguardi."

La signora Cabello annuisce. Un sosia di Manolete è sdraiato sul tappeto di montone davanti al camino. Mi guarda tra i bagliori misteriosi dei suoi occhi d'ambra. Non crede a una parola di quanto ho detto.

La signora Cabello posa sul tavolino con il ripiano di vetro la scatola di sabbia e il vino, poi si alza, in un impeto alcolico. "Aspetti. Ho una cosa per lei. Ma con tutto questo," sventola la mano, "me n'ero dimenticata."

Barcolla mentre scavalca il tavolino. Il gatto calvo la guarda dal tappeto mentre esce dalla stanza, poi riporta lo sguardo su di me. Mi fissa con imperturbabile disgusto. Non lo biasimo.

Mi guardo intorno. È come essere dentro una torta nuziale impazzita. Le finestre grondano sbuffi di voile bianco e dorato, i divani sono mezzelune paffute di pelle bianca. In un angolo c'è un bancone da bar a forma di rene, tutto di marmo bianco. Come il camino, sulla cui mensola sono schierati, per la gioia degli occhi, vari cherubini con la permanente. Sopra il camino c'è un altro ritratto della signora Cabello, ma in versione flou, con la bocca aperta e lo sguardo vitreo. Indossa un paio di pantaloni alla turca semitrasparenti e un reggipetto di monete.

Mi chiedo se la signora Cabello sia una pornostar.

Quando torna in soggiorno ha gli occhi sbarrati e l'espressione sconvolta. Tra le mani ha un pacchetto di carta marrone.

"Mary Flood me lo diede poco prima dell'incidente." Si lascia andare sul divano. "Lo prenda. Non l'ho mai aperto." Lo spinge verso di me sul tavolino.

"Non capisco. Come mai vuole darlo a me?"

La signora Cabello agguanta il bicchiere di vino. "Una mattina, molto presto, Mary bussò alla mia porta e mi chiese di tenerlo." Beve un sorso. "Disse che c'era la possibilità che venisse a cercarla una sua amica quando lei non era in casa, e che dovevo consegnarlo a lei."

Abbasso lo sguardo sul pacchetto. "Mary le ha detto il nome dell'amica?"

La signora Cabello scuote la testa con enfasi. "No." Comincia a piangere sottovoce. "E non è mai venuto nessuno a cercarla. Neanche un'anima viva."

Apro il pacchetto. Dentro c'è un quaderno: rilegato in pelle, pesante, con spesse pagine color crema, vuote. Sul frontespizio, scritto a mano con caratteri piccoli e chiari:

M D
non aver paura di raccontare la nostra storia.
M F

31.

Salgo le scale a Bridlemere. È una salita lenta, perché a ogni passo le gambe sprofondano fino al ginocchio. I topi mi sfrecciano accanto e i gatti scendono in picchiata scivolando sulla balaustra. Urto una scatola di occhi di vetro che ruzzolano giù per la scala e ammiccano.

Adesso il quadro sul pianerottolo e vuoto, c'è solo una scia di petali di rosa: la donna in nero è scomparsa.

Nella stanza bianca l'aria è fredda. Lembi di carta da parati pendono arricciati; fioriture di muffa decorano il muro sottostante. Geroglifici di spore, frasi in codice – minacciosi avvertimenti. I disegni cominciano a palpitare e a muoversi sul muro, come immagini attraverso uno zootropio.

Beckett è riverso sul copriletto, ridotto a uno straccetto di pelo decomposto, un ciuffo di marciume lì dove un tempo dormiva un gatto.

Mi avvicino al tavolino da trucco, sfilo dal cassetto l'astuccio di velluto e prendo la collana. Si spezza, le perle si sparpagliano. Cadono sulla moquette, si srotolano e diventano vermi davanti ai miei occhi. Li guardo strisciare sotto il letto.

Mi chiudo la porta alle spalle e mi avvio in corridoio. Qualcosa mi sfiora le caviglie, abbasso gli occhi e vedo Beckett, vestito di ciocche di pelo malconcio, arranca sulle zampe atrofizzate. Mi sogghigna, tutto teschio e denti.

Apro la porta e Beckett s'intrufola prima di me nella stanza, frustando la coda sbrindellata.

Nella stanza rossa l'aria pullula di mosche. Ballano intorno a pozzanghere di un liquido scuro rappreso. È l'ora del bagno della contessa Báthory! Fiotti di sangue tracciano archi sulle pareti e sgorgano dal soffitto. I mobili sono cosparsi di brandelli di roba indescrivibile. Beckett salta sul letto, gira su se stesso e il pelame residuo diventa rosso. Mi avvicino al tavolino da trucco e apro il cassetto.

Dentro c'è un neonato prematuro, una piccola spirale di testa e arti, occhi appannati e ciechi, il viso velato da un patina sanguinolenta, i piedi piccoli come unghie. Stretta nel bocciolo del pugno tiene una fotografia. Due bambine su una passerella di legno tra dune di sabbia. L'ammofila ondeggia e un pigro gabbiano volteggia in cielo.

Il pugno del neonato freme; la minuscola ferita della bocca si apre.

Chiudo di scatto il cassetto e alzo lo sguardo sullo specchio. Scribacchiata in rosso, una parola:

MAUD

32.

Biba Morel ignora il mio sguardo astioso. È al telefono da quando sono entrata nel suo ufficio, all'incirca venti minuti fa. Non mi stupirebbe se non stesse parlando con nessuno. Tiene la cornetta tra l'incavo del collo e la spalla sollevata, lasciando le mani libere di cercare le patatine disperse sotto la tastiera. Ha una freddezza patologica, un Don Corleone dell'assistenza sociale infilato in un vestito a fiori extralarge.

Ogni tanto sgancia la sua terribile risata lasciva, poi torna alla consueta serie di versi, che vanno dai grugniti ai gridolini di interessamento e agli sprezzanti schiocchi della lingua. In realtà la sua attenzione è tutta sullo sfilatino con l'insalata di pollo che giace sbocconcellato sul cesto della posta in entrata. Scoppia di nuovo a ridere: un'improvvisa, agghiacciante, munifica risata che sale e scende diverse scale, che vuole comunicare abnegazione e coraggiosa schiettezza.

Mentre allunga la mano verso il panino, mettendo a dura prova le cuciture della giacca del tailleur stira-facile, si mostra il genio di Biba. L'anima avvizzita e gretta – un'anima incapace di altruismo – è nascosta dietro una facciata di generosità e abbondanza: dal faccione enorme al petto ben proporzionato e alla chioma voluminosa.

Biba è un contrappeso. Tiene a galla l'agenzia dalla tolda della sua scrivania, la più grande di tutto ufficio e l'unica vicina alla finestra. Le assistenti angustiate e smunte trotterellano avanti e indietro e si accollano il lavoro vero, mentre lei troneggia in rotonda magnificenza. L'ufficio, come la maggior parte degli uffici, ostenta una finta giovialità da braccio della morte, con i cartelli simpatici e le foto di famiglia sulle scrivanie. È un posto che drena tempo ed energie per riversarli su mansioni superflue e attività futili, mentre sul piano umano offre una florida collezione di tazze personalizzate.

Non è la prima volta che mi rendo conto di quanto sia fortunata ad avere un ruolo che mi consente di operare sul campo, anziché finire imprigionata in qualche catena di montaggio amministrativa, costretta a respirare aria densa di rimpianto e sogni frustrati. Nel mio lavoro, faccio una differenza semplice e utile per le persone a cui mi dedico: quella tra mangiare e non mangiare, tra avere il culo pulito e non avere il culo pulito.

Biba Morel posa la cornetta, dà un'occhiata ai fogli sulla scrivania e comincia a digitare svelta sulla tastiera del computer.

"Volevi vedermi, Biba?"

Mi guarda con un'espressione di annoiato disgusto, poi apre un cassetto, prende un fascicolo e lo sfoglia. "Sei sospesa dal lavoro fino alla conclusione dell'indagine derivante da un grave reclamo contro di te."

"Ma di che parli?"

"Maud, ci risulta che tu abbia tentato di estorcere denaro a un parente del tuo cliente. Con la scusa di far fare al suddetto cliente un'escursione al mare."

Stringo gli occhi. "Questa è una schifosa bugia."

"Il reclamante ci ha informato che, oltre a chiedere denaro per questa gita, contavi altresì di portare in escursione il cliente senza informarne l'agenzia né sottoporre il progetto alla necessaria valutazione di rischio."

"L'ha detto Gabriel Flood?"

Biba mi guarda con aria soddisfatta. "Maud, non mi è consentito divulgare l'identità della persona che ha presentato il reclamo."

"Può essere stato solo Gabriel Flood." Quel bastardo. Migliaia di maledizioni mi affollano la mente.

Biba dà un morso allo sfilatino con l'insalata di pollo, poi si lecca le dita in maniera grottesca e al contempo allusiva.

Spinge verso di me una pila di fogli. "Qui troverai le procedure disciplinari dell'agenzia nonché gli estremi di uno studio di difensori civici in caso volessi appellarti contro la decisione."

"Comincio ad appellarmi adesso: Gabriel Flood mi ha invitato al bar e mi ha chiesto di portare in gita il padre per avere la possibilità di perquisire la casa. Poi mi ha offerto i soldi."

Biba scuote la testa. "Maud, sai benissimo che non devi fraternizzare con i famigliari dei clienti. Hai infranto ogni sorta di regola e regolamento."

"E tu no?"

"Cosa vorresti dire?"

Abbasso la voce e la guardo dritto negli occhi. "Credo che tu lo sappia benissimo, *miserabile infermiera*."

Biba ricambia lo sguardo con un'espressione di odio purulento. "Non importa, tanto quell'incarico è comunque al termine. Hanno trovato un posto in una casa di riposo per il signor Flood."

Sgrano gli occhi. "Gli hai detto che poteva restare a Bridlemere se rigava dritto, e ha rigato dritto. Gliel'hai promesso il giorno in cui sei andata a trovarlo con la siringa."

Scrolla le spalle. "Già. Be', c'è stato un cambiamento di programma. Il dottor Flood è preoccupato per il deterioramento della lucidità mentale del signor Flood, e devo dire che sono d'accordo con lui."

"Non c'è stato nessun deterioramento."

"Non è quello che risulta a me."

"Gabriel ci ha ripensato. Che fine ha fatto l'idea che il padre andasse aiutato in casa sua?"

Biba mi lancia un'occhiata vacua. Non gliene frega un cazzo.

"Quando pensi di far traslocare Cathal?"

"*Il signor Flood* sarà trasferito nella nuova residenza fra tre o quattro giorni al massimo." Lo sguardo si risveglia, in attesa della mia reazione. Faccio un respiro profondo e mi sforzo di controllare le mie emozioni. Penso ad Atticus Finch quando punta il fucile contro il cane rabbioso. Le labbra di Biba si contorcono in una smorfia. Devo evitare che mi tremi la mano.

Apre una cartella ed estrae un modulo. "Hai ancora la chiave di Bridlemere?"

Certo che ce l'ho. "Non qui."

Biba sbuffa e rimette il modulo nella cartella. "Dovrai riconsegnarla direttamente in ufficio." Mi fissa con aria di sfida. "Non credo di doverti ricordare che durante l'indagine non ti è consentito tornare in quella casa a nessun titolo. Così come non ti è permesso contattare il cliente o i famigliari." Ha un sorriso maligno. "*A nessun titolo*, Maud; contravvenire a questa disposizione comporta il licenziamento immediato, per non parlare delle conseguenze sul piano giudiziario."

Questo non posso tollerarlo. "Chi lo aiuterà a fare i bagagli? Avrà bisogno di qualcuno che lo assiste durante il trasloco, per rassicurarlo."

"Abbiamo il personale."

"E la casa, tutte le sue cose?"

"Adesso ci penserà suo figlio." Biba si gira verso lo schermo del computer, ravvia la folta chioma e sospira.

"Cathal è stato informato di questa novità?"

Biba mi lancia un'occhiata. "Il dottor Flood ha ritenuto preferibile non mettere in agitazione il padre parlandogli del trasloco."

"Quindi non gli dirai niente? Non lo avvertirai?"

Immagino già la scena: Cathal, nobile zebra anziana, con la lunga faccia spaventata e la criniera bianca, che sfreccia per la casa inseguito da un branco di infermieri – tutti sciacalli. Il vecchio verrà abbattuto, avvolto in una rete e sedato. Lo trascineranno fuori tenendolo per i piedi, con la lingua penzoloni, e lo chiuderanno in una gabbia. Non ha nessuna speranza.

"Hai paura di lui." Sorrido con amaro compiacimento. "E fai bene: sarà anche decrepito, ma ha fatto crollare Sam Hebden. Spero che ti faccia fare un bel balletto."

Biba ridacchia. "Il signor Flood non ha fatto crollare Sam Hebden. Sam ha gestito la situazione in maniera ammirevole, e per questo ha ottenuto un ruolo direttivo nella Risoluzione di Conflitti Geriatrici a Hull."

"Buon per lui." Poi, prima di riuscire a trattenermi, lo dico: "Quando è andato via Sam?"

"Uno o due giorni dopo l'aggressione."

Sbarro gli occhi. "Mi stai dicendo che Sam è a Hull da allora?"

Biba mi guarda con aria stupita. "Sì."

"Ne sei sicura?"

Prende lo sfilatino. "Be', è lì che dovrebbe essere. Ma questo riguarda la sua agenzia, no?"

Mentre guardo Biba che tritura quel che resta del panino, mi sento percorrere da una terribile sensazione strisciante. "Tu l'hai conosciuto: che aspetto ha Sam?"

Biba sembra infastidita. "Ordinario."

Sento il cuore sobbalzare. "Alto? Biondo?"

Biba socchiude gli occhi. "Ordinario." Alza la cornetta. Aggiunge con freddezza. "Qui abbiamo finito, Maud. Ricordati di restituire la chiave. Telefonaci tra una settimana: se il reclamo verrà ritirato, vedremo se affidarti un altro cliente."

Per qualche istante la guardo digitare i numeri sulla tastiera del telefono. Lascia passare un paio di secondi, poi elargisce la sua sconcia risata al numero dell'ora esatta.

*

Gabriel corre a perdifiato nel vialetto come se avesse il culo in fiamme. Quando sbuco da dietro la buddleia, a momenti ci resta secco.

"Maud."

"Tu, razza di stronzo viscido e subdolo!"

Mi guarda sbalordito. "Non c'è bisogno di..."

"Invece c'è bisogno eccome. Oltre ad avermi incastrato, avevi promesso al vecchio che se si fosse comportato bene l'avresti lasciato in pace. Che male ti fa?"

Gabriel stringe al petto il borsello come se potesse ripararlo dal mio infinito disgusto. "Il male ormai l'ha fatto, e adesso si passa a un'altra fase: trascorrerà in maniera serena il tempo che gli resta da vivere."

Penso a Biba con la sua siringa, rabbrividisco.

"E gliel'hai detto? Gli hai detto che l'hai fottuto? È per questo che sei venuto qui oggi?"

Si morde il labbro sudato.

"No, certo che non gliel'hai detto. Sei proprio un bastardo ripugnante."

Gli occhi di Gabriel sfrecciano verso il cancello; gli sto bloccando la strada: piedi ben piantati, baricentro basso. Sta cercando di capire come aggirarmi.

Faccio un passo avanti, con il mento alto. "Cos'ha il vecchio sul tuo conto, Gabriel? Su, puoi dirmelo. Quella misteriosa cosa che ti ha impedito di far demolire la casa e sbatterlo fuori."

Nel suo sguardo brilla una luce scaltra. "Non so di cosa parli."

Allora capisco. "Sei riuscito a prenderla, vero? Qualunque cosa fosse quella che cercavi lì dentro. Qualunque cosa avesse in mano tuo padre contro di te."

"Tu deliri."

"Magari è lì, dentro il tuo borsello."

Le sue nocche sbiancano sul cuoio. Mi chiedo se debba rapinarlo, e quale sia il modo migliore per farlo.

"Sei stata sospesa, Maud. Non dovresti neanche essere qui. Chiamerò l'agenzia. La polizia."

"Fa' pure."

"Ti consiglio di lasciare subito la proprietà."

"Questa non è la tua proprietà; Cathal è ancora qui."

Sorride, ma con un certo nervosismo. "Adesso lo chiami Cathal, eh? Si direbbe che tu abbia delle mire sul vecchio."

"Dio, sei proprio un'immonda testa di cazzo."

La sua faccia sembra implodere. Sputacchia e le guance cominciano a tremare. "Devo sopportare anche gli insulti?" piagnucola. "Vattene da questa proprietà."

Irrigidisco la mia mascella d'acciaio. "Sennò?"

Fruga nel borsello, estrae il telefono e lo alza di fronte a me come un talismano. "Sto chiamando la polizia."

In pochi istanti glielo strappo di mano e lo scaglio verso il capanno degli attrezzi.

"Razza di stronza squilibrata."

Ha una voce stridula, isterica. A momenti schizza fuori dai mocassini. Se non avesse paura di me, scommetto che mi prenderebbe a schiaffi.

Invece, stringe forte il borsello e scappa, scavalca un materasso abbandonato e sfreccia verso il cancello. Devo ammettere che, considerata la stazza, si muove con una certa agilità.

Stringo gli occhi. "Scoprirò cosa sta succedendo qui a Bridlemere. E allora sarò io ad andare dalla polizia."

Gabriel ride quando si sente al sicuro dall'altro lato del cancello chiuso. "Per dire cosa? Che sei una povera pazza che s'inventa delitti inesistenti?"

Lo guardo negli occhi. "Mi hai spiato. Mi hai chiuso nella ghiacciaia. Hai mandato dei teppisti a minacciare la mia amica."

Gabriel si tocca la tempia con l'indice. "Sei una mentecatta del cazzo."

"Scoprirò cos'è successo davvero a Mary e a Maggie. Non mollo, andrò fino in fondo a questa storia."

La sua faccia avvampa. "Ti hanno intimato di stare alla larga..."

"Non mi sorprende che tua sorella abbia cercato di annegarti. Rintraccerò Marguerite e vedremo cos'ha da dire."

La faccia di Gabriel perde di colpo ogni traccia di colore. Passa dal rosa al bianco, come se un laccio emostatico gli avesse bloccato il sangue. Anche se sono sconvolta, lo trovo uno spettacolo suggestivo.

"Non puoi contattare Marguerite," dice. "Se n'è andata."

"La troverò e la riporterò qui. Spero che abbia ancora voglia di farti fuori."

"Faresti meglio a non ficcare il naso negli affari di questa famiglia," dice Gabriel e mi fissa con un'espressione di puro orrore.

"Sennò? Ci mandi un altro paio di delinquenti? Non abbiamo paura."

Gabriel strizza gli occhi. "Non ti conviene tirare la corda; non sai quello che rischi."

"Pensa a quello che rischi tu, coglione." Mi chino e raccolgo un mattone con cui spaccargli la testa. Il tempo di alzarmi ed è scomparso.

Cathal è seduto in silenzio al tavolo della cucina. Ma non sembra uno sconfitto, sembra che rifletta: occhi bassi, respiro pacato.

Mi aspettavo che sbraitasse e si agitasse.

Allungo il braccio e gli prendo la mano. Alza lo sguardo su di me, ha gli occhi umidi sotto le sopracciglia ancora nere. Mi copre la mano con la sua grossa zampa.

"E adesso cosa farà?" gli chiedo.

Sorride. "Festeggerò il mio compleanno in modo memorabile; hai ancora intenzione di venire?"

Annuisco. "Certo che verrò."

"Allora che Dio se li porti tutti quanti all'inferno!"

"Ma la casa? Le sue cose? Che fine faranno?"

Scoppia a ridere. "Cristo, non essere così lugubre, non me ne sono ancora andato." Mi stringe la mano con forza.

Ha l'aria stanca, incredibilmente fragile, e gli occhi inquieti, disorientati, spaventati. Si alza e attraversa la cucina con passo incerto, come se cercasse di capire se il pavimento è ancora solido.

Dovrei parlargli di Mary e Maggie e Marguerite. Dirgli quello che so e quello che non so, prima che lo rapiscano per affidarlo alle cure geriatriche e alla sedazione permanente. Ma quando lo guardo capisco che non posso farlo. Non adesso che ha appena scoperto che gli sfileranno la casa da sotto i piedi.

Arrivato davanti alla porta della cucina, mi guarda. "Non hai mai perso il tuo sangue freddo, Drennan, ed è stato un bene per entrambi."

Esce dalla stanza e si avvia in corridoio.

33.

Jimmy O'Donnell mi teneva gli occhi addosso, con quelle lunghe ciglia da ragazza. Di solito, quel modo di fissarmi mi faceva ridere; ma quel giorno no. Non rideva neanche lui. Credo che non ne avesse nessuna voglia.

Eravamo seduti nella cucina di mia nonna a guardare dalla finestra il maltempo che si assiepava intorno al villino. Il cielo era scuro come il petrolio, saturo di cupi nuvoloni pieni di pioggia. Ma all'improvviso ci fu uno squarcio, e da lì irruppe il sole carico dell'oro fuso di un tardo pomeriggio primaverile.

Brillò sui panni che sgocciolavano appesi alla corda del bucato (più bagnati di quando erano stati messi ad asciugare) e sul distributore di mangime nel patio. Si rovesciò in cucina attraverso la finestra e atterrò sul tavolo, sull'incerata appiccicosa, sulle bottiglie di salsa con i tappi ingrommati, sulle scie di briciole di vari, vecchi, pasti. Illuminò Jimmy O'Donnell con forza e quasi del tutto (a eccezione della mano destra e di quanto era nascosto dal tavolo). Tanto che, per certi versi, veniva da pensare che l'unico scopo di quell'ultimo raggio di sole pomeridiano fosse illuminare Jimmy, brunirlo di quel fulgore da santo: gli occhi lucenti nel viso a forma di cuore, i capelli come il bronzo acceso dall'ostinato sfavillio del giorno morente.

Jimmy aveva un alibi di ferro: era a Ballyshannon, a riparare la vasca a casa di suo zio. Per quanto fosse bravo a guidare, non avrebbe potuto tornare a Pearl Strand in tempo per l'ora in cui era scomparsa Deirdre. Non era così?

Me lo disse mentre la mano tremante portava la sigaretta avanti e indietro dal tavolo alla bocca. E poi – flick, flick, flick – tormentando il filtro con l'unghia: cenere nella zuccheriera, cenere dappertutto.

Jimmy mi guardò e io lo guardai a mia volta.

Dietro, la sua ombra cambiò forma sul muro della cucina, irriconoscibile e cinque volte più grande di lui. Jimmy ingobbito e con due artigli al posto delle mani. Guardai quell'ombra strisciare e impennarsi, crescere e contrarsi a ogni movimento di Jimmy. Era più facile che guardarlo in faccia. Perché, in quella luce splendente, sembrava diverso. Sembrava stanco e spaventato.

Lo avevano minacciato, gli avevano sputato addosso per strada.

Appena la polizia gli avesse dato il via libera, avrebbe lasciato la città, senza dire niente a nessuno, senza lasciare un indirizzo, proprio come aveva fatto Deirdre.

Solo che Jimmy, a differenza di Deirdre, non aveva nessuno che gli desse una busta piena di contanti.

Fece una smorfia e si passò le dita tra i capelli. "Tu sai perché se n'è dovuta andare, vero?"

Annuii.

Sembrò sollevato. Spiaccicò la sigaretta nel posacenere. "E non hai ancora avuto sue notizie?"

"No."

"Se la prende comoda cazzo," disse, e buttò uno sguardo sul vialetto.

La sua presenza lì era un grosso rischio. Mia madre e mia nonna sarebbero tornate da un momento all'altro. Erano andate in città ad attaccare dei cartelli con la foto di Deirdre. Jimmy aveva aspettato che uscissero, appostato in fondo alla strada.

Avevo smesso di volergli bene ma glielo promisi lo stesso, così come l'avevo promesso a Deirdre.

"Non abbiamo mai visto Jimmy O'Donnell sulla spiaggia," ripetei. "Eravamo sole."

Jimmy mi strinse il braccio e si alzò da tavola. "Brava la mia bambina."

34.

Renata non batte ciglio. Ascolta con attenzione, senza interrompere. Sorride accorata nel passaggio in cui raccolgo il mattone, e mi guarda pensierosa quando le riferisco la descrizione di Sam Hebden fatta da Biba.

Santa Dinfna ascolta anche lei, si sporge dalla poltroncina, con le gambe raccolte contro il petto e il velo che le scivola dalla testa. E addirittura sorride, più di Renata e a volte nei momenti sbagliati.

Quando finisco di parlare, Renata si alza, esce dal soggiorno e torna con la pipa. Si infila il bocchino tra le labbra e si siede di nuovo.

"Faccio solo finta," borbotta.

Santa Dinfna le lancia un'occhiataccia, poi si volta a guardare il televisore, si mordicchia l'estremità della treccia. C'è *L'Ispettore Morse*, con il volume muto. Mi chiedo se la vita normale riprenderà mai.

"Abbi fede," dice Renata in tono dubbioso. "Questo è un caso dove niente è come sembra. Siamo nelle sabbie mobili. Ma se restiamo concentrate, venirne a capo sarà facilissimo."

"D'accordo," dico. "Però c'è un altro grosso problema."

"E sarebbe?" Renata accende un fiammifero invisibile e accosta una fiamma immaginaria a un tabacco inesistente.

"Se non sono andata a letto con Sam Hebden, allora con chi cavolo sono andata a letto?"

Santa Dinfna ridacchia.

Renata mima una serie di lunghe tirate di pipa. "La descrizione di Biba non era chiarissima."

"E il fatto che Sam sia ordinario e anche in due posti diversi in contemporanea?"

Renata scrolla le spalle. "Biba sa solo dove Sam dovrebbe essere, non dov'è."

"Può darsi," dico senza crederci. "Ma secondo te Sam è ordinario?"

Renata sorride. "Tesoro, quell'uomo è una fetta di torta al cioccolato e caramello, no? Quindi per Biba è ordinario."

Oggi Renata è l'immagine dell'eleganza, con il foulard annodato sulla nuca, il kimono e gli occhi scuri bordati di kajal, effetto solo in parte rovinato dalla pipa piantata tra i denti e dall'aria cocciuta. "Non tutto è perduto, Maud."

"Dici?" chiedo. "Il caso è in un vicolo cieco. Come facciamo a risolverlo se non mi è nemmeno consentito avvicinarmi alla casa?"

"Parliamo con Doreen Gouge. Le raccontiamo del tuo incontrovertibile messaggio dall'oltretomba." Accenna con il mento al quaderno di Mary Flood, aperto sul tavolino.

"Chi diavolo è Doreen Gouge?"

Renata infila una mano sotto il cuscino della poltrona e mi porge un libriccino.

La guardo. "Dove l'hai preso?"

Mi fa un sorrisetto furbo. "Ho mandato Lillian alla chiesa spiritista."

Osservo la copertina. Il libro è intitolato *Il chiaroveggente riluttante: un risveglio spirituale*. C'è la foto di una bionda vaporosa che indossa una felpa color pesca. Sorride a tutto rossetto, e nei suoi grandi occhi blu c'è un'espressione di risoluta demenza.

"Immagino che Lillian te ne abbia dette di tutti colori per questo libro."

Renata si sistema il foulard. "Almeno, non ha letto il capitolo quattro."

Vado all'istante al capitolo quattro.

Molti sensitivi incontrano per la prima volta i loro spiriti guida in sogno. Per essere con voi, questi spiriti volano nell'aria o nuotano nell'acqua, ovviamente in senso metaforico! La vera sostanza in cui si muovono è lo spazio-tempo celestiale.

Penso ai miei incubi, a Mary Flood in camicia da notte, e mi chiedo...

Il tuo spirito guida è un accompagnatore coscienzioso nel regno dell'oltretomba. È legato solo a te. Non sei tu a scegliere la tua guida: è la tua guida a scegliere te. Il mio spirito, Johnny Big Tree, è un guerriero apache morto combattendo contro gli spagnoli nel 1850. Johnny mi si presentò per la prima volta in sogno, non indossava altro che un paio di mocassini e una penna di corvo tra i capelli. Mi fissò con i suoi enigmatici occhi scuri e mi tese la mano. Con Johnny mi sento sempre sicura, e lui, con il suo passo silenzioso e la testa alta, mi conduce tra le schiere dei defunti. Essi non osano toccarci mentre attraversiamo le desolate tenebre dell'altro mondo. Portando messaggi dai morti ai vivi.

Lancio un'occhiata sarcastica a Renata. "E tu hai letto questa merda?"

Annuisce. "L'ho trovata molto istruttiva. Spiega come mai avverto la costante presenza di Bernie."

Cerco di non guardare l'urna sul tavolino. Dalla visita degli scagnozzi di Gabriel, Renata e Bernie sono inseparabili. Ogni tanto lei gli versa persino un bicchiere di krupnik.

Continuo a leggere.

Nella maggior parte dei casi, il tuo spirito guida sarà del sesso opposto. Gli spiriti guida sono sempre ben assortiti con i loro sensitivi sul piano dell'attrattiva fisica e degli interessi. Johnny e io, per esempio, amiamo entrambi la conversazione brillante, il cibo cucinato all'aperto e la danza estatica. La mia buona amica, nonché collega medium, Stacey Barrett-Mold, ha pubblicato svariati studi sul rapporto sensitivo-spirito guida. Stacey nutre un amore profondo per i numeri e l'ordine. Il suo spirito guida, Sidney Curd, un commercialista che nel 1954 fu ucciso a colpi di tagliacarte da un cliente ridotto sul lastrico, condivide i suoi stessi interessi. Diversamente da Johnny, il signor Curd non ha arco e frecce: lui, per sviare le attenzioni sgradite degli spiriti ostili, apre la valigetta ed estrae delle cartelle delle imposte fantasma.

Scuoto la testa, sconsolata.

"Prima di giudicare," dice Renata, offesa, con voce vellutata come dopo un bel pisolino, "dovresti leggere le testimonianze."

"Doreen è più unica che rara: le sue orecchie riescono a percepire anche la più flebile voce di defunto. A causa di una laringite cronica, la mia povera zia ha passato gli ultimi cinque anni di vita senza che nessuno riuscisse a capirla, ma Doreen le ha ridato la voce!"

Sig.ra V. B. Pritchard

"Doreen, cosa posso dire? Mi hai ricongiunta al mio adorato marito. Adesso siamo più uniti che mai, mi consola sapere che veglia su di me – e sulle zucche da concorso che coltivo in sua memoria."

Sig.ra S. Bolick

"Doreen è il massimo: è a pieno titolo la Donna che Sussurra ai Fantasmi."

Sam Stroud, autore di Arrivano a schiere: guida elementare delle infestazioni soprannaturali di massa.

"Siamo davvero a questo punto?" chiudo il libro e lo poso sul tavolino.

"Penso di sì," dice Renata. "Fa' un tentativo. Cos'abbiamo da perdere?"

Mi volto verso Santa Dinfna, che rotea gli occhi, poi si rimette a guardare la televisione. Rimango in silenzio come l'oltretomba.

35.

Sam Hebden è sulla soglia dell'appartamento di Renata. Calza un paio di espadrillas. Gesù Cristo lo guarda con aria di approvazione. Johnny Cash se la ride sotto i baffi. Renata e io siamo davanti alla porta a braccia conserte.

Sam ci fa un cenno col capo e dice, con aria addolorata: "Renata. Maud."

Renata ricambia il cenno, senza che dai suoi neri occhi da pirata traspaia nulla.

Per niente scoraggiato, Sam sorride. "Scusate se non mi sono più fatto vivo."

È un sorriso lento e caldo. Un sorriso che mi fa palpitare, mio malgrado.

Renata mi guarda e serra le labbra.

"So come dev'esservi sembrato," azzarda Sam.

"Hai cinque minuti," dico.

Renata mi stringe il braccio e va in cucina ad accendere il bollitore, sistemandosi il foulard perché resista alla buriana che sta per scatenarsi.

Sam mi accompagna alla chiesa spiritista con la sua Golf verde con lo sportello sinistro ammaccato. Questo non significa che l'abbia perdonato: gliel'ho fatto capire chiaro e tondo con il mio rigido contegno. San Valentino e San Giorgio, forse per la tensione, bisticciano sul sedile posteriore.

Sam svolta nel punto sbagliato.

"Dovevi girare a sinistra," gli faccio notare.

Restiamo in silenzio davanti a un semaforo rosso.

"Ascolta, Maud, mi dispiace. Mi dispiace davvero. Avrei dovuto farmi vivo ma è successo qualcosa."

"Capisco," dico.

"So come dev'esservi sembrato."

"L'hai già detto." Chiedo al semaforo di passare al verde, e lui lo fa. "A Renata sarebbe servito il tuo sostegno," dico, con voce piatta. "Dopo quello che è successo."

"Hai ragione. Avrei dovuto starle vicino."

"Dorme con un coltello da cucina sotto il cuscino e non si separa mai dall'urna di Bernie."

"Mi dispiace."

Dal sedile posteriore arriva una risatina scettica. Mi volto e vedo San Valentino che fa un gestaccio verso la testa di Sam. San Giorgio ha alzato la celata e sfoggia un cipiglio eloquente.

Apro il finestrino e mi sporgo un po', per evitare l'odore di lupo travestito da pecora emanato da Sam: sapone agli agrumi e sigaretta.

"Possiamo ricominciare da capo, Maud?"

Lo guardo storto. "Ricominciare cosa?"

"Non ti deluderò." Sorride e mi guarda con i suoi bollenti occhi grigi. Sento la mia fermezza indebolirsi e mi chiedo: che razza di uomo va in giro con le espadrillas? Renata non l'ha detto, ma sono senz'altro lo stigma di qualche raccapricciante varietà di devianza.

"Comunque quella notte sono stato benissimo," mormora.

Aspetto che fiocchino battutacce dal sedile posteriore, ma non ne arriva nessuna.

"Sono contenta per te," dico. Poi accendo la radio e alzo il volume.

Nella borsa accanto ai miei piedi c'è qualcosa di più tangibile delle vicissitudini umane: un dono di Mary Flood, giunto dall'oltretomba.

Non aver paura di raccontare la nostra storia.

Non avrò paura, ma qual è la nostra storia, Mary?

Forse Doreen Gouge, Sensitiva delle Celebrità, me lo dirà stasera.

Non nutro molte speranze. Doreen Gouge, Sensitiva delle Celebrità, è in piedi su una cassetta di legno, davanti a un leggio separato dall'uditorio da una balaustra. Doreen è più larga che lunga, una Regina Vittoria del mondo spiritistico. La testa piccola, i piedi esili e le mani minuscole sono separati dalla distesa del corpo, tanto da farla sembrare un aquilone umano. Indossa strati di chiffon dai colori pastello, e intorno al collo ha una lunga corda di perline simili a popcorn. L'acconciatura e il trucco sono esuberanti come l'abbigliamento. Un leggero alone biondo circonda il viso roseo, dove gli occhi luccicano in due chiazze di azzurro scintillante e le labbra risplendono di glassa color pesca. Mi chiedo se non sia tutto un tentativo di controbilanciare la macabra professione.

C'è una gran ressa: almeno cinquanta persone; a parte Sam e io, il pubblico sembra tutto costituito da habitués. Si salutano con cenni del capo e ci sorridono. Alcuni sembrano normali, accomunati da una sorta di derelitta ordinarietà. Altri hanno un aspetto davvero strano, come se non fossero abituati alla compagnia del prossimo o all'uso della spazzola. Mi chiedo fino a che punto possa arrivare la gente nel cercare un disperato conforto di fronte alla morte e alla mortalità.

Cominciamo intonando una canzone dei Westlife, per liberare l'energia nella sala e spingere all'azione i morti. Doreen canta insieme a noi, con dolcezza ed entusiasmo. Mi prendo un attimo per ringraziare il cielo che i santi siano ancora fuori, nel parcheggio, credo dove li ho lasciati. San Valentino fissa

San Giorgio con un'espressione di collera strabica e San Giorgio, seduto sul cofano di una monovolume, scandisce parolacce mute all'indirizzo di San Valentino. Poi mi chiedo cosa ci faccia io lì, mentre il mondo di Cathal va in mille pezzi, Renata è chiusa in casa con il catenaccio alla porta e un coltello da cucina infilato nella manica del kimono, e Maggie Dunne è ancora dispersa. Il canto corale cresce d'intensità; seguo il testo sul foglietto che mi hanno dato all'ingresso. Dove altro potrei essere?

La donna alla mia destra mi dà una leggera gomitata. Mi volto e mi ritrovo a guardare la faccia di una fumatrice incallita con la bocca a culo di gallina. Indossa una felpa con l'immagine di un corgi che abbaia alla luna.

La donna mi fa un sorriso lugubre che rivela un'ecatombe di denti marci. "È la prima volta che vieni?"

"Sì."

Si avvicina di qualche centimetro e mi dice in un orecchio, ad alta voce: "Sai, Doreen è bravissima. È una vera fortuna che oggi sia con noi. Stasera doveva andare a Woking, ma ha intuito che c'era un incidente sulla M3."

"Questa sì che è fortuna."

"L'ultima volta che è venuta si è manifestato mio zio. Un omone gallese, morto in una maniera molto insolita a Llanelli."

"Davvero?"

"Ha avuto un infarto del miocardio dopo essere stato aggredito da uno stormo di gabbiani. Doreen l'ha beccato subito, ha perfino detto che aveva l'abitudine di tirarsi su i calzoni prima di sedersi." La donna si pizzica i jeans all'altezza delle ginocchia. "Ha detto che lo zio non ha sofferto."

"Questa è la cosa più importante."

Annuisce. "Sai, aveva mangiato dei biscotti. Uno gli era finito nel cappuccio del giaccone, ed era a quello che miravano i gabbiani. Non volevano ucciderlo, e saperlo è stato un sollievo."

"Non ne dubito."

La musica s'interrompe all'improvviso. Davanti al leggio, Doreen si schiarisce la voce. "Sono molto fortunata a essere qui stasera, tra amici, vecchi e nuovi."

Sorride a Sam, che ricambia il sorriso. Doreen gli strizza l'occhio con aria sbarazzina. Di certo non ha niente da obiettare agli uomini con le espadrillas.

"In questo preciso istante," dice, compiaciuta, "i resti maciullati e sanguinolenti del mio corpo dovrebbero trovarsi all'incrocio tra la M3 e la M25. Ma non è così. Stasera, il mio destino non prevede la morte per incidente d'auto, e per questo ringrazio gli spiriti che camminano al mio fianco, che hanno sempre camminato al mio fianco."

Molti spettatori annuiscono e sorridono, grati che Doreen non sia un cadavere maciullato e sanguinolento.

Doreen continua, in tono grave. "Sin da piccola ho avuto la fortuna che il mondo degli spiriti mi si rivelasse in tutto il suo splendore. E questo mi ha reso diversa, particolare." Abbassa lo sguardo sulle proprie mani giunte. "Ma non sono mai stata sola. Non potevo esserlo, perché i miei primi compagni di giochi sono stati proprio i cari estinti."

Penso alla sorella di Cathal, trasformata in una sensitiva, o solo fatta impazzire, da una raffica di punture di vespa, un bastone e un tuffo in un abbeveratoio magico. Mi chiedo se Doreen abbia subito un'iniziazione simile. Poi penso ai due martiri che al momento si azzuffano nel parcheggio. Poi decido di smettere di pensare.

Doreen lancia occhiate per la sala. "Sono onorata di essere qui stasera a condividere con voi il mio spiritismo e a darvi prova del protrarsi dell'esistenza dell'anima nell'aldilà."

Parla come se stesse concludendo un accordo. "Prima di cominciare, voglio ricordarvi che ho solo una regola. Sapete tutti qual è, vero?"

Gli spettatori annuiscono e sorridono, certo che lo sanno.

"La ripeterò a beneficio dei neofiti: *non imboccatemi.*" Ridacchia e si indica i fianchi generosi. "Non sembra anche a voi che abbia mangiato abbastanza?"

Tutti ridono con riguardo, e due o tre imbecilli scuotono la testa.

Doreen si sporge sul leggio. "Se dico qualcosa che vi è familiare o in cui riconoscete la presenza di un amico o di una persona cara, alzate la mano e vi parlerò. In quel caso, per favore, attenetevi a risposte brevi, limitatevi a dire 'sì' e 'no'. E parlate a voce alta e in maniera chiara."

Gli spettatori annuiscono, obbedienti, con i fazzoletti in mano, pronti per un bel pianto.

Doreen fa la faccia seria. "Una conversazione con i trapassati non è come una normale chiacchierata davanti a una tazza di tè, di quelle che capita di fare a tutti noi. Perché il regno degli spiriti coesiste con il nostro mondo ma, al tempo stesso, ne è lontanissimo. Un bravo medium può aprire di colpo il sipario che separa questi due ambiti e accedere alle più profonde profondità del mistero. Come potete ben immaginare, si tratta di un'impresa difficile e, a volte, imprevedibile."

Mi chiedo in cosa consista questo sipario oltretombale. Trattandosi di Doreen, sarà di chintz o di velours pregiato. Immagino che nasconda torme di spiriti che tossiscono e camminano avanti e indietro, come attori di filodrammatica in attesa della propria scena.

Doreen si allunga in tutta la sua modesta statura. "Stasera alcuni di voi riceveranno messaggi e altri no. Come sapete, sono solo un canale: i defunti mi diranno cosa ritengono dobbiate sapere. Vi prego di tener presente che potrebbe anche trattarsi di qualcosa che *non* volete sapere. E, ovviamente, c'è la possibilità che non si presenti nessuno spirito." Sorride enigmatica. "Questo perché loro non sono ancora in grado di comunicare o perché voi non siete ancora pronti per ciò che vogliono dirvi. E adesso vi prego di fare silenzio."

Un'esile zitella con le cosce grosse, gli occhi da invasata e i capelli che sembrano una riserva naturale, abbassa le luci in sala.

Doreen fa un paio di respiri profondi e fissa un punto remoto proprio sopra le nostre teste. Comincia ad annuire e a fare cenni di invito. Incuriositi, gli spettatori si voltano a guardare una libreria e una pila di sedie in fondo alla sala, forse per vedere le legioni di morti che, ridestati dalle note dci Westlife, attraversano il muro e si riversano tra loro.

Doreen incrocia le mani sul petto e chiude gli occhi. Di tanto in tanto annuisce, ascoltando assorta. A volte ondeggia. Poi apre gli occhi e si accosta al leggio. Scruta la sala.

Ha una voce secca ed efficiente, come quella di un banditore d'asta. "Ho qui un uomo alto, pelle scura, credo cipriota, con un blocco intestinale. Qualcuno è interessato?" Solleva con la mano un martelletto immaginario.

Il pubblico sembra perplesso: nessuno vuole fare un'offerta per il cipriota.

Doreen chiude gli occhi e annuisce di nuovo, stavolta con una certa impazienza. "Ha avuto seri problemi gastrici." Apre gli occhi e si afferra il pancione, come per cullarlo. Indica il fondo della sala. "Chiede di parlare con uno di voi laggiù. C'è qualcuno interessato? Sento un nome come Tony o Anthony."

Una donna alza la mano con fare esitante. "Il mio postino si chiamava Tony," dice. "Però era di Blackburn."

"Ma gli piaceva andare in vacanza? Era un amante del sole?"

La donna riflette. "Può darsi. Non lo conoscevo così bene."

Doreen ignora la precisazione e chiude di nuovo gli occhi. "Tony è morto in poche ore. Ma dice di aver vissuto appieno la propria vita."

"È vero, Doreen."

"Tony mi dice che c'è qualcuno di nome Peter, Paul, Pam, Paddy. Adesso mi mostra un orologio. Indica le lancette."

La donna scuote la testa. “Non lo so, cara. Ho una vicina che si chiama Pat. In casa ha un orologio da viaggio.”

Doreen chiude di nuovo gli occhi. “Di recente si è sottoposta a un intervento.”

La donna la guarda sbalordita. “È vero, l’anno scorso!”

“Sì...” Doreen ridacchia con aria birichina. “Tony, questo non posso dirlo.” Apre gli occhi e guarda la donna. “Tony mi indica gambe. Pat si è fatta le gambe.”

“È vero, le vene varicose!”

Doreen sorride. “Tony la conosceva bene. Dice di raccomandarle di mettersi le calze contenitive e tenere più spesso i piedi sollevati. E dice che non devi preoccuparti per lui: è andato in un posto migliore.”

La donna annuisce, contenta che il postino che conosceva a stento sia in un posto migliore. Tra qualche ora busserà alla porta di Pat per darle il messaggio da parte del defunto Tony.

Doreen, soddisfatta, ricade in trance.

Mi guardo intorno in sala, osservo gli spettatori inchiodati sulle sedie dal fascino ciarlatano di Doreen. Sopra il leggio c’è l’immagine di un angelo inginocchiato, dipinto su una lastra di Perspex retroilluminata con una luce fluorescente. Benedice Doreen Gouge, che interpreta le farneticazioni senili dei morti immaginari. Guardo Sam. È avvinto, con i lunghi capelli biondi che gli incorniciano il viso e i begli occhi grigi puntati sul podio. Si volta verso di me e mi fulmina con un sorriso. Il mio cuore sobbalza. Gli guardo le espadrillas.

Stasera Doreen si è guadagnata lo stipendio. Ritta sulla cassetta di legno davanti al leggio, ha mimato decine di morti tragiche. Stasera, dice, siamo in modalità suicidio, con due morti “accidentali” per sonniferi e un’anima tormentata di nome Janet che ha tentato la fuga eterna dalla terrazza di un parcheggio multipiano a Shepherd's Bush.

Doreen mima in maniera inquietante il tuffo di Janet sull'asfalto in una fosca mattina di febbraio di dieci anni fa, quando ha mancato di poco un furgone del pane e una Renault Clio.

Il diavolo è nei dettagli.

Nessuno di noi può rivendicare Janet. Ma siamo tutti rassicurati di sapere che quella povera ragazza non soffre nell'aldilà. Lasciamo che la sua storia muoia con lei. Lasciamola andare. Resterà sempre lì, a cadere all'infinito dal quindicesimo piano, ad avvitarsi nell'aria come un seme di sicomoro, a vorticare con i lembi del soprabito che svolazzano. A schiantarsi a terra come una sacca di sangue.

Cantiamo un'altra canzone, stavolta degli Abba, per massimizzare l'energia. Nella seconda parte dell'incontro, Doreen si concentra sulle infezioni incurabili e sulle finte infermità, alternate agli incidenti autoinflitti.

Paragona l'aldilà alla metropolitana, per mettere le cose nella giusta prospettiva. Il cancro è a Oxford Circus e le cardiopatie sono a King's Cross – stazioni sempre affollatissime. Invece, per cose come la decapitazione con una sega circolare bisogna dirigersi fuori città, verso Chesham. Sam sorride e annuisce; lo guardo godersi questo sfoggio di arte del raggiro. Immagino che per lui sia molto istruttivo.

Mi ci vuole qualche secondo prima di accorgermi che Doreen mi guarda.

"Ho un uomo basso con le scarpe con i rialzi. Dall'aspetto equivoco. È proprio dietro di te. Ti interessa?"

La fisso, interdetta.

Doreen mi sorride, imperterrita, e parla molto piano. "Scarpe con i rialzi, tesoro. Mi mostra un palcoscenico, i riflettori. Credo che appartenesse al mondo dello spettacolo. Ti interessa?"

Alcuni spettatori si voltano a guardarmi. "Non lo so," dico.

"Un ometto elegante in frac e cilindro, estrae qualcosa dalla manica." Dorian mima davanti al leggio. "Una fune fatta di fazzoletti, un mazzo di fiori... Ha l'aria sfuggente."

Ecco, ci sono. "Bernie Sparks!" dico con un moto di giubilo.

Doreen storce la bocca. "Non imboccarmi. Però sì, è lui." Si concentra su un punto sopra la mia testa. "Mi mostra un coniglio bianco."

"Era un mago."

Aggrotta la fronte. "Questo lo so." Chiude gli occhi. "Dice che sta scadendo il tempo per quella povera ragazzina tutta sola al buio. È stata una lunga, lunghissima caduta. È in fondo alla tana del coniglio e deve arrampicarsi per tornare alla luce, tic tac."

Altri spettatori mi guardano incuriositi. Questo non è un messaggio abituale. Contraggono le labbra e aspettano che Bernie parli di insufficienza renale o di dove ha nascosto i titoli di Stato.

"Il micio è nel pozzo," farfuglia Doreen con voce da bambina e un sorriso malvagio. "La campana fa un rintocco, che risuona in fondo al pozzo, Bernie vuole farti sapere..."

S'interrompe di colpo e il suo sorriso svanisce. "Che sta arrivando la Regina Rossa," dice con un improvviso accento irlandese.

Ho il cuore in gola.

Doreen guarda di fronte a sé con un'espressione di orrore inesorabile. Vedo le sue mani trovare la collana di pop-corn e cominciare a girarla, a torcerla sempre più stretta intorno alla gola. Anche il viso si contrae, in una smorfia di terrore.

Gli spettatori cominciano a bisbigliare tra loro. È la prima volta che succede una cosa del genere. Mi fissano con aria accusatoria. Il mio amico morto e io cospiriamo per mandare in tilt Doreen.

Doreen comincia a tremare.

L'assistente con gli occhi da invasata si arrampica sul palco e, in preda al panico, la strattona per una manica. Doreen torna in sé sbattendo gli occhi e si guarda intorno. "Ho perso il collegamento," dice con un filo di voce. "Ho perso il collegamento."

Sam è impallidito; infila la mano nella mia e lo lascio fare, perché ho una strana sensazione di gelo. Doreen si riprende bene. Snocciola una rapida serie di messaggi positivi e conclude con il consiglio ottimista di Jean, defunta impiegata comunale che sostiene l'importanza di cogliere il momento e seguire i propri sogni. Una donna dietro di me dice che lo farà, promette che lo farà, prenoterà un posto in una minicrociera.

Quando Doreen ci dà il la per intonare l'ultima canzone, un edificante successo dei Carpenters, mentre i morti tornano ad attraversare il muro per arrancare verso la tundra sconfinata della cieca eternità, il pubblico sembra aver dimenticato il suo strano momento di aberrazione.

Dopo, c'è un rinfresco a base di bevande analcoliche durante il quale si può socializzare. L'assistente con gli occhi da invasata comincia a prendere le prenotazioni per i ritratti sensitivi. Esco dalla sala mentre Sam è tutto preso a conversare con lei.

In uno stretto corridoio che sa di incenso e di acqua per lavare i pavimenti che ristagna in qualche secchio, c'è una porta con incollata una stella di cartone. Busso una volta e apro prima di sentirmi dire che non posso entrare.

In una stanza grande quanto un armadio delle scope, Doreen Gouge fuma affacciata alla finestra. Si è tolta le scarpe; accanto a lei, sul davanzale, c'è una bottiglietta di vodka.

"Posso parlarti un attimo?"

Doreen socchiude gli occhi dietro uno sbuffo di fumo. "Tesoro, gli incontri privati li faccio su appuntamento, ogni due martedì. Appena fuori dalla porta ci sono gli opuscoli."

Apro la borsa. "Mi spiace ma non posso aspettare così tanto. Ho assoluto bisogno che tu dia un'occhiata a questo."

Doreen stringe la bocca e mi guarda con un'espressione di livore annoiato. Da vicino sembra molto più giovane, struccata.

Noto in un angolo un paio di stivaletti da moto e un casco. Comincio a chiedermi chi sia la vera Doreen Gouge.

"Vent'anni fa, mentre indagava sul caso di una studentessa scomparsa, una donna è morta in maniera sospetta. Poco prima di morire, ha lasciato questo a una vicina, dicendo che qualcuno sarebbe venuto a cercarla: è stato come se avesse avuto una specie di premonizione." Tiro fuori il quaderno. "Sulla prima pagina ci sono le mie iniziali e un messaggio."

Doreen aspira un'altra boccata di fumo e si volta di nuovo verso la finestra.

"Quella donna, Mary, conservava gli articoli di giornale che trattavano il caso su cui indagava... scusa, ma mi stai ascoltando?"

Doreen mi guarda in cagnesco da sopra la spalla.

Ci riprovo.

"Sono venuta qui perché penso che tu possa aiutarmi a capire cos'avesse scoperto quella donna prima di morire, e magari anche a trovare la ragazza scomparsa. Le cose che hai detto stasera..."

"Non posso aiutarti."

"Doreen, ti prego, se davvero hai visto qualcosa..."

Si volta, posa la sigaretta in equilibrio sul bordo del tavolo e tende una mano per farsi dare il quaderno. Legge la dedica; tocca l'inchiostro con cui è scritta. Mi restituisce il quaderno.

"Niente. Mi spiace."

"Ma prima, in quella sala, hai visto qualcosa?"

Doreen prende la sigaretta e aspira a lungo. "Non posso ricordarmelo. La metà delle volte non so che cosa dico in quei momenti. Aspetta un attimo."

Getta la sigaretta fuori dalla finestra e si sfila il vestito passandolo sopra la testa. Ha un cuscino legato sulla pancia con varie sciarpe di lana. La guardo mentre le srotola e le posa una dopo l'altra sullo schienale di una sedia.

Mi ritrovo davanti una ragazza magra con una t-shirt di Iggy Pop.

"I medium li preferiscono imbottiti. Dà autorevolezza. Allora, come fai a sapere che quel quaderno è per te?"

"Quelle sono le mie iniziali."

"C'è un sacco di altra gente con le stesse iniziali."

"Vuoi aiutarmi o no?"

Doreen Gouge sorride.

Il suo vero nome è Eleanor Kemp, dice, ed è vittima della sua fantasia. È sempre piena di voci, canzoni che si ripetono all'infinito. Ogni giorno vede facce, e a volte le vede per tutto il giorno, distorte e come se fossero schiacciate contro il vetro di una finestra: ridono, singhiozzano o, semplicemente, sbirciano all'interno. Come le voci, le facce vanno e vengono, fluttuano e si ritraggono. Nei giorni peggiori, i morti sono di una concretezza inesorabile: si piazzano davanti a lei e si grattano il culo, sbraitano e bisticciano. Nei giorni migliori, si riducono a una parola sussurrata o a un tenue profumo di lillà, così lei è libera di comprarsi un paio di scarpe e pagare la bolletta del gas. A volte si chiede chi sia più vivo, se lei o i morti, perché le capita di perdere intere giornate alla mercé dei cari estinti.

Poi ci sono le immagini vivide e improvvise, i ricordi che non le appartengono: l'ombra screziata di sole su una veranda, il viso di un bimbo addormentato, vele che schioccano e si gonfiano sul blu del mare Egeo. O una mano che non è la sua: su una bottiglia, su un ponte, su un'altalena, su un coltello.

A volte prende le gocce, a volte no. Quando le prende dorme di più, ma i morti vengono in ogni caso.

Non è sempre stato così? Sorride con amarezza. La pazza e la mistica che ballano mano nella mano, con lo stesso suonatore di tamburelli?

Quanto agli aspetti pratici, sa come sedurre il pubblico perché suo padre batteva i mercati di paese vendendo stoviglie. È la stessa cosa, solo che lei vende persone morte e i soldi non li prende di persona: adesso ha qualcuno che lo fa per lei.

"Ti capita mai di vedere i santi?" chiedo.

Aggrotta la fronte.

"Sai, martiri, aureole, tuniche..."

Mi guarda con aria vacua. "So cos'è un santo."

"Non importa. Stasera cos'hai visto?"

Eleanor si infila gli stivaletti. "Una donna con i capelli rossi, pallida."

Vorrei sedermi ma non riesco a muovermi. "La Regina Rossa?"

"E teneva per mano una bambina," dice mentre infila le sue cose in una sacca.

Non riesco quasi a parlare. "Com'era?"

"La bambina?" Eleanor chiude la lampo della sacca. "Capelli biondi, bel sorriso." Avvita il tappo della bottiglietta di vodka e se la infila nella tasca del giubbotto.

"E il pozzo? Hai detto qualcosa a proposito di un gatto in un pozzo, ricordi?" Per un istante penso a Beckett.

Eleanor scrolla le spalle. "Credo fosse una metafora; i morti come metafora."

"Metafora di cosa?"

"Non ne ho idea." Prende il casco. "Un'altra cosa: il tizio con cui stai."

"Sì?"

"Non è chi dice di essere."

36.

Il mio cuore è sommerso; lei è più giù. Un barattolo ricoperto di cirripedi, un relitto di sottomarino rintanato nei torbidi abissi. La seguo, sfiorando con i capelli il fondo limaccioso. Vedo che le mattonelle ci sono ancora. Il mio cuore e io nuotiamo in un ottagono, sotto arcate arrugginite. Sopra di noi, piccole lune color panna brillano dentro aloni di luce.

Quando mi riapproprierò del mio cuore, la trascinerò a galla e la aprirò. Punterò una torcia elettrica nelle sue cavità umide e stillanti. Piene di ferro arrugginito e ribattini usurati. Troverò scheletri e brandelli di nastro di telescrivente. SOS *mai spediti, allarmi interrotti – non riusciva a trasmettere neanche un messaggio: arrivavano ma erano indecifrabili, oppure non arrivavano affatto, acqua salata nel meccanismo, interruzioni di linea.*

C'è un balenio nell'acqua. Una donna nuota verso di me, snella, il viso come una luna bianca. Esita sospesa, ha lo sguardo smarrito, i capelli che fluttuano intorno al viso. Poi sfreccia via riempiendomi di bollicine gli occhi e il naso. In lontananza c'è un'esplosione rossa, una nuvola che si spande nell'acqua, che si srotola tra volute e ghirigori.

Ho l'incavo delle ginocchia bagnato. Mi asciugo il viso con l'angolo di un lenzuolo, sento il sale sulle labbra.

Lo guardo, sdraiato accanto a me. Lo osservo bene. I capelli, di un biondo più scuro sulla nuca. I muscoli della schiena e il disegno della spina dorsale che si restringe verso la curva delle natiche. Ha la mano sinistra abbandonata sulle lenzuola. Mi chino e la scruto ancora, da vicino, anche se non ne ho bisogno. Ormai la conosco bene. La cicatrice sulla nocca del pollice, le lentiggini sul dorso e la depressione quasi impercettibile sull'anulare, dove di solito c'è la fede.

A casa sua il sole sorge nell'aria gelida.

Tra un po', sua moglie preparerà la colazione e sveglierà i figli per andare a scuola. Forse le chiederanno dov'è papà. Forse lei piangerà nel loro portavivande o chiuderà con troppa forza lo sportello del frigo. O forse si limiterà ad avvicinarsi al lavello e guarderà fuori dalla finestra, con una tazza stretta tra le mani. Come potrebbe non sapere delle altre donne, non sapere che ci sono per forza altre donne? Basta guardarlo: il sorriso, il corpo e il lupo dietro lo sguardo.

Perché è un lupo, un agile lupo con le zanne appuntite, bellissimo e con gli occhi grigi.

Non è chi dice di essere, e comunque non è uno che dice molto.

Scendo dal letto senza fare rumore e raccolgo i suoi jeans. Mi chiudo la porta alle spalle, sfilo il portafoglio dalla tasca e lo apro.

Una manciata di banconote. Nient'altro.

Nessuna foto delle gemelline, o del maschietto che ogni domenica porta al parco per fare una partitella. Niente patente, carte di credito… Dovrei essere stupita ma non lo sono: è il portafoglio di un adultero. Lo chiudo e lo rimetto nella tasca dei jeans.

Quando torno in punta di piedi in camera da letto, vedo che si è girato, sento il respiro lento e regolare. Gli fremono i fianchi nel sonno, come se, furtivo e ferino, si aggirasse in qualche foresta sognata. O forse finge anche questo.

Avverto un movimento con la coda dell'occhio.

Una mano sfumata sbuca dalla porta della stanza, stringe una rosa spettrale: gambo lungo, rosso intenso.

Mi metto l'indice davanti alla bocca e San Valentino mi segue in soggiorno.

"Allora, non è meraviglioso l'amore?" gongola. "Ecco Johnny Quicksilver di nuovo nel tuo letto, come se non se ne fosse mai andato. Gran bel fusto e uomo molto affascinante, con quegli occhi grigi così luminosi e tutte le cose che sa fare a letto. Un amante gagliardo ed energico, e pure pieno d'immaginazione. Buon Dio, le cose che..."

"Ti capita mai di darci un taglio?"

San Valentino si lascia cadere sul divano e mi fa segno di sedermi accanto a lui. Noto che sul tavolino c'è il quotidiano locale aperto sulla rubrica delle inserzioni dei cuori solitari. La pagina è piena di cerchietti dorati fatti con il pennarello.

"Sei stato tu?"

"Ti conviene avere qualche alternativa pronta, in caso il tuo uomo imboccasse un'altra strada. Che ne diresti di un vedovo proprietario di una villetta bifamiliare a Hounslow? Ama le passeggiate."

Mi siedo sul divano e lo guardo in cagnesco. "Arriva al punto, ometto."

"Hai capito chi è il tizio nel tuo letto?"

"È Sam Hebden."

San Valentino sbuffa. "Ma tu non eri un fenomeno nel raccogliere prove e ficcare il naso negli angoli della vita altrui?"

Mantengo un silenzio distaccato.

"Sveglialo e chiediglielo." San Valentino ha un ferreo sguardo di sfida nell'occhio con cui mi fissa. L'altro scarroccia verso la porta del soggiorno. "Passa al setaccio le sue credenziali."

"Non farò niente del genere."

San Valentino aggrotta la fronte e si pizzica l'orecchio. Poi gli s'illumina il viso come per un'idea improvvisa. "Sei spaventata, Stellina."

"Nient'affatto."

Sogghigna e, per qualche istante, la sua aureola balugina in maniera irritante. "Quell'uomo sa già che sei un po' toccata, vero? Che vedi i misteri dove non ce n'è neanche mezzo, no? Che ti fai venire i sospetti sul suo conto in quella testolina bacata, o sbaglio? È roba che potrebbe spegnere gli ardori romantici di un giovanotto, non credi?"

"Ti sbagli di grosso."

Smette di ridacchiare e mi guarda pensoso.

"Allora hai paura di quello che potresti scoprire."

Ed ecco di nuovo quel pensiero. La moglie in cucina, che guarda fuori dalla finestra con una tazza tra le mani mentre le gemelline si lamentano perché vogliono la colazione e il maschietto gioca a pallone nel corridoio.

"Beato chi non sa," proclama San Valentino.

"Se hai finito di dirmi quello che mi volevi dire..."

"Non ho finito. Tutto sommato, ieri sera la tua amica ha ricevuto un paio di messaggi importanti."

"E con ciò?"

"Ha visto Mary e Maggie, no? Nient'altro, Stellina?" Mi guarda con aria saccente. "Allora ti darò un indizio: ha un secchio, può contenere un bel po' di desideri, e ce n'è uno a Bridlemere."

"Cristo, ha parlato di un pozzo!"

San Valentino fa un sorriso che gli va da un orecchio all'altro. "Din don!"

Mi vesto in fretta e furia e acciuffo una torcia elettrica. San Valentino vuole a tutti i costi accompagnarmi; andare in autobus gli piace, e adora passare sul Richmond Bridge. Spinge il naso attraverso il finestrino per scrutare il Tamigi, che è immobile, immacolato e ammantato di nebbia. Guardiamo uno stormo di oche volare sopra le nostre teste, tra cabrate e picchiate, con la zavorra del corpo spinta dal profondo battito d'ali. Mentre si dirigono a valle, si mettono in formazione a V. Per San Valentino è un buon segno. Io non dico niente.

San Valentino dice che mi aspetterà al cancello.

"Su, Maud, trova il pozzo e dagli un'occhiatina."

Si volta a osservare. Una forma indefinita sferraglia nella strada ancora deserta a quest'ora del mattino. Man mano che si avvicina riconosco San Giorgio.

Aggrotto la fronte. "Cos'è, un raduno?"

San Valentino fa l'offeso. "Siamo qui per testimoniarti il nostro sostegno." Indica San Giorgio. "Io e questo giovanotto."

San Giorgio scrolla le spalle; l'armatura cigola. "Se fossi in te, mi avvierei. Il vecchio si sveglierà da un momento all'altro. Non sporgerti troppo e non cadere," aggiunge. "Come hai fatto nella ghiacciaia."

"Se non riesci a vedere perché è troppo buio, urlaci dentro. Così darai una bella scrollata a qualsiasi cosa si sia rintanata sul fondo." San Valentino si volta verso San Giorgio. "Questa ragazza ha una voce così potente da svegliare i morti."

Stringo gli occhi. "Quindi non mi accompagnate per darmi appoggio morale?"

I due santi tentennano, poi guardano ognuno in una direzione diversa. Giro i tacchi.

Il giardino è rorido e silenzioso. Tre o quattro gatti mi corrono incontro. Quando capiscono che non sono lì per dargli da mangiare, si voltano e trotterellano via, zigzagando tra i rifiuti e saltando sui tetti dei capanni. Mi faccio largo tra carriole ribaltate, pezzi di automobile e mobili sfasciati, sacchi di spazzatura e attrezzi arrugginiti. Capirò cosa cerco solo quando lo troverò o ci cadrò dentro.

È sul limitare del giardino, in una specie di radura, circondato da calcinacci e chiuso con un foglio di lamiera ondulata tenuto fermo da un paio di mattoni. Poso a terra la borsa, tolgo i mattoni e scosto la lamiera.

Mi sporgo, e l'odore mi investe: l'umidità fredda e densa di tutto ciò che è scavato nelle viscere della terra, di tutte le profondità prive di sole e di stelle. Il mio sguardo riesce a spingersi in basso per alcuni metri, vedo alcuni anelli di vecchi mattoni fradici, poi il buio prende il sopravvento. La torcia elettrica serve a ben poco: il fascio di luce non è abbastanza potente. Prendo dalla borsa una moneta. Non per esprimere un desiderio, per un altro motivo che non mi è chiaro, forse come omaggio o come obolo da pagare a qualche spirito custode dei pozzi. Lascio cadere la moneta e ascolto. Non sento nessun rumore.

Si alza un po' di vento, solleva la polvere da un mucchio di calcinacci e me la soffia addosso. Cathal voleva riempire il pozzo? Mi guardo intorno: sotto un vecchio telo trovo dei mattoni e dei sacchi di cemento, perlopiù vuoti, alcuni ancora pieni ma con il contenuto ormai rappreso.

Cosa voleva nascondere?

Mi sporgo quanto me lo consente la paura, e grido.

C'è nessuno?

L'eco delle mie parole mi rimbalza addosso, stridula e beffarda.

C'è nessuno? Uno? Uno? Uno?

Aspetto: nessuna risposta. Nel pozzo non c'è nessuno.

Poi, di colpo, il vento cambia direzione. Sbuffa sopra il bordo del pozzo, come quando si soffia in una bottiglia vuota, ed emana una specie di ululato acuto e lugubre. Di quelli che inorgoglirebbero una prefica.

37.

Oggi Lillian si è data molto da fare. Ha spolverato le gemme della collezione di Renata e le ha sistemate nella nuova vetrinetta di seconda mano. Ha coperto con toppe di carta da parati le macchie di curaçao sul muro del soggiorno e ha preparato una teglia di stufato per il compleanno di Cathal. Se ne va quando entro in casa per portare le tende del soggiorno al lavasecco, dopo aver ingaggiato una breve ma intensa schermaglia con Renata a proposito della presunta ricomparsa della sua pipa.

Renata, grembiule a fiori e foulard come una casalinga di sitcom anni settanta, mi guarda con un sorriso rassegnato. Dopo le visite di Lillian ha sempre un'aria intirizzita e strigliata, come un capo delicato lavato in acqua bollente insieme alla coperta del cane.

Prende l'occorrente per preparare il caffè.

"Arriva anche Sam, per pianificare la missione?"

Mi siedo al tavolo della cucina. "Non l'ho invitato."

Renata mi guarda stupita. "Non viene con te nel Dorset?"

"No."

Inarca un sopracciglio e mette la caffettiera sul fornello.

Come faccio a dirle che non mi fido dell'uomo con cui vado a letto? E, peggio ancora, che non voglio scoprire perché?

"Preferisco andarci da sola," dico.

"Contenta tu," dice lei in tono pimpante, e si asciuga le mani sul grembiule.

Guardo il taccuino: il piano è molto dettagliato.

Missione nel Dorset a scopo investigativo

Primo giorno:
Mattina: Langton Cheney
Registrarsi al B&B (Castle View, Renscombe Road, doppia con bagno)
Recarsi all'Holly Lodge, con un pretesto che devo ancora inventare, per informarsi su Marguerite Flood e Maggie Dunne.
Sondare gli abitanti di Langton Cheney.

Pomeriggio: Dorchester
Incontrare Frank Gaunt, già capo della polizia oggi in pensione, che all'epoca indagava sulla scomparsa di Maggie e crede che tu sia lì per comprare un whippet.

Secondo giorno:
Mattina: Wareham
Partecipare alla messa nella Chiesa Cattolica Romana di Nostra Signora di Lourdes.
Interrogare le parrocchiane in occasione del tè dopo la funzione.

Alzo lo sguardo dal taccuino. "Che c'entra il whippet?"

"Quando ho telefonato alla stazione di polizia, mi hanno detto che Frank Gaunt è andato in pensione e che ormai pensa solo ad allevare cani da corsa." Renata scrolla le spalle. "Ho risposto che volevo parlargli proprio di quello, e così mi hanno dato il suo numero."

"Un sistema come un altro, diciamo."

"Ha una cucciola fulva: se è carina potresti portarla qui."

La guardo sbalordita. "Tu hai la fobia dei cani."

"Più che altro non amo la rabbia." Renata strappa il foglio

del taccuino e me lo dà. "L'idrofobia crea un sacco di problemi: nel bere, nel lavarsi e roba del genere. È meglio prendere precauzioni." Socchiude gli occhi. "A questo proposito, ricorda di portarti lo spray al peperoncino alla cena di stasera con il signor Flood. Continuo a non essere convinta che sia una buona idea."

La guardo stupita; forse si sta rammollendo. "Questa potrebbe essere l'ultima possibilità che ho di parlare con lui. Domani potremmo aver risolto il caso."

"Be', almeno cerca di non provocarlo." Aggrotta la fronte. "Questa potrebbe anche essere l'ultima possibilità che ha di farti fuori."

Ho una teglia di stufato, una torta di compleanno glassata, una bottiglia della specialità di Józef e un cravattone pacchiano appartenuto al fu Bernie Sparks. Li ho infilati nel carrellino per la spesa che mi trascino dietro, un prestito di Lillian. Nella tasca anteriore, dove andrebbe messo l'abbonamento dell'autobus, ci sono uno spray al peperoncino, un allarme antistupro e un cellulare appena caricato. Scendo dall'autobus e mi chiedo se non mi convenga continuare a camminare, tirare dritto, superare strade e autostrade, colline e campi, fino all'ultimo lembo di terraferma, dove prendere il largo. Ballonzolare sulle onde con il carrello della spesa.

Lo stufato mi durerebbe qualche giorno, il tempo di avvistare altra terra all'orizzonte. Un posto caldo, con lucertole e frutti enormi. Potrei trovare lavoro in un bar e gozzovigliare ogni sera con gli indigeni. Sarei abbronzata e magra per tutti quei giorni passati in mare, e gli uomini mi assillerebbero come zanzare. Comunque mi terrei il carrello per la spesa, ammaccato e scolorito dal sole, per ricordarmi che, se le cose si mettessero male, potrei sempre fare i bagagli e riprendere il largo.

Cathal viene ad aprirmi con un sorriso losco e un inchino, come un inquietante maggiordomo. Ha i capelli bianchi ben spazzolati e indossa il suo completo da funerale, con un fazzoletto a pois rossi nel taschino. Non ha né cravatta né calze, ed è in pantofole.

"Oggi ho messo sotto il nuovo assistente che mi ha mandato l'agenzia. L'ho fatto correre avanti e indietro mentre sbraitavo a più non posso. Aspetta di vedere cos'ho preparato." Indica il carrello. "Cosa c'è lì dentro?"

"Un po' di roba da mangiare."

"Ma ho già messo in tavola i cracker e il pâté."

"Assaggiamo un po' di tutto, no?"

Scrolla le spalle e si avvia giù per le scalette, verso il giardino, trascinando il carrello, che gli rimbalza alle spalle. Lo seguo tra i cespugli fino a una specie di bizzarro paese delle meraviglie.

Nella radura, davanti alla roulotte, c'è una tavola addobbata a festa. Cathal deve aver razziato tutti i fiori rimasti in giardino, per quanto ne sono stipate le decine di vasi, teiere e bocce di vetro. Ci sono lampade antivento arrugginite le cui candele danzano lente dietro il vetro, e una vecchia lucerna con lo stoppino che sfavilla e brucia in fretta.

La roulotte è decorata con le lucine colorate: festoni di lampadine salgono e scendono tutt'intorno al tetto. La porta è ancora chiusa con il lucchetto, ma adesso è fiancheggiata da due grandi piante secche che svettano da vasi avvolti nella carta argentata.

"È proprio bello," dico.

Cathal annuisce, gli brillano gli occhi.

Su un piatto da portata al centro della tavola ci sono file di crackers decorati con dei riccioli di cetriolo. Accanto, un vassoio con il pâté attira i gatti.

Cathal li scaccia con un urlo. "Maledetti figli di puttana." Controlla il pâté. "Gli darò una raschiatina e sarà come nuovo."

A un'estremità della tavola c'è un giradischi pronto per l'uso.

Cathal scosta una sedia. “Vuoi accomodarti, Maud?”

Il cielo si rabbuia. È una notte mite per questo periodo dell’anno, ma sullo schienale della mia sedia c’è una coperta, in caso avessi comunque freddo. Siamo seduti uno accanto all’altra. Vari gatti occupano le sedie disposte intorno al tavolo.

“Come mai ha messo tutte queste sedie?”

Cathal fa un sorriso cupo. “È stato quel coglione dell’agenzia: gli ho detto che stasera avrei festeggiato il mio compleanno, e ha armato tutto questo ambaradan.”

“Sono per i tuoi amici immaginari.”

Scoppia a ridere. “Cioè i migliori.”

“Chi inviteresti?”

Ridacchia. “Per cominciare, Picasso e Mata Hari.”

Partecipo anch’io. “Jimmy Stewart e Gengis Khan.”

“Ci sarebbe anche Brendan Behan, che ballerebbe come un ossesso.”

Gli do un colpetto col gomito. “E Greta Garbo suonerebbe il piano.”

L’idea sembra piacergli. “Vuoi la musica?”

Si alza e va ad armeggiare con il giradischi, imprecando contro la luce sempre più fioca; poi, a un tratto, dopo una gracchiante scivolata della puntina, qualche nota di...

“Balli, Maud?”

“È un invito?”

Volteggiamo intorno alla tavola con la voce di Frank Sinatra, guardati solo dai gatti che ciondolano sotto le lampadine o leccano le briciole sulla tovaglia.

Ho la mano nella grossa zampa di Cathal, e lo guardo. “C’è qualcun altro che vorrebbe qui?”

Smette subito di strusciare le pantofole e abbassa gli occhi su di me. “Non dirlo, Maud. Ti prego, non stasera.”

Mangiamo lo stufato nei piatti di carta, poi passiamo alla torta preparata da Lillian: pan di Spagna con crema al limone; sullo strato superiore c'è un ovale di glassa marrone appena spennellato di colorante alimentare.

"È la tavolozza di un pittore," commento dopo un po'.

Cathal annuisce con deferenza, forse commosso dal fatto che qualcuno si sia dato tanto da fare per uno sconosciuto.

"Hai parlato di me ai tuoi amici." Sorride. "Avrai detto che sono un artista e, peggio ancora, un casinista, no?"

Molto, molto peggio, Cathal Flood.

A testa bassa, frugo nel carrello in cerca del suo regalo di compleanno.

Buon compleanno, Barbablu!

Forse, tutto sommato, l'idea che Renata e io abbiamo di Cathal è molto diversa dalla realtà. Il Cathal della nostra immaginazione non ha niente a che fare con il vecchio gigante cencioso che mi guarda con gli occhi vispi e allegri sotto le sopracciglia ancora scure e la zazzera bianca.

Mentre apre il pacchetto emette mugolii gioiosi e poi si infila in tasca la carta da regalo dopo averla piegata con cura.

Gli annodo il cravattone.

"Allora, Maud, come ti sembro?"

"Molto elegante e pieno di fascino."

Lo guardo sorridermi compiaciuto con al collo la cravatta del mago defunto.

Allungo d'istinto una mano verso un vaso e stacco una rosa tea gialla un po' floscia. Gliela infilo all'occhiello mentre mi guarda stupefatto.

"Ecco, adesso è perfetto, Cathal."

Sorride e mi porge la mano.

Scendiamo in pista sulle note di Louis Armstrong.

Anche i gatti la avvertono: la sensazione di qualcosa che finisce, il lento inabissarsi della nave. Nel frattempo, la musica suona e le luci risplendono. Una fredda oscurità è in agguato dietro le quinte, lambisce i bordi della scena, comincia a rosicchiare centimetri. Verremo spazzati via. Ma non adesso, non subito.

L'atmosfera festosa ha finito per richiamare tutti i felini. Vedo Beckett, una chiazza pallida che striscia sotto il tavolo. Gli altri si aggirano nella radura o se ne stanno sdraiati ai piedi del tavolo. C'è un crepitio di unghie sul metallo, e, quando alzo gli occhi, vedo il muso di un volpino che osserva dal tetto della roulotte.

"Come farà con loro?"

Cathal si guarda intorno. "Sapranno come cavarsela. Ormai è tutto nelle mani di Gabriel."

"E la casa?"

"Si era detto che non ne avremmo parlato."

"Lo so."

Sorride. "È solo una casa. Tutte le cose finiscono, Maud. Il segreto è seguire la corrente."

Scuoto la testa. "Non c'è niente che potremmo fare?"

"Fare? No. A parte mangiarci una bella fetta di torta."

Sistemo le candele sulla torta senza contarle perché mi dico che quando gli anni sono tanti si perde comunque il conto. Gli verso da bere in un bicchiere di plastica e facciamo un brindisi.

"A lei, per il suo compleanno, Cathal Flood." Sorrido.

"A te, per il mio compleanno, Maud Drennan." Sorride.

"Adesso esprima un desiderio," aggiungo.

Serio come un bambino, Cathal chiude gli occhi e, dopo qualche istante, annuisce. È pronto. Gli avvicino la torta e soffia sulle candeline.

"Adesso ti va di venire a vedere l'opera che hai ispirato?"

"Il ritratto? È finito?"

"Sì. Sei una musa perfetta, Maud."

"Non ho la mascella un po' troppo squadrata per essere una musa?"

"Ho risolto il problema." Cathal si alza in piedi. "Il quadro l'ho messo in casa. Vuoi venire?"

Sono già a metà strada quando mi ricordo dello spray al peperoncino, ma non mi passa neanche per l'anticamera del cervello di tornare indietro a prenderlo.

Di sera, la casa ha un aspetto diverso. Le appliques diffondono una luce al tungsteno, piatta e molto meno misteriosa di quanto immaginassi. Ci sono angoli scuri, ma più che altro per la scarsa pulizia. La puzza è più intensa, come se il ciarpame, dormendo, sfogasse le sue esalazioni mefitiche.

Seguo nell'atrio la sagoma incredibilmente alta di Cathal. Stasera ha un'andatura malferma, ed è un po' ingobbito in quel completo che sembra più vecchio di lui. La giacca è troppo corta sulla schiena e i pantaloni finiscono prima delle caviglie.

La breccia nella grande muraglia dei *National Geographic* è più larga che mai. Riesco ad attraversarla a braccia aperte e sfioro a malapena gli strati di riviste polverose. Cathal deve abbassare la testa e voltarsi di lato.

Brancola in cerca dell'interruttore della luce, ed eccoci di nuovo nel paese delle fate. Minuscole lanterne pendono dai fili che serpeggiano tra le vetrinette, gli strumenti e le creature impagliate. Si sentono ronzii e stridii di oggetti bizzarri che si animano e danno il benvenuto al loro padrone. Gli ermellini gettano le carte di una mano sfortunata; il corvo, tornato sul trespolo, arruffa le ali. Gli occhi di vetro ruotano felici, e perfino la testa rinsecchita sembra contenta: la smorfia delle labbra suturate è diventata un sorriso.

Proseguiamo e passiamo davanti all'angelo a quattro teste ai piedi della scala, che arriccia i musi a mo' di saluto.

Continuiamo lungo il corridoio e ci inoltriamo fin dove non ero mai stata.

"Da' un'occhiata a questo tipetto," dice Cathal.

Guardiamo dentro un piccolo acquario con una luce fioca, la faccia di una creatura agghiacciante ci ricambia con un ghigno. La creatura è poggiata su un gomito al centro di un mare di onde dipinte, ha la coda e sembra che fumi la pipa.

"Il Tritone delle Fiji." Cathal sorride. "Mezzo salmone e mezzo scimmia cappuccina: l'opera di un genio. La giuntura è quasi invisibile."

"È davvero impressionante."

"E adesso qui, guarda," dice Cathal. "Hai lo stomaco delicato?"

"Dipende."

Tira una cordicella e si apre una specie di sipario. "L'Uomo Scorticato," annuncia Cathal. Un uomo a grandezza naturale è seduto a gambe incrociate in una teca di vetro, con il gomito poggiato sul ginocchio e il mento sulla mano. La parte destra del corpo è stata privata della pelle. Lembi di carne sanguinolenti sono ancora attaccati al polso e alla caviglia. In certi punti, le incisioni sono più profonde e rivelano i muscoli, i nervi, le ossa e i tessuti sottocutanei. Un lato del viso è normale, mentre nell'altro la mandibola scarnificata sembra sogghignare e il bulbo oculare penzola dall'orbita vuota.

"Cristo santo!"

Cathal mi guarda orgoglioso. "Avevi mai visto niente del genere?"

"Solo in qualche cavolo di incubo."

Ridacchia. "L'Hunterian Museum gli ha dato la caccia per anni. È opera di un maestro italiano della ceroplastica." Apre un lungo astuccio di legno. "Ma a dare inizio a tutto sono stati questi."

Dentro l'astuccio, riposti in apposite nicchie di velluto sbiadito, ci sono alcuni bisturi, uno scalpello, una sega e un laccio emostatico.

"Quest'attrezzatura per amputazioni apparteneva al mio bisnonno, Thomas 'Il Macellaio' Flood, chirurgo durante la guerra di Crimea."

"È un bel cimelio di famiglia. Non ha pensato di seguirne le orme?"

"Svengo già solo alla vista del sangue vero." Cathal aggrotta la fronte. "Andiamo a vedere il tuo ritratto?"

Estrae dalla tasca un mazzo di chiavi, cerca quella giusta e apre l'ultima porta del corridoio.

È una stanza bellissima. Lunga e stretta, con quadri appesi alle pareti dipinte di verde scuro. Cathal la chiama "la galleria". Il pavimento è in legno lucido, e i quadri più grandi sono illuminati da faretti d'ottone fissati al muro. Ci sono paesaggi di terra e di mare, e anche qualche natura morta.

Mi volto stupita verso Cathal. "Non ce n'è neanche uno fatto da lei."

Sorride amaro. "Sono tutti quadri di Mary: li ha comprati lei, dal primo all'ultimo."

Un'altra cosa mi colpisce. "E non ci sono ritratti."

"Non le piaceva farsi guardare." Indica il cavalletto. "Sei pronta?"

Al centro della sala c'è un fantasma quadrato: la tela su un cavalletto, coperta da un lenzuolo.

A un tratto, mi sento nervosa. Sono un inconsapevole Dorian che sta per trovarsi di fronte al proprio io immortalato con la pittura a olio. Mi chiedo come sarà, il mio vero io. Forse sarà una cosa esile e striminzita, scarna come un maratoneta. O forse somiglierà a uno di quei mammiferi notturni con gli occhi rotondi e sgomenti, dall'aspetto un po' spettrale. Alzo gli occhi sul vecchio e annuisco.

Maud guarda fuori dalla tela. È seduta con una gamba ripiegata sotto la coscia e con la testa poggiata sul palmo di una mano. A prima vista è tranquilla, a proprio agio. Ma, guardando meglio, si nota la tensione della mandibola. E le spalle sono irrigidite, come di fronte a un pericolo. I capelli, che in parte sono sciolti e in parte raccolti, le danno un'aria scombussolata. Sulla bocca aleggia un sorriso teso. Benché cerchi di darsi un tono, è stanca, stremata, esausta: glielo leggo negli occhi. Come un soldato che non ha mai ricevuto l'ordine di lasciare la postazione, è da un'infinità di tempo che tiene tutto sotto controllo.

Scoppio a piangere.

Cathal turbato è un giocattolo rotto, un vecchio soldatino di piombo, inquieto e con la testa traballante. Le sopracciglia si dimenano mentre alterna varie espressioni. Alla fine opta per un cipiglio triste. Mi stringe goffamente al petto mentre piango, e mi dà dei colpetti sulla schiena come per far fare il ruttino a un bimbo con le coliche.

Piango per le persone che muoiono per un blocco intestinale o per un incidente in macchina, per un infarto o per una lunga malattia, per infelicità o per uno sfortunato incidente domestico. Piango per le vecchie canaglie rintanate nella loro paccottiglia e per gli intrepidi troppo spaventati per uscire di casa. Piango per le mogli morte e le sorelle cattive e le studentesse scomparse. Piango per chi non può ricordare, per chi non può dimenticare e per chi è bloccato in una cazzo di metà strada.

Mentre intorno a me monta tutta la tristezza del mondo, Cathal Flood tiene duro. Ma è tutto fumo e niente arrosto, voce grossa e smargiassate. Perché ora so quanto è fragile, quanto è sottile la sua pelle e gracile lo scheletro, di carta e polvere. Proprio come le falene giganti che nella mia immaginazione si agitavano nel lavello Belfast della dispensa di Bridlemere.

"Su, Maud," dice Cathal. "Che motivo hai di piangere? È per il ritratto? Non ti piace come sei venuta? La mascella è troppo squadrata?"

Scuoto la testa.

"Non mi sembrava, infatti," dice lui.

Ma le lacrime diminuiscono, e quando Cathal se ne rende conto, smette di stringermi e cava dalla tasca il suo vecchio fazzoletto muffito, con cui mi asciuga il naso e gli occhi, bruscamente, ruvidamente, come si farebbe con una bambina in ritardo per la scuola.

"Ecco." Mi guarda sorridendo. "Ora sei a posto."

Cathal mi accompagna alla porta di servizio: Barbablù mi permette di lasciare il suo castello. Non vuole più uccidermi, ammesso che volesse farlo, perché ora siamo amici. Apre la porta e vediamo le falene che fanno a gara a chi si schianta prima contro il neon.

"Verrò a trovarla alla casa di riposo," dico.

Scuote la testa. "No, Maud. Preferisco che mi ricordi come sono adesso: bello, baldo e bellicoso."

All'improvviso mi rendo conto che questa è l'ultima volta che lo vedo.

"Devo scoprire cos'è successo," mi scappa.

Un sopracciglio inarcato, un accenno di sorriso: non capisce bene cosa voglio dire.

Continuo. "A Mary e a Maggie."

Mi preparo alla sua reazione: la fronte appena aggrottata, la bocca contratta. Niente di drammatico. "Mary conservava i ritagli sul caso di una studentessa scomparsa di nome Maggie Dunne. Li ho trovati nascosti nella stanza rossa al primo piano."

Il vecchio mi guarda con aria incredula. "Hai perlustrato la casa? Hai frugato tra le sue cose, tra le cose di mia moglie?"

Cerco di non alzare la voce, di mantenere la calma. "Diciamo che non sono stata io a cercare quei pezzi di giornale: sono stati loro a venire da me. Come se qualcuno me li mostrasse."

"Sei pazza."

"La ragazza scomparsa viveva a Cedar House nello stesso periodo di sua figlia. Mary deve aver conosciuto Maggie; in ogni caso, voleva scoprire cosa le fosse successo."

"Sei fuori di testa."

"La prego, me lo dica, prima di andarsene, prima che vengano a prenderla. È viva? Maggie è qui?"

Cathal è immobile di fronte a me, curvo e stranamente inespressivo. Il suo sguardo è chiuso e vuoto, come le vetrine nelle località balneari in inverno.

"Ora che hai detto quello che volevi dire, fammi la cortesia di andartene."

"Cathal, lei la conosceva. Non lo neghi."

"Buona notte, e buona fortuna."

Sento la mia voce impennarsi in un impeto di sdegno. "Ascolti, io l'ho rispettata, ho avuto riguardo per i suoi sentimenti e ho cercato di aiutarla."

Cathal si dondola sulle pantofole di panno. Alza la mano rugosa e si colpisce il petto lì dove dovrebbe avere il cuore. "Vuoi una medaglia? Per non avermi chiesto cose che non ti riguardano?"

"Mi riguardano se è stato commesso un delitto, se una ragazza è stata rapita, tenuta prigioniera o addirittura uccisa."

"Cristo, ma non vuoi proprio capire? Non c'è nessun delitto, nessuno è stato rapito e nessuno è stato ucciso." Si batte la tempia con un dito. "È tutto dentro la tua testa."

"Con me può parlare, Cathal." Ho un tono affettuoso, pacato, come se cercassi di convincerlo ad allontanarsi da un cornicione. "Lei si fida di me, no?"

Gli si stacca la faccia in una smorfia. "Piccola stronza, cerchi di arruffianarmi, non è così? Per convincere questo vecchio rincoglionito a parlare, per indurlo ad ammettere roba che esiste solo nei tuoi sogni!"

"No, non è affatto così." Scuoto la testa. "La prego, Cathal. Ho bisogno di sapere."

"Quindi è per questo che sei venuta qui stasera. Era l'ultima spiaggia. Prima che portassero via il vecchio coglione, lo sedassero e lo parcheggiassero su una sedia a sbavare."

"La prego."

Mi guarda dritto negli occhi. "Credi che abbia fatto del male a Maggie Dunne? Credi che l'abbia uccisa o tenuta prigioniera qui? Mi credi un mostro?"

Forse i miei occhi rispondono di sì, perché la sua espressione tende al disgusto.

"Ti sei seduta a tavola e hai condiviso il pasto con me, hai brindato con me credendomi capace di una cosa simile?"

"Se ha paura, posso aiutarla. Possiamo andare alla polizia insieme."

Alza le mani e mostra i palmi, come per fermare un cavallo, come per respingere un assedio. È tesissimo. Ma, dietro il truce sguardo azzurro, sta cedendo. Lo capisco dalla bocca, su cui vedo formarsi il principio di un singhiozzo.

"Per favore, Cathal, lasci che l'aiuti."

I cancelli sono presi d'assalto e il castello crolla. Cathal Flood appassisce. I suoi occhi traboccano di lacrime improvvise. Non c'è rabbia. Qui, dice il suo vecchio viso, c'è solo dolore, e tradimento, e un amore finito.

Chiude la porta. Lo sento infilare il catenaccio, poi il lucchetto: effetti sonori che danno un'appropriata sensazione di irrevocabilità. Per un po' batto i pugni contro la porta, urlo. Poi busso, imploro. Poi mi arrendo e resto in silenzio in giardino, a guardare le luci che si spengono a una a una e Bridlemere che sprofonda nell'oscurità.

Lo immagino barcollare per la casa, gambe molli e completo

da spaventapasseri. La vecchia testa ciondolante e lo sguardo sgomento, mentre il dorso delle grosse mani nodose sfiora via via la superficie dei suoi tesori.

Mi sento attraversata da roventi ondate di rimorso. Il mio stomaco è un gorgo di vergogna. Cosa ho fatto?

Resisto all'impulso di cadere in ginocchio.

38.

Se vuoi davvero pentirti e trasformare la mortificazione in un'amica, insieme alla devozione e alla sofferenza, familiarizza con tutt'e tre e sottoponiti al tormento di una bella genuflessione, come integrazione alle preghiere che starai già recitando per ottenere quell'assoluzione che, lo sai, non ti verrà mai concessa.

Ero in ginocchio sulla ghiaia da venti minuti quando mia nonna mi scoprì. Le dissi che facevo penitenza, ma lei mi tirò su, mi spinse in casa e mi pulì le ginocchia con una spugna imbevuta di disinfettante. Ogni tanto, mentre la inzuppava nella bacinella, alzava lo sguardo su di me e mi osservava con un'espressione strana, come se fosse alle prese con una complicata addizione.

Mi asciugò con un cencio pulito, mentre la caramella che aveva in bocca fece una serie di rapidi schiocchi rimbalzando tra i denti. Non ricordo di aver mai visto mia nonna senza una caramella in bocca, e di solito riuscivo a indovinarne l'umore in base a quante ne consumava, giacché le succhiava più in fretta quand'era seccata e le frantumava in un baleno quand'era furibonda.

La nonna si alzò in piedi, mi rassettò la gonna e mi diede un colpetto sulla gamba. Disse che non era colpa mia se Deirdre era scomparsa, e che questo dovevo saperlo e ricordarlo. Lo disse con lo stesso tono di quando aveva mentito alla signora Walsh a proposito dei turni per la decorazione floreale della chiesa.

Deirdre era scomparsa ma non era colpa mia. Io ero stata lasciata indietro ma non era colpa mia. Niente di tutto ciò era colpa mia.

La polizia l'avrebbe trovata. Oppure Deirdre, essendo Deirdre, da un momento all'altro sarebbe sgusciata dalla porta con il broncio e avrebbe detto: "Sorpresa! Era tutto uno scherzo."

Mi sedetti a tavola e la nonna mi diede una ciotola, una grattugia e un mazzo di carote. Poi si mise davanti al lavello e guardò fuori: il distributore di mangime vuoto, i nuvoloni e la strada che portava al villino. La caramella che aveva in bocca schioccò sempre più in fretta fino alla velocità della luce – ben presto sarebbe scomparsa anche lei.

39.

È tardi ma Renata è rimasta sveglia ad aspettarmi.

"Non lasciarmi pensare," dico. "Parla e basta."

"Di cosa, tesoro?"

"Di qualsiasi cosa."

E lei lo fa. Per quasi un'ora tiene banco con gli argomenti più disparati, dai kimono acquistabili per corrispondenza allo splendore di Steve McQueen e alla fonduta, mentre io mi guardo le mani poggiate sul tavolo della cucina.

Sento i suoi occhi percorrermi in cerca di segni di aggressione: capelli strappati, guance schiaffeggiate, indumenti sbottonati, lividi e morsi, fratture, muco e lacrime.

Santa Dinfna passeggia in corridoio e ogni tanto mi lancia un'occhiata, non riesco a capire se di commiserazione o di scherno.

Renata continua a parlare. A metà di un'approfondita analisi sui vantaggi del tanga rispetto alle mutandine classiche, scoppio a piangere.

Lei mi prende una mano, la stringe tra le sue e aspetta.

Poi, con voce morbida e tranquilla, dice: "Parla, Maud. Raccontami tutto."

Tutto.

E ancora, suadente e leggera: "Non si tratta solo di Flood, vero?"

“No.”

Santa Dinfna mi osserva dal corridoio: sul viso le balena un’espressione di disappunto, poi scompare.

Non occorre che mi guardi attorno per sapere dov’è finita: proprio dietro di me. Veloce come un fantasma. Così reale che la sento accanto alla mia sedia: la veste mi sfiora il braccio, il fiato mi sposta i capelli.

Mi tiene la mano a qualche centimetro dalla bocca. Vedo le sue dita davanti a me.

Riconosco l’odore del sapone medicinale che comprava sempre la nonna, e il profumo rubato in farmacia, e il nauseabondo effluvio dolciastro delle gomme alla fragola.

Se cercassi di parlarne, la santa me lo impedirebbe con il palmo della mano pallida e morta.

“Non c’è niente da raccontare,” dico. “Non è successo niente.”

40.

La seguo, la donna con i capelli rossi. Mi precede in un campo arato, in un bosco, tra gli alberi sempre più fitti, i piedi bianchi che sprofondano nel terriccio grasso. Sopra di me, rami chiazzati di luce, foglie sature di colore – un verde vivido e vitale – e, più in alto, l'azzurro assoluto di un cielo privo di nuvole. Sguazzo tra le felci e inciampo nelle radici degli alberi.

Non ho paura finché sento gli uccelli cinguettare. Perché ricordo che gli uccelli volano via quando sta per succedere qualcosa di brutto: sentono qualcosa che incombe. E adesso cinguettano tutt'intorno a noi, allegri e insistenti.

Qui c'è una radura e lì c'è un torrente. Sulla riva opposta, due bambini giocano nell'acqua con gusci di ghianda trasformati in barchette. Quando mi sentono, sollevano lo sguardo e sorridono. Un maschietto castano chiaro e una femminuccia bionda con lo stesso sorrisone lento.

Mentre ricambio il sorriso, mi rendo conto che gli uccelli non cinguettano più.

41.

San Valentino è seduto accanto al mio borsone da weekend sul sedile posteriore della macchina di Sam Hebden, la Golf verde con lo sportello sinistro ammaccato. Procediamo ad andatura sostenuta sulla M3; con l'intercessione di San Valentino, arriveremo di sicuro per l'ora di pranzo. Il santo tiene la testa fuori dal finestrino come un cane agitato, benedice i veicoli che viaggiano al di sotto dei limiti di velocità e fa gestacci agli autisti di furgone che guidano scrivendo SMS.

Sam è silenzioso, assorto. Forse stupito per il mio invito all'ultimo minuto, per il mio ripensamento. O forse è perché, chilometro dopo chilometro, ci avviciniamo a dove tutto è cominciato. Mi chiedo quando confesserà di non essere chi dice di essere.

Qualcuno lo riconoscerà. Possibile che nel paese non ci sia nessuno che lo conoscesse da bambino, nessuno che conoscesse sua sorella?

Basta guardarlo in faccia e aspettare il momento giusto, quello in cui appare lo stesso grande sorriso di Maggie.

Solo che ora non sorride.

Mi giro a guardarlo, con la sua t-shirt, le scarpe da tennis e i begli occhi grigi fissi sulla strada. Non so a cosa pensa però so cosa ha fatto.

Ha accettato l'incarico dell'agenzia per frequentare Cathal e indagare, a suo modo, sulla scomparsa della sorella, perché sapeva che i Flood erano in qualche modo implicati. Ha rivelato la sua vera identità al vecchio, o forse Cathal l'ha riconosciuto: in ogni caso, questa scoperta ha portato all'aggressione.

Ma perché mentire a Renata e a me?

Sbircia spesso nello specchietto retrovisore, come se qualcuno lo pedinasse. Mi volto a guardare dietro di noi, imitata da San Valentino.

"Ci seguono," dice il santo.

Una BMW nera nuova ci tallona con discrezione, cincischiando nella corsia di sinistra come nessuna BMW nera nuova farebbe mai.

Quando sto per gridare al pedinamento, San Valentino si accosta al mio orecchio e sibila, con voce gelida: "Non dire un cavolo, Stellina."

Proseguiamo in silenzio, con Sam che continua a sbirciare nello specchietto.

Mi giro di nuovo a guardare la BMW. San Valentino si sporge fino alla cintola dal finestrino, per distinguere il guidatore.

"Tutto bene?" chiede Sam.

"Sto solo cercando la borsa."

"È lì, accanto ai tuoi piedi."

"Ah, già."

Sam mi guarda e corruga la fronte.

"Digli di fermarsi," mi incita San Valentino. "Vediamo se riusciamo a capirci qualcosa."

"Possiamo fermarci a un'area di servizio, Sam? Devo andare in bagno."

Sam controlla lo specchietto e, mettendo le frecce con molto anticipo, passa nella corsia di sinistra, rallenta e guarda di nuovo nello specchietto.

"Oltre a sapere che siamo seguiti, il tuo amico fa di tutto per non seminare la BMW." dice San Valentino. "E non puoi neanche immaginare chi c'è al volante."

Posso eccome.

Mi siedo sul water e guardo il cellulare. Ci sono cinque chiamate perse di Renata.

Risponde al volo. "Dove sei?"

"Nel bagno di una stazione di servizio, pedinata da Gabriel Flood."

C'è qualche istante di silenzio. "Ti sta pedinando? Sei sicura?"

Nel cubicolo accanto, qualcuno tira l'acqua. Aspetto. "Sì, sono sicura. Perché mi hai chiamato?"

Un'altra pausa, poi la sua voce, piatta e secca. "Sam non è Sam."

"Lo so. È il fratello di Maggie Dunne."

Renata sembra sorpresa. "Cosa te lo fa pensare?"

"Guarda la foto di Maggie. Hanno lo stesso sorriso. Si è finto un assistente sociale per indagare sui Flood. Ma Cathal l'ha scoperto ed è per questo che l'ha minacciato."

"Mi sembra plausibile."

Sulla porta del bagno sono incise a caratteri cubitali le parole *fica libera*; cerco di non prenderla sul personale.

"Ma c'è un vero Sam Hebden," dice Renata. "Gli ho appena parlato."

"Come hai fatto?"

"Ho avuto il suo numero da una delle ragazze dell'agenzia. Biba era a casa per un leggero attacco di gotta."

Un gioco da ragazzi.

"Ha confermato di aver lavorato con il signor Flood finché il vecchio non l'ha cacciato dalla proprietà. Poi gli è stato affidato un altro incarico a Hull." Il tono di Renata si ammorbidisce. "Il vero Sam Hebden è di media statura, calvo, con il pizzetto e una voglia di vino sulla natica sinistra."

Aggrotto la fronte. “E questo cosa significa?”

“Non ne ho idea, ma c’è dell’altro: Mary Flood era una figura di spicco a Cedar House.”

“Spiegati meglio.”

“Avevo richiesto un opuscolo che mi è arrivato oggi e, cosa strana, è molto patinato. Attualmente, l’istituto Holly Lodge offre programmi con impostazione religiosa per l’assistenza agli anziani. Un’intera pagina dell’opuscolo è dedicata alla storia di quel posto: c’è scritto che Mary Flood fece costruire un’intera ala.”

“Non vedo cosa...”

“Sto escogitando un piano per fartici entrare come ospite. Sai recitare?”

“Stai scherzando?”

Nella voce di Renata c’è un sorriso. “Rispondi a quel cavolo di cellulare, Maud.”

Sam aspetta fuori con due caffè da asporto. “Possiamo andare?”

Accanto a lui c’è San Valentino, solo che adesso è in compagnia: ci sono Santa Dinfna, San Giorgio, Santa Rita e Santa Monica. Santa Dinfna si rosicchia la treccia e San Giorgio regge un sacco con la mano guantata di ferro. Santa Rita e Santa Monica si tengono a una certa distanza l’una dall’altra e si ignorano come ospiti di un ricevimento poco inclini a socializzare. Sono quasi contenta di vederle.

Sam mi porge il bicchierone di caffè.

I santi alzano la testa e lo osservano con attenzione. “È nervoso,” esclama Santa Dinfna rivolta alla sua treccia.

“Direi piuttosto agitato,” conferma San Valentino. “Guardate gli occhi, gli è venuto una specie di tic al sinistro.”

Indico una fioriera di cemento. “Sediamoci un attimo, Sam, giusto il tempo di bere.”

"Secondo me sarebbe il caso di sbrigarci."

Sorrido. "Che fretta c'è? Il nostro appuntamento con Frank Gaunt è solo alle tre. È l'ex capitano..."

Sam mi guarda senza sorridere. "So chi è."

Si siede accanto a me e posa il bicchiere sull'asfalto. Si fruga in tasca per prendere le sigarette, ne accende una e scruta il parcheggio.

"È assurdo, Maud. Torniamo a Londra. Questa cosa è durata anche troppo."

"Cos'è che è durato troppo?"

Fa una lunga boccata di sigaretta, poi espira. "Questo giallo inventato di sana pianta."

I santi si guardano a vicenda, poi guardano me. San Giorgio posa il sacco e stringe la mano sull'elsa della spada.

Bevo un cauto sorso di caffè e conto fino a dieci. "Mary Flood ha avuto un incidente sospetto: non è inventato. Maggie Dunne è scomparsa: neanche questo è inventato. Mary conservava i ritagli: avrà avuto una ragione per farlo."

Sam mi guarda dietro il fumo della sigaretta. "Capita che la gente conservi i ritagli di giornale: non significa niente."

"In questo caso significa qualcosa."

"È pura follia."

"Tu hai una sorella."

Sam mi fissa. "Cosa?"

"Tu hai una sorella. Te l'avevo chiesto: 'Se scomparisse come Maggie Dunne, lasceresti perdere?'"

"Bel colpo." San Giorgio annuisce sotto la celata.

La voce di Sam è bassa e piena di rabbia trattenuta. "Questi non sono affari tuoi."

"Sei fortunato: tu almeno sai dov'è tua sorella."

Spegne la sigaretta nella fioriera. "Pensavo che avessi più buon senso. Capisco Renata, che è ossessionata da questa storia perché non ha niente da fare."

I santi gorgogliano la loro disapprovazione. Santa Dinfna borbotta una parolaccia.

Guardo Sam attraversare il parcheggio. Se avessi un mattone in mano, prenderei la mira.

Mi apre lo sportello della Golf dall'interno. Salgo in macchina e, con sussiego, mi metto la borsa in grembo. I santi si infilano tutti sul sedile posteriore. Mentre usciamo dalla stazione di servizio, vedo una BMW nera nuova di zecca ferma davanti alle pompe di benzina. L'uomo seduto al volante si abbassa. Sam guarda dritto davanti a sé e imbocca pianissimo la M3.

Devo prendere una decisione. Sono in macchina con un uomo che non è chi dice di essere e ci inseguono. L'uomo con cui sono in macchina, oltre a sapere che siamo seguiti, fa di tutto per agevolare il pedinatore.

Abbasso lo sguardo. Il mio cellulare saltella nella borsa e vibra attraverso la stoffa: Renata.

I santi si danno di gomito, San Valentino si sporge verso di me. "Lì c'è un'altra stazione di servizio. Digli di fermarsi."

"Sam, ti dispiace fermarti di nuovo? Quel caffè mi è arrivato dritto nell'intestino."

Lo guardo con la coda dell'occhio. Più irritato di così non potrebbe essere.

Resto seduta a lungo sul water e guardo il cellulare. È completamente scarico.

Mentre tiro l'acqua per fare qualcosa, Santa Dinfna fa capolino nel cubicolo e mi dice che è il caso di muovere le chiappe.

Mi metto in fila davanti alle ventole asciugamani con il telefono irraggiungibile, la carta stradale della regione e un branco di signore in gita a Weymouth, e nella mia mente comincia a formarsi un piano.

Santa Dinfna è appoggiata al distributore di salviette di carta, tiene in mano il suo lume e indossa la veste ben drappeggiata. Mi fa un sorriso incoraggiante. Ha un'aria molto dolce quando sorride in maniera non sarcastica, ha perfino le fossette. Potrebbe essere l'immagine stessa della santità.

"Ricordi come sei stata convincente quando hai consegnato alla signora Cabello quella scatola di sabbia per gatti?" dice. "Ti ha creduto, eppure è una vecchia puttana d'alto bordo. Puoi farcela, Maud."

La guardo dubbiosa, ma lei annuisce in silenzio. Una volta tanto, so che ha ragione.

Faccio un respiro profondo e sento le lacrime accumularsi nei miei occhi bugiardi.

La responsabile si chiama Wendy: lo capisco dalla targhetta con il nome. So che è la responsabile perché è quella con il portablocco a molla. È un po' fuori luogo con l'eskimo e i sandali da passeggio in un mare di zeppe di sughero e calze ricamate. Mi spiega che è un'insegnante in pensione cui manca molto il supplizio di scortare dei mocciosi indisciplinati durante le escursioni nei luoghi storici del paese. La Squadra di Ballo Latino-americano delle Ruggenti Cinquanta di Dorking riempie quel vuoto nella sua vita: lei non balla, ma una gita con loro è di per sé un esercizio fisico di tutto rispetto.

Il suo weekend prevede una semifinale a Weymouth, un giro con il treno a vapore e una merenda a base di tè e dolcetti con panna e marmellata al Corfe Castle. Il tutto in compagnia di due cleptomani compulsive, tre rissaiole abituali e un'accanita maniaca sessuale che dà il tormento all'autista del pullman. Wendy scuote la testa quando vede che davanti agli specchi è scoppiato un alterco fra trenta donne che volevano mettersi il rossetto nello stesso momento.

Ne approfitto per raccontare la mia tragica storia e affidarmi al buon cuore di Wendy. Quando scoppio a piangere, mi guarda allarmata da sopra il portablocco, con i lunghi capelli grigi che la fanno assomigliare a uno spaniel preoccupato.

Santa Dinfna alza il pollice con aria vittoriosa.

"Temo che contravvenga a qualsiasi norma in materia di salute e sicurezza," dice Wendy, "ma sul pullman si sono liberati dei posti a causa di un focolaio di herpes zoster."

Ridacchio come una mentecatta.

"Dovrai unirti al gruppo come membro temporaneo. Ho qui il modulo." Fruga nello zaino. "Ma come farai con la macchina, cara? Sei sicura di poterla lasciare qui?"

"Credo che adesso la cosa più importante sia raggiungere la casa di riposo in tempo per dire addio a mia zia." Mi asciugo gli occhi con il fazzoletto che mi porge Wendy. "Lo spinterogeno ha scelto proprio il momento giusto per guastarsi..."

"Ti capisco. Anni fa avevo una Hillman Imp molto capricciosa."

Si volta verso gli specchi: l'alterco sembra aggravarsi. Una delle Ruggenti Cinquanta si è sfilata una scarpa e un'altra ha posato sul pavimento la borsa e si rimbocca i polsini dello scamiciato con le maniche a pipistrello.

Una smorfia stremata attraversa il viso di Wendy. "Scusami un attimo."

Usciamo nel parcheggio come il gruppo affiatato che siamo: mi ritrovo già sottobraccio a una tizia con i capelli rossi corti, gli occhi di un blu impenetrabile e le gengive da cavallo da tiro. Si presenta come Fun Julie, mi mostra la bottiglia da mezzo litro di vodka che ha nella borsa e minaccia di condividerla con me sul pullman. Faccio in modo di deviare Fun Julie verso il centro del gruppo mentre, tra grida e canti, attraversiamo il parcheggio. Vedo Presunto Sam in attesa fuori dall'ingresso. Parla al telefono e prende a calci un dissuasore di sosta. Si gira un attimo verso la fonte del baccano, poi distoglie lo sguardo e aggrotta la fronte.

Un coro di santi evanescenti fluttua nel parcheggio al seguito di Santa Dinfna, che, con gli occhi scuri infuocati e la corona luccicante, mi fa segno di salire sul pullman.

Wendy ci conta man mano che le passiamo davanti. Mi imbarco con il sollievo di un militare evacuato da un elicottero. Invito Fun Julie a sedersi accanto al finestrino e tengo la testa bassa finché non sento il pullman muoversi. Mentre usciamo dal parcheggio, vedo la BMW nera ferma accanto all'uscita. Gabriel Flood, con gli occhiali scuri, è appoggiato allo sportello e sbraita al cellulare.

Prendo la bottiglia che mi porge Fun Julie.

In circostanze diverse, questo viaggio in pullman sarebbe uno dei momenti salienti della mia vita. Neanche il tempo di uscire dal parcheggio, e l'intero pullman, autista compreso, sa della macchina in panne e della zia moribonda, e così adesso siamo in missione.

Le Ruggenti Cinquanta mi accompagneranno fino alla casa di riposo. Mi ci porteranno prima che mia zia muoia e affanculo gli scones di benvenuto al Corfe Castle. Per calmarmi i nervi, mi concedo un altro paio di sorsi dalla bottiglia di Fun Julie.

Qualcuno fa girare bicchieri di carta pieni di Lambrusco tiepido, e tre file dietro di me una sciagurata si accende un Café Crème attirandosi l'ira di Wendy, che arranca in corridoio quasi in lacrime con i lunghi capelli che svolazzano.

Quando arriviamo ai lavori in corso di Ringwood, abbiamo già cantato gran parte della colonna sonora di *Dirty Dancing* e le ragazze hanno deciso di organizzare una veglia davanti alla casa di riposo. Dopo la cerimonia, mi porteranno a Weymouth, nel loro albergo sul mare, dove pare che l'happy hour duri tutto il giorno. Mi insegneranno a ballare il merengue e mi equipaggeranno con un paio di scarpe da ballo dorate.

Quando arriviamo nel villaggio di Langton Cheney, l'umore

delle ragazze si è fatto nostalgico. Non possono esimersi dal passare in rassegna le loro perdite: verginità, occasioni, tempo, genitori, terrier, amici e amanti.

Doreen Gouge farebbe il pieno.

L'ultima fila intona un omaggio spontaneo a Edith Piaf; il resto del pullman opta per un Elvis del periodo più riflessivo. Ma quando il pullman imbocca il vialetto della Casa di Riposo Holly Lodge, il gruppo si ricompatta per un'esecuzione trascinante del ritornello di "An American Trilogy".

Mi sembra pertinente.

Fun Julie mi porge la bottiglia di vodka e ammicca con una palpebra metallica. "Qualcosa mi suggerisce che ne avrai molto più bisogno di me, ragazzina," dice.

Per un istante, sento la mancanza di Renata.

Stringo la mano di Wendy e dell'autista prima di scendere sul vialetto e guardare il pullman che si allontana. I santi affluiscono dalle aiuole ornamentali. Si raccolgono davanti all'ingresso, facendosi a vicenda cenni col capo e prendendosi sottobraccio, come invitati nuziali che si schierano di fronte al fotografo.

A bordo del pullman, la Squadra di Danza Latino-americana delle Ruggenti Cinquanta di Dorking mi dedica un saluto collettivo. È un commiato dignitoso, se non fosse per una componente della squadra che si alza la camicetta. Un anziano giardiniere si appoggia al rastrello e osserva divertito.

Resto a guardare finché il pullman non scompare dietro una curva, e a quel punto mi avvio verso il casermone di mattoni rossi che mi fornirà una valanga di risposte.

Mentre aspetto nell'atrio, mi ricordo che sono sbronza. Perciò mi concentro sul tentativo di sembrare lucida e ignoro le occhiate di biasimo dell'addetta alla reception e lo sguardo divertito della Vergine Maria, la cui statua orna una nicchia sopra di me. Nella nicchia opposta c'è suo figlio, appeso alla croce: membra sottili, costole sporgenti, occhi chiusi, capo chino.

Questa, dunque, dovrebbe essere una casa di riposo cattolica. Mi guardo attorno e scopro che i miei santi si sono dissolti nell'ombra. Senza dubbio per i richiami dalla schiera di supplici provetti che abitano in questo posto.

"Ci sono suore qui?" sussurro mentre mi monta dentro una risata isterica. Perché io adoro le suore. Mi chiedo se sarebbero disposte ad accogliermi e a lasciarmi vivere con loro – purché mi comportassi bene e smettessi di bere, imprecare e andare a letto con dei fusti che mentono sulla propria identità. L'addetta alla reception, una donna triste con le sopracciglia finissime, mi guarda storto. "No, qui non ci sono suore. Però c'è un prete che viene ogni giorno a dire messa. Vuole parlare anche con lui?"

"No. Sono qui per parlare con la direttrice."

La donna mi guarda ancora più storto. "Ho detto alla signora Chapman che la sta aspettando e che preferisce non dire di cosa vuole parlarle."

"Perfetto. Allora aspetto qui, con lei, Gesù e la madre."

Mi siedo su una delle poltroncine riservate ai visitatori e cerco di trovare un buon motivo per cui la direttrice dovrebbe parlarmi di Maggie Dunne. Alito nelle mie mani a conchetta e inspiro, rischiando di svenire per le esalazioni. Una rapida frugata nella borsa e scovo una pastiglia antitosse: è granulosa e avvolta in metà della carta. Dev'essere della stessa annata di quella che ho offerto a Cathal. Resto a fissarla con un'immensa tristezza, finché un improvviso appannamento non la trasforma in una macchia.

È in quello stato che mi trova la signora Chapman, Direttrice Vicaria di Holly Lodge.

"Lei è Maud Drennan? È venuta per sua zia?"

La guardo: tutte le mie invenzioni si stanno avverando.

Seguo la signora Chapman nel suo ufficio. Mi indica una

poltroncina davanti alla scrivania. La stanza ha il soffitto alto e le pareti di un verde biliare. C'è un calendario a muro con la fotografia del papa su uno sfondo di vescovi.

Tutto è pulito e ordinato, inclusa la signora Chapman, in tailleur blu scuro e décolleté col tacco basso.

Mi sorride. "La prego di scusarmi. All'inizio sono stata un po' brusca con sua madre. Sa, non diamo informazioni personali al primo che capita."

"Ma certo."

"Poi però, quando ha chiarito i vincoli di parentela, le ho detto che ero felicissima di collaborare."

"Grazie."

"Sua madre mi ha detto che lei sta scrivendo un memoir familiare sull'attività filantropica della signora Flood."

Non so cosa dire, perciò mi limito a sorridere.

"Sua madre ha un accento..."

"È di Rotherhithe."

"Rotherhithe?"

La distraggo con un paio di domande repentine. "Mia zia e mio zio venivano spesso in visita?" chiedo. "Con la roulotte?"

"Purtroppo non lo so, perché all'epoca non c'ero. Ma Máire Doherty sarà di sicuro in grado di risponderle: lavora qui da parecchi anni." Esita, e mi sorride come per scusarsi. "Scriverà anche di sua cugina?"

"Mia cugina?"

"Marguerite," dice la signora Chapman. "Anche se, ovviamente, quando viveva qui era nota come Maggie Dunne. Aveva adottato il cognome della madre da nubile."

Marguerite Flood, Maggie Dunne: la stessa persona. "Certo," dico. "E Maggie aveva i capelli biondi."

La signora Chapman annuisce. "Mi risulta che Maggie non abbia cambiato solo il cognome quand'era qui."

"Prima di scomparire."

La signora Chapman si incupisce. "Non sa quanto mi dispiace," dice, e sembra che le dispiaccia davvero.

Mi dà un colpetto delicato sul braccio. "Le vado a cercare Máire."

Sulla parete di fronte a me, il papa e la schiera di vescovi mi guardano con aria beffarda. *Col senno di poi*, scandisco sottovoce.

Máire Doherty sa molto di suora, di quelle che non terrorizzano i bambini, quelle che mettono i calzini con i sandali, navigano su Internet e bevono cappuccino. È una donna magra con un'acconciatura infelice, a metà tra una vecchia Amish e la Julie Andrews di *Tutti insieme appassionatamente.* Ha una piccola gobba sul naso, e gli occhi, come quelli di ribes degli ometti di pan di zenzero, sono piantati su un viso pieno di rughe.

Con quello sguardo penetrante finirà per scoprirmi.

Mi conviene mantenermi sobria ed evitare le bugie poco convincenti.

"Sei qui per tua zia?"

Annuisco.

"Andiamo a sederci fuori, Maud? Approfittiamo di una giornata così bella."

I giardini di Holly Lodge sono ancora in fiore: rose floride, dalie imbellettate e crisantemi bronzei. La clematide a fioritura tardiva si arrampica intorno alle portefinestre che danno sulla sala da pranzo. Sbircio all'interno. Molti ospiti stanno ancora mangiando, mentre una donna bassina con il grembiule di plastica sparecchia i tavoli e butta nella spazzatura, in maniera piuttosto plateale, il cibo rimasto nei piatti.

Passeggio con Máire in un vialetto che attraversa prati curatissimi. Ci sediamo su una panchina di fronte a un laghetto. Una ninfa in sottoveste guarda nell'acqua con espressione placida. Intorno ai suoi piedi volteggiano pesci dallo sguardo di ghiaccio. Riconosco in lei una parente più pudica della ninfa di Bridlemere. Al posto della conchiglia accostata all'orecchio, ha una brocca poggiata su un fianco, appena inclinata verso l'acqua.

"Che bella fontana!"

"L'ha fatta mettere tua zia. Ha fatto anche costruire quell'ala."

Mi indica la brutta aggiunta alla destra dell'edificio. Per il resto, la casa di riposo è una struttura a tre piani con miriadi di finestre: un vecchio sanatorio costruito ad hoc.

Máire si volta a guardarmi. "Allora, stai scrivendo un memoir sulle opere benefiche di tua zia?"

Annuisco convinta. "Conosceva bene i Flood?"

"Sì."

"Conosceva Marguerite?"

"Mi sono occupata di lei."

Il vecchio giardiniere sbuca da un lato dell'edificio con un secchio e un inginocchiatoio da giardino. Arrivato al centro di un'aiuola, si mette a strappare le erbacce.

"Che tipo era?"

Máire guarda la fontana. "Maggie era molto brillante, e sapeva essere davvero incantevole."

"Ma era indisciplinata?"

"Era impegnativa."

"Non era molto affezionata al fratello, vero?"

Máire lancia un'occhiata al giardiniere e abbassa la voce. "La questione non era così semplice, Maud."

"Già, immagino che non lo fosse. Dunque, l'ultima volta che ha visto Maggie è stata..."

"La mattina del 20 agosto 1985."

"Il giorno in cui è scomparsa?"

Máire tace per qualche istante. "Sì."

"I Flood erano qui?"

"No, erano tornati a casa la settimana prima."

“E Maggie non è stata mai trovata?”

“No.”

“Cos’è successo?”

Le rughe di Máire si ridispongono in un’espressione sofferta, e gli occhi di ribes spariscono. “Credo che Maggie sia scappata. Non era la prima volta che lo faceva, nonostante le nostre contromisure. In genere tornava di sua spontanea volontà. Ma quella volta non tornò e la polizia non riuscì a trovarla.”

“Andò via con qualcuno?”

“Ci furono segnalazioni, per alcune macchine parcheggiate dietro l’edificio o qualche sconosciuto che si aggirava nei paraggi, cose del genere. La polizia ha seguito tutte le piste.”

“E non ha trovato niente?”

Máire mi guarda negli occhi. “Proprio così, Maud. Nessuna traccia di Maggie.”

Restiamo in silenzio per un po’ mentre osserviamo il giardiniere all’opera.

“E Mary come la prese?”

Il giardiniere si rialza e trascina in un altro punto dell’aiuola il secchio e l’inginocchiatoio.

“Era distrutta.”

Santa Dinfna sbuca dall’edificio attraverso il muro della sala da pranzo, proprio accanto a una portafinestra aperta. Preferisce passare dai muri anziché dalle porte solo perché può farlo. Avanza tra i fiori con quella strana andatura dovuta al piede varo e con un’aria di commiserazione un po’ forzata.

“A volte non sapere è peggio.”

Máire mi lancia un’occhiata. “Proprio così, Maud.”

Restiamo in silenzio per qualche secondo, guardiamo la ninfa. Tiene la brocca inclinata: dall’imboccatura sgorga un fiotto di acqua cristallina.

“Ma Mary amava suo figlio e le piaceva disegnare.”

"Disegnava?"
"Sì, ed era bravissima." Máire ride e il suo viso si trasforma, d'un tratto esuberante. "Avevamo in programma di fare un libro, solo per noi. Io avrei scritto il testo e lei l'avrebbe illustrato."
"Un libro su cosa?"
"Volevamo raccontare com'eravamo cresciute e com'era la vita a quei tempi, in un'epoca molto diversa." Fa un sorriso triste. "Nella biblioteca ci sono dei disegni di Mary. Vuoi vederli?"
Certo che voglio.

Máire mi guida nei corridoi deserti; mi dice che a quest'ora gli ospiti saranno tutti nella sala ricreativa. Quasi ogni pomeriggio ci sono attività di svago. Le pareti dei corridoi sono rosa, come gli sciroppi cattivi. I lavori artistici degli ospiti si fanno largo tra le cornici dei ritratti dei santi. Li riconosco tutti, anche i meno famosi. Alcuni ritratti sono più fedeli di altri.
Máire apre la porta di una grande stanza assolata, con vecchi divani e librerie e la vista sul prato.
Indica un quadretto appeso sopra uno schedario. "Quello l'ha fatto Mary."
Mi avvicino. Il disegno ritrae una bambina di circa sette anni, addormentata con la mano chiusa a pugno accanto al viso. È stupendo, con una resa molto vivida dei dettagli, dalle increspature del vestitino al nasino all'insù e ai riccioli sulle tempie.
"Anche questo l'ha fatto Mary; qui ha usato i pastelli."
La stessa bambina, cresciuta, è seduta a leggere. Ha i capelli di un chiaro biondo rame, raccolti con un nastro che sta per sciogliersi.
"È Maggie, vero?"
Máire annuisce.
Guardo la bambina incorniciata: la figlioletta di Mary.
"Cos'è andato storto?"
Máire scuote la testa. "Purtroppo non lo so."

"C'è qualche immagine di Mary? Qualche sua foto?"

"Ce ne sono diverse."

Máire si avvicina alla libreria e passa in rassegna una serie di album; ne prende uno e me lo porge.

"Questo l'hanno fatto gli ospiti per celebrare l'inaugurazione della nuova ala."

Un prete con le forbici taglia un nastro. Padre Creedo in persona. Intorno, gente che sorride. Nella pagina accanto c'è Mary davanti alla fontana, con uno chemisier e i capelli rossi sciolti sulle spalle. Dietro di lei, getti d'acqua disegnano nell'aria archi sfocati.

Questa non è la Mary che vedo in sogno, quella che precipita nel vuoto con lo sguardo vacuo. E non è nemmeno la Mary ritratta da Cathal, la musa pallida con i capelli di fuoco. Questa è una donna reale in un momento reale, in posa per il fotografo, con il viso colto in un punto indefinito tra il sorriso e la smorfia.

"C'è anche qualche foto di Cathal?"

Máire scuote la testa. "Non partecipava molto alle nostre iniziative. Quand'era qui passava quasi tutto il tempo a dipingere."

Sfoglio l'album finché non arrivo a una fotografia scattata sul prato dietro l'edificio. Dei tavoli pieghevoli sono apparecchiati per una festa. Ci sono i bicchieri di carta, le bandierine, le brocche di spremuta, bambini seduti e adulti che li tengono d'occhio.

"Guarda, lì c'è Maggie."

Maggie in maglietta e pantaloncini, con i capelli biondi ossigenati raccolti a coda di cavallo e fermati con un fiocco bianco. Ha un piede poggiato sulla traversa della sedia e sorride.

Ma non guardo lei. Perché, seduto all'altra estremità del tavolo, c'è Sam Hebden. Giovanissimo e magrissimo ma inconfondibile.

"Chi è questo?"

Máire scruta la foto, poi mi guarda stranita. "È Gabriel."

Accanto a lui c'è un bambino grasso con i capelli neri. Una versione giovane del Gabriel Flood che conosco. "E questo?"

Máire guarda di nuovo. "È Stephen, il figlio della sorella di Mary." Si volta verso di me. "Non è un parente del tuo ramo?"

Scuoto la testa.

"Era spesso con i Flood. La sorella di Mary non godeva di ottima salute. I due maschietti erano inseparabili: più che cugini, erano come fratelli."

Máire si offre di riaccompagnarmi nell'atrio. Non mi chiede niente del presunto memoir, così come non mi dà nessuna informazione sulla raccolta di fondi di Mary Flood. Però mi lascia prendere due foto dall'album celebrativo. Mentre Máire Doherty si congeda, c'è dolcezza nei suoi scaltri occhi di ribes, mi augura ogni bene.

E lì capisco. Apro la borsa e tiro fuori il quaderno. "Credo che Mary volesse farglielo avere."

M D
Non aver paura di raccontare la nostra storia.
M F

Finisco di percorrere il vialetto di Holly Lodge, mi incammino sulla strada e sento un'auto rallentare fin quasi a fermarsi accanto a me. Non ho bisogno di voltarmi per sapere che è una Golf verde con lo sportello sinistro ammaccato.

Il dottor Gabriel Flood inchioda e abbassa il finestrino. "Che ti è successo?"

È inferocito, pallido e ha uno sguardo brutale.

Lo stesso uomo, però diverso.

Mi guardo attorno. La strada è deserta. Da un lato, un alto muro alto di cinta; dall'altro, un bosco. Santa Dinfna sbuca dagli alberi e attraversa la strada, non l'ho mai vista così seria.

"Sali in macchina, Maud?"

Potrei. Oppure potrei scappare e tornare a Holly Hodge, correndo su quel vialetto lungo e deserto.

Mi investirebbe? La fuga potrebbe ridestare impulsi predatori. So che la peggior cosa da fare di fronte a una creatura potenzialmente pericolosa è mostrare paura.

Santa Dinfna mi scivola accanto, con la corona che sfavilla e la veste di un verde più intenso del solito.

"Puoi farcela senza problemi," sussurra, "con questo viscido bastardo mentitore."

Faccio un respiro profondo.

"Scusami, Sam."

Il nome suona più falso che mai; lancio un'occhiata a Santa Dinfna.

Lei annuisce. "Continua."

Continuo. "Mi sono fermata a parlare con un gruppo di donne che facevano una gita in pullman. Quando sono uscita nel parcheggio, ho pensato che te ne fossi andato. Non riuscivo a vedere la tua macchina, ho guardato dappertutto."

"Perfetto," dice Santa Dinfna.

"Eri arrabbiato con me," aggiungo. "Avevi detto che era una perdita di tempo venire qui. Ho pensato che fossi salito in macchina e te ne fossi andato."

Gabriel mi guarda storto. Non riesco a capire se sta abboccando.

"Ho messo a soqquadro l'intera stazione di servizio per trovarti," dice.

"Mi dispiace un sacco, Sam." Lo guardo dritto negli occhi e lui pare ammorbidirsi.

Sento Santa Dinfna sospirare. "Ti crede." Sembra sollevata.

Gabriel indica l'ingresso di Holly Lodge. "Sei stata lì dentro? Hai parlato con qualcuno?"

"Erano tutti impegnati. Perciò mi sono seduta su una panchina finché non mi hanno fatto sloggiare. Mi hanno detto di tornare lunedì, quando ci sarà la direttrice."

Spegne il motore e si passa le mani sul viso. "Allora, adesso cosa vuoi fare?"

"Non lo so. Forse potrei andarmi a registrare al B&B." Giro intorno alla macchina e mi siedo accanto a lui. "Resti?" Gli sorrido.

"Certo." Ricambia il sorriso con una certa rigidità. Allaccio la cintura di sicurezza, sbalordita per la mia prestazione. Gabriel mette in moto.

"A Holly Hodge c'è un bel parco, con una splendida fontana, come quella di Bridlemere."

"Ah sì?" La sua voce è bassa, indifferente.

Mi volto verso di lui. Guarda dritto davanti a sé con la mascella irrigidita, come se lottasse contro qualche demone interiore. Immagino ne abbia più di uno.

"Fallo fermare," dice Santa Dinfna dal sedile posteriore. "In qualche posto affollato. Poi dattela a gambe, Maud. Non ha buone intenzioni."

Mi sprofonda il cuore.

Quando entriamo in paese vedo un chiosco: macchine parcheggiate, un viavai di gente.

Santa Dinfna mi sussurra all'orecchio: "Qui, Maud."

"Muoio dalla voglia di bere qualcosa di fresco. Possiamo fermarci?"

Gabriel si rabbuia e accosta al marciapiede. Mi slaccio la cintura di sicurezza ma lui è già sceso dalla macchina.

"Vado io," dice. "Cosa vuoi?"

"Una bibita qualsiasi, grazie." Lo guardo finché non entra nel bar.

"Ha lasciato la chiave inserita," osserva Santa Dinfna.

Per un po' mi limito a premere sull'acceleratore su strade a caso, prima urbane e poi extraurbane, giusto per mettere un po' di distanza tra me e lui. Poi mi calmo: il cuore smette di scalpitarmi in petto e il sangue di rombarmi nelle orecchie.

"Chiamerà la polizia?" chiedo a Santa Dinfna.

"Manco per sogno," borbotta lei. È seduta accanto a me con in mano il suo lume e scruta con rabbia la fiamma. "Allora cosa sta facendo?

"Sta chiamando il suo viscido compare." Alza gli occhi al cielo e fa una smorfia. "Se qualcuno ti chiede, io non ti ho detto niente."

Controllo nello specchietto se ci siano tracce di una BMW nera.

"Devo avere paura di lui?" Mi giro verso Santa Dinfna.

Evita il mio sguardo. "Sì e no."

"Spiegati meglio."

"Non posso: mi radierebbero."

"Sono certa che hai fatto ben di peggio."

Mi guarda e si morde un labbro. "Fermati, Maud, e da' un'occhiata nel bagagliaio."

Quando apro il bagagliaio mi sento quasi svenire. Dentro ci sono teli di plastica piegati, rotoli di carta da cucina, sacchi per la spazzatura, nastro isolante, fascette serracavi e una scatola di guanti usa e getta.

Torno in macchina con le mani che mi tremano. Riesco a stento a mettere in moto.

Santa Dinfna è scura in volto. "Metti la sicura, Maud."

Alla prima rotatoria, punto in direzione Dorchester.

Frank Gaunt apre la porta in un concerto di latrati. È un ometto con la barba, circondato da snelli cani da caccia che si fanno avanti per fiutarmi la mano agitando la coda.

Sorrido a loro, poi alzo lo sguardo e sorrido anche a Frank.

Lui afferra per il collare il cane più grosso e lo trattiene. "È venuta per i cuccioli?"

"Sono in anticipo. Devo tornare più tardi?"

"Non c'è bisogno, possiamo parlare anche adesso."

Seguo Frank nel corridoio ed entriamo in cucina.

Mi sembra tutto un po' surreale. Come se fossi scivolata via dalla vita quotidiana per finire in un'altra dimensione e adesso mi ritrovassi di colpo nella normalità. Mi guardo attorno: la cucina è pulita e armoniosa. I cani che mi hanno accolto se ne tornano verso le loro cucce, in un angolo della stanza dove c'è un box pieno di cuccioli uggiolanti che si dimenano, si mordono a vicenda le orecchie, si leccano gli occhi, cadono nella ciotola dell'acqua o se ne stanno accoccolati sulle zampe posteriori a guardare tra le sbarre.

"Allora, che tipo di cane vuole?" Frank è sbrigativo ma non scorbutico.

Guardo fuori dalla finestra. Nel giardino, la signora Gaunt appende i panni su uno stendibiancheria girevole. Il prato è stato appena tosato e Frank deve ancora rimettere a posto il tosaerba.

Nella macchina rubata che ho parcheggiato davanti a questa casa c'è un ampio corredo da omicidio. Quando uscirò da qui, è probabile che sarò pedinata da una BMW nera. Sono un bersaglio sotto tiro. Me l'ha fatto capire molto bene il santo invisibile che si è appena seduto al tavolo della cucina.

"A essere sincera, signor Gaunt, sono venuta per ben altro che un semplice cucciolo."

Bisogna riconoscere che l'ex Capo della Polizia Frank Gaunt mi sta a sentire. Prepara il caffè e ci sediamo al tavolo della cucina. I cuccioli si agitano e si mordicchiano finché non si addormentano uno dopo l'altro. I loro genitori sono accoccolati lì accanto; la cagnetta striata mi guarda con gli occhi scuri e il musetto sensibile poggiato sulle lunghe zampe.

La signora Gaunt entra in cucina e, poiché coglie un impercettibile segnale del marito, scompare nel corridoio con un cenno del capo e un sorriso. Frank non mi interrompe e il suo viso resta perlopiù inespressivo. Però increspa appena la fronte quando parlo della bustarella di Stephen e delle bugie di Gabriel, e sono quasi certa che trattenga un sorriso quando gli racconto del viaggio in pullman con le Ruggenti Cinquanta.

Ometto le parti sulla chiesa spiritista, sulla mano defunta di Mary Flood e sull'essere andata a letto col nemico. Ometterei anche il furto della macchina di Gabriel Flood, ma il contenuto del bagagliaio è un dettaglio troppo importante.

Frank si alza e prende le nostre tazze. “Un altro po' di caffè?”

Lo guardo in silenzio mentre riempie il bollitore, versa il caffè solubile e aggiunge il latte. So che non è il caso di interromperlo: è evidente che sta pensando. In un angolo, un cucciolo si agita nel sonno; nella stanza accanto alla cucina, la signora Gaunt ha acceso il televisore.

Frank mi porge il caffè e si siede. “Purtroppo non so come aiutarti con questa faccenda, Maud.”

Ha le mani legate. È in pensione: tosa il prato e alleva cani. È passato il tempo in cui aveva che fare con il sottobosco criminale del Dorset.

“Pensavo che potesse far luce sulla scomparsa di Maggie, magari grazie a qualche particolare ignorato dai media.”

“Tutto quello che sapevo l'ho già detto all'epoca. Non avevamo molte piste.” Frank si gratta la barba. “E Maggie era un'esperta di fughe.”

“Da Cedar House?”

Frank annuisce. “A volte tornava da sola, altre volte la trovavamo noi. Quella volta abbiamo dedotto che non volesse essere trovata.”

Santa Dinfna mi fa un sorrisetto eloquente.

Guardo fuori dalla finestra e vedo le mutande di Frank e gli slip della moglie danzare sullo stenditoio.

"E i Flood? Ha avuto modo di parlare con loro all'epoca?"

Prendo due foto dalla borsa: Mary con lo chemisier a fiori e Gabriel e Stephen alla festa estiva. Le metto sul tavolo.

Frank le prende. Picchietta con l'indice sulla foto di Mary. "Lei me la ricordo bene." Picchietta sull'altra fotografia. "E questo qui."

"Gabriel."

"E anche lui." Indica il faccione di Stephen. "Siamo andati a casa dei Flood a Londra per fare loro qualche domanda."

La voce di Frank cambia, si inasprisce. Dimentica per un attimo i cani e il prato e ricorda la sua vecchia vita. La cagnetta striata sbuffa nel sonno, una specie di guaito ansimante.

"Come le sono sembrati?"

Frank riflette.

"La madre è stata squisita; i due maschietti erano un po' a disagio."

"E ha parlato anche con Cathal Flood, il padre?"

Frank scuote la testa. "Quel giorno non c'era."

Procedo piano, cerco di tenere a freno la voce. "Gabriel è un bugiardo. Con me si è spacciato per un'altra persona. E se fosse responsabile della scomparsa di Maggie? Lui e il cugino con cui continua a essere in combutta?"

"Maud, mentire è una cosa..."

"Ma Gabriel aveva un movente: la sorella aveva cercato di annegarlo. Forse è riuscito a vendicarsi."

Frank aggrotta la fronte. "Non è sufficiente."

"Non può riaprire il caso e convocarli entrambi per interrogarli?"

Frank è garbato, sceglie le parole con cura. "Penso anch'io che quella sia una famiglia un po' complicata, ma in mancanza di indizi concreti non possiamo intervenire."

"E il corredo da omicidio nel bagagliaio?"

Scuote la testa.

"La polizia non può fermare qualcuno perché ha un paio di attrezzi e qualche telo di plastica." Mi guarda negli occhi. "Ma se ti senti minacciata devi rivolgerti subito alle autorità."

Uno dei cuccioli, fulvo chiaro e con una zampa bianca, si sveglia e sbadiglia. Caracolla fino alle sbarre del box e mi guarda.

"Sono bellissimi."

"È la nostra ultima figliata: non è giusto continuare quando nel mondo ci sono così tanti cani che hanno bisogno di una casa."

Annuisco.

"E poi mia moglie vuole andare all'estero, magari in crociera. E queste sono cose che non si possono fare con i cani."

"Un bel viaggetto fa sempre bene."

Il cucciolo si alza e si stiracchia.

Poso la tazza e mi avvicino al box; il cagnolino mi mordicchia la mano, la lecca.

"Con un cane come questo bisogna uscire spesso, vero?"

"Almeno due volte al giorno."

"Un cane è l'ideale per spingere le persone a stare un po' all'aria aperta, no?"

Frank ride. "Non c'è niente di meglio. Quella è una femminuccia."

La cucciolotta mi lecca di nuovo la mano e dimena la coda con tanta energia da cascare per terra.

La rimetto in piedi. "Grazie di avermi dedicato il suo tempo."

Frank sorride. "Figurati, Maud. Mi spiace solo che te ne vada a mani vuote."

È nella cassetta, accanto a me, imbracata sul sedile anteriore della macchina rubata di Gabriel. Infilo l'indice nella rete e lei lo lecca.

“Il momento ideale per comprare un cucciolo è quando sei nel bel mezzo di un’indagine,” le dico, “su una persona scomparsa e quando l’uomo con cui sei andata a letto progetta di farti fuori con un piede di porco e avvolgerti in un telo di plastica.”

Santa Dinfna, relegata sul sedile posteriore, alza gli occhi al cielo.

La cucciolotta mi dà una mordicchiata d’incoraggiamento al dito.

42.

La cagnetta, ancora senza nome, ha rosicchiato le pantofole piumate di Renata e ha fatto tre volte la cacca nel corridoio. Ma Renata se ne è già innamorata. Lo capisco da come lascia che le lecchi via il trucco e si appenda con i dentini all'orlo del kimono.

Ora dorme rannicchiata in grembo a Renata, che la guarda come una neomamma: sfinita e felice, intontita e piena di splendidi propositi.

"E ora che si fa?" sussurra.

"Non lo so." Mi volto verso la Golf di Gabriel parcheggiata di fronte alla finestra del soggiorno. "Immagino che dovrò liberarmi di quella macchina."

"Portala da qualche parte e mollala lì. Ma stai attenta, per amor di Dio."

Il telefono squilla. La cucciola si sveglia e mordicchia il mento di Renata, che va a rispondere dopo essersela infilata sotto il braccio come se trasportasse cani da una vita.

Renata torna nel soggiorno. "Era una delle ragazze dell'agenzia. Voleva informarti che Cathal è in ospedale. È grave."

Parcheggio la macchina di Gabriel davanti all'ospedale ed entro dopo aver superato tassisti che litigano e pazienti appesi alla fleboclisi che fumano una sigaretta dopo l'altra.

Ho fatto promettere a Renata di controllare che tutte le porte e le finestre fossero ben chiuse e di chiamare la polizia al primo segno della presenza di Gabriel o Stephen. Ho lasciato con lei Santa Dinfna – che guardava storto la cucciola – pur sapendo che una santa non è molto d'aiuto a chi non la vede. Ma mentre percorro i corridoi dell'ospedale avverto un'angosciante sensazione di inadeguatezza, come se avessi dimenticato qualcosa di importante, come se avessi fatto un grosso sbaglio.

Arrivata alla postazione delle infermiere, dico che sono la figlia di Cathal Flood e chiedo se abbia già avuto visite.

No, non ancora.

"Come sta?"

Una dottoressa mi accompagna nella sala d'attesa dei parenti.

"Suo padre ha avuto un grave ictus provocato da un incidente."

"Un incidente?"

"Riteniamo che sia caduto dalle scale di casa. L'ha trovato l'assistente sociale."

Per un istante non riesco a parlare. Poi: "Soffre?"

La dottoressa scuote la testa. "Gli abbiamo dato degli antidolorifici. Oggi non si è ancora svegliato."

È giovane, stremata alla fine di un turno di tre giorni. La ringrazio.

"Per quanto ne ha?" chiedo.

"In realtà dipende da lui."

Ha una stanza tutta per sé. La finestra è aperta e una leggera brezza smuove le strisce verticali della tenda.

Eccolo lì, sul letto.

Mi si schianta il cuore.

Non l'avevo mai visto senza la dentiera. Ha sempre preteso di pulirla in privato. Ma adesso è lì con le guance incavate, la bocca come un sacchetto floscio. Invecchiato di mille anni all'improvviso. E poi c'è il colorito, l'aspetto cereo. È qualcosa che ho già visto, questo ritrarsi, questa fuga. Mi accosto alla sponda del letto, evitando i tubicini, per accarezzargli i capelli e prendergli la mano. Le sue grosse unghie curve sono blu, i polpastrelli gelidi.

Si è inabissato in un profondo anonimato. Se non fosse per le sopracciglia ancora scure, appena sollevate come per lo stupore, non lo riconoscerei.

Cathal Flood è andato oltre se stesso, vaga in un'altra dimensione. Lì dove fatti e realtà, le storie che raccontiamo e che ci vengono raccontate, le cose che ci piacciono e quelle che non ci piacciono, non significano niente. Lì dove non gli serve tenere in mano una matita o un pennello o ricordare il proprio nome.

Entra un'infermiera che si tira dietro un carrello con un monitor. Parla a voce alta, a me, a lui. Perché non ha toccato cibo? Non aveva fame?

Guardo il vassoio con la gelatina di frutta e il bricco di succo d'arancia.

Mi chiedo se debba mandarla al diavolo per conto di Cathal.

"Lo guardi," dico. "È in stato d'incoscienza: come pensa che possa nutrirsi da solo?"

Mi lancia un'occhiata ostile mentre gli tasta il polso.

Sono sicura di vedere un guizzo sulle labbra di Cathal, il fantasma di un sorriso.

"Lei è la figlia?" mi chiede l'infermiera.

"E sono anche un'assistente sociale. Mi porti dei tamponi per la pulizia orale."

Scribacchia qualcosa sulla cartella agganciata ai piedi del letto e poi ciabatta fuori dalla stanza tirandosi dietro il carrello. La guardo allontanarsi, poi torno da Cathal, infilo la mano nella sua grossa zampa e lo bacio sulla fronte.

"Su, vecchio bastardo," sussurro. "Datti un contegno."
La brezza smuove le strisce della tenda.

Devo essermi addormentata, con la testa sul suo braccio e ancora mano nella mano. La stanza è semibuia. Qualcuno accende la luce. C'è una voce accanto a me. Un'infermiera diversa; mi dice che se n'è andato.

Mi viene quasi da ridere. Dove sarebbe andato? È lì, nel letto.

Non capisco.

Poi lo guardo. Ha il viso voltato verso di me. Dev'essersi girato mentre dormivo, forse per dirmi qualcosa. Ha gli occhi chiusi tranne per un minuscolo spiraglio, le sopracciglia ancora scure appena inarcate.

L'infermiera di prima entra con un vassoio di tamponi per la pulizia orale e lo mette sul tavolo.

E lì comincio a piangere, a imprecare, a urlare. Per i tamponi arrivati troppo tardi e per la gelatina di frutta intonsa, per lo spiffero che entra dalla finestra e per l'infermiera scorbutica. Per le accuse infondate e per aver spezzato il cuore di un vecchio.

Ci sono dei moduli da riempire. La dottoressa dice che le dispiace molto; non capisco se per i moduli o per la morte.

Mio fratello arriverà, dico. Se l'avete informato, Gabriel sarà già per strada.

Voglio ritirare gli effetti personali di mio padre?

Certo che voglio.

Vado nella sala d'attesa dei parenti finché non arriva un'infermiera con un sacchetto di plastica con l'etichetta "Proprietà dei Pazienti".

Devo firmare un foglio su cui sono elencati:

Camicie (3)
Pullover (2)

Canottiere (4)
Pantaloni (2)
Sciarpe di lana (3)
Calzini (3 paia)
Tabacco
Cartine per sigarette
Accendino con incisione
Mazzo di chiavi
Forcine (2)
Mezzo pacchetto di pastiglie per la tosse
Quaderno.

Apro il quaderno. È pieno di schizzi a matita che ritraggono i gatti, o Larkin, o me. In uno sono china sul forno con i capelli che mi spiovono sul viso. In un altro tengo alta una scodella e rido mentre i gatti mi girano intorno alle gambe. L'angolo superiore di una pagina è ripiegato in un'orecchia. Apro il quaderno in quel punto.

C'è il disegno di una bambina seduta davanti a un'alta finestra ad arco. Lo osservo. Bridlemere ha quattro piani, e in cima c'è un belvedere chiuso da alte finestre ad arco, dal quale, se mai vi salissi, avrei una visuale che si estende per chilometri.

Maggie guarda fuori dalla pagina, un sorrisetto le guizza sulle labbra.

43.

Quattro cose erano diverse il giorno della scomparsa di Deirdre: faceva caldo, il chiosco del vecchio Noel era chiuso, in cielo non c'erano gabbiani, e Jimmy O'Donnell aveva perso la testa.

Lo stesso uomo, però diverso.

Capii che Jimmy O'Donnell aveva perso la testa dallo sguardo. Era lo stesso sguardo che aveva la bastardina di Boland quando fissava la cotenna di pancetta: fisso, vitreo, con le palpebre immobili.

"Hai fatto la spia, Maud?"

Era una domanda molto semplice, ma la mia bocca faticava a formare le parole, perciò mi limitai a scuotere la testa. Non pensai neanche a distogliere lo sguardo.

"Non mentire: eri l'unica a saperlo."

Jimmy prese un pacchetto di sigarette dal taschino senza smettere di fissarmi. Trovò l'accendino senza smettere di fissarmi. Si accese una sigaretta senza smettere di fissarmi.

Rimasi lì, con il mio libro sotto il braccio. A destra la spiaggia che sprofondava, a sinistra i tafani, dietro di me il mare, davanti a me Jimmy O'Donnell.

Jimmy continuava guardarmi con i suoi occhi da bastardina. Ero una pecora smarrita sul punto di squagliarsela con le zampe tremanti. Una mossa sbagliata e mi avrebbe sbattuto a terra e squarciato la gola.

“Ti rendi conto del casino che hai fatto, Maud?”
Rimasi assolutamente immobile.
“Ho perso il lavoro.”
Assolutamente immobile.
“Tua madre ha sguinzagliato la polizia.”
Immobile.
“Tutti pensano che io sia un cazzo di mostro.” Parlava a denti stretti.

Jimmy O’Donnell fece un passo avanti, e il mio corpo si trasformò in un sasso con dentro il cervello che vorticava come una trottola.

Se avessi trovato la parola giusta, mi avrebbe lasciato andare. La parola giusta avrebbe fatto tornare il vero Jimmy O’Donnell. I pugni si sarebbero allentati. Il viso si sarebbe rilassato. Ci sarebbero state di nuovo passeggiate a cavalluccio, risate e soldi per le caramelle.

“Scusami,” dissi.

E a quel punto capii dal suo sguardo che di Jimmy O’Donnell non era rimasto niente.

Il diario di Deirdre era viola con un piccolo lucchetto finto. Lo teneva nel beauty case in cima all’armadio della camera da letto che condividevamo a casa della nonna. Lo aggiornava ogni giorno, ogni sera, ogni settimana, oppure mai, con la sua grafia larga e tonda. Le piaceva l’inchiostro blu chiaro e sulle i metteva i cuoricini al posto dei puntini. A volte infilava dei ricordi tra le pagine del diario, biglietti dell’autobus e involucri di gomme da masticare.

Quando gliel’avevo messo tra le mani, mia madre l’aveva letto tutto.

Una volta finito, si era seduta a fumare una sigaretta dopo l’altra, e a guardare fuori dalla finestra in attesa di vedere Deirdre e la nonna sulla strada che portava al villino. Poi la nonna aveva lavato l'insalata per la cena, io avevo colorato qualche pagina del mio album, e la mamma aveva aspettato Deirdre fino alla settimana seguente.

Deirdre apparse dal nulla. Me la vidi accanto all'improvviso.

Con il suo prendisole, le scapole come germogli di ali d'angelo, e la gomma che ruminava in bocca.

Deirdre. I capelli castani intrecciati di lato, i ciuffetti sulle tempie e il labbro ancora gonfio lì dove l'anello di mamma l'aveva colpito.

Non guardava me.

"Lascia Maud fuori da questa storia," disse. "Non ha aperto bocca. Sono stata io a dirlo a mia madre."

Jimmy la guardò sbalordito. "Lurida stronzetta del cazzo. Te l'avevo detto che ti avrei procurato i soldi, no? Mi hai rovinato."

"Aspetta sulle dune," mi disse Deirdre senza distogliere lo sguardo da Jimmy.

Aspettai sulle dune.

Sarebbe tornata. Conosceva le maree e sapeva prevedere il tempo. Sapeva dove camminare e dove no.

Sarebbe tornata. Vestita di sabbia, coronata di conchiglie, l'angelo imbronciato di Pearl Strand.

Sarebbe tornata e le avrei promesso di non fare più la spia.

Aspettai sulle dune mentre il giorno perdeva calore e il cielo perdeva la luce e il mare girava i tacchi e tornava in America.

44.

Quando arrivo a Bridlemere è tardi ormai. Parcheggio la macchina di Gabriel a qualche strada di distanza, raggiungo a piedi la casa ed entro dalla porta della cucina. La chiudo a chiave e passo il catenaccio. Cerco a tentoni sotto il lavello, trovo la torcia elettrica e la accendo. La luce si riflette negli occhi dei pochi gatti che oziano in cucina. Mi seguono speranzosi mentre attraverso l'atrio. Quando passo davanti alla porta del laboratorio di Cathal, sento un tonfo. Il mio cuore si paralizza.

Drizzo le orecchie.

Niente: solo lo scalpiccio dei gatti su e giù per i corridoi e qualche scricchiolio lontano.

La porta del laboratorio di Cathal è aperta. Entro e vengo investita da un intenso odore di segatura e vernice. Punto qua e là la torcia elettrica. La cabina di Madame Sabine ha il sipario chiuso. Gli attrezzi e gli ingranaggi sono stati riposti: il banco di lavoro è sgombro.

Tranne per la testa di una creatura orrenda, montata su una piastra di metallo.

Tengo ben fermo il fascio della torcia elettrica.

"Cathal, vecchio bastardo," sussurro. "Quel mostro non l'avevi sepolto."

Manolete mi fissa con due biglie di vetro che non erano le sue, la bocca contratta in un ringhio perenne.

Prima di voltarmi per uscire, prendo dallo scaffale sopra il banco di lavoro uno scalpello con il manico di legno e lo infilo nella borsa.

Chiudo la porta del laboratorio e attraverso la breccia nella Grande Muraglia dei *National Geographic* per sbucare in corridoio. Mi sembra più larga che mai. Strano che Bridlemere non abbia alzato il ponte levatoio e abbassato la saracinesca.

Ma ormai la casa mi conosce.

Stanotte le rarità del vecchio hanno un'aria oziosa, come se fossero fuori servizio. Fanno brevi apparizioni nel fascio luminoso della torcia elettrica. Gli occhi di vetro sono poco concentrati e sbirciano in direzioni diverse; il corvo dorme con il becco affondato tra le piume. Gli ermellini sono accasciati sulle carte e la testa rinsecchita sonnecchia. Anche l'angelo a quattro facce sembra sognare nell'oscurità, con le ali flosce e gli sguardi abbioccati.

Salgo le scale.

Mary Flood, piedi candidi, dita di ghiaccio e sguardo sgomento, non smette di spargere petali di rosa sul pianerottolo del primo piano. Le passo davanti e continuo a salire.

Arrivata in cima alla scala, vedo la porta aperta, dentro c'è una luce.

Lo sento. La stanza è piena di fiato trattenuto, come se fosse zeppa di ospiti inattesi pronti a balzarmi addosso. Infilo la mano in borsa, stringo le dita intorno al manico dello scalpello ed entro.

Nella luce diffusa da una fila di lampadari, la vedo.

A grandezza naturale e bellissima: Maggie Dunne, Marguerite Flood.

Poggiato su un cavalletto davanti alla finestra c'è il ritratto abbozzato da Cathal nel suo quaderno, identico perfino nel sorriso accennato. Ma in più c'è l'impetuosa ricchezza dei capelli, com'erano un tempo. Proprio come un tramonto autunnale, come quelli della madre. Mi accorgo per la prima volta che lo sguardo è quello di Cathal.

A differenza dello sfondo della tela, il sedile della finestra adesso è vuoto. Ma le tende ci sono ancora e i cuscini non sono cambiati: damasco nero ornato.

Immagino le sedute di posa.

Maggie girata verso la finestra ma con il viso rivolto alla stanza: ha gli occhi un po' appannati, sognanti, o forse annoiati per il protrarsi dell'immobilità forzata. E Cathal che danza avanti e indietro di fronte alla tela, misura luce e tratto con gli agili pennelli.

Lungo la parete opposta sono disposte alcune sedie, come in attesa degli spettatori. Su una di esse è seduto Gabriel, che mi guarda.

Si china in avanti, poggia i gomiti sulle ginocchia e si ravvia i capelli biondo scuro. Finge calma, rilassatezza. Ma vedo le vene gonfie sulle tempie e sugli avambracci, così come le perline di sudore sul labbro.

Ne sento l'odore. Il panico acre delle ore trascorse a braccarmi, ad aspettarmi.

"Cathal è morto," dico.

"Lo so. Mi hanno telefonato." Si addossa allo schienale della sedia e accenna con il mento al ritratto di Maggie.

"Una somiglianza incredibile."

"Dov'è quella in carne e ossa?"

"L'ha fatta fuori il vecchio: non l'hai sempre pensato?"

"Cathal non era un assassino, e la adorava."

"Perdio, Maud," mormora. "Perché devi sempre prendere le sue parti?"

Sento uno schianto di sotto. Gabriel si alza e va a chiudere la porta.

"È qui anche lui? Il tuo compare?"

Qualcosa di vetro va in frantumi con un fracasso esagerato.

Penso a tutti i terribili pezzi unici. "Sta distruggendo la casa."

Gabriel accende una sigaretta. "Cerca il testamento di Mary."

"Il testamento?"

"Qualche anno fa, mia madre e io abbiamo litigato. Ha disposto che alla morte di Cathal la casa venisse venduta e il ricavo donato a Cedar House. Sai, questa era tutta roba sua. Cathal non aveva niente."

Un tonfo sordo giù dabbasso.

"Poco prima di morire, scrisse un altro testamento che lasciava la casa a me." Gabriel aspira una boccata.

"Come mai aveva cambiato idea?"

Gabriel espira. "Chi lo sa?"

"E Maggie? C'era anche lei nel testamento?"

"No."

Si avvicina alla finestra. Guarda verso la desolazione buia del giardino.

"Dimmi dov'è, Gabriel."

Indica con la sigaretta. "Nel pozzo."

"È morta?"

"Certo che è morta, cazzo."

Torna a sedersi. "Era scappata di nuovo. Ma stavolta era arrivata a Londra. Si è intrufolata in casa. È stato tremendo."

"Cos'è successo?"

Si passa una mano sulla fronte. "Cathal non c'era; Maggie ha aspettato che Mary uscisse e che Stephen e io rimanessimo soli." S'interrompe per qualche istante. "Aveva un coltello. Si è ferita e poi ha cercato di ferire me. Stephen e io siamo riusciti a scappare in giardino, ma ci ha inseguito. Eravamo spaventati."

Dabbasso c'è uno stridio fragoroso, come se qualcuno spostasse mobili pesanti.

"Abbiamo cercato di nasconderci nella ghiacciaia, ma Maggie

ci ha trovato. È scivolata ed è caduta." Mi fissa. "Proprio come hai fatto tu. Siamo usciti di corsa e abbiamo cercato di chiuderla dentro. Ma non si è data per vinta." Aspira un'altra boccata di fumo e la sbuffa subito. "Poi ho visto che si era fatta male. Allora sono tornato indietro e le ho dato un cazzotto. Ho pensato che sarebbe svenuta, come succede nei film. Ma nella vita vera è diverso." Esita. "Perciò l'abbiamo trascinata al pozzo."

"Cristo."

"Volevamo solo che la smettesse."

Laggiù, alle spalle di Bridlemere, la vita continua come sempre. La gente prepara tazze di tè, guarda la televisione, va al pub e non uccide i propri fratelli.

"Mary lo sapeva?"

"Sono corso da lei." Gabriel lascia cadere sul pavimento la sigaretta e la spegne con la scarpa. "Ero giovane. Piangevo, ero terrorizzato. Mia madre disse che mi avrebbe aiutato a sistemare la faccenda. Che si era trattato di un incidente."

Restiamo in silenzio per un po'.

"Se pensava che fosse stato un incidente, come mai non ha chiamato qualcuno?"

Gabriel scuote la testa. "Non lo so."

"E Cathal?" chiedo. "Sapeva niente di questa storia?"

Si accende un'altra sigaretta. Fa un paio di tiri. "Se l'avesse saputo, adesso sarei in galera."

"Però aveva qualcosa sul tuo conto, no? Parlava di una polizza assicurativa."

"Mary gli aveva dato il nuovo testamento affinché lo custodisse. In una busta sigillata." Mi guarda. "Ma quello che mi preoccupava era la sua confessione."

Dalle viscere della casa giunge un martellare ritmato e potente. Una pulsazione sorda, come il battito di un cuore.

"La confessione di Mary?"

"Mi disse che, non potendo rivelare di persona i propri peccati, aveva scritto una confessione. Doveva essere il suo segreto, nascosto dove nessuno potesse trovarlo. Neanche Cathal." Aspira una boccata di fumo. "Non ha mai voluto rivelarmi dov'era."

Da giù si sente il rumore di qualcosa che si lacera, poi uno schianto, poi il silenzio. Gabriel si passa le mani tra i capelli.

"Mia madre era un problema."

Penso a Stephen che se la dava a gambe nel vialetto con il borsello stretto al petto. "Ma poi questa confessione l'hai trovata?"

"Non ancora, ma non l'ha trovata neanche Cathal."

"Lui però aveva ancora il testamento, no?"

"Stephen e io gliel'abbiamo chiesto per anni, ma non ha mai voluto darcelo. Quel vecchio bastardo sapeva che morivo dalla voglia di metterci le mani sopra. Era convinto che a interessarmi fossero i soldi."

"Invece non era così."

Gabriel aggrotta la fronte. "Come potevo lasciare che questa casa finisse in altre mani con mia sorella dentro quel pozzo di merda?"

Guardo fuori dalla finestra; l'oscurità nasconde un Armageddon di gatti, rifiuti ed erbacce. Riesco a vedere solo il mio viso riflesso.

I colpi ripartono.

"Poi sei arrivata tu," dice Gabriel sottovoce.

"E mi hai mentito."

"Mi avevi preso per qualcun altro, e io mi sono adeguato. All'inizio l'ho fatto per evitare che interferissi, per tenerti alla larga da Bridlemere. Non volevo che finissi coinvolta in questa faccenda."

Sono quasi tentata di credergli.

"Ma non volevi mollare. Poi ho avuto la sensazione che il vecchio cominciasse ad aprirsi con te. Allora ho cambiato tattica perché ho pensato che le cose avrebbero potuto risolversi proprio come speravo."

"Cioè come?"

"Senza che nessuno si facesse male."

Lo guardo sbalordita. "Sbaglio o hai mandato quei delinquenti a casa di Renata?"

"Mi aveva telefonato per dirmi della busta. Non avevo idea di cosa cazzo ci fosse dentro." Scrolla le spalle. "Ho detto a quei tre di non toccare Renata. Dovevano solo spaventarla un po' e trovare la busta."

Mi mordo la lingua finché non mi passa l'impulso.

"Ero nel panico, Maud. Scoprendo quei messaggi cominciavi ad avvicinarti troppo. Poi ho pensato che forse il vecchio bastardo aveva scoperto qualcosa e disseminava quegli indizi apposta per torturarmi."

I colpi cessano e lasciano il posto al ronzio di un trapano.

"Ma che accidenti fa?"

"Mette in sicurezza la casa."

Il trapano sibila, poi si interrompe.

"Sai cosa significa odiare davvero qualcuno, Maud?"

"Sì."

"Mi aveva accompagnato mano nella mano; poi mi ha messo la testa sott'acqua."

Guardo il ritratto di Maggie, che ricambia lo sguardo e sorride tranquilla, senza vergogna, senza rimorsi.

"Lo dirai a qualcuno, Maud?"

"No." I nostri occhi si incrociano. "Non lo farò."

Gabriel sorride e annuisce.

"Ho detto a Steve che non l'avresti fatto. Scendo con te, ti accompagno fuori."

Lo precedo. Quando le mie dita toccano la maniglia della porta, Gabriel lo dice.

"Scusami, Maud. Per tutto."

45.

Mia madre si trascinava sull'erba come un cane malato e si accasciava di colpo sulle ginocchia, tremando e inzuppaando di lacrime la sigaretta. La nonna decise di preparare il tè. Io disposi con cura i biscotti su un piatto. La poliziotta disse qualcosa alla ricetrasmittente e il poliziotto guardò la strada che portava al villino.

Successero tre cose il giorno dopo la scomparsa di Deirdre. Il vecchio Noel strisciò fuori dalla casetta dov'era rimasto rintanato per chissà quanto. Qualcuno gli aveva rotto il naso, tre costole e una clavicola e gli aveva portato via tutti i risparmi. Il poveretto aveva cercato di coprirsi il viso mentre si trascinava per il cortile come se avesse alle calcagna il diavolo in persona. Non riaprì mai più il chiosco.

I gabbiani tornarono a Pearl Strand. O comunque sono sicura di averli sentiti starnazzare rabbiosi in quella direzione.

Nelle grotte, proprio dietro la dispensa della sirena, i poliziotti trovarono un tesoro. Una borsetta: cuoio rosso a forma di cuore, fodera di seta rosa, fermaglio d'oro, fine tracolla di nastro.

46.

Riversa sulla schiena, respiro bava; mi si accumula qualcosa in fondo alla gola e ristagna lì.

E un incessante odore acre di falò.

E un rumore impetuoso da qualche parte nelle fondamenta della casa, come se irrompesse il mare per allagare Bridlemere a partire dalle viscere.

Poi capisco: Bridlemere brucia.

Alzati, Drennan

dice una voce con un tono da bordo ring, il tono poche-chiacchiere-e-niente-cazzate di un allenatore. Apro gli occhi. Poi mi rialzo sulle ginocchia come un pugile, sputo qualcosa che sa di ferro. La folla inorridisce. Perché quella tizia non si arrende? Perché non resta sdraiata a farsi contare?

Non è piacevole vedere una donna che arranca, distrutta, coi capelli strappati a manciate, che sbava sangue e muco. Le ha quasi spaccato il cranio – guarda, si è appena aperta un'altra crepa. E lì dentro non c'è la luce che si troverebbe nel cervello di una santa: è solo una noce marcia che si rompe con un rumore sordo e molle, e poi il buio…

Per l'amor del cielo, Dennan, alzati

Signori della giuria, guardate le chiazze di sangue e capelli sul battiscopa. Raccontano una storia molto violenta. Quando vuoi, Maud, con parole tue.

Ecco com'è andata:

Per prima cosa mi ha avvinghiata per i capelli e mi ha stretto a sé come per baciarmi, tanto era vicino. Ma anziché baciarmi mi ha sbattuto la testa contro il muro, e poi l'ha sbattuta ancora, e ancora.

E la faccia, che dire del suo sguardo? Diciamocela tutta, Maud. Non è stato quello a fare più male? Vedere l'espressione nei suoi occhi, l'indifferenza e la rabbia? Forse addirittura il disprezzo? Doveva per forza disprezzarti per desiderare di spaccarti la testa e poi scaraventarti dentro un pozzo, no? È stato il tradimento, non è così? Non è stato forse quello a fare più male? Dopo essere stata a letto con lui. Proprio l'uomo che avevi…

No: a fare più male è stata la violenza fisica.

Perdio, Drennan, vuoi alzarti o no?

Un calcio ha spedito la mia borsa sotto il ritratto di Maggie, e ne ha sparpagliato il contenuto. Afferro lo scalpello e le chiavi e striscio verso la porta, ansimando per il dolore. Mi metto seduta per qualche istante, con la testa che sembra volersi staccare tanto è martellante il dolore. Quando riesco di nuovo a pensare, tasto la porta con il palmo della mano: non brucia. Abbasso la maniglia: funziona. Non appena sarò pronta, mi toglierò la camicia e me la avvolgerò più stretta possibile intorno al viso.

Le luci si spengono.

Rinvengo nel buio pesto, scivolo e cado giù per le scale fino al primo pianerottolo. Tossisco nonostante il dolore, ho conati di vomito nonostante il dolore, gli occhi sono torrenti di lacrime. In un pugno stringo le chiavi di Cathal, nell'altro lo scalpello.

La casa sospira.

Cenere rovente si alza e si abbassa in mulinelli letali. Al centro della scala c'è un brulichio di scintille. Schegge infuocate si librano e ricadono, apripista di nuovi focolai. Scoppi come colpi di fucile e crepitii come petardi, schianti di cianfrusaglie che crollano e il bagliore di nuovi vortici di corpuscoli infuocati.

Disegnano un sentiero, petali rosso fuoco e bianco cenere, una scia di sangue e fiocchi di neve. Chiudo gli occhi per cercarla nella mente, e la trovo. Cammina davanti a me, in corridoio, con i capelli in fiamme e i calcagni anneriti dalla fuliggine. Si volta a lanciarmi uno sguardo, con il viso pallido e gli occhi meravigliosi e terribili – per il dolore che conservano nella profondità della loro luce.

E all'improvviso capisco dove mi guida Mary Flood, e perché.

Poggio la fronte contro una porta chiusa a chiave. Dietro la porta c'è una camera bianca con una finestra. Oltre la finestra c'è un balcone. Provo una dopo l'altra le chiavi, con le dita rigide, impacciate. Conto: *una chiave, due chiavi.* Se non funziona così, provo con lo scalpello. *Tre chiavi, quattro chiavi.* Il calore sprigionato dalla scala è sempre più insopportabile, tinge di arancione il fumo. *Cinque chiavi.* Me lo sento sul viso e sulle mani. Mi si sfalda la pelle. I capelli crepitano e si squagliano. La chiave gira nella serratura. Entro. Presto, chiudi la porta, presto.

Blocca lo spiraglio sotto la porta, Drennan.

Le mie mani trovano il copriletto di seta. Lo tiro. Mi aggrappo all'orlo e tiro finché non cede e mi finisce addosso con un fruscio. Lo spingo con i piedi contro la parte inferiore della porta.

Salgo sul letto tastando alla cieca il muro. Dietro la porta, scoppiettii striduli sfrecciano nel corridoio. È solo una girandola pirica: a Bridlemere c'è la Notte dei Falò! Come in risposta a quella scarica, dai visceri più profondi della casa si leva un urlo, poi un tonfo sordo che scuote le pareti. Qualche bestia enorme si rigira in agonia.

La casa sta cedendo.

I miei polpastrelli brancolano lungo la parete finché non trovano il telaio della finestra.

Davanti a me ci sono il tavolino da trucco, le tende damascate e il vetro freddo – e il dolce, dolcissimo alito fresco dell'aria notturna. Dietro di me ci sono la porta arroventata, le fiamme che fanno capolino dal buco della serratura, la vernice incandescente.

Fuori ci sono luci e grida; il giardino è una festa di pompieri. Sono nel posto migliore di tutta la casa. Da qui vedo cento gatti che scappano nella notte. Da qui vedo Larkin che li dirige verso la salvezza, dal tetto della roulotte. E appena passa l'ultimo gatto, si volta, salta giù e gli corre dietro.

47.

Il reparto sonnecchia nella quiete che precede l'alba. I pazienti dormono. Ne vedo le fitte sagome rischiarate dalla luce della Sala infermiere, deserta. Sento il loro respiro e il cigolio dei materassi impermeabili. Siamo come gracili vascelli che navigano nella notte, una flotta di flebo e pantofole, cateteri e parole crociate. Nessuno sa dove siano le infermiere né i poliziotti che erano qui qualche ora fa, tutti garbo e ricetrasmittenti gracchianti.

Dal mio letto vedo il corridoio, e in corridoio c'è un animale. Gira l'angolo con le zampe felpate, le unghie che ticchettano sul pavimento. Scompare per qualche istante dietro la Sala infermiere e ricompare sulla soglia della stanza.

So bene che non si deve mai seguire una volpe.

Le strade di West London sono silenziose, si sentono solo le mie pantofole che schioccano sul marciapiede. I santi aspettano davanti alla casa: ci sono tutti i soliti sospetti. Santa Dinfna pulisce il lume con l'orlo della veste. San Valentino ha gli occhi chiusi e le dita ficcate nelle orecchie, Santa Monica sembra intenta a rimproverarlo. San Giorgio e Santa Rita guardano in alto, uno accanto all'altra. Osservano gli uccelli che volano in cerchio tra i primi raggi rosa del mattino. Su Bridlemere non ci sono tracce di fuoco: è come se l'incendio non fosse mai scoppiato. Mi muovo per la casa affiancata dai santi. L'alba filtra di sbieco dalle finestre e illumina i piatti sporchi nel lavello, il barattolo per la crema pasticciera sul tavolo, l'ammasso di cianfrusaglie nel corridoio davanti alla tana di Cathal.

Apro piano la porta del laboratorio.

Manolete è sul banco di lavoro con la sua solita smorfia. Santa Rita si fa la croce mentre gli passiamo accanto. Al centro della stanza c'è una cabina con un sipario chiuso. Sopra c'è un cartello, scritto in sbiaditi caratteri dorati:

Madame Sabine
Oggi la storia di ieri

Frugo in una boccia di vetro sullo scaffale, trovo una moneta e la infilo nella feritoia sulla parte frontale del marchingegno. La moneta ci casca dentro e il sipario si apre a scatti.

Madame Sabine si anima con una serie di cigolii. Alza la testa in un sussulto, scruta la stanza con lo sguardo dipinto e sfavillante. I santi borbottano e si ritraggono negli angoli. San Giorgio si abbassa la celata e Santa Dinfna si stringe nel manto. San Valentino smette di stuzzicarsi i denti e Santa Rita si raddrizza il velo. Santa Monica incrocia le braccia con una smorfia sprezzante.

La sfera di cristallo non c'è più. Davanti a Madame Sabine c'è un libro. Le mani scattano sopra la copertina in una serie di benedizioni, un rapido rito meccanico. Il libro si apre.

Si alza un vento improvviso. Sul pavimento sfrecciano trucioli di legno e negli angoli del soffitto fremono le ragnatele. Viti sfuse e vasetti di vernice si mettono a girare per la stanza. Mantelli, vesti, veli e cotte di maglia si sollevano e mulinano. Le aureole sfarfallano e si affievoliscono. I santi barcollano e si guardano intorno per cercare riparo. E adesso, insieme al vento, ecco un improvviso e possente ronzio metallico, non dissimile da quello di un aspiratore da cucina difettoso.

Santa Rita si lascia sfuggire un singhiozzo. Sillaba qualcosa che non riesco a capire, poi la sua forma comincia a mutare. Si allunga in un arco, un fulmine monocromo che scavalca con un guizzo la stanza per tuffarsi nelle pagine del libro aperto. San Giorgio la segue, trasformato di colpo in un dardo argenteo che colpisce il libro con un lampo incandescente. Santa Monica si accartoccia come un sacchetto di patatine e rotola verso la cabina. Poi scompare anche lei, dritta dentro il libro con un leggero sfrigolio.

San Valentino schizza verso la porta in un tentativo di fuga ma viene strattonato all'indietro. Comincia a correre ma è come se andasse nella direzione sbagliata su un nastro trasportatore. Perde terreno. Il libro aspetta, con le fauci spalancate. San Valentino mi lancia uno sguardo di terrore strabico un istante prima che il viso gli si rattrappisca e l'intera figura sia risucchiata tra le pagine, scomparendo con un improvviso bagliore color rosso cardinale.

San Raffaele sbuca dalla fenditura abbagliante di un armadio, la faccia a forma di cuore è solenne e le ombre arcuate delle ali sono squassate da venti di traverso. Alza lo sguardo al cielo ed esplode in una tormenta di setole di zibellino che piroettano fino a formare una splendida tromba d'aria. La tromba d'aria attraversa la stanza e si avvita sopra la cabina, in un vorticante imbuto di velluto che comincia a pulsare, a espandersi e contrarsi. Poi cala tra le pagine del libro aperto e si dissolve con una scintilla scura.

Santa Dinfna osserva tutto da un angolo della stanza. Con il velo che le svolazza dietro la nuca e la treccia che va disfacendosi. Si volta verso di me e sorride. Poi, sollevato il lume, avanza tenendo davanti a sé la fiamma immobile e forte. E in un istante svanisce anche lei.

Il libro si richiude. Il gatto nero accanto a Madame Sabine emette un ronzio ferroso che ricorda le fusa, e i due grassi fringuelli impagliati sbatacchiano le ali fuori tempo.

La testa di Madame Sabine si abbassa di scatto. Mi rivolge un improvviso sguardo inquisitorio, con le brillanti iridi nere. Le mani passano un'ultima volta sul libro, poi ricadono inerti sul ripia-

no. La testa si raddrizza di colpo con un tintinnio del velo bordato di monete. Un cartoncino cade in una nicchia e il sipario si chiude di scatto.

Prendo il cartoncino. È una cartolina.

È stata stracciata e poi rimessa insieme. Il restauro è miniato da luccicanti suture dorate.

Saluti da Pearl Strand

È un posto selvaggio e deserto, quello della cartolina. Un posto dove l'oceano incontra il cielo e gli uccelli marini stridono e volteggiano in un grande, enorme, sconfinato azzurro. Dove le dune sono alte quanto una casa a tre piani o poco più di un formicaio. Dove la sabbia ha un suo scintillio, un certo sfavillio con la luce giusta (luce di luna, di stelle, di alba). Un'incantevole mezzaluna di sabbia.

Giro la cartolina. Con inchiostro blu chiaro e grandi caratteri tondi, il puntino della i sostituito da un cuoricino:

Vorrei che fossi qui.

48.

Ci accompagnerà in macchina l'ex capo della polizia Frank Gaunt. Tutti e tre: Renata, con gli occhiali scuri e il giaccone cerato, la cagnetta e io.

Frank aspetta in corridoio, sotto l'acido cipiglio di Johnny Cash e lo sguardo benigno di Gesù Cristo. Renata prende la borsa e le chiavi. Frank si stupisce di quanto sia cresciuta Stella.

"È viziatissima," dice Renata con un sorriso.

Li guardo osservare la cagnetta e mi chiedo come arriverò alla fine di questa giornata.

La casa è tutta sbarrata con le assi. In cima si vedono finestre senza vetri e travetti carbonizzati. Nell'umidità riaffiora l'odore di fumo.

Hanno portato via dal giardino tutto il ciarpame che aveva reso così difficile l'intervento dei vigili del fuoco. Era un vero e proprio labirinto, hanno detto, tanto da rendere impossibile scaricare l'attrezzatura dalle autopompe, motivo per cui i danni sono stati così gravi. La roulotte è sopravvissuta, così come la ghiacciaia e la casetta del custode con le finestre a colonnine. Adesso riesco a vederli, dietro i cespugli tagliati e le passerelle di legno. Il pozzo è ancora coperto da un telo.

Ci presentano l'ispettore di polizia che si occupa del caso; non riesco a sentirne il nome ma ha i capelli imbrillantinati, un'irritazione da rasoio sul mento e il vizio di concludere le frasi infilando la punta della lingua tra le labbra. Ci stringe la mano e ci accompagna in un giro di perlustrazione. Renata lo riempie di domande: le interessano solo gli aspetti da polizia scientifica e vuole sapere tutti i particolari. L'ispettore la guarda disperato mentre ci fa strada nel giardino devastato. Frank chiude la fila con al guinzaglio una Stella trotterellante.

Renata mi afferra il braccio e lo stringe. Soffre ancora di attacchi di panico quando si trova all'aria aperta. In quei casi, facciamo esercizi di respirazione e cantiamo brani di musical. Alzo lo sguardo per capire se sta male. Mi dà un bacio e un fazzolettino che ha preso dalla borsa. A quel punto mi rendo conto che a piangere sono io.

"Il volpino è tornato?" chiedo.

L'ispettore annuisce. "L'hanno visto qua intorno."

"E i gatti?"

"Alcuni; hanno trovato ospitalità a casa di qualche operaio."

Mi chiedo che fine abbia fatto Beckett, ma con quegli occhi non avrà avuto problemi a farsi adottare. Stella tira il guinzaglio come se avesse fiutato qualcosa. Ma forse è solo perché ha sentito parlare di gatti.

Per quanto riguarda i santi, non ce n'è più nemmeno l'ombra. Nessun velo che svolazza fuori dal muro di cinta, nessuno scalpiccio di sandali impazienti.

Al posto loro, tutt'intorno a me ci sono i morti di Bridlemere.

Non riesco a vederli ma sono sicura che ci siano. Mary Flood, serena e con lo chemisier a fiori, mi posa una mano rassicurante sulla spalla. Maggie, un po' in disparte, mi fa un sorrisetto. Cathal inarca i bruchi ancora scuri delle sopracciglia.

E gli altri?

Non c'è nessun altro. Ci sono incendi a cui non sopravvivono nemmeno i morti.

*

Lascio dei fiori davanti al cancello, tra i mazzolini avvizziti e gli orsacchiotti. Margherite per Maggie. Rose: rosse e bianche per Mary, e per Cathal un solo, perfetto, bocciolo giallo.

Lillian l'ha pulita e impacchettata in attesa che fossi pronta a guardarla: la teca che ho staccato dal muro della camera bianca mentre i pompieri lottavano per salvare Bridlemere, mentre la scala crollava, mentre le scintille crivellavano la notte.

Le falene erano intatte, chiare e immacolate sotto il vetro. Ho tolto il fondo e trovato quello che cercavo: il corrispettivo della busta nascosta nella stanza rossa. Dentro, su tre fogli di carta, vergata con grafia minuta e regolare: la confessione di Mary Flood.

Mary aveva letto cos'era successo negli occhi del figlio ancor prima che lui aprisse bocca. Aveva perso una figlia. E aveva promesso che non l'avrebbe detto a nessuno.

Ma aveva cominciato a temere che invece l'avrebbe fatto. Che, in un momento di debolezza, le sarebbe esploso dal cuore. Sarebbe stata in chiesa, o a parlare con la signora Cabello, e in un istante sarebbe venuto fuori tutto.

Nella sua vita aveva taciuto vari segreti, ma questo era diverso. Marciva e suppurava. Premeva contro le pareti del cranio. Era una massa scura in fondo alla lingua. Le strozzava il cuore e le rovinava lo stomaco. Lo sentiva incastrato lì, pesante e guasto, come veleno. Mary era divorata dalla frenesia di dirlo, di vomitare il proprio segreto.

Non poteva rivelarlo al marito né al prete; non poteva dirlo al medico e non aveva il coraggio di dirlo al suo dio.

Perciò, Mary lo scrisse.

Si sarebbe seduta allo specchio a fissare il proprio riflesso. A volte nella camera rossa, a volte in quella bianca: non le importava. Di fatto, quelle due stanze appartenevano a Maggie, non a lei. Erano arredate per una principessa, non per una regina. Maggie non aveva mai usato le due stanze: Cathal le aveva allestite per visite che non ci sono mai state. Perché, nonostante tutto, il padre stravedeva per lei. Maggie era la sua bimba da fiaba, poteva avere tutto, raddoppiato.

Bianca Neve o Rosa Rossa diventò Alice e cadde giù, giù, giù nella tana del coniglio.

Mary sarebbe rimasta seduta per ore. A volte nella camera bianca, a volte in quella rossa: non le importava. Perché entrambi gli specchi mostravano la stessa donna: labbra sigillate, capelli di polvere e occhi di pietra.

Ma ben presto nello specchio ci fu un altro viso accanto a quello della donna.

Ovunque Mary andasse, Maggie la seguiva di stanza in stanza tormentandosi la coda di cavallo e lanciandole occhiate accusatorie.

Ogni notte, Mary si tuffava nel pozzo. Grattava con le unghie i mattoni sbreccati. Afferrava le strane piante sotterranee che crescevano nelle crepe. Mentre vorticava nel vuoto, si riempiva i polmoni dell'odore gelido e terroso dell'alveo del mondo. Ogni notte, lo stesso schianto al suolo.

Ogni mattina, quando si svegliava, Mary si chiedeva se potesse vivere così.

Stella è accucciata sul divano a ronfare. Contrae le zampe mentre insegue i gatti che s'intrufolano soffiando nei suoi sogni.

Accompagniamo fuori Frank Gaunt, poi andiamo in cucina e restiamo per un po' sedute lì a bere il krupnik così come va bevuto: con la mano ferma e il cervello grato.

La confessione di Mary, la confessione che non abbiamo mostrato a Frank Gaunt, è sul tavolo tra noi.

"Cosa ne vuoi fare, Maud?" Renata ha un tono basso e gentile.

Penso a Mary, donna fiera dai capelli rossi, disperata. Che firma il foglio, che sigilla la busta. Penso a Maggie, ormai al sicuro nell'obitorio della polizia, strappata al suo sonno agitato sotto i calcinacci in fondo al pozzo. Presto dormirà nella tomba di famiglia, ma stavolta il riposo sarà eterno.

Penso a Gabriel e a Stephen, intrappolati ai piedi della scala, bloccati da una cascata di detriti. La causa dell'incendio: un cavo elettrico difettoso in un festone di lucine.

Penso soprattutto a Cathal, che, seduto al tavolo della cucina di Bridlemere, fischia nella dentiera e impreca con gioia.

Si ravvia la criniera bianca e scarmigliata, e sorride. Poi scompare nel corridoio gremito della mia fantasia.

Mi alzo e cerco i fiammiferi nei cassetti della cucina.

Attecchisce. Tengo tra le dita i fogli mentre bruciano e li lascio cadere nel lavello quando la fiamma si avvicina troppo alla pelle.

Aspetto che dal muro sbuchi una figura evanescente, con una corona scintillante e un sussurro di preghiera. Con un mantello, o una veste, o gli occhi strabici e ammiccanti. Ma al momento ci sono solo due donne caparbie con una bottiglia di krupnik.

"Allora, hai preso il passaporto?"

Sorrido. "Sì."

"Certo che l'hai preso."

"Te la caverai?" dico. "Torno tra una settimana o giù di lì."

"Neanche per sogno." Renata mi guarda dritto negli occhi. "Tornerai quando l'avrai trovata."

Annuisco.

"E la troverai, Maud."

Alzo il bicchiere per brindare a Renata e lei alza il suo per brindare a me.

MISTO
Carta da fonti gestite
in maniera responsabile
FSC® C021883
FSC
www.fsc.org

Finito di stampare nel mese di marzo 2020 presso
Grafica Veneta S.p.A.
Via Malcanton 2 - Trebaseleghe (PD)

Printed in Italy